40 KRIMINALFÄLLE

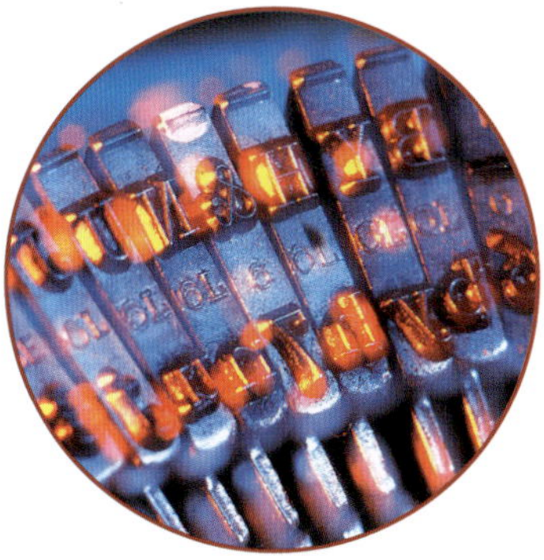

FBI
ATF
AGENT

DAVID OWEN

40 KRIMINALFÄLLE
UND WIE SIE GELÖST WURDEN

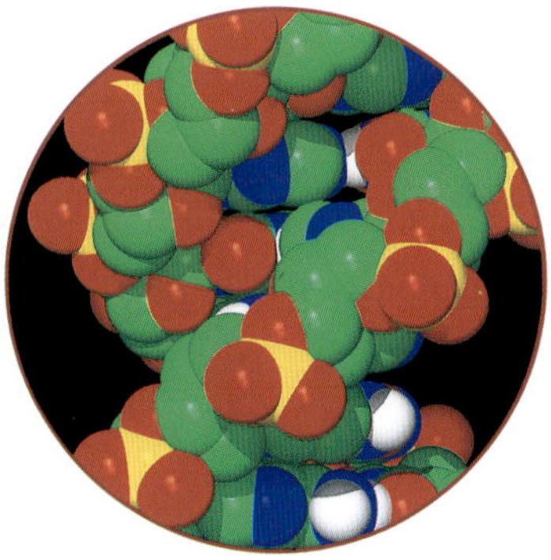

evergreen

EVERGREEN is an imprint of
Benedikt Taschen Verlag GmbH

Übersetzung aus dem Englischen:
Dipl.-Ing. Kathrin Eiermann, Limburgerhof
Umschlaggestaltung: Catinka Keul, Köln

Printed in China
ISBN 3–8228–6016–6

Inhalt

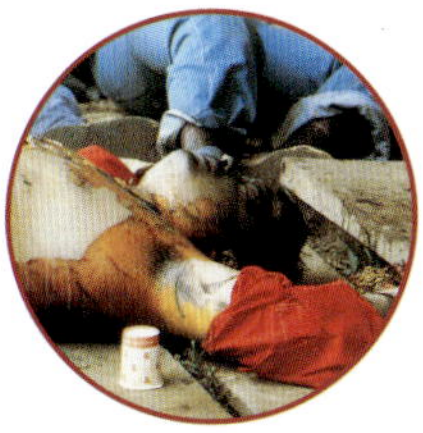

Prolog

Vierzig Kriminalfälle ist ein faszinierendes Buch. Es beschäftigt sich mit der Entstehung und Entwicklung der Methoden und Technologien, die in forensischen Kriminaluntersuchungen zum Einsatz kommen, angefangen vor etwa 3000 Jahren in China, als man die Einzigartigkeit von Fingerabdrücken entdeckte, bis hin zur aktuellen Anwendung der computergestützten DNA-Analyse. Jede forensische Thematik wird mit Beispielen berühmter Fälle, die den meisten Lesern mehr oder weniger bekannt sein dürften, erläutert. Einige der zitierten Fälle ereigneten sich hier in Los Angeles, wo ich seit 1952 lebe und gearbeitet habe. Bei der Lektüre erinnerte ich mich an die Zeit, als ich an den Untersuchungen der Todesfälle von Marilyn Monroe, Robert F. Kennedy, Sharon Tate, Janis Joplin, William Holden, Natalie Wood, John Belushi und von anderen weniger bekannten Personen beteiligt war. Die Geschichte der technologischen Entwicklung und die Fortschritte in der Verbrechensaufklärung interessieren mich sehr, weil ich in meiner 50jährigen Laufbahn als forensischer Wissenschaftler Zeuge des bemerkenswerten Technologiewandels war, wie er in diesem Buch beschrieben wird.

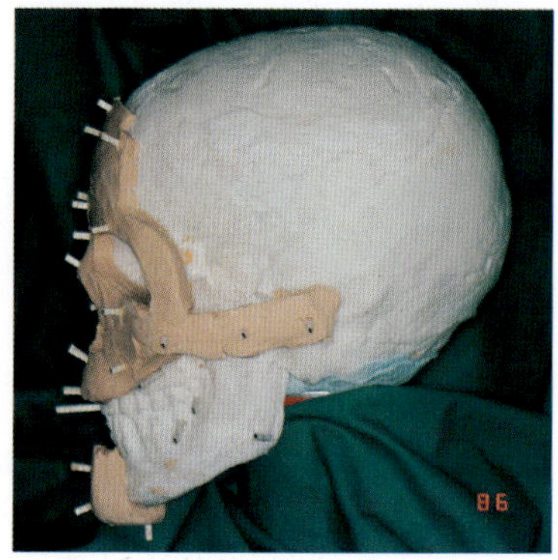

Kapitel 1 beginnt mit Ti Jen-Chieh, einem Friedensrichter der T'ang-Dynastie, dem für seinen Einsatz forensischer Beweise bei der Aufklärung von Verbrechen Achtung gezollt wird. Am Beispiel verschiedener Fälle fährt das Kapitel mit der Beschreibung der Frühzeit forensischer Untersuchungen fort, und ich fand die Diskussion einiger der heutzutage nicht mehr gebräuchlichen Theorien wie der Identifizierung Krimineller anhand ihrer Gesichtszüge faszinierend. Die folgenden Kapitel behandeln ausgewählte Themen wie Personenidentifizierung, Ermittlungen am Tatort, Schußwaffen und Messer oder Erdrosseln und Ersticken, in deren Anschluß die Fakten beispielhafter Fälle dargestellt werden.

Der Autor David Owen hat nach seinem Universitätsabschluß 1961 als Diplomingenieur Beiträge für Publikationen über Untersuchungsmethoden geschrieben. Außerdem verfaßte er faktenorientierte Drehbücher für Fernsehsendungen, Artikel für ingenieurwissenschaftliche Magazine und eine Enzyklopädie der Ursachen und Untersuchung von Flugzeugabstürzen.

Dieses Buch, das sich strikt an die Fakten hält, richtet sich an all jene Leser, die an einer leicht verständlichen Einführung in die verschiedenen Gebiete der forensischen Wissenschaft interessiert sind, sowie an diejenigen, deren Interesse den tatsächlichen Fakten älterer und jüngerer bekannter Kriminalfälle gilt, von denen manche in früheren Publikationen eher spekulativ geschildert wurden.

Unter den behandelten Fällen fand ich einige, an denen ich entweder selbst beteiligt war oder deren wissenschaftliche Präsentation ich auf Kongressen miterlebt habe. Ich erinnere mich, bei einem Kongreß der American Academy of Forensic Sciences (AAFS) an der einzigartigen Diskussionsrunde mit dem Titel »Die Gesellschaft des letzten Worts« teilgenommen zu haben, bei der anerkannte forensische Wissenschaftler aufgefordert wurden, zu bekannten, ungelösten Kriminalfällen einen Überblick mit eigenen Gedanken und Schlußfolgerungen zu geben. Mir wurde die Analyse des Falles von »Jack the Ripper« zugewiesen. Die Einleitung des Autors trägt den Titel »Die Spur des Lustmörders« und behandelt diesen berühmten und nach wie vor ungelösten Fall.

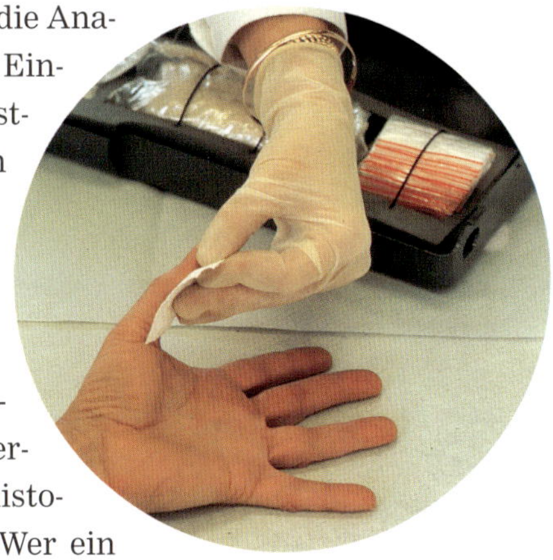

Mir gefällt an *Vierzig Kriminalfälle* die sachliche, unstrittige Darstellung der Ereignisse, wobei nur die wichtigen Fakten angeführt werden. Das Buch wird sowohl für Einsteiger auf dem Gebiet forensischer Themen als auch für langjährige forensische Ermittler interessant sein, denen an einem zusammenfassenden historischen Überblick über ihr Arbeitsgebiet gelegen ist. Wer ein Nachschlagewerk früherer Fälle mit wichtigen wissenschaftlichen Fragestellungen sucht, findet es in diesem Buch: eine ausgezeichnete Mini-Enzyklopädie vieldiskutierter, bedeutender Fälle.

Vierzig Kriminalfälle ist Zeuge der Jahrhunderte des Fortschrittes in der forensischen Medizin und der Naturwissenschaften sowie der Untersuchung von Verbrechen.

Thomas T. Noguchi

Leitender Gerichtsmediziner im Ruhestand und em. Professor für forensische Pathologie der University of Southern California

6. März 2000
Los Angeles, Kalifornien

»Wenn Sie das Unmögliche ausgeschlossen haben, so muß es sich bei dem Verbleibenden, wie unwahrscheinlich es auch sein mag, um die Wahrheit handeln.«

Sir Arthur Conan Doyle, *Die Abenteuer von Sherlock Holmes. Das Abenteuer von Beryl Coronet.*

Mit anderen Worten: »Die Wahrheit ist irgendwo dort draußen.« Dieser Satz, der am Anfang jeder Folge der Fernsehserie *Akte X* steht, bildet die Grundlage der forensischen Untersuchungen. Die Wahrheit ist gegenwärtig und kann an jedem Tatort gefunden werden. Um sie zu entdecken, muß man laut Sherlock Holmes den Regeln wissenschaftlicher Untersuchungen folgen, Daten zusammentragen, beobachten und prüfen, dann Hypothesen formulieren, verändern und verwerfen, bis nur noch eine einzige übrigbleibt.

Polymerase-Kettenreaktion, Neutronenaktivierung, Mikrospektrophotometrie, Gaschromatographie, Gel-Elektrophorese, Massenspektrometrie, Scanning-Elektronenmikroskopie: Die modernen Techniken haben nichts mehr mit denen der Romanfigur Sherlock Holmes gemein, aber die Ziele der Kriminalistik sind dieselben geblieben.

Moderne Kriminal- und gerichtsmedizinische Labors nutzen vielfältige wissenschaftliche Methoden, um Unschuldige zu entlasten oder Verbrecher hinter Gitter zu bringen. Knochen geben Aufschluß über die Identität, Schläge oder Totenverstümmelung. Der forensische Anthropologe »liest« in ihnen. Der Odontologe analysiert Zähne und die von ihnen verursachten Spuren. Menschen tauschen fortwährend Partikel ihrer selbst mit ihrer Umgebung aus. Die Spurenexperten untersuchen Haare, Fasern, Pollen, Farben, Erde und Glas, um herauszufinden, wer am Tatort gewesen war. Die Ballistiker studieren Werkzeuge und Waffen. Die Biologen analysieren Blut, Speichel und Samen, um Verbrecher mit Opfern oder Orten in Verbindung zu bringen.

Werde ich gefragt, wie ich zur forensischen Anthropologie kam, so sage ich, es war Zufall. Ich studierte Archäologie und die Biologie menschlicher Skelette in der Absicht, mich den Toten früherer Zeiten zu widmen. Doch schon früh verspürte ich bei gelegentlichen Tätigkeiten als Gerichtsmedizinerin eine gewisse Erregung, die sich bei meiner Beschäftigung mit prähistorischen Knochen nie eingestellt hatte. Die Fälle, die zu mir in Leichensäcken kamen oder durch Hilfssheriffs angeliefert wurden, hatten eine Aktualität, die meiner archäologischen Arbeit fehlte. Ich fand forensische Untersuchungen sowohl faszinierend als auch befriedigend. Ich konnte meine wissenschaftlichen Kenntnisse einsetzen, um ein Rätsel zu lösen. Ich konnte einer Familie Gewißheit verschaffen. Ich konnte die polizeilichen Anstrengungen unterstützen, Verbrecher von den Straßen zu holen.

Dies ist die Aufgabe der forensischen Wissenschaft, und davon handelt dieses Buch. *Vierzig Kriminalfälle* begleitet Sie vom Tatort bis ins Kriminallabor und führt vor, wie mit Hilfe der Wissenschaften historische und aktuelle Lügen enttarnt werden. Vermischte Knochen im Klärbehälter, Fasern im Kofferraum, Farbsplitter am verbeulten Fahrrad, Fingerabdrücke auf einem blutigen Schläger: Durch die Nutzung hochentwickelter Technologien, umfangreicher Datenbanken und komplexer globaler Vernetzung untersuchen Wissenschaftler solche Mosaiksteine, diese verborgenen Beweise, um das Unmögliche auszuschließen, die Wahrheit zu finden und die Schuldigen von den Unschuldigen zu trennen.

Kathy Reichs

Die Spur des Lustmörders

Gegen Ende der 80er Jahre des 19. Jahrhunderts war das Londoner East End eine gefährliche Gegend. Die erdrückende Armut zwang Hunderte von Menschen in das dunkle und deprimierende Labyrinth der Slums von Whitechapel. Zahlreiche Kriminelle gingen in den kaum beleuchteten Straßen ihren Geschäften nach, und Gewalt gehörte zum täglichen Leben.

Eines Morgens im November 1888, einem Jahr, in dem bereits zwei Frauen in diesem Viertel ermordet worden waren, traf der Gehilfe eines örtlichen Vermieters in 13 Miller's Court ein, um von der 24jährigen Prostituierten Mary Jane Kelly die fällige Miete einzutreiben. Er klopfte an die Tür, und da niemand öffnete, schaute er durch eine zerbrochene Fensterscheibe. Zu seinem Entsetzen sah er einen zerstückelten menschlichen Körper. Der Boden war blutüberströmt.

Die eintreffende Polizei stellte fest, daß der Körper der Frau zerlegt worden war: Beide Brüste waren entfernt, die Leber lag zwischen den Füßen der Ermordeten, und eine Hand befand sich in ihrem Magen. Im Kamin entdeckte man Asche von verbrannter Frauenkleidung.

Zeugen gaben zu Protokoll, sie hätten das Opfer zuvor in Begleitung eines Mannes gesehen, der einen Schnurrbart hatte und auf dem Kopf eine Melone trug. Zwei Zeugen behaupteten, kurz vor vier Uhr morgens einen Schrei »Oh, Mörder« an der Ecke von Miller's Court vernommen zu haben, und ein Nachbar hatte

OBEN 13 Miller's Court im Londoner Stadtteil Whitechapel im Jahr 1888, wo der verstümmelte Leichnam der Prostituierten Mary Jane Kelly gefunden wurde.

LINKS Damalige Illustrierte nährten das öffentliche Interesse an den Morden von Jack the Ripper.

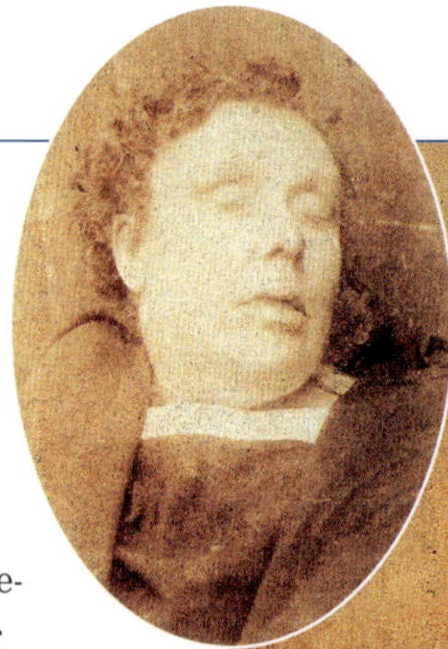

etwa zwei Stunden später gehört, wie jemand von dort wegging.

Dieser grausame Mord war der letzte einer brutalen Serie von Überfällen, die man einem Unbekannten, genannt Jack the Ripper, zuschrieb. Zwar waren noch weitere Morde in diesen Jahren verübt worden: Einige der Opfer waren Frauen, und manchen hatte man die Kehle durchgeschnitten, aber die Unterschiede in der Art, wie die tödlichen Wunden zugefügt wurden, ließen eine Beteiligung von Jack the Ripper als unwahrscheinlich erscheinen.

Trotz der Zeugenaussagen und des umfangreichen forensischen Beweismaterials konnte im Fall von Jack the Ripper kein hinreichend Tatverdächtiger gefunden werden, obwohl es seinerzeit natürlich reichlich Spekulationen gab. Selbst mehr als ein Jahrhundert später kursieren noch immer Theorien über Motive und Identität dieses berüchtigsten aller Mörder.

Der Ripper-Fall dokumentiert sowohl die Möglichkeiten als auch die Grenzen der forensischen Wissenschaft. Im 20. Jahrhundert gewann der forensische Beweis in den unterschiedlichsten Fällen an Bedeutung, aber wie bei diesem größten und bekanntesten ungelösten Verbrechen kann die forensische Beweisführung den Verbrecher nicht ohne fremde Hilfe finden und überführen. Jedoch ist sie eine zusätzliche Waffe der Ermittler: Zum einen kann sie Anhaltspunkte liefern, die beim Aufspüren eines Kriminellen dienlich sind, zum anderen kann sie dem Ermittler helfen zu beweisen, ob ein Verdächtiger am Tatort war oder eine besondere Gewalttat verübt hat. Durch Techniken wie Untersuchung der Fingerabdrücke, Ballistik, DNA-Vergleich und Spurenanalyse ist es heute möglich, Fakten ans Licht zu bringen, entscheidende Einzelheiten aufzudecken und Theorien mit einer Zuverlässigkeit zu bestätigen oder zu widerlegen, die vorangegangene Generationen in ungläubiges Staunen versetzt hätte. Aber so spektakulär die Ergebnisse auch sein mögen, die Leistungsfähigkeit dieser exakten

OBEN Mary Jane Kelly und Annie Chapman – beide Opfer des Rippers.

UNTEN Die *Illustrated Police News* berichtete über jede Entwicklung.

Wissenschaft kommt erst dann voll zum Tragen, wenn man ein erkennbares Ziel vor Augen hat. Um dieses Ziel zu finden, bedarf es nach wie vor präziser Polizeiarbeit.

Forensische Wissenschaft ist nicht unfehlbar. Auch heute gibt es noch Fälle, bei denen der Beweis für sich alleine verwirrend oder unvollständig erscheint oder aber mehr als eine Interpretation zuläßt. In anderen Fällen sind die Techniken, mit denen geringste Spuren einer bestimmten Substanz nachgewiesen werden, so anfällig geworden, daß minimale Probleme bei der Laborhygiene oder menschliches Versagen zu falschen Schlüssen oder ungewollt zu einer Veränderung des Beweismaterials führen können. Da die forensische Wissenschaft von Tag zu Tag leistungsfähiger wird, muß immer gewissenhafter mit ihr umgegangen werden, wenn die Schuldigen überführt und die Unschuldigen freigesprochen werden sollen.

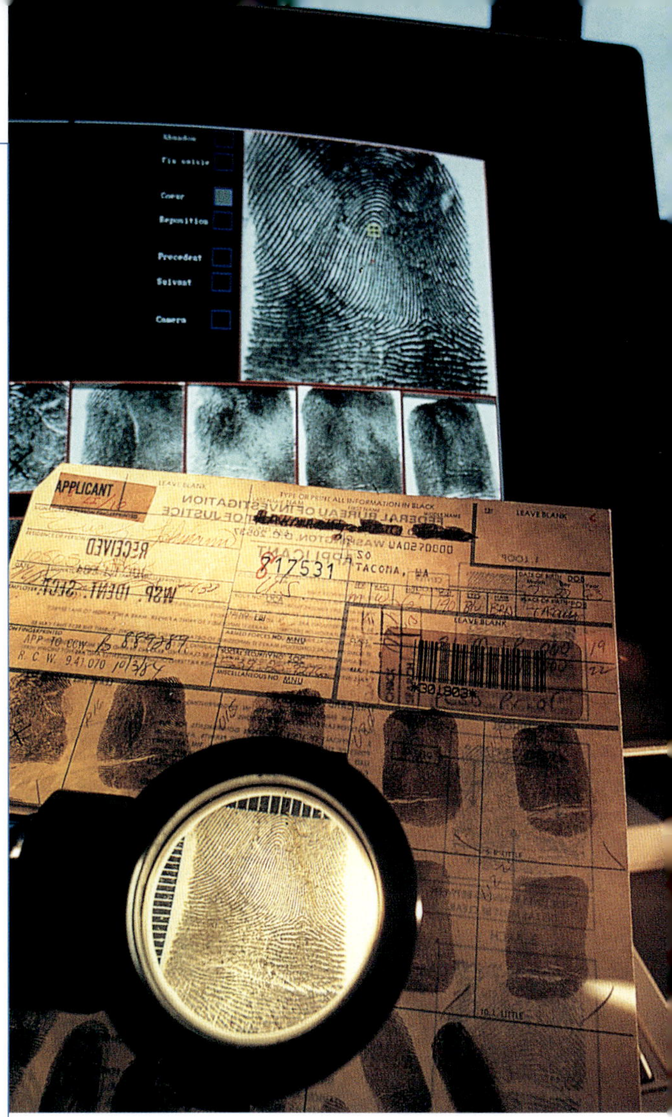

RECHTS Fingerabdrücke ermöglichten erstmals den zuverlässigen Beweis für die Anwesenheit einer Person am Tatort und sind auch heute noch von entscheidender Bedeutung.

UNTEN Entnahme einer Probe von Blutflecken zur DNA-Analyse, um herauszufinden, ob es sich um das Blut des Opfers oder des Angreifers handelt.

Die Anfänge

OBEN Zacharias Jansen, der Erfinder des Mikroskops. Aus *De vero telescopii inventora*, Pierre Bond, 1655.

Die Anfänge der forensischen Wissenschaft, wie wir sie heute verstehen, liegen im alten China. In chinesischen Archiven wurden Dokumente aus dem 17. Jahrhundert gefunden, die von einem Friedensrichter berichten, der tausend Jahre zuvor zur Zeit der T'ang-Dynastie gelebt hatte. Im späten 7. Jahrhundert soll Ti Jen-Chieh sowohl durch logische Schlußfolgerungen als auch forensische Beweise viele Verbrechen aufgeklärt haben. Ti arbeitete mit einer Gruppe von Ermittlern, studierte den Tatort, untersuchte vorhandenes Beweismaterial und verhörte Zeugen und Verdächtige. Obwohl seine Methoden und Geräte mit den heutigen modernen kaum verglichen werden können, sind seine Vorgehensweise und sorgfältige Beweisführung immer noch aktuell.

Die Entwicklung der forensischen Wissenschaft profitierte in hohem Maße von den wissenschaftlichen Entdeckungen des 16., 17. und 18. Jahrhunderts. Das zusammengesetzte Mikroskop wurde 1590 von Zacharias Jansen erfunden. Durch die Kombination mehrerer Linsen wurde ein Bild erzeugt, welches viel größer war als das eines üblichen Vergrößerungsglases: nur zwei oder drei Linsen ermöglichten eine zigfache Vergrößerung. Dies erlaubte die detaillierte Untersuchung eines einzelnen Fingerabdrucks

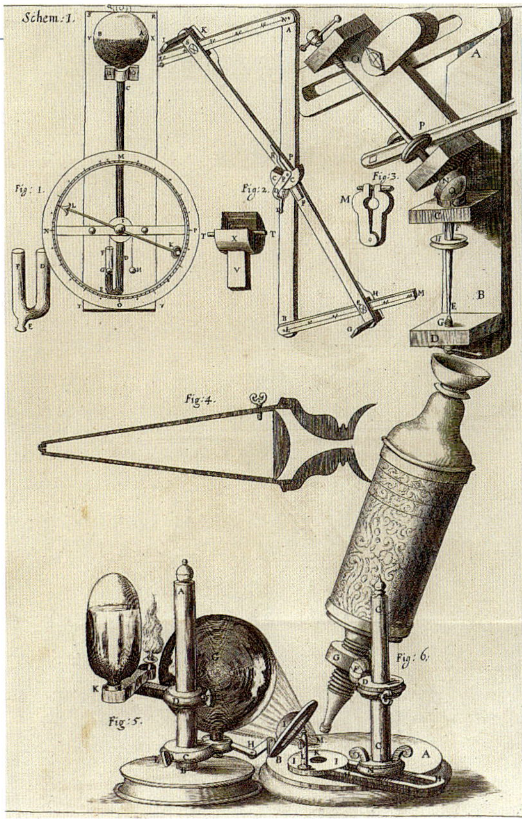

LINKS Robert Hookes zusammengesetztes Mikroskop (1665), aus seinem Buch *Micrographia*.

UNTEN Verstellbares zusammengesetztes Mikroskop (1905), fotografiert im Science Museum, London.

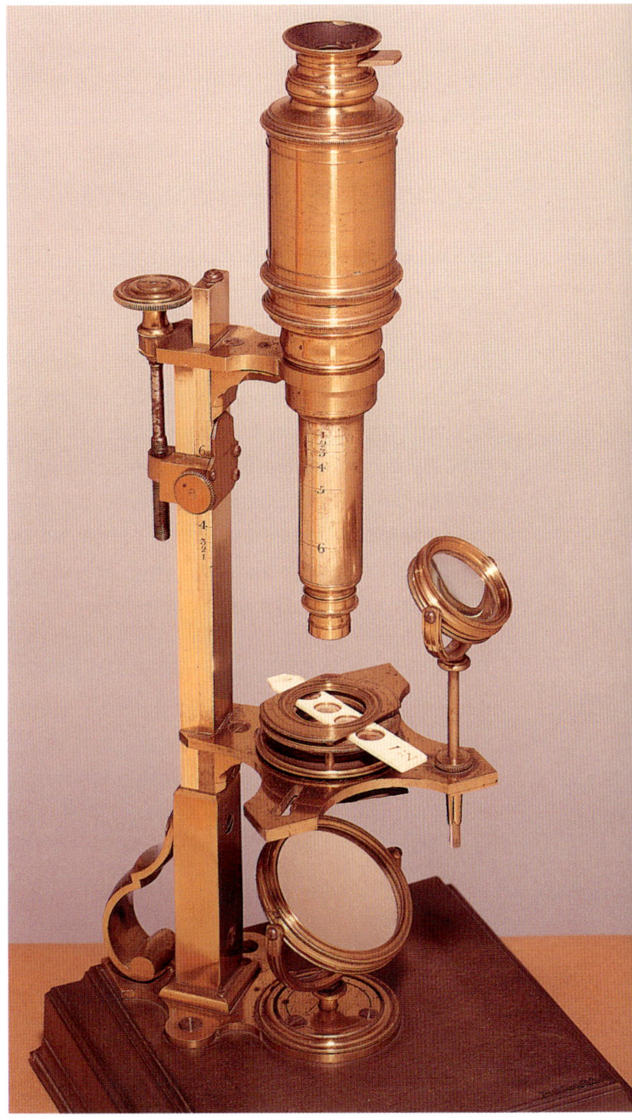

und einen präzisen Vergleich mit anderen Fingerabdrücken aus dem Archiv oder vom Tatort.

Im 17. Jahrhundert wurden komplexe Kombinationen von noch feiner geschliffenen Linsen entwickelt, die eine bis zu 300fache Vergrößerung erzeugten. Eine solche Leistungsfähigkeit ermöglichte dem forensischen Wissenschaftler die Untersuchung von Haaren und Fasern, Blutproben, Fetzen von Stoff oder anderem Material.

Gegen Ende des 19. Jahrhunderts standen Mikroskope mit bis zu 2000facher Vergrößerung zur Verfügung sowie weitere optische Geräte, die für die forensische Wissenschaft von besonderer Bedeutung waren. Ein Beispiel ist das stereoskopische Mikroskop mit doppeltem Okular und doppeltem Linsensystem, das mit Prismen arbeitet, um ein dreidimensionales Bild liefern zu können. Stereoskopische Mikroskope sind beim Vergleich von Bodenproben oder Farbpartikeln nützlich, um z. B. einen besonderen Ort bzw. ein Kraftfahrzeug ausfindig machen zu können.

Das Vergleichsmikroskop hat wie das stereoskopische Mikroskop zwei Linsensysteme, aber diese sind so über Prismen kombiniert, daß sie zwei nebeneinanderliegende Bilder für den direkten Vergleich liefern, anstatt durch die Überlagerung zweier Bilder ein räumliches Bild zu erzeugen. Es ist hervorragend geeignet, um die Riefen auf zwei Geschossen miteinander zu vergleichen und zu überprüfen, ob sie aus derselben Waffe abgeschossen wurden, oder um eine eventuelle Übereinstimmung von Gewebe- bzw.

Haarproben festzustellen. Das Vergleichsmikroskop wurde um 1920 von Philip Gravelle und Calvin Goddard im Büro für forensische Ballistik in New York entwickelt. Inzwischen existiert auch eine Variante des optischen Mikroskops, bei dem durch Infrarotlicht erkennbar wird, ob ein Dokument nachträglich verändert worden ist.

Können Fotos lügen?

Das Prinzip der Fotografie wurde 1724 von dem deutschen Erfinder Johann Heinrich Schultze entdeckt. Er beobachtete, wie sich in Abhängigkeit von der Lichtintensität Silbersalze schwärzten. Obwohl dies die Grundlage für den fotografischen Film war, gelang es erst 1826, das entstehende Bild zu fixieren. Es war der Franzose Joseph Nicéphore Niepce, der damals einen Lichtstrahl auf eine mit einer lichtempfindlichen Bitumenlösung beschichtete Zinnplatte richtete. Bei seinen ersten Experimenten dauerte die Belichtung acht Stunden. In den folgenden Jahren arbeitete er mit Louis Daguerre zusammen. Durch Verwendung einer mit Silberjodid beschichteten Kupferplatte und Entwicklung des Bildes auf der belichteten Platte mit Quecksilberdampf entstand die erste Fotografie bzw. Daguerreotypie.

OBEN Der französische Physiker und Erfinder Joseph Niepce (1765–1833).

Mit dieser Methode konnte nur ein Bild pro Belichtung angefertigt werden, aber als William Fox Talbot das Negativ erfand, das beliebig viele Abzüge ermöglichte, erweiterten sich die Anwendungsmöglichkeiten. 1850 konnten Fotografien mit dem Kollodium-Naßplattenverfahren schneller und billiger gemacht werden, und mit der Erfindung der Gelatine-Trockenplattenfotografie 1871 wurde dieser Vorgang noch einfacher. Seitdem wird die Fotografie routinemäßig eingesetzt, um Bilder von Beweisen am Tatort anzufertigen, um Einzelheiten der Opfer und/oder ihrer Verletzungen festzuhalten und um Aufnahmen von Tatverdächtigen zu machen.

Die sogenannten »Rogues' Galleries«, Bücher mit Frontal- und Profilaufnahmen der Gesichter bekannter Krimineller, waren bei vielen Ermittlungen von Bedeutung. 1886 hatte der New Yorker Detektiv Thomas Byrnes eine Sammlung von »Ganoven-Aufnahmen« veröffentlicht, damit die Bevölkerung in der Lage war, eventuelle Angreifer oder Diebe zu erkennen.

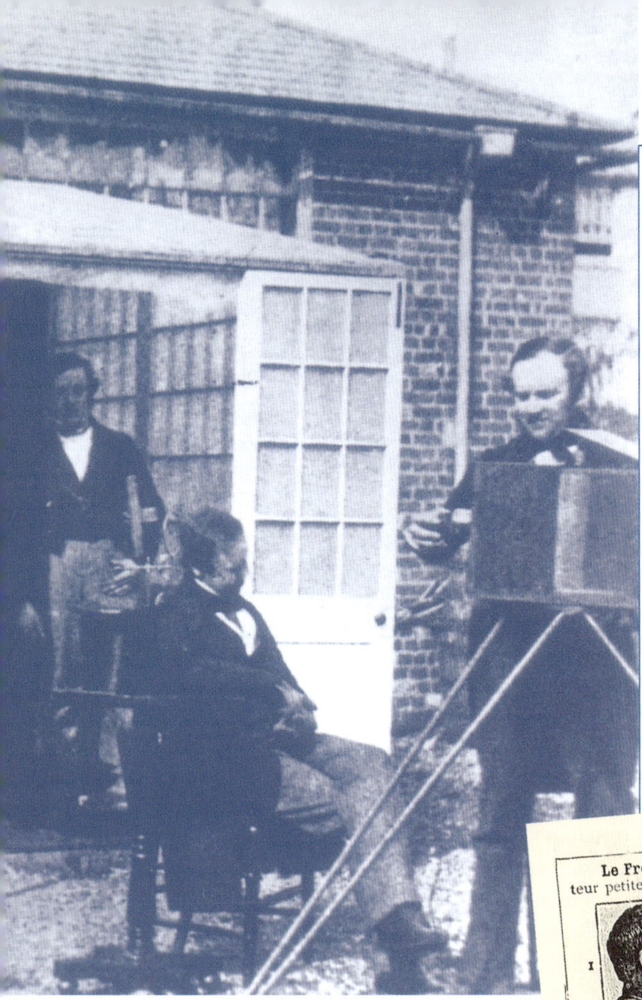

LINKS William Henry Fox Talbot (rechts), der englische Pionier auf dem Gebiet der Fotografie, bei der Arbeit. Abgebildet ist auch eine Vorrichtung, durch die der Kopf des Fotografierten während der langen Belichtungszeit fixiert wird.

UNTEN Polizeiliche Identifizierungstabelle auf Grundlage des Bertillon-Systems.

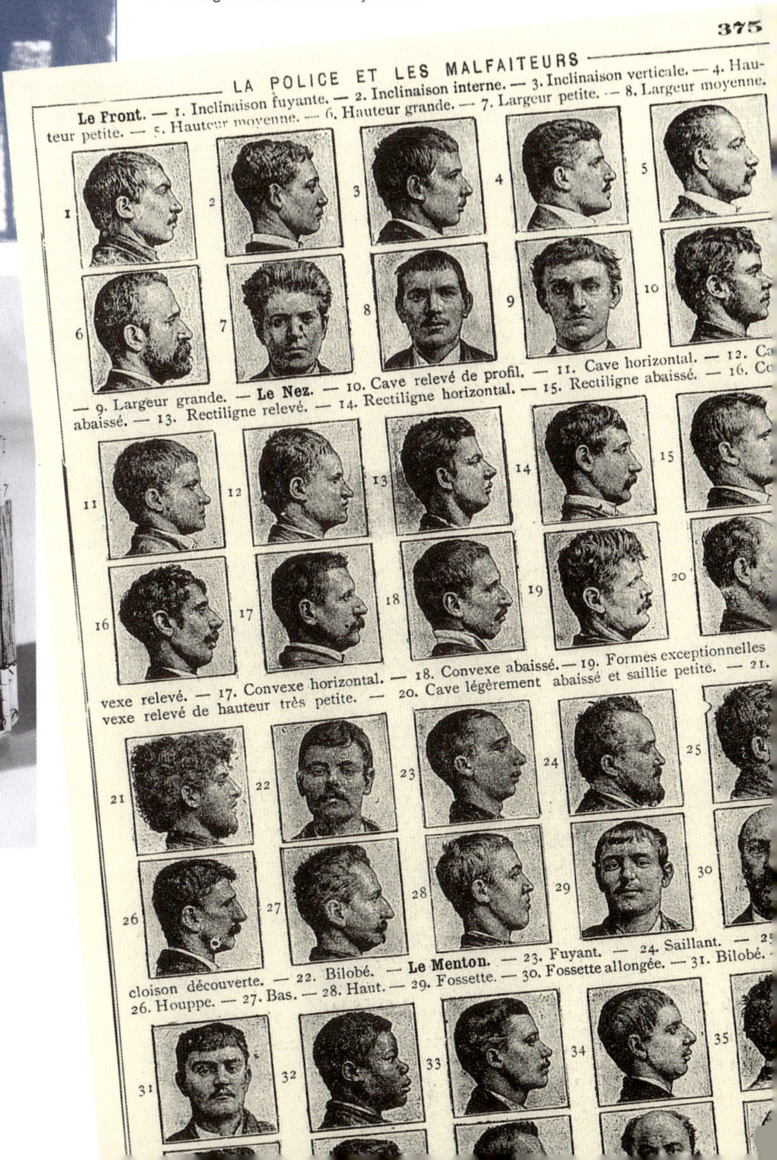

375

LA POLICE ET LES MALFAITEURS

Le Front. — 1. Inclinaison fuyante. — 2. Inclinaison interne. — 3. Inclinaison verticale. — 4. Hauteur petite. — 5. Hauteur moyenne. — 6. Hauteur grande. — 7. Largeur petite. — 8. Largeur moyenne.

— 9. Largeur grande. — **Le Nez.** — 10. Cave relevé de profil. — 11. Cave horizontal. — 12. Ca
abaissé. — 13. Rectiligne relevé. — 14. Rectiligne horizontal. — 15. Rectiligne abaissé. — 16. Co

vexe relevé. — 17. Convexe horizontal. — 18. Convexe abaissé. — 19. Formes exceptionnelles
vexe relevé de hauteur très petite. — 20. Cave légèrement abaissé et saillie petite. — 21.

cloison découverte. — 22. Bilobé. — **Le Menton.** — 23. Fuyant. — 24. Saillant. — 2
26. Houppe. — 27. Bas. — 28. Haut. — 29. Fossette. — 30. Fossette allongée. — 31. Bilobé.

OBEN Nachbau von Fox Talbots »Mausefalle«, dem Vorläufer der Box-Kamera.

RECHTS Beweisstücke des Maybrick-Falls, in dem Florence Maybrick schuldig befunden wurde, ihren Ehegatten, den Händler James Maybrick aus Liverpool, vergiftet zu haben.

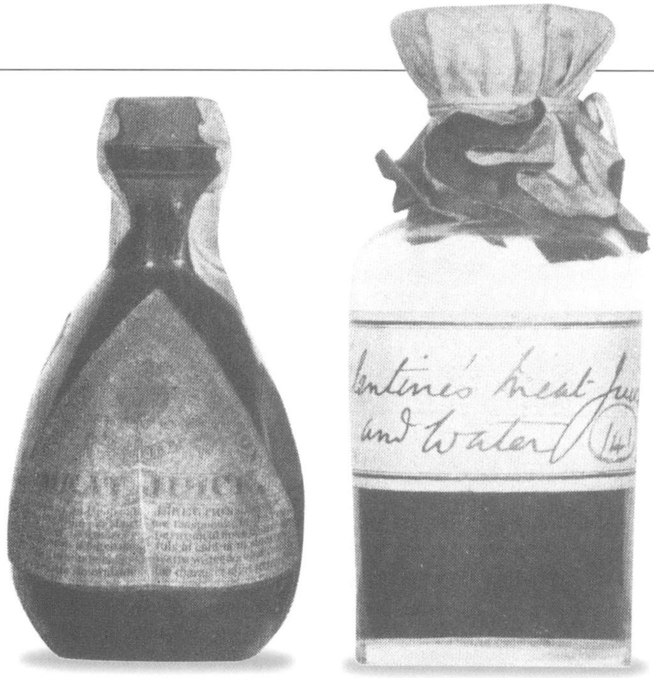

Achtung giftig!

Hunderte, wenn nicht sogar Tausende von Jahren waren Gifte die bevorzugte Waffe bei Morden. Wollte man die Auffälligkeit eines unverhohlen gewaltsamen Todes vermeiden, konnte man sich auf ein sorgfältig ausgewähltes Gift verlassen, das langsam, heimlich und letztlich zuverlässig wirkte. Mit etwas Hintergrundwissen und dem Zugang zu den richtigen Substanzen könnte ein Mörder seine Waffe sogar maßgerecht schneidern, um beim Opfer und bei nachfolgenden Untersuchungen keinen Mordverdacht aufkommen zu lassen, indem Symptome erzeugt werden, wie sie bei einem natürlichen Tod durch Herzkrankheit oder Lungenentzündung auftreten.

Aber moderne wissenschaftliche Methoden erschweren es zunehmend, daß Gifte unerkannt bleiben. Bereits 1815 bekam Matthieu Orfila nach der Veröffentlichung seines Buches *Traité des Poisons*, in dem er die gängigsten von Kriminellen verwendeten Gifte aufführte, den Titel »Vater der Toxikologie«. 1836 veröffentlichte Alfred Swaine Taylor, ein weiterer Pionier auf diesem Gebiet, sein monumentales Buch *Elements of Medical Jurisprudence*.

Im Oktober desselben Jahres entwickelte der englische Chemiker James Marsh am Royal Arsenal von Woolwich im Süden Londons eine genaue Technik zum Nachweis von Arsenspuren. Dieses Gift wurde von Mördern bevorzugt verwendet, da es im gesunden menschlichen Körper bereits in geringen Mengen vorhanden ist. Im Gegensatz zu Konzentrationen in einzel-

OBEN Matthieu Joseph Bonaventura Orfila, ein erfahrener Chemiker, im Jahr 1847.

nen Organen hat das Opfer einer Arsenvergiftung Spuren dieser Substanz in nahezu jedem Teil des Körpers; diese verbleiben sogar nach dem Tod in den Knochen und Haaren. Durch Marshs Test können Spuren von lediglich einem fünfzigstel Milligramm in einer Probe nachgewiesen werden. Die Prinzipien seiner Technik werden auch heute noch angewendet.

Die verräterische Kugel

Vor 1830 war es kaum möglich, eine bestimmte Waffe mit einem bestimmten Verbrechen in Verbindung zu bringen. 1835 konnte der Polizeibeamte Henry Goddard zum ersten Mal eine Kugel bis zu der Waffe zurückverfolgen, aus der sie abgefeuert wurde. Goddard gehörte zu den Bow Street Runners, Londons erster Polizeitruppe, die im 18. Jahrhundert als »professional thieftakers« gegründet wurde.

In dieser Zeit wurden die Kugeln von den Waffenbesitzern meist selbst gefertigt.

Goddard sollte damals einen Einbruch in Southhampton untersuchen. Am Tatort sagte man ihm, daß die Eindringlinge auf den Diener des Eigentümers geschossen hätten. Er fand die Kugel im Kopfteil vom Bett des Dieners und verglich sie sorgfältig mit dessen Pistole und Kugelgußform. Er entdeckte eine Erhebung auf der Kugel, die mit einem Defekt in der Form übereinstimmte, und bewies damit, daß der Schuß aus der eigenen Waffe des Dieners abgefeuert worden war. Als der Diener mit dem Beweis konfrontiert wurde, gab er zu, seinen Arbeitgeber beraubt zu haben. Mit dem Schuß wollte er den Verdacht von sich selbst ablenken.

1869 analysierte ein französischer Ermittler die chemische Zusammensetzung einer Kugel, die im Kopf eines Mordopfers gefunden worden war, und verglich seine Ergebnisse mit einer Analyse der Kugeln, die man beim Hauptverdächtigen fand. Die Ergebnisse bewiesen zweifelsfrei, daß alle Kugeln zum gleichen Zeitpunkt geschmolzen worden waren, was eindeutig dafür sprach, daß der Verdächtige die tödliche Kugel selbst hergestellt und abgefeuert hatte.

Die Ballistik entwickelte sich mit dem Aufkommen von Gewehren und der Massenproduktion von Munition weiter. 1889 konnte Prof. Alexandre Lacassagne durch Vergleich der Riefen im Lauf einer Waffe mit denen auf der Oberfläche eines abgefeuerten Geschosses zeigen,

UNTEN Der englische König Georg III. (1738–1820), eskortiert von den Bow Street Runners, den Vorvätern der heutigen Polizei.

ob letzteres aus dieser bestimmten Schußwaffe stammte. Das Amt für forensische Ballistik wurde 1923 in New York gegründet und setzt die Weiterentwicklung dieser Wissenschaft fort.

Die »Verbrechervisage«

Leider stellen sich nicht alle bahnbrechenden Ideen der forensischen Wissenschaft als wirklich wissenschaftlich heraus. Ein Chirurg im Gefängnis von Toulon in Südfrankreich hatte die Idee, eine bestimmte Schädelform mit einer gewohnheitsmäßigen Kriminalität in Verbindung zu bringen, und fertigte Gipsabdrücke von den Köpfen bekannter Gefangener an, um seine Theorien zu bestätigen. 1876 veröffentlichte der 40jährige Cesare Lombroso, ehemaliger Chirurg der Armee und medizinischer Leiter der Irrenanstalt im norditalienischen Pesaro, eine Abhandlung über den kriminellen Menschen, *L'Uomo Delinquente*, in der er behauptete, seine lebenslange Studie von etwa 6000 Kriminellen habe gezeigt, daß ein Zusammenhang zwischen bestimmten physischen Eigenschaften und kriminellem Verhalten bestehe.

Nach Ansicht von Lombroso tendieren notorische Kriminelle zu breiten Kiefern, hohen Wangenknochen, langen Armen und großen Ohren sowie zu einem ungewöhnlich engen Blickfeld. Er behauptete sogar, bestimmte Charakteristika mit einer speziellen kriminellen Aktivität in Zusammenhang bringen zu können. So hatten Brandstifter schmale Köpfe, Schwindler und Trickbetrüger waren für gewöhnlich stämmig gebaut, mit breitem Kiefer und starken Wangenknochen, während Taschendiebe sinnigerweise lange Finger hatten und oftmals groß gewachsen und dunkelhaarig waren. Zur damaligen Zeit waren seine Theorien so überzeugend, daß sie andere dazu veranlaßten, Instrumente zu entwickeln, die diese entscheidenden Anzeichen krimineller Tendenzen messen konnten. Zum Beispiel wurde ein Ball an einem Faden wie ein Pendel hin- und herbewegt, um Informationen über das Blickfeld des Verdächtigen zu bekommen, und ein »Kraniometer« wurde entwickelt, um die Form des Kopfes auf Papier bringen zu können.

Der Erfinder Patrizi baute einen der ersten Lügendetektoren. Das Gerät mit der Bezeichnung »Volumetrischer Handschuh« bestand aus einem Kunststoff, der aus dem Latex verschiedener malaiischer Bäume gewonnen wurde. Es paßte über die Hand und wurde am Gelenk verschlossen. Der Handschuh wurde mit Luft gefüllt und über einen Schlauch an einen Apparat angeschlossen, der durch den Pulsschlag bedingte Druckveränderungen aufzeichnete. Bei Fragen an den Verdächtigen sollte ein Ansteigen der emotionalen Anspannung durch einen Anstieg des Blutstroms in der Hand und damit durch eine meßbare Änderung des Drucks im Handschuh sichtbar gemacht werden. Leider war der Handschuh genauso unzuverlässig wie die »Verbrechervisage« als Indikator für kriminelle Tendenzen.

RECHTE SEITE Bertillons Versuche, eine Methode zur Abbildung individueller Gesichtsdetails zu entwickeln, beruhten auf der genauen Durchführung von Messungen. Hier wird im Jahr 1907 eine Person unter kontrollierten Studiobedingungen fotografiert, um ihre Charakteristika aufzuzeichnen.

Charakterbeulen

Eine weitere Theorie entwickelte 1796 der Wiener Arzt Dr. Franz Josef Gall. Die sogenannte Phrenologie besagt, daß die Schädelform etwas über den Charakter eines Menschen verrät. Auffällige Beulen sollten Aufschluß über individuelle Eigenarten geben: So konzentrierten sich intellektuelle Fähigkeiten im vorderen Teil des Schädels, der Sinn für Moral war oben verborgen und das Zentrum für Selbstbewußtsein lag an den Seiten direkt über den Ohren. Nicht weniger als 42 Fähigkeiten wurden verschiedenen Stellen der Schädeloberfläche zugeordnet.

OBEN Eine Karikatur aus dem 19. Jahrhundert zeigt Franz Josef Gall (1758–1828), wie er einer Gruppe von Anhängern einen Schädel vorführt. Die Büsten und menschlichen Schädel im Hintergrund sind nach den Personentypen, von denen sie stammen, aufgestellt.

Im 19. Jahrhundert fand diese Theorie Verbreitung, und ihre Anhänger behaupteten, anhand von Schädelmessungen Aussagen über Eigenschaften wie einen übertriebenen Hang zum Essen oder Trinken, extreme Sparsamkeit oder Achtung vor sozialen Konventionen machen zu können. Wissenschaftliche Beweise für diese Theorie gab es jedoch nicht.

Bertillon und die »Körpervermessungen«

Die Theorien des Franzosen Alphonse Bertillon, einem Angestellten der Pariser Polizeipräfektur, genossen höheres wissenschaftliches Ansehen. Bertillon hatte die Idee, die Körpermaße eines Kriminellen nicht etwa für ein Urteil über dessen kriminelle Energien heranzuziehen, sondern sie einfach als zusätzliches Hilfsmittel bei der genauen Identifikation einzusetzen.

Um für seine Theorie zu werben, verfaßte er einen Bericht, der detailliert die Maße aller überführten Verbrecher enthielt, jedoch wurde dieser vom Polizeipräfekten und dem Leiter der Sûreté zunächst zurückgewiesen. Im Dezember 1882 bekam Bertillon eine Chance: Er hatte drei Monate Zeit, um mit Hilfe zweier Angestellter zu beweisen, daß sein System funktionierte. In zweieinhalb Monaten hatte die Gruppe sorgfältig die Körpermaße von mehr als 1500 Verbrechern aufgezeichnet, jedoch konnte Bertillon keine wichtigen Entdeckungen machen.

In den letzten zwei Wochen nahm Bertillon die Körpermaße eines Verdächtigen namens Dupont auf. Sie stimmten genau mit denen eines unter dem Namen Martin bekannten Diebes überein. In einem Verhör gab Dupont zu, Martin zu sein, und es schien, als sei die »Bertillonage«, wie diese Methode genannt wurde, eine wirklich sinnvolle Technik.

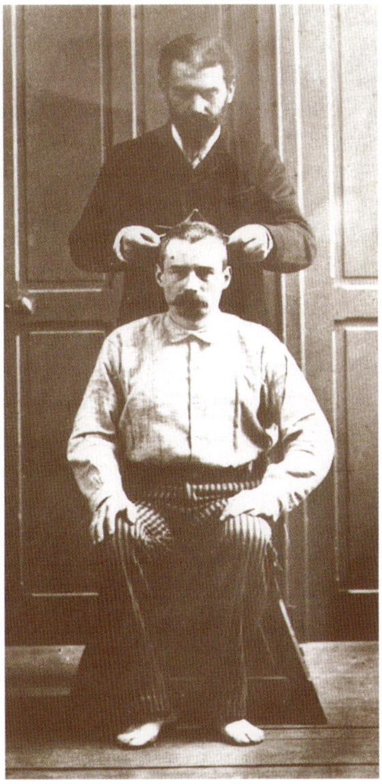

OBEN Alphonse Bertillon (1853–1914).

GANZ LINKS Bei Bertillons anthropometrischem Maßsystem wurden auch die Proportionen der Ohren aufgezeichnet.

LINKS Zum System gehörte die Aufzeichnung von zwölf Messungen, darunter auch des Schädelumfangs.

Das System konnte Hunderte erfolgreicher Identifikationen verbuchen. Bertillon wurde zum Direktor des Erkennungsdienstes der Justiz ernannt, und man stellte ihm zahlreiches Personal zur Verfügung, um mit seinen Aufzeichnungen fortzufahren. Als Experimente mit Fingerabdrücken in England Bertillon unter Druck setzten, diese auch in die französischen Aufzeichnungen über Verbrecher aufzunehmen, bestand er darauf, sie in die Kategorie der unwichtigen Merkmale zu verbannen. Als 1911 die Mona Lisa aus dem Louvre gestohlen wurde, führten unvollständige Aufzeichnungen dazu, daß die am Tatort gefundenen Fingerabdrücke nicht identifiziert werden konnten. Der Dieb wurde schließlich zwei Jahre später festgenommen, worauf Bertillon und sein System in Mißkredit gerieten. Als die Aufzeichnungen überprüft wurden, kam heraus, daß der Dieb, ein Italiener namens Vincenzo Perrugia, mehrere Male von der Pariser Polizei befragt worden und Bertillon selbst für die gemessenen Daten verantwortlich gewesen war.

Das »portrait parlé«

Ein letzter Versuch, die »Bertillonage« wiederzubeleben, beruhte auf dem »portrait parlé«, dem in Worte gefaßten Porträt. Das Erscheinungsbild eines Menschen wurde kategorisiert, also Eigenschaften mit sinnvollen eindeutigen Begriffen belegt. Zum Beispiel konnte das Gesicht eines Mannes bezüglich der Form von Stirn, Nase, Kinn, Ohren und Augen detailliert beschrieben werden.

Mit diesem System konnten Beamte mündliche oder schriftliche Beschreibungen eines Täters einem bestimmten Gesicht – teilweise mit erstaunlicher Genauigkeit – zuordnen. Diese Technik wurde bis in die 50er Jahre in Frankreich und Großbritannien eingesetzt. Nach der Einführung neuer Techniken zur Erstellung von Phantombildern wie Identikit und Photofit und durch computergesteuerte Bildaufzeichnungen war sie schließlich veraltet.

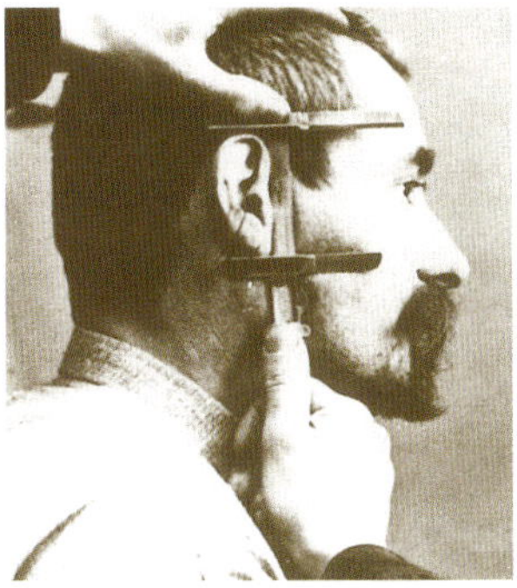

OBEN Ohrenvermessung nach dem alten System der »Bertillonage«.

RECHTS Ein Identifizierungsspezialist der französischen Nationalgendarmerie fertigt nach Angaben eines Zeugen ein Phantombild an. Die Nützlichkeit dieses Systems wurde rasch erkannt und kam weltweit bei der Polizei zum Einsatz.

LINKE SEITE Diese Zeichnung von Eugene Francis Vidocq (1775–1857) zeigt die erste fiktionale Figur von Edgar Allan Poe, für die ihm Auguste Dupont als Vorbild diente. Die charakteristischen Gesichtszüge sind neben der »Bertillonage« der Beschreibung im Buch entnommen.

Paul Revere und die Zähne

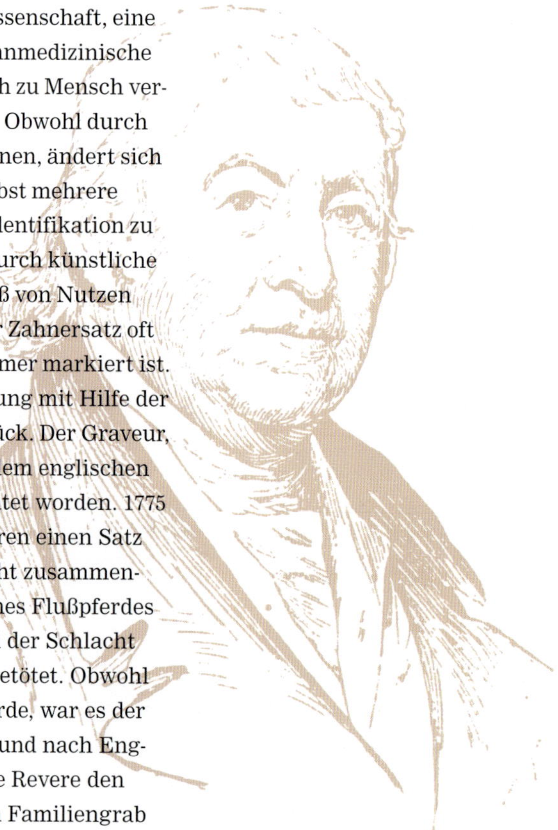

Eine Möglichkeit moderner forensischer Wissenschaft, eine Person eindeutig zu identifizieren, sind zahnmedizinische Unterlagen, da Zähne nicht nur von Mensch zu Mensch verschieden sind, sondern auch den Tod überdauern. Obwohl durch Abnutzung geringe Veränderungen auftreten können, ändert sich das Muster der Zähne insgesamt so wenig, daß selbst mehrere Jahre alte Aufzeichnungen ausreichen, um eine Identifikation zu ermöglichen. Auch wenn die natürlichen Zähne durch künstliche ersetzt wurden, können Unterlagen über das Gebiß von Nutzen sein, besonders in den Vereinigten Staaten, wo der Zahnersatz oft mit dem Namen und der Sozialversicherungsnummer markiert ist.

Einer der ersten Fälle, bei dem die Identifizierung mit Hilfe der Zähne erfolgreich war, geht auf das Jahr 1775 zurück. Der Graveur, Kupfer- und Silberschmied Paul Revere war von dem englischen Zahnarzt John Baker in Zahnheilkunde unterrichtet worden. 1775 fertigte Revere für seinen Freund Dr. Joseph Warren einen Satz neuer Zähne an. Die Zähne wurden mit Silberdraht zusammengehalten und mit einer Brücke aus dem Hauer eines Flußpferdes gestützt. Im Juni diesen Jahres wurde Warren bei der Schlacht von Bunker Hill durch einen Schuß in dcn Kopf getötet. Obwohl sein Leichnam in einem Massengrab beerdigt wurde, war es der Wunsch seiner Familie, ihn ausfindig zu machen und nach England zu überführen. Durch den Zahnersatz konnte Revere den Leichnam identifizieren. Später wurde Warren im Familiengrab in Forest Hill im Süden von London beigesetzt.

OBEN Paul Revere (1735–1818).

RECHTS Tod des Generals Joseph Warren in der Schlacht von Bunker Hill am 17. Juni 1775.

Dr. John Webster

Es war im Jahr 1849, als sich Dr. John Webster, Chemieprofessor an der medizinischen Hochschule in Harvard, von seinem Kollegen Dr. George Parkman 438 Dollar auslieh. Dieser wurde wegen der noch ausstehenden Rückzahlung ungeduldig und rief am Freitag, den 23. November, bei Webster an. Parkman wurde nie mehr lebend gesehen. Zwei Tage später meldete seine Frau ihn als vermißt, und überall wurden Suchanzeigen aufgehängt.

Der erste Beweis für einen Mord wurde von Ephraim Littlefield, einem Hausmeister der Hochschule, entdeckt. Er hatte an dem Tag, an dem Parkman verschwand, bemerkt, daß Websters Tür zum Labor verschlossen war, aber die Wand zum Labor, an der der Geräteofen stand, sich warm anfühlte. Als Webster mit diesem Sachverhalt konfrontiert wurde, gab er an, Experimente durchgeführt zu haben. Noch verdächtiger machte er sich, als er dem Hausmeister für Thanksgiving einen Truthahn anbot.

Littlefield überredete seine Frau, nach Webster Ausschau zu halten, während er ein Loch in die Wand zum Labor schlug. Zu seinem Entsetzen entdeckte er zwei Teile von einem Bein und ein Becken. Er alarmierte die Polizei, die daraufhin das Labor durchsuchte und einen menschlichen Rumpf und mehr als 150 Knochen und Körperteile fand.

Eine Gruppe von Anthropologen wurde beauftragt, dieses anatomische Puzzle zu lösen. Sie fand heraus, daß diese Teile zu einem Mann mit einer Körpergröße von etwa 176 cm gehörten, der zwischen fünfzig und sechzig Jahre alt gewesen sein mußte.

Parkman war sechzig Jahre alt und 180 cm groß, und im Ofen fand man einen weiteren Beweis: die Zähne. Sie wurden mit den zahnmedizinischen Unterlagen und einem von Parkmans Zahnarzt angefertigten Gipsabdruck verglichen. Das Ergebnis war eine perfekte Übereinstimmung. Webster konnte des Mordes überführt werden und wurde zum Tode verurteilt.

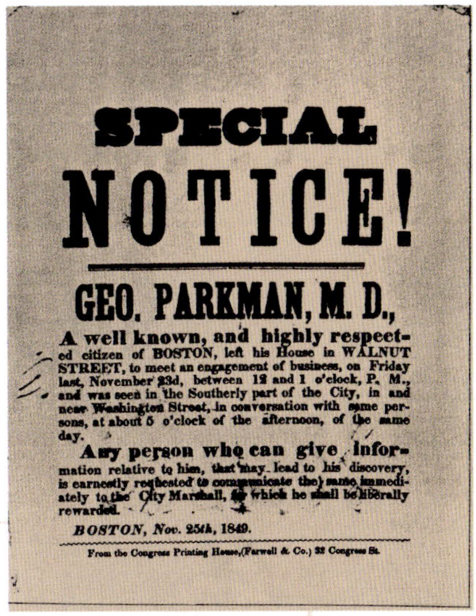

SPECIAL NOTICE!

GEO. PARKMAN, M. D.,

A well known, and highly respected citizen of BOSTON, left his House in WALNUT STREET, to meet an engagement of business, on Friday last, November 23d, between 12 and 1 o'clock, P. M., and was seen in the Southerly part of the City, in and near Washington Street, in conversation with some persons, at about 5 o'clock of the afternoon, of the same day.

Any person who can give information relative to him, that may lead to his discovery, is earnestly requested to communicate the same immediately to the City Marshall, for which he shall be liberally rewarded.

BOSTON, Nov. 25th, 1849.

From the Congress Printing House, (Farwell & Co.) 32 Congress St.

OBEN Eine Suchmeldung des städtischen Polizeipräsidenten versprach eine Belohnung für Informationen über das Verschwinden von Dr. George Parkman.

Am Tatort

OBEN Ein Untersuchungsbeamter mit einem Knochenbeutel am Tatort des Hillsville-Massakers in Virginia.

Forensische Untersuchungen fangen nach Möglichkeit immer am Tatort an. Hier werden die ersten Spuren aufgenommen und die ersten Eindrücke festgehalten, wie die Art des Verbrechens und die Todesursache eines Opfers. Der erste am Tatort ist normalerweise ein Polizeibeamter, der den Ort abriegelt, den oder die Körper auf Lebenszeichen überprüft und die entsprechenden Dienste verständigt. Manchmal sind zusätzliche Beleuchtung und Wetterschutz bei Tatorten im Freien erforderlich.

Untersuchungsbeamte suchen in der Umgebung des eigentlichen Tatorts nach Beweisen und markieren die exakte Position von allem, was möglicherweise für die Ermittlungen relevant sein könnte. Die Polizei macht Fotos und in zunehmendem Maße auch Videoaufnahmen vom Tatort. Gibt es eine Leiche, darf sie nicht bewegt werden, bis der Polizeiarzt oder ein forensischer Pathologe eingetroffen ist. Des weiteren wird notiert, in welcher Position zu anderen Gegenständen die Leiche am Tatort gefunden wurde.

In den meisten Fällen erhält man durch diese erste Spurensuche die wichtigsten Einzelheiten. Auch wenn im ersten Moment keine offensichtlichen Beweise vorhanden sind, kann die forensische Wissenschaft von geringsten Spuren bedeutender Substanzen profitieren, sofern sie lokalisiert, identifiziert, gesammelt und aufgezeichnet wurden. Dies erfordert eine gewissenhafte Arbeit: Die Beamten müssen die Umgebung sprichwörtlich nach der »Stecknadel im Heuhaufen« absuchen. Dabei kann die Suche auf verschiedene Weise organisiert sein: vom Zentrum ausgehend spiralenförmig nach außen, im Gitterverband, streifenweise oder eine Zone nach der anderen.

Wonach wird eigentlich gesucht? Nun, das können Fingerabdrücke sein, Schuhabdrücke, Reifenspuren oder -abdrücke, kleinste Blutflekken, Kratzer, Lackreste, Haare, Fasern... Die Liste ist lang. Einige Beweise können mit Klebeband aufgenommen werden oder durch Bestäuben und Bürsten. Sind Beweisstücke für das bloße Auge zu klein, so werden Bereiche am Tatort mit einem Staubsauger gereinigt und dessen Inhalt im forensischen Labor untersucht.

Ist ein Fahrzeug in ein Verbrechen involviert, erfolgt eine ebenso sorgfältige Suche. Steht zum Beispiel ein Fahrzeug in Verdacht, an einem Unfall mit Fahrerflucht beteiligt gewesen zu sein, so muß die Lackierung nach Dellen, Rissen, Kratzern und Kleidungsresten des Opfers abgesucht werden, um sie mit Farbsplittern, Autoglasscherben oder anderen Beweisstücken vergleichen zu können, die das Fahrzeug mit dem Opfer in Verbindung bringen könnten. In Entführungsfällen werden die Polster des Wagens auf Haare oder Fasern des Vermißten überprüft.

RECHTS Eine Morduntersuchung in Eugene, Oregon.

UNTEN Irische Polizisten beim Einsatz von Metalldetektoren.

UNTEN Ein Staubsauger zum Sammeln von Indizien.

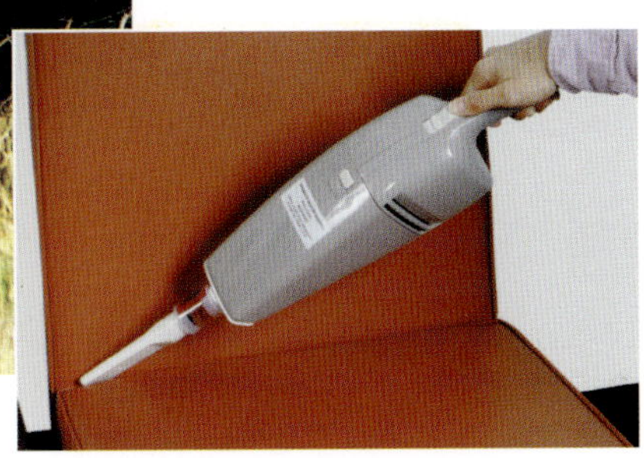

Die Bestimmung der Todeszeit

Bei unnatürlichen Todesfällen gilt nach dem Eintreffen des Anthropologen oder Pathologen am Tatort die größte Aufmerksamkeit der Bestimmung der Todeszeit. Um diese mit ziemlicher Genauigkeit zu ermitteln, mißt man die Körpertemperatur der Leiche, weil die erste meßbare Veränderung nach dem Tod das Abkühlen des Körpers ist. Da sich die Leiche schon in einem sehr frühen Stadium kalt anfühlt, mißt man die innere Körpertemperatur. Diese sinkt innerhalb der ersten zwölf Stunden mit einer Geschwindigkeit von ein bis eineinhalb Grad pro Stunde in Abhängigkeit von der Statur des Opfers und davon, welche Kleidung oder anderes isolierendes Material die Leiche bedeckt und welche Temperatur die Umgebung hat. Während der nächsten zwölf Stunden fällt die innere Körpertemperatur nur noch etwa halb so schnell. Befand sich die Leiche im Wasser, so sinkt die Temperatur sehr viel schneller.

Andere Anzeichen können zusätzliche Hinweise auf die Todeszeit des Opfers geben. *Rigor mortis*, der lateinische Ausdruck für den Begriff Leichenstarre, tritt etwa dann ein, wenn die Chemie im Körper vom normalerweise sauren Zustand in den basischen übergeht. Dies geschieht etwa zwei Stunden nach dem Tod. Dabei werden die ursprünglich entspannten Muskeln angespannt und steif. Die Leichenstarre beginnt bei den Augenlidern, setzt sich bei den Gesichts- und Kiefermuskeln fort, gelangt dann zu den Armen und zum Rumpf und erreicht zuletzt die Beine.

Die Leichenstarre ist ein fortschreitender Prozeß, der nach etwa zwölf Stunden vollständig abgeschlossen ist. Danach ist der Körper steif und unbiegsam wie ein Holzklotz. In diesem Zustand befindet er sich zwischen zwölf und achtundvierzig Stunden, bis ihn weitere chemische Veränderungen zurück in den sauren Zustand versetzen und sich die Muskeln wieder entspannen. Dieser rückläufige Prozeß wirkt sich auf die Muskeln in derselben Reihenfolge aus, in der die Leichenstarre einsetzte.

Manchmal kann das Erscheinungsbild einer Leiche durch einen Muskelkrampf verfälscht werden, der am Anfang die gleichen Symptome aufweist, aber eigentlich unmittelbar durch einen besonders gewaltsamen Tod verursacht wurde. Dieser Zustand wird als Leichenstarrkrampf bezeichnet und tritt im Moment des Todes ein. Hat das Opfer in diesem Moment nach irgend etwas gegriffen, so verbleibt der Gegenstand mehrere Stunden fest umklammert in der Hand. Wenn die Ermittlungsbeamten Glück haben, liefert er den Schlüssel zum Tathergang – oder gar zur Identität des Mörders. Hatte beispielsweise das Opfer mit dem Mörder gekämpft, so könnten Spuren des Angreifers wie Haare, Haut oder Fasern der Kleidung in der Hand des Opfers zurückbleiben.

Ein anderes Indiz für die Todeszeit ist der sogenannte *Livor mortis* oder »die blauen Flecken des Todes«. Wenn das Herz nicht mehr schlägt und das Blut nicht mehr zirkuliert, sinken die roten Blutkörperchen durch die Schwerkraft in die Teile des Körpers ab, die auf dem Boden liegen. Dadurch färben sie sich etwa zwei Stunden nach dem Tod blau. In manchen Fällen ist die Färbung aufgrund von Giften besonders auffällig. Opfer einer Kohlenmonoxidvergiftung sind in den unten liegenden Körperteilen leuchtend rot, während eine Zyanidvergiftung eine rosa Färbung hervorruft.

In den meisten Fällen basiert die annähernde Schätzung der Todeszeit auf einem Kompromiß zwischen den ungefähren Angaben dieser verschiedenen Anzeichen. Vor kurzem entdeckte Dr. John Coe, medizinischer Berater aus Hennepin County in Minneapolis, einen anderen Indikator. Er fand heraus, daß die roten Blutkörperchen beim Zerfall Kalium freisetzen. Dieses dringt langsam, aber mit konstanter Geschwindigkeit in den Glaskörper ein, die Flüssigkeit im Inneren des Augapfels. Eine Probenentnahme dieser Flüssigkeit und die anschließende Bestimmung der darin enthaltenen Kaliumkonzentration könnte die bislang zuverlässigste Methode zur Bestimmung der Todeszeit sein.

Die Bestimmung des Todestages

In einigen Fällen wird die Leiche nicht gleich nach Eintritt des Todes gefunden, so daß Zerfallsvorgänge einen Aufschluß über die Dauer

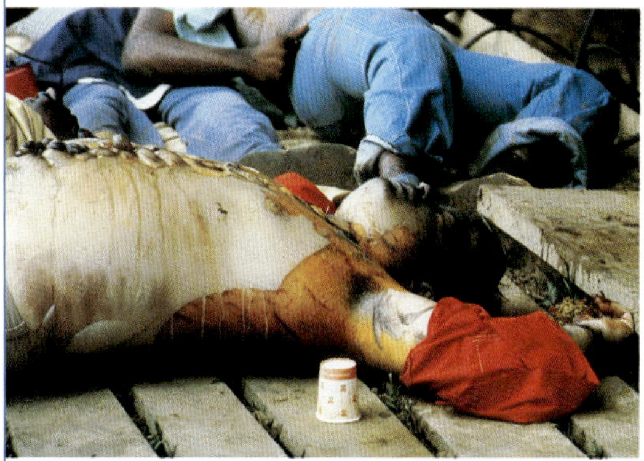

OBEN Die Leiche von Jim Jones, dem Führer der People's Temple-Sekte, gestorben an einer Cyanidvergiftung.

LINKS Ein forensischer Ermittler untersucht einen Leichnam an einem Tatort.

Indizien im Blickpunkt

Fliegen und Pflanzen geben Hinweise auf die nach dem Tod verstrichene Zeit.

OBEN Findet man Maden und Puppen der Schmeißfliege, wird die Leiche vor mindestens 10–12 Tagen vergraben worden sein.

UNTEN Nachdem die Sargbuckelfliegen die Knochen freigelegt haben, wachsen Pilze. Dann bilden Kellerasseln eine Kolonie, die sich von pilzüberzogenen Überresten ernährt.

geben, die der leblose Körper unentdeckt geblieben war. Nach zwei Tagen treten aufgrund des Blutabbaus durch Bakterien grüne Flecken an den Bauchseiten auf. Ein oder zwei Tage später befinden sich diese Flecken auch auf den Armen, Beinen und am Hals, der Körper schwillt an, und nach einer Woche erscheinen Blasen auf der Haut.

An wärmeren Tagen und zur richtigen Jahreszeit sind Insekten eine weitere Möglichkeit, um annäherungsweise bestimmen zu können, wieviel Zeit nach dem Tod eines Opfers vergangen ist. Die Schmeißfliege zum Beispiel legt normalerweise ihre Eier auf noch frischem Fleisch ab, und die Maden schlüpfen je nach Außentemperatur etwa acht bis vierzehn Stunden später. Diese entwickeln sich dann in drei Stadien weiter und streifen dabei jedesmal ihre Haut ab. Zehn bis zwölf Tage nach Ablegen der Eier sind sie ausgewachsen und verlassen die Leiche. Die gewöhnliche Stubenfliege hat einen ähnlichen Zyklus über einen ähnlichen Zeitraum. So kann der forensische Entomologe anhand von Untersuchungen der Insekten genaue Schätzungen über den Todestag abgeben, sogar wenn der Körper mehrere Tage unentdeckt geblieben ist.

Fußabdrücke und Reifenspuren

In Fällen, bei denen das Verbrechen von einem Eindringling begangen wurde, kann eine sorgfältige Spurensuche am Tatort und in seiner Umgebung Fußabdrücke und mögliche Reifenspuren liefern. Werden diese im Boden hinterlassen, verwendet das forensische Team eine besondere Gipsart, um einen Abguß des besterhaltenen Exemplares zu erstellen. Werden Fußabdrücke oder Reifenspuren im Schnee hinterlassen, so besprühen die Ermittler den Schnee mit einem Spezialwachs, um ihn für den Abguß zu härten.

Auch wenn sie in der Regel nicht vollständig sind, können Schuhabdrücke neben der Schuhgröße Hinweise auf die Identität des Täters liefern. Die Schuhhersteller gießen Sohlen in einer enormen Mustervielfalt, und genau diese Verschiedenartigkeit hilft den Ermittlungsbeamten, das spezielle Schuhfabrikat und -modell zu bestimmen. Wenn der Schuh nicht neu ist, gibt ein präziser Abguß anhand der Abnutzungserscheinungen sogar Auskunft über den Gang des Besitzers, ein einzigartiges Charakteristikum eines jeden Menschen.

Reifenspuren sind ebenso hilfreich. Reifenhersteller und Polizeibehörden wie das FBI haben die verschiedenen Muster aufgezeichnet, die wiederum unterschiedlichen Reifengrößen und oftmals verschiedenen Autofabrikaten und -modellen zugeordnet werden können. Je mehr Abnormitäten durch Abnutzung oder Schäden am Reifen vorhanden sind, desto größer ist die Wahrscheinlichkeit einer eindeutigen Identifikation.

Wurden Schuhabdrücke am Tatort gefunden, so wird die Suche meist noch auf nahe gelegene Orte ausgedehnt, an denen der Verbrecher auf der Lauer gelegen haben könnte. Verstecke hinter Bäumen oder Hecken liefern meist noch mehr Schuhabdrücke und vielleicht sogar einen Zigarettenstummel oder andere Spuren der Person, die dort gestanden und auf den richtigen Moment gewartet hat.

Nicht jeder Schuhabdruck kann mit einem Gipsabguß festgehalten werden. Der Verbrecher könnte seinen Abdruck beim Laufen in feuchter Farbe oder Blutflecken hinterlassen haben oder auch mit nassen oder matschigen Schuhen über einen sauberen Teppich oder nackten Fußboden gelaufen sein. In diesen Fällen werden mehrere Fotos gemacht, um möglichst viele Einzelheiten festzuhalten. Sind die Abdrücke deutlich genug, so können die Ermittlungsbeamten Aussagen darüber treffen, ob die Person gegangen oder gerannt ist, wie schwer sie war und sogar, ob sie gehinkt hat. All diese Hinweise ermöglichen ein vollständigeres Bild der Ereignisse.

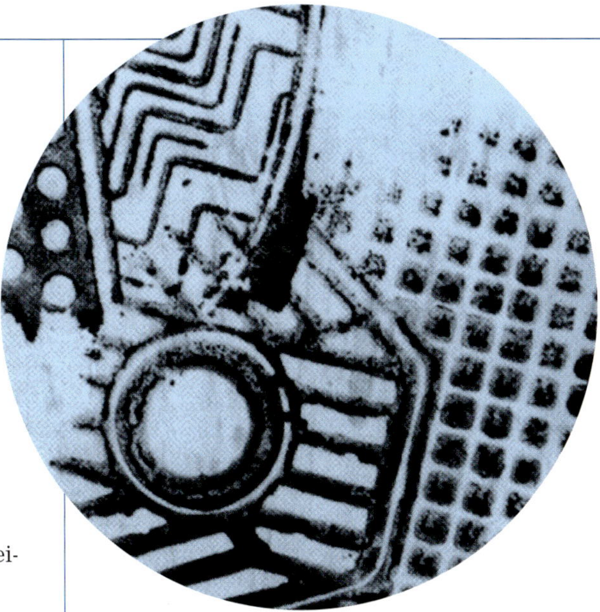

OBEN Detail eines Schuhabdrucks.

UNTEN Ein Reifenabdruck vom Tatort.

Werkzeugspuren und Bißspuren

Andere aufschlußreiche Zeichen sind Kratzer von Werkzeugen, die bei einem Einbruch verwendet wurden. Betrachtet man diese bei starker Vergrößerung, so hat selbst das schärfste Werkzeug, sei es ein Stemmeisen oder ein Schraubenzieher, Höhen und Tiefen an der Kante, die ein charakteristisches Muster von Kratzern beim gewaltsamen Öffnen einer Tür, eines Fensters oder eines Schreibtisches hinterlassen.

Diese Kratzer sind für einen Abguß meist viel zu klein, so daß sich die Beamten eine Technik zunutze machen, die Ballistiker bei Projektilen anwenden. Sie entfernen das beschädigte Holz, Metall oder andere Material mit den Werkzeugspuren und behalten es als Beweis ein. Wenn die Durchsuchung der Wohnung eines Verdächtigen ein Werkzeug ans Licht bringt, das vielleicht bei dem Einbruch verwendet wurde, so werden mit diesem Werkzeug an einem Probestück aus Holz oder einem anderen am Tatort vorgefundenen Material Kratzer erzeugt. Die Probe und das Beweisstück werden dann nebeneinander unter einem Vergleichsmikroskop betrachtet.

Es gibt Fälle, in denen Verbrecher durch Bißspuren Hinweise auf ihre Identität hinterlassen haben. Diese können an Nahrungsmitteln zurückgelassen worden oder aber bei einem Kampf entstanden sein, in dessen Verlauf der Angreifer sein Opfer gebissen hat. In beiden Fällen können deutliche Abdrücke als Beweisstück dienen, das Auskunft über die Form und Anordnung der Zähne des Verbrechers liefert –

DIESE SEITE Indizien des Mordfalls Linda Peacock, Schottland 1967.

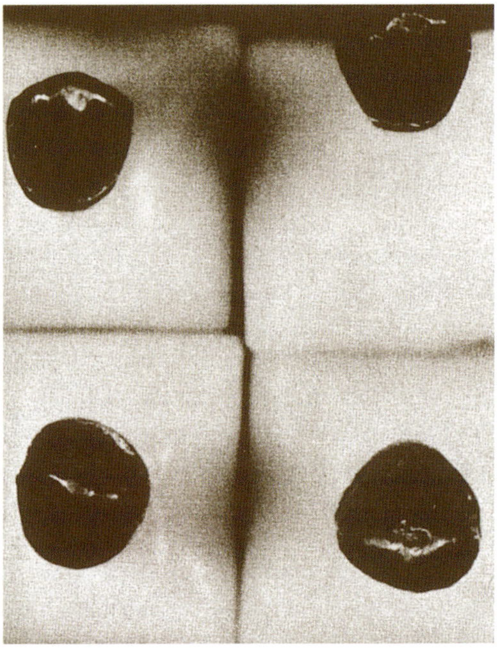

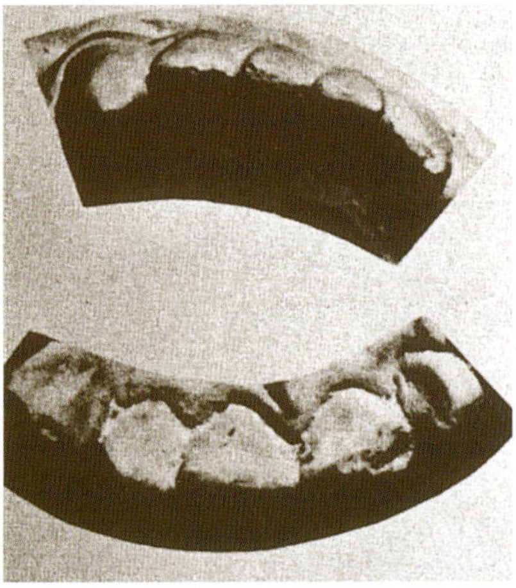

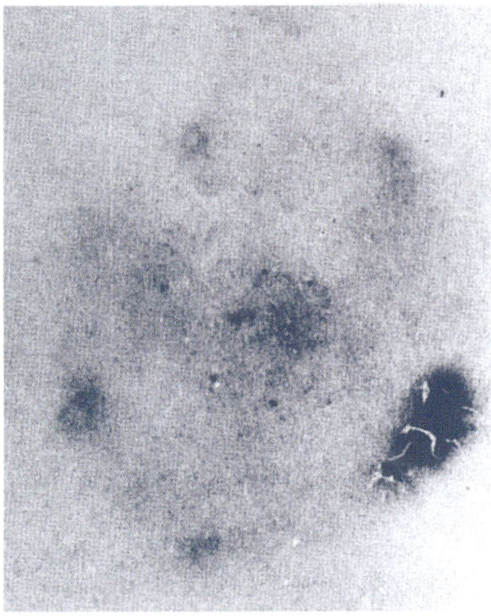

OBEN Kupferüberzogene Modelle der Zähne des Mörders Gordon Hay.

GANZ LINKS Abgüsse von Hays Vorderzähnen.

LINKS Die Bißspuren an Linda Peacocks Leichnam stimmten mit den speziellen Merkmalen von Gordon Hays Zähnen überein.

RECHTS Hilfssheriff Larry Momchilov aus Summit County auf Spurensuche an einem Tatort in Ohio im Juli 1978.

Informationen, die einen Verdächtigen freisprechen oder überführen können.

Erde und Lehm

Eine weitere wichtige Informationsquelle kann der Boden am Tatort sein. Wurden bei der Suche nach Beweisen Bodenproben genommen, so setzen die Ermittlungsbeamten sehr genaue Techniken ein, um Spuren von Erde oder Lehm auf der Kleidung eines Verdächtigen oder an den Reifen bzw. der Karosserie eines verdächtigen Fahrzeuges auf Übereinstimmung zu prüfen. Umgekehrt kann auch ein besonderer Tatort ausfindig gemacht werden, wenn außergewöhnliche Bodenbestandteile oder Vegetation in Spuren von Erde nachgewiesen werden konnten, die bei einem Tatverdächtigen und dessen Kleidung, Wohnung oder Fahrzeug gefunden wurden.

Eine der bekanntesten Techniken zum Vergleich von Bodenproben ist die sogenannte Dichtegradientenmessung. Dabei ist eine lange, an einem Ende geschlossene Glasröhre mit Mischungen zweier Flüssigkeiten unterschiedlicher Dichte gefüllt. Man erzeugt mehrere Mischungen der beiden Flüssigkeiten in unterschiedlichen Mengenverhältnissen, die in der Röhre so überschichtet werden, daß die Dichte von unten nach oben kontinuierlich abnimmt.

Wird eine Bodenprobe in diese Röhre gefüllt, so sinken die Partikel so lange, bis sie eine Schicht erreichen, die ihrer eigenen Dichte entspricht, und verbleiben in dieser Flüssigkeitszone suspendiert. Da jede Bodenprobe Partikel unterschiedlicher Dichte enthält, werden diese als dunkle Streifen suspendierter Partikel in den verschiedenen Schichten der Röhre sichtbar. Werden in einer zweiten Röhre die identischen Dichtemischungen erzeugt und eine zweite Bodenprobe in gleicher Weise aufgetragen, so kann man herausfinden, ob die durch die Partikel entstehenden Streifen übereinstimmen.

Häufig entnehmen forensische Ermittlungsbeamte zu Vergleichszwecken bis zu hundert Meter vom Tatort entfernt Bodenproben. Die anschließend ausgewerteten Proben dienen ebenfalls der Überprüfung von Alibis.

In Fahrzeugen sammeln sich Erdreste unter Kotflügeln und an der Karosserie. Bei Zusammenstößen von Autos können sich solche Schmutzklumpen lösen und am Unfallort liegen bleiben. Durch einen Vergleich mit an der Fahrzeugunterseite verbliebenem Schmutz läßt sich nachweisen, ob ein bestimmtes Fahrzeug am Tatort war.

Die Untersuchung von Flugzeugabstürzen

Viele der zuvor beschriebenen Techniken werden auch bei der Untersuchung von Flugzeugabstürzen angewendet, um die Ereignisse zu rekonstruieren, die zu einem Absturz führten. Der Absturzort ist dabei von ähnlicher Bedeutung wie der Tatort eines Verbrechens.

Für den Laien erscheinen Absturzstellen als verwirrendes Horrorszenario aus meist nicht identifizierbaren Wrackteilen. Für die Beamten besteht einer der ersten Schritte bei der Untersuchung der Absturzursache darin, die oft Tausende von Bruchstücken einzusammeln und diese anschließend zu einer Rekonstruktion des Flugzeugs zusammenzufügen.

Ähnlich wie Kriminalbeamte eine Skizze vom Tatort anfertigen, erstellen die Spezialisten für Flugzeugabstürze einen Plan mit den genauen Fundstellen größerer Teile wie Motoren, Steuereinheiten, Fahrwerk usw. Sind diese weit vom Wrack entfernt, so kann dies darauf hindeuten, daß sie sich bereits vor dem Aufprall vom Flugzeug gelöst haben und daß ihr Fehlen für den Absturz mitverantwortlich gewesen ist. Die Untersuchung der Triebwerke liefert Informationen darüber, ob sie während des Absturzes noch intakt waren und ob sie das Flugzeug antrieben.

Die bei Flugzeugabstürzen eingesetzten Untersuchungsbeamten arbeiten nach einem Routineverfahren, der sogenannten TESTED-Methode, deren Bezeichnung von den Anfangsbuchstaben der englischen Ausdrücke für bestimmte Baugruppen herrührt: *Tips of Wings and Tail Surfaces*: Flügel- und Rumpfenden; *Engines*: Triebwerke; *Primary and Secondary Control Surface*: erste und zweite Steuerebene; *Tail Assembly*: die gesamte Heckpartie; *External Devices*: Äußere Vorrichtungen wie Fahrwerk oder Flügelendtanks; *Doors*: Türen, Luken, Kanzelhauben und Windschutzscheiben. Das Fehlen von Teilen dieser Baugruppen liefert wichtige Hinweise bei der Suche nach der Absturzursache.

Viele der Instrumente im Cockpit behalten die beim Absturz zuletzt angezeigten Werte, was für die Rekonstruktion der Ereignisse wichtig

LAGEPLAN DER WRACKTEILE Er wurde von Untersuchungsbeamten an einer Absturzstelle gezeichnet, um die Fundstellen der wichtigsten Flugzeugteile festzuhalten.

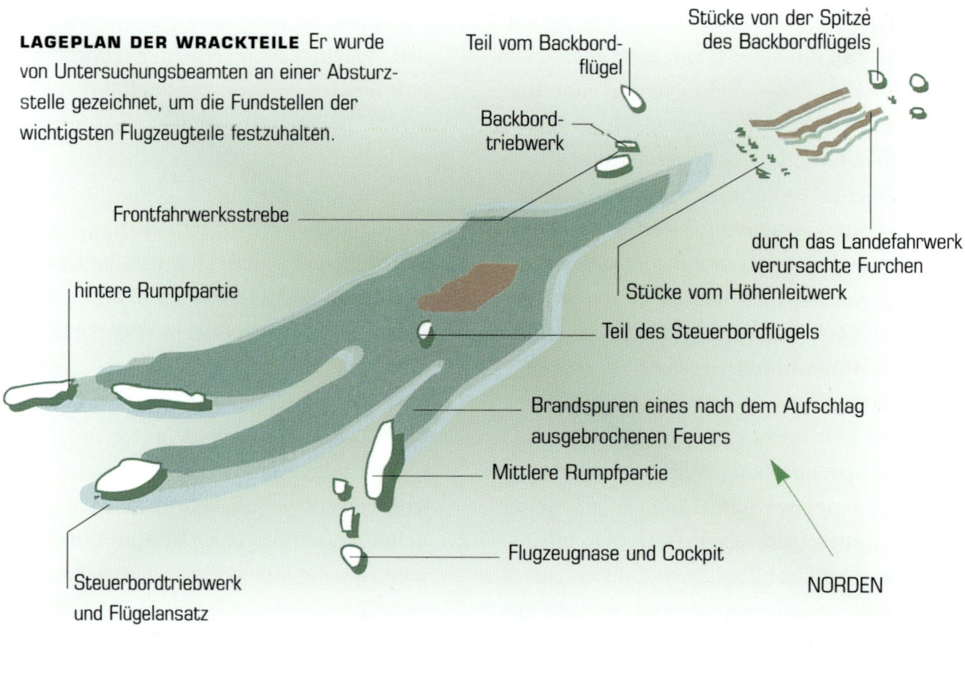

Indizien im Blickpunkt

Die unbeschädigten Bäume zeigen, daß das Flugzeug überzogen worden sein muß und senkrecht ohne Vorwärtsbewegung auf den Boden stürzte.

Baumschäden lassen Richtung und Winkel des Fluges der Maschine in den Sekunden vor dem Aufschlag erkennen.

Schäden an den Triebwerken geben Hinweise darauf, ob die Motoren beim Aufschlag noch liefen oder nicht.

Die Wrackteile weisen Risse und Kratzspuren auf. Verlaufen Kratzspuren über Risse hinweg, so müssen sie vor dem Zerreissen entstanden sein.

ist. Bei Bränden erlaubt das Brandmuster an größeren Baugruppen Aussagen darüber, ob das Feuer bereits während des Fluges oder erst nach dem Aufprall ausbrach.

Andere Hinweise ergeben sich aus den Rissen und Kratzern in und auf der Außenseite des Flugzeugs. Wurde z. B. eine bestimmte Partie weggerissen und nur eines der beiden zusammengehörigen Teile zeigt Kratzspuren, so wurden diese wahrscheinlich nach dem Abreißen oder Auseinanderbrechen verursacht. Finden sich hingegen zusammenhängende Kratzspuren auf beiden Teilen, stammen sie von einem Zeitpunkt vor der Abtrennung. Diese Untersuchungen ermöglichen es, eine Reihenfolge der Ereignisse festzulegen, mit deren Hilfe ermittelt werden kann, welche Partien bereits vor dem Aufschlag auseinanderrissen und welche erst durch ihn selbst beschädigt wurden.

Hilfreich ist auch, daß die Betreiber von Passagierflugzeugen nicht nur Flugdatenschreiber, sondern auch Geräte zur Aufzeichnung der Gespräche im Cockpit installieren müssen. Außerdem werden in den Luftfahrtkontrollzentren der Funkverkehr zwischen Piloten und Flugsicherungskontrolldiensten sowie die Radarbilder anderer Flugzeuge im Luftverkehrsraum aufgezeichnet.

Die d'Autremont-Brüder

An einem der spektakulärsten Beispiele erfolgreicher Verbrechensaufklärung war Edward Heinrich, Leiter des forensischen Labors in Berkeley (Kalifornien), maßgeblich beteiligt. Dabei ging es um den versuchten Überfall auf einen Postzug der Union-Pacific-Eisenbahngesellschaft. Er spielte sich in einem abseits gelegenen Streckenabschnitt in den Bergen im südlichen Oregon ab. Der Postwagen war mit Dynamit gesprengt und die gesamte Zugbesatzung kaltblütig ermordet worden, ehe die Mörder in Panik gerieten und ohne Beute flüchteten.

Alles, was bei der gründlichen Suche am Tatort gefunden wurde, waren ein Revolver, ein batteriebetriebener Zündmechanismus, der für die Sprengung benutzt worden war, ein Paar Schuhüberzüge aus Sackleinen, die mit Holzschutzmittel getränkt waren, um Spürhunde irrezuleiten, und ein Overall. Letzteren schickte die Polizei zu Heinrich, der ihn akribisch untersuchte.

Heinrich nahm Proben der Schmutzpartikel, die in den Taschen waren und von denen einige Fettreste aufwiesen. Dies hatte die Beamten ursprünglich zu der Annahme verleitet, daß der Besitzer ein Automechaniker sein könnte, doch Heinrichs Untersuchung ergab, daß das Fett von Kiefern stammte. Nachdem er jedes Detail am Overall unter einem Mikroskop geprüft hatte, konnte er erstaunlich präzise Angaben über die Eigenschaften des Besitzers machen. Er teilte den staunenden Polizeibeamten mit, daß sie nach einem linkshändigen Holzfäller mit einer Körpergröße von etwa 175 cm, hellbraunem Haar und einem Gewicht von etwa 75 kg fahnden sollten. Der Gesuchte sei Anfang zwanzig, rauche selbstgedrehte Zigaretten, achte auf sein Äußeres und arbeite in einem Waldarbeitercamp im Nordwesten der USA.

UNTEN Hugh d'Autremont.

GANZ UNTEN LINKS Ray d'Autremont.

GANZ UNTEN RECHTS Roy d'Autremont.

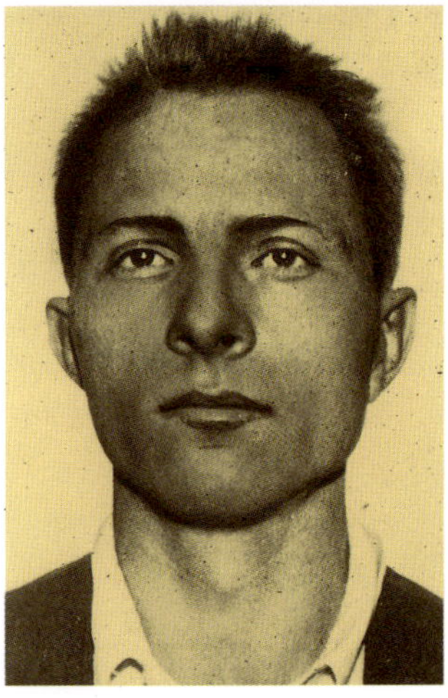

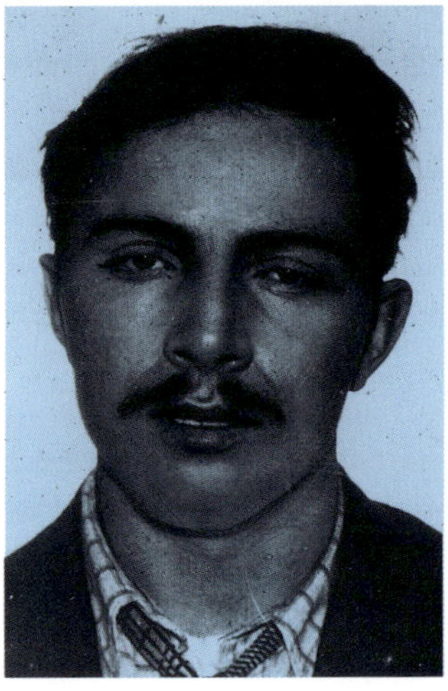

Das im Overall gefundene Fett von Pechkiefernholz und die Späne, die von Douglastannen stammten, wiesen auf einen Holzfäller hin, der im Nordwesten arbeitete, wo es viele Douglastannen gab. Die linken Taschen waren stärker abgenutzt als die rechten, und das Kleidungsstück war mit der linken Hand zugeknöpft worden, was den Eigentümer als Linkshänder enttarnte. Ein hellbraunes Haar an einem Knopf lieferte die Haarfarbe und das Alter des Verdächtigen, und die Größe des Overalls ließ auf die Körpergröße und das ungefähre Gewicht schließen.

Tabakreste in den Taschen legten nahe, daß der Verdächtige seine Zigaretten selber drehte. Mit einem Nagelknipser abgeschnittene Fingernägel wurden im Saum gefunden und deuteten darauf hin, daß er seine Nägel regelmäßig schnitt – eine für Holzfäller eher ungewöhnliche Eigenheit. Schließlich entdeckte Heinrich in einer schwer zugänglichen Tasche ein zusammengefaltetes Stück Papier, das durch Waschen des Overalls nahezu zerstört war. Vorsichtiges Auseinanderfalten und eine Jodbehandlung machten den Aufdruck lesbar: Es handelte sich um einen Beleg von einem amerikanischen Postamt für eine Paketsendung an einen gewissen Roy d'Autremont in Eugene im Staat Oregon. Bei der Überprüfung dieser Adresse durch die Polizei bestätigten Nachbarn, daß d'Autremont sehr gut auf Heinrichs Beschreibung paßte. Die Beamten fanden auch heraus, daß er, sein Zwillingsbruder Ray und sein Bruder Hugh seit dem Tag des Überfalls nicht mehr gesehen worden waren. Von Ray und Hugh wurden zu Fahndungszwecken ebenfalls Personenbeschreibungen angefertigt.

Die Suche nach den Brüdern erwies sich als schwierig. Es dauerte vier Jahre, bis ein Unteroffizier der US-Armee einen Kameraden, der mit ihm auf den Philippinen diente, als Hugh d'Autremont identifizierte. Dieser wurde in Manila verhaftet, und seine Brüder spürte man in einem Stahlwerk in Ohio auf, wo sie unter falschen Namen arbeiteten. Alle drei waren geständig und wurden zu lebenslanger Haft verurteilt.

LINKS Hugh d'Autremont, mit Handschellen gekettet an Sheriff Ralph Jennings aus Jackson County, Oregon, wo er sich wegen Mordes vor Gericht verantworten mußte.

Fallstudie Nr. 4 | USA | 1932

Die Lindbergh-Entführung

Als der kleine Sohn des berühmten Piloten Charles Lindbergh im Hause der Familie in New Jersey am 1. März 1932 aus seinem Schlafzimmer entführt wurde, hinterließ der Kidnapper nur wenige Spuren am Tatort. Gefunden wurden lediglich eine rohe, selbstgezimmerte Holzleiter, die zum Eindringen in das Kinderzimmer benutzt worden war, ein Stemmeisen, einige schlammige Fußabdrücke und eine Lösegeldforderung.

Die Lindberghs entschlossen sich dazu, den Forderungen des Entführers nachzukommen, und ein Bote übergab 50.000 Dollar an einen Mann mit auffälligem deutschem Akzent, der versprach, daß man das Kind wohlbehalten auf einem an der Küste vor Anker liegenden Boot finden werde.

In den nächsten zwei Monaten fand sich jedoch keine Spur des Kindes, bis sein Körper schließlich in einem Wald in nur drei Kilometer Entfernung vom Elternhaus entdeckt wurde. Die Autopsie ergab, daß es durch einen heftigen Schlag auf den Kopf möglicherweise schon in der Nacht der Entführung getötet worden war. Nachdem die Polizei keine weiteren Hinweise besaß, beauftragte sie den forensischen Experten Arthur Koehler, sich näher mit der Leiter zu beschäftigen, die höchstwahrscheinlich von dem Entführer selbst hergestellt worden war.

Koehler fand heraus, daß vier verschiedene Holzarten verarbeitet worden waren: Ponderosa- und North Carolina-Kiefer, Birke und Douglastanne. Es gab Kratzer auf dem Holz von dem Sägewerk, wo es ursprünglich zurechtgeschnitten worden war, und in einem der Stücke waren Nagellöcher, die darauf hindeuteten, daß es vorher einen anderen Verwendungszweck hatte. Daraufhin wurden an über 1500 Sägewerke im gesamten Westen Amerikas Briefe verschickt, um die Herkunft der North Carolina-Kiefer herauszufinden. Schließlich konnte eine Firma in South Carolina ausfindig gemacht werden. Die Fertigungsmaschine des Sägewerks erzeugte ähnliche Kratzer, wie sie auf Teilen der Leiter zu sehen waren.

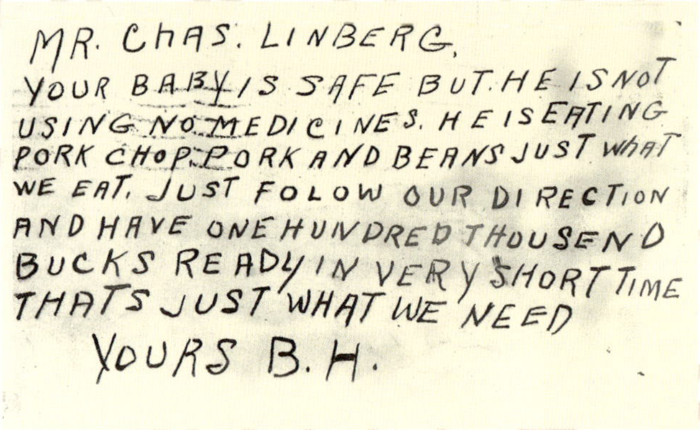

MR. CHAS. LINBERG,
YOUR BABY IS SAFE BUT HE IS NOT
USING NO MEDICINES. HE IS EATING
PORK CHOP PORK AND BEANS JUST WHAT
WE EAT. JUST FOLOW OUR DIRECTION
AND HAVE ONE HUNDRED THOUSEND
BUCKS READY IN VERY SHORT TIME
THATS JUST WHAT WE NEED
YOURS B.H.

GANZ OBEN Der Flieger Charles Lindbergh.

OBEN MITTE Charles Augustus Lindbergh, Sohn von Charles Lindbergh.

OBEN Erpresserbrief.

Das Werk hatte in den drei vorangegangenen Jahren 46 Wagenladungen von North Carolina-Kiefer an Kunden in den Nordosten Amerikas verschickt. Beamten suchten die Adressaten auf, bis sie bei der *National Lumber and Millwork Company* in der Bronx Glück hatten: Sie fanden Lagerkisten aus North Carolina-

Kiefer, die genau mit dem für die Leiter verwendeten Holz übereinstimmten. Unglücklicherweise hatte die Firma die Kisten gegen Bargeld verkauft und führte auch keine Kundenliste, so daß die Spur im Sande verlief. Koehler konnte dann die Douglastanne bis zu einigen Sägewerken in Bend, Oregon, und Spokane im Staat Washington zurückverfolgen. Ehe er diesen Hinweisen weiter nachgehen konnte, wurde ein Verdächtiger in der Bronx aufgrund des Erpresserbriefes festgenommen. Es war der in Deutschland geborene Zimmermann Bruno Richard Hauptmann, in dessen Haus die Polizei 14.000 Dollar des Lösegeldes fand.

OBEN Holzbrett mit Aushöhlungen zum Verstecken des Lösegeldes und einer geladenen Waffe.

Hauptmann behauptete, er habe das Geld für einen Freund aufbewahrt, der zurück nach Deutschland gegangen und dann an Tuberkulose gestorben sei. Doch Koehler konnte beweisen, daß die Leiter mit einem Hobel, wie er in Hauptmanns Garage gefunden wurde, geglättet worden war, und daß Teile der Leiter von einem fehlenden Dielenbrett auf dem Dachboden stammten. Hauptmann wurde vor Gericht gestellt, für schuldig befunden und im April 1936 auf dem elektrischen Stuhl hingerichtet. Er beteuerte entschieden seine Unschuld. Auch wenn einige Aspekte seines Verfahrens nach wie vor Bedenken hervorrufen, bestehen kaum Zweifel, daß Koehlers forensische Arbeit die wichtigste Basis darstellte, aufgrund derer eine Anklage möglich war.

UNTEN Bruno Hauptmann (Mitte) bei seinem Prozeß.

Ghislaine Marchal

UNTEN Omar Raddad wartet auf den Beginn seiner Verhandlung in Nizza am 24. Januar 1994.

Ghislaine Marchal wurde am 24. Juni 1991 im Keller ihrer Villa »La Chamade« in Mougins tot aufgefunden, einem wenige Kilometer nördlich von Cannes in den südfranzösischen Meeralpen gelegenen Ort. Durch mehrere Stiche mit dem Messer ihres Mörders verwundet, hatte sie es allem Anschein nach noch geschafft, mit ihrem eigenen Blut die anklagenden Worte »Omar m'a tué« (Omar hat mich ermordet) und »Omar m'a T ...« an die Wand zu schreiben. Der Fall schien erschreckend klar zu sein. Ihr junger marokkanischer Gärtner Omar Raddad war ebenso verschwunden wie ein Betrag von 4000 Francs.

Raddad wurde des Mordes angeklagt, und im Februar 1994 begann am Gericht des Departments Alpes Maritimes die Verhandlung. Dort rief die Staatsanwaltschaft zwei Schriftexperten in den Zeugenstand, die anhand von in der Villa gefundenen Zeitungen mit ausgefüllten Kreuzworträtseln bestätigten, daß die Art, wie die Buchstaben mit Ghislaine Marchals Blut geschrieben worden waren, mit ihrer eigenen Handschrift übereinstimmten. Es gelang der Anklage, Omar Raddad als den Messerstecher hinzustellen. Der Marokkaner wurde zu 18 Jahren Haft verurteilt. Doch im Lauf der Zeit mehrten sich die Zweifel an der Beweisführung. Raddad erwies sich als mustergültiger Häftling und wurde schließlich begnadigt. Die ganze Zeit über beteuerte er seine Unschuld, legte Berufung gegen das Urteil ein und plädierte für eine Wiederaufnahme des Verfahrens.

Leider ist ein Berufungsverfahren langwierig und hängt von neuen Beweisen ab, die Zweifel an dem ursprünglichen Urteil begründen. Raddads Rechtsanwalt Jacques Vergès baute seinen Einspruch auf drei Fakten auf. Professor Fournier, ein Spezialist für forensische Medizin, bestätigte, daß der Mord einen Tag später als ursprünglich angenommen verübt worden war, und zwar am 24. Juni 1991, für den Raddad ein wasserdichtes Alibi vorweisen konnte. Zwei Schriftexperten fanden Abweichungen zwischen den in Blut geschriebenen Buchstaben und denen in den Kreuzworträtseln und waren darüber hinaus überzeugt, daß die Worte nicht von jemandem geschrieben worden sein konnten, der im Begriff war, an Blutverlust zu sterben. Andere kritisierten, daß Madame Marchals Fingerspitzen nicht vermessen worden waren, um sie mit der blutigen Botschaft zu vergleichen, und daß ihr Körper eingeäschert worden war.

Schließlich bemängelten zwei Privatdetektive die Polizeimethoden und brachten andere Verdächtige ins Spiel, die möglicherweise die Mitteilung

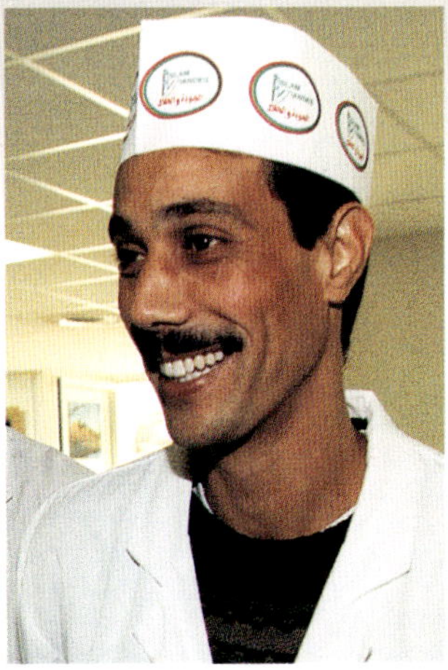

geschrieben hatten, um Raddad zu belasten und von sich selbst abzulenken. Einer legte dar, daß die Kleidung des Mörders mit Blut getränkt gewesen sein müßte, während die Kleidungsstücke, die Raddad zur Tatzeit trug, keinerlei Blutspuren aufwiesen. Der andere berichtete von einem Fahrzeug mit zwei italienischen Männern und einer Frau, das am Tatort gewesen war, und daß ein Paar Gummihandschuhe, das zum Schreiben der blutigen Nachricht verwendet worden sein konnte, zusammen mit Ghislaine Marchals Tagebuch im Kamin verbrannt worden war. Ein ursprünglich anhand forensischer Beweise so einfach und geradlinig scheinender Fall ist aufgrund von Widersprüchen durch neue Beweise komplizierter als je zuvor.

GANZ OBEN Die blutige Nachricht, anscheinend von der im Sterben liegenden Ghislaine Marchal geschrieben.

OBEN LINKS Omar Raddad in Begleitung seines Verteidigers Jacques Vergès beim Verlassen der Haftanstalt von Murel am 4. September 1998.

OBEN RECHTS Ein lächelnder Omar Raddad beginnt seine neue Arbeit in einer islamischen Metzgerei in Marseille am 14. September 1998.

Fallstudie Nr. 6 | USA | 1977

Die Untersuchung des Kennedy-Falls

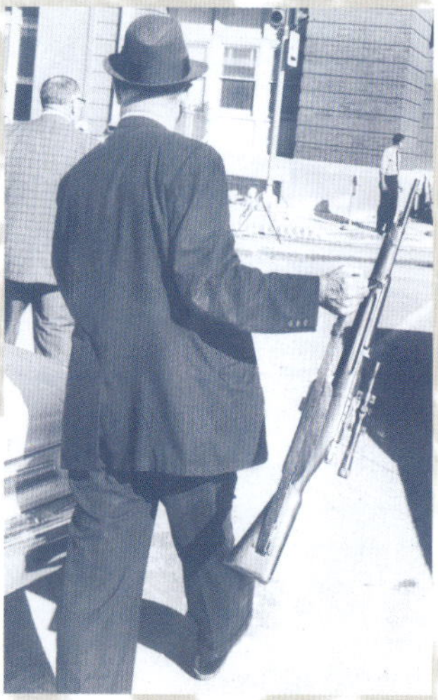

OBEN Ein Kriminalbeamter trägt das Mannlicher-Carcano-Gewehr vom Kaliber 7.65, mit dem Kennedy erschossen worden sein soll und das im fünften Stock des Gebäudes in Dallas gefunden wurde, von dem aus die Schüsse abgefeuert worden waren.

HINTERGRUND Kennedy sackt in sich zusammen, nachdem er im offenen Wagen erschossen wurde.

Im Jahr 1977, vierzehn Jahre nach der Ermordung von Präsident John F. Kennedy, führten anhaltende Gerüchte, es sei mehr als ein Scharfschütze an dem Attentat beteiligt gewesen, zu einer Untersuchung der im Auto gefundenen Geschoßfragmente mittels Neutronenaktivierungsanalyse. Dabei wird der zu untersuchende Gegenstand mit einem Neutronenstrahl beschossen, wobei er durch Einfangen von Neutronen in den Atomkernen der Probe radioaktiv wird. Diese Atome senden Gammastrahlung aus, deren Messung und Analyse Informationen über vorhandene Spurenpartikel liefert.

Einige der am Tatort gefundenen Geschoßfragmente stammten aus dem Körper des Präsidenten, andere aus dem Handgelenk von Gouverneur Conolly und die übrigen aus dem Auto. Ein vollständiges Geschoß war im Krankenhaus auf der Trage des Gouverneurs gefunden worden. Die genaue chemische Zusammensetzung der Fragmente ergab, daß sie zu insgesamt zwei Projektilen gehörten, von denen eines den Präsidenten tödlich verwundet hatte. Das andere hatte das Handgelenk des Gouverneurs durch-

schlagen. Obwohl sich die Geschosse in ihrer Zusammensetzung geringfügig unterschieden, waren sich die Experten ziemlich sicher, daß sie von derselben Waffe stammten. Keine Überreste fanden sich von dem Geschoß, das sowohl den Präsidenten als auch den Gouverneur im Rücken getroffen hatte.

Obwohl die Indizien für einen schlüssigen Beweis, daß Lee Harvey Oswald allein gearbeitet hatte, unzureichend waren, lieferten sie auch keine Hinweise, die die Theorien über mehrere Scharfschützen stützten.

Leider war seinerzeit die Chance auf konkretere Rückschlüsse vertan worden. Dem Fotospezialisten, der bei der Autopsie Bilder von den Schußwunden aufnehmen sollte, war vom FBI aus Sicherheitsgründen der Zugang verwehrt worden. Statt dessen war ein Fotograf des FBI eingesetzt worden, dessen Bilder jedoch Mängel aufwiesen, da sie die verschiedenen Eintritts- und Austrittswunden nicht identifizierten, eine Skala zur Größenbestimmung fehlte und innere Organe nicht klar zu erkennen waren. Die Beweismittel waren insofern nicht schlüssig, so daß ohne das Vorliegen nackter Tatsachen nach wie vor auch Verschwörungstheorien kursieren.

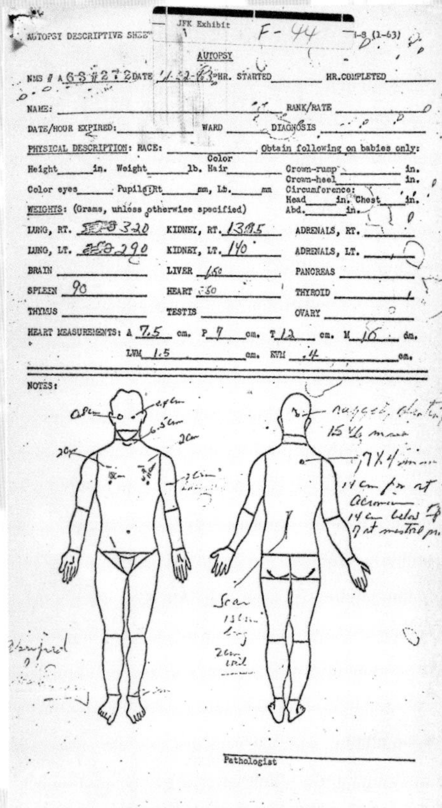
AUTOPSY DESCRIPTIVE SHEET — JFK Exhibit F-44 — (1-63)

AUTOPSY

NMS # A 63 #272 DATE 11-22-63 HR. STARTED ______ HR. COMPLETED ______

NAME: ______ RANK/RATE ______

DATE/HOUR EXPIRED: ______ WARD ______ DIAGNOSIS ______

PHYSICAL DESCRIPTION: RACE: ______ Obtain following on babies only:

Height ___ in. Weight ___ lb. Color Hair ___ Crown-rump ___ in. Crown-heel ___ in.

Color eyes ___ Pupils: Rt ___ mm, Lt. ___ mm Circumference: Head ___ in. Chest ___ in. Abd. ___ in.

WEIGHTS: (Grams, unless otherwise specified)

LUNG, RT. 320 KIDNEY, RT. 13?5 ADRENALS, RT. ______

LUNG, LT. 290 KIDNEY, LT. 140 ADRENALS, LT. ______

BRAIN ______ LIVER 150 PANCREAS ______

SPLEEN 90 HEART ?50 THYROID ______

THYMUS ______ TESTIS ______ OVARY ______

HEART MEASUREMENTS: A 7.5 cm. P 7 cm. T 12 cm. M 10 cm.

LVM 1.5 cm. RVM .4 cm.

NOTES:

Pathologist

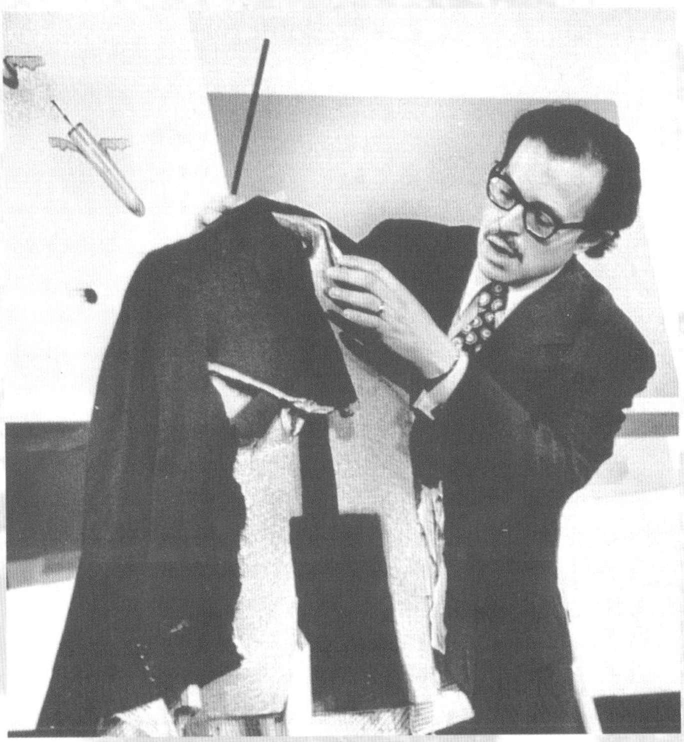

OBEN Das Beschreibungsblatt der Autopsie, Bestandteil einer Ausstellung für das 1976 gegründete House Assassinations Committee.

LINKS Stabsarzt Dr. Michael Baden führt dem House Assassinations Committee Kennedys Anzugjacke vor.

Eine Frage der Identität

OBEN Polizisten arbeiten am Fundort einer Leiche in Italien.

Wird eine Leiche an einem Unfallort oder Tatort eines Gewaltverbrechens gefunden, so hat die Feststellung der Identität des Opfers höchste Priorität. Starb die Person zu Hause oder wurde sie von Familienmitgliedern, Freunden oder Kollegen gefunden, ist dies relativ einfach. Werden dagegen keine Ausweispapiere gefunden, so ist die Frage nach der Identität problematisch. Entdeckt man Leichen erst geraume Zeit nach dem Eintreten des Todes, bleibt durch die natürliche Verwesung kaum mehr als das Skelett übrig. In anderen Fällen setzen Mörder alles daran, zu verhindern, daß ihr Opfer identifiziert werden kann, indem sie die Leiche möglichst gut verstecken. Durch die zunehmend leistungsfähigeren Methoden und Geräte können forensische Wissenschaftler jedoch die Identität einer Leiche durch detaillierte Analysen der Überreste aufklären.

Krankheiten, Operationen und Verletzungen hinterlassen Spuren oder Narben, und körperliche Merkmale können auf bestimmte Berufe hinweisen. Selbst wenn nur das Skelett übriggeblieben ist, kann dieses wichtige Informationen über Alter und Geschlecht eines Opfers, seinen Gesundheitszustand, die Körpergröße und Rassenzugehörigkeit sowie ältere oder jüngere schwere Verletzungen liefern.

Die genaue Untersuchung der Leiche im Hinblick auf die exakten Todesursachen und -umstände ist an sich nichts Neues. Bereits im 13. Jahrhundert gab es in China ein Lehrbuch, in dem beschrieben wurde, wie Anzeichen für Ertrinken und Erhängen erkannt werden können und wie vom Aussehen von Wunden auf die Größe und Art der eingesetzten Waffe geschlossen werden kann.

Mitte des 17. Jahrhunderts wurde forensische Medizin an verschiedenenen europäischen Universitäten gelehrt, in England erstmalig im Jahr 1801 an der Universität Edinburgh. Zwölf Jahre später wurde James S. Stringham, ein Chirurg aus New York, zum ersten amerikanischen Professor für Gerichtsmedizin ernannt.

UNTEN Eine Leiche an einem Tatort in Surrey, England. Forensische Wissenschaftler suchen nach Spuren, die die Identifizierung erleichtern könnten.

Indiziensammlung durch Autopsie

Die Autopsie einer Leiche erfolgt immer nach demselben Schema, egal, in welchem Zustand sie sich befindet. Sie wird gewogen und vermessen, und die Kleidung wird auf Schnitte und Löcher untersucht, die Wunden am Körper entsprechen könnten. Wie die Kleidungsstücke werden auch die Partikel unter den Fingernägeln abgekratzt und in Plastikbeuteln verwahrt. Es werden Abstriche für mögliche DNA-Analysen gemacht und Speichelproben entnommen, die Hinweise auf Tod durch Ertrinken oder bestimmte Vergiftungen liefern können. Proben von Flecken und getrocknetem Blut dienen einer späteren Analyse.

Dann untersucht der Pathologe die Leiche auf weitere äußere Symptome für die Todesursache wie Farbveränderungen durch Kohlenmonoxidvergiftung, Nadelstiche oder andere Verletzungen. Anschließend wird der Körper gewaschen, und der Pathologe zupft und schnei-

det Haarproben, die in Plastikbeuteln verwahrt werden.

Zu den weiteren Proben gehören Körpersekrete wie Blut, Urin und Rückenmarksflüssigkeit. Nach Entnahme der Organe werden Proben der Magen- und Darminhalte analysiert, um eine mögliche Vergiftung des Opfers nachzuweisen. Bei Verdacht auf Vergiftungen wird die Leber entnommen, um anhand ihres Gewichts auf die verabreichte Giftmenge schließen zu können. Alle diese Proben verbleiben im gerichtsmedizinischen Labor, und der Pathologe erstellt einen detaillierten Bericht über seine Untersuchungsergebnisse.

Verräterische Hinweise

Während der Autopsie vermerkt der Pathologe auch etwaige Anomalitäten der Leiche, die vielleicht zu ihrer Identifizierung beitragen. Hinweise auf Magengeschwüre, Nieren- oder Gallensteine, Gelenkverformungen, Arterienverengungen und Anzeichen früherer Verletzungen und chirurgischer Eingriffe können mit medizinischen Berichten verglichen werden. Blutanalysen geben Anhaltspunkte für erbliche

OBEN Blutproben für die DNA-Untersuchung bei der Lifecodes Corporation, Valhalla, USA.

UNTEN Leichen von Ritualopfern.

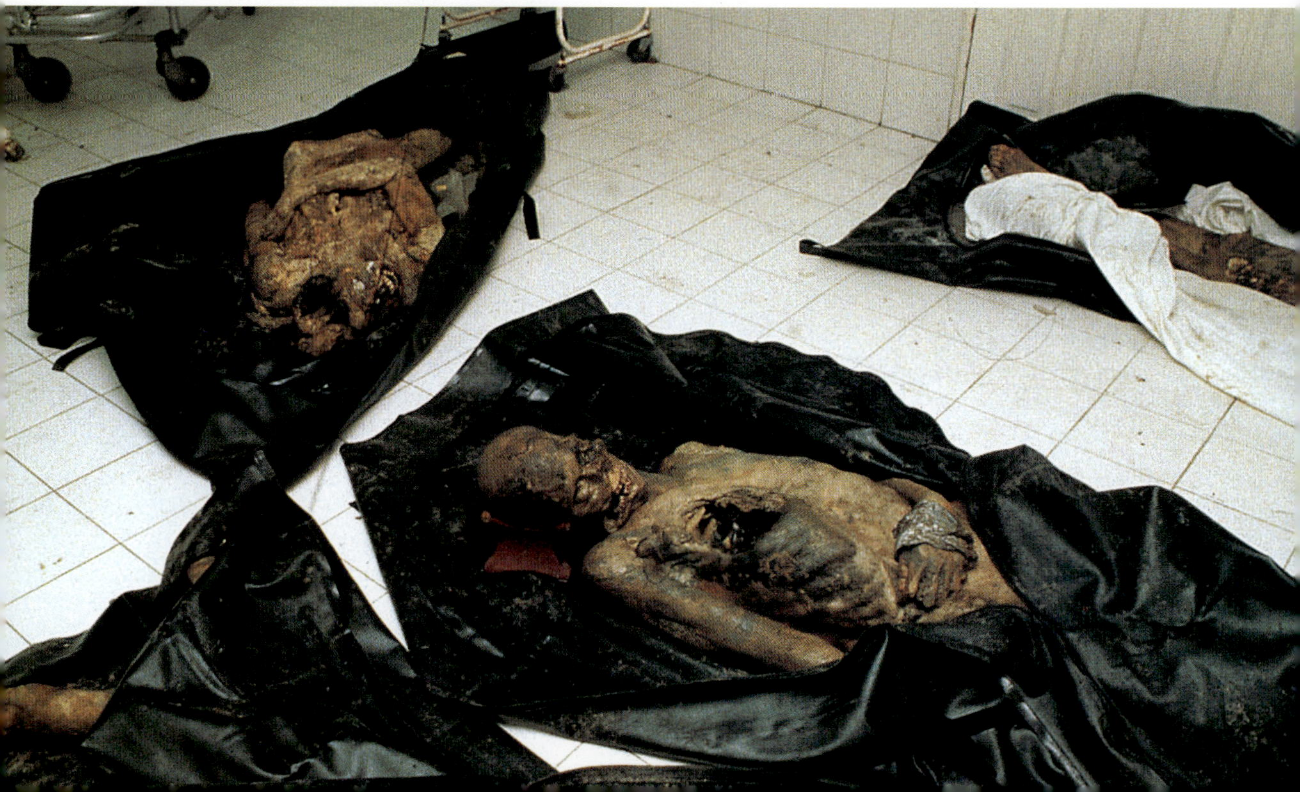

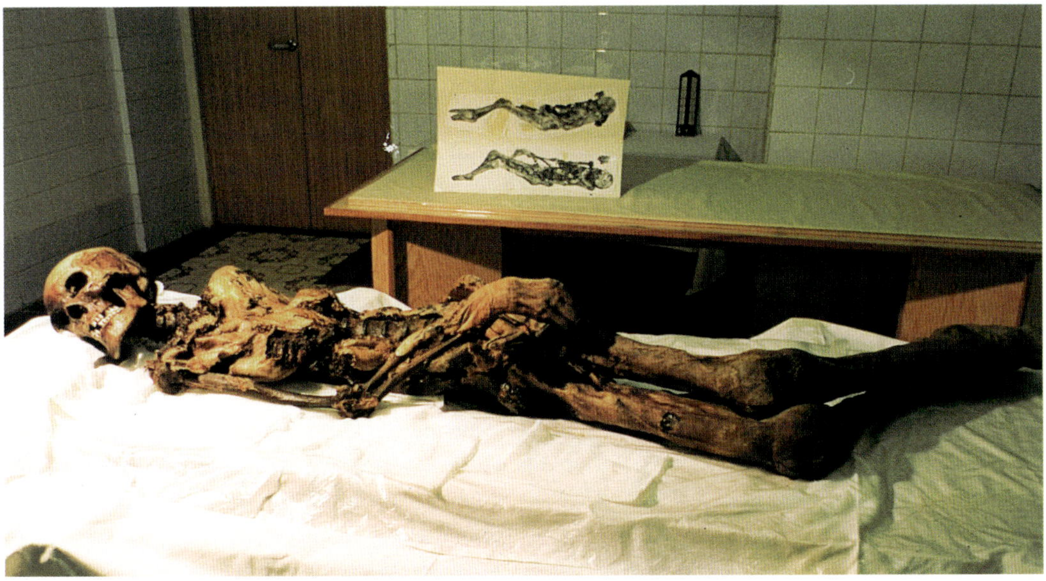

Besonderheiten wie Sichelzellenanämie oder Erkrankungen wie Malaria.

Weitere Anzeichen wie ungewöhnliche Tätowierungen oder Muttermale können ebenfalls zur Identifizierung eines Opfers beitragen. In einem früheren Stadium läßt sich auch sein Beruf durch berufsspezifische Abnutzungserscheinungen oder Veränderungen erkennen. Beruflicher und sozialer Status können z. B. auch an Flecken, Schwielen oder Narben an den Händen körperlich schwer arbeitender Menschen abgelesen werden.

Konservierung und Zerfall

Wurde die Leiche nicht unmittelbar nach Eintritt des Todes gefunden, so hängt ihr Zustand stark davon ab, in welcher Umgebung sie zwischenzeitlich lag bzw. aufbewahrt wurde. Befand sie sich an einem warmen, trockenen Ort, kann das Gewebe austrocknen, ehe die Verwesung einsetzt. Dies kam z. B. bei Fällen vor, in denen man die Leichen unter Fußböden oder in Schränken versteckte, wo eine ausreichende Luftzirkulation für einen raschen Trocknungsprozeß sorgte. Die Leiche schrumpft zusammen, aber die Struktur des Gesichts, die Haare und andere Unterscheidungsmerkmale bleiben manchmal über Jahre erhalten.

OBEN Konservierte Überreste der »Eisjungfrau von Prazyryk«, einer jungen Frau, die im Altai-Gebirge in Zentralasien im Eis gefroren gefunden wurde. Der 2500 Jahre alte Körper blieb so gut erhalten (weil Wasser in die Grabkammer eintrat und dann gefror), daß Tätowierungen auf der Haut immer noch zu erkennen sind.

Wurde eine Leiche in einem flachen Grab vergraben oder im Freien gelassen, so unterstützen natürliche Prozesse die Verwesung des Gewebes. Ist die Umgebung feucht und warm, gedeihen Bakterien und beschleunigen die Zersetzung. War der Körper reichlich bekleidet oder tief in schwerer Erde vergraben, behindert hingegen die fehlende Luftzirkulation das Bakterienwachstum und verzögert den Abbauprozeß.

Junge oder übergewichtige Opfer unterliegen aufgrund des höheren Fettanteils ebenso einem rascheren Verwesungsprozeß wie Personen, die zum Zeitpunkt ihres Todes an einer Infektionskrankheit litten. Einige Gifte wirken dagegen verzögernd, weil sie den Abbau durch Mikroorganismen beeinträchtigen.

LINKS Skelette aus dem Mittelalter. Nur noch die Knochen können Anhaltspunkte über die Todesart und die Lebensweise der Personen liefern.

Nackte Knochen

In den Fällen, in denen das Gewebe bis auf die Knochen verwest ist, können viele Verfahren der Autopsie nicht mehr angewendet werden. Auf dieses Gebiet spezialisierte Anthropologen erhalten jedoch allein anhand der Knochen noch viele Hinweise. Das Skelett kann als das eines Mannes oder einer Frau identifiziert werden. Form und Winkel des Schambeins und das Vorhandensein des Ventralbogens sind für diese Entscheidung die wichtigsten Aspekte.

Das Alter eines Skeletts kann bei Kindern anhand einzelner Veränderungen an den Zähnen abgeschätzt werden, während bei Erwachsenen der Abrieb oder röntgenologisch erkennbare Veränderungen von Bedeutung sind.

Altersschätzungen werden bei Erwachsenen anhand des Zustands der Knochen der Beckenregion oder der Knorpel an den Rippenenden und bei Kindern anhand der Knochenkerngröße der Handwurzelknochen vorgenommen.

Um die Größe der Person zu ermitteln, wird das vollständige Skelett vermessen, aber selbst bei zerstückelten Opfern kann die Körpergröße anhand von Formeln abgeleitet werden, wenn die ungefähre ethnische Zugehörigkeit sowie das Geschlecht des Unbekannten vorliegen. Zum Beispiel stellt in den Vereinigten Staaten die Forensische Anthropologische Datenbank der Universität von Tennessee hierfür eine Berechnungsformel und ein Computerprogramm zur Verfügung. Früher wurde die Länge des Oberschenkelknochens oder des Schienbeins zur Berechnung herangezogen, die Körpergröße konnte jedoch nur auf einige Zentimeter genau ermittelt werden.

Ethnische Unterschiede

Skelettmerkmale wie die Schädelform und die Breite des Unterkieferknochens können auch Hinweise auf die ethnische Zugehörigkeit liefern. Europäer haben oft engstehende Zähne in einem schmalen Kieferknochen, während Chinesen breitere Kiefer und Backenzähne mit drei Wurzeln besitzen, und Amerikaner tendenziell größere Zähne haben.

Auch die Haarstruktur und -farbe kann bei der Zuordnung der ethnischen Gruppe helfen. Indianer, Chinesen und Japaner haben oft glatte, schwarze Haare. Das Haar von Weißen variiert von Blond über Rot- bis hin zu Brauntönen und Schwarz. Die farbgebenden Pigmente im Haar sind gleichmäßiger verteilt als bei afrokaribischen Menschen. Ebenfalls signifikant ist die Querschnittsform der Haare.

OBEN Ein Schädel und daneben die dazugehörige Gesichtsrekonstruktion.

UNTEN Französische Pathologen untersuchen den Schädel von Mozart.

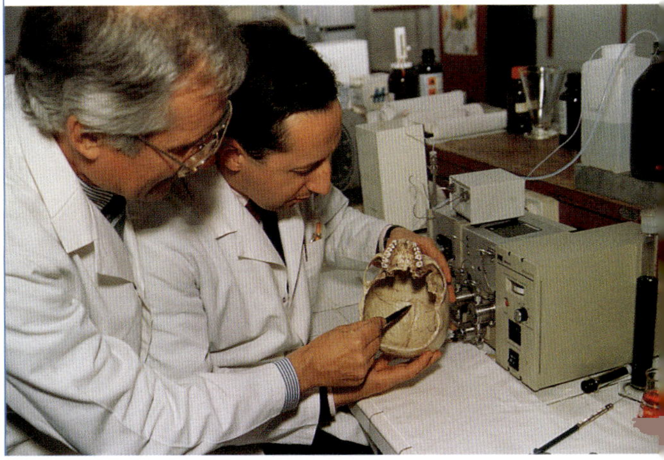

Zahnmedizinische Berichte

Jedesmal, wenn man einen Zahnarzt aufsucht, werden auf Formularen Einzelheiten der Zahnabnormitäten des Patienten sowie die vorgenommenen Veränderungen wie Zahnziehen oder Füllungen eingetragen. Das vollständige Gebiß eines Erwachsenen besteht aus 32 permanenten Zähnen: Vier obere und vier untere Schneidezähne, zwei obere und zwei untere Eckzähne, vier obere und vier untere Vorbackenzähne sowie sechs obere und sechs untere Backenzähne.

Bei zahnmedizinischen Berichten werden die Zähne zumeist in einer Reihe gezählt, beginnend mit dem letzten (dem dritten) oberen Backenzahn der rechten Kieferhälfte bis zum dritten oberen linken Backenzahn. Der Unterkiefer wird in gleicher Weise durchnumeriert. Die Kartei eines Patienten gibt an, welche Zähne durch Unfall oder Ziehen verlorengingen und wo gebohrt und gefüllt werden mußte bzw. wo eine Krone eingesetzt wurde. Im allgemeinen wird ein solcher Bericht mit zunehmendem Alter des Patienten immer detaillierter und individueller.

Röntgenologische Untersuchungen der Zähne liefern weitere spezifische Informationen über den Patienten, wie Wurzelbehandlungen, Überbiß oder Fehlstellungen – alles dies trägt zu einem einzigartigen detaillierten zahnmedizinischen Bericht bei. Einen weiteren Eintrag liefert eine Technik, bei der eine Kopie der oberen Gebißhälfte von einem Gebiß- und Gaumenabdruck des Patienten gegossen wird. Der dem Zahnarzt vorliegende Gebißabdruck enthält die charakteristischen Muster des Gaumens.

Das System zur Identifizierung einer Leiche anhand der Zähne beruht auf den Zahnkarteien. Manchmal ist es auch möglich, etwas vom Zahnmark herauszubohren, um Material für DNA-Tests zu erhalten (siehe Kapitel 14). Medizinische und zahnmedizinische Berichte haben gegenüber Aufzeichnungen von Fingerabdrükken und DNA-Daten den großen Vorteil, daß sie von einem wesentlich größeren Teil der Bevölkerung vorliegen.

Gesichtsrekonstruktionen

Eine weitere Technik bei der Identifizierung eines Opfers, von dem nur noch Knochen übrig sind, ist die Gesichtsrekonstruktion. Pionier auf diesem Gebiet war vor etwa hundert Jahren der Schweizer Anatom Wilhelm His, der anhand der Knochenstruktur die entsprechenden Gesichter der Menschen rekonstruierte. In einem Fall legte man ihm einen Schädel vor, der der von Johann Sebastian Bach (1685–1750) sein sollte. Seine Rekonstruktion wurde mit Porträts

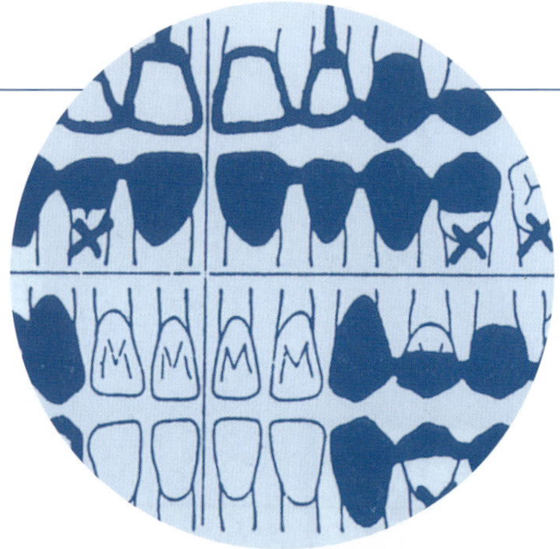

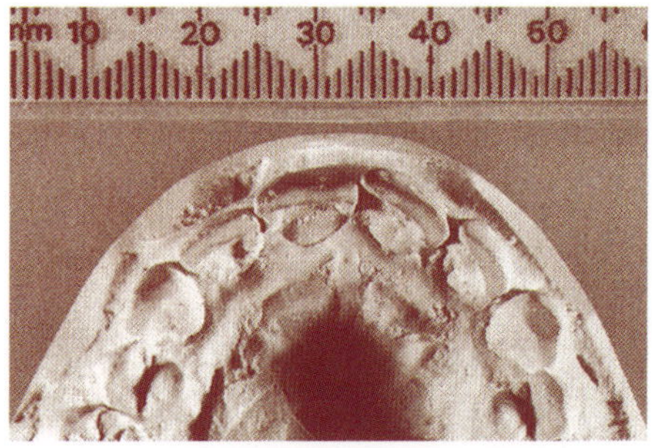

GANZ OBEN Zahnärztliche Unterlagen werden oft zur Identifizierung herangezogen.

OBEN Gießabdrücke von Zähnen können ebenfalls zur Identifizierung von Leichen genutzt werden oder beweisen, ob jemand für eine Bißwunde verantwortlich war oder nicht.

des Komponisten verglichen, die zu dessen Lebzeiten entstanden waren. Die Ähnlichkeit war so überzeugend, daß man definitiv zu dem Schluß kam, daß es sich um Bachs Schädel handelte.

Diese Technik wurde von Professor Grigoriev, einem Professor für forensische Medizin in Moskau, kurz nach der Oktoberrevolution von 1917 weiterentwickelt. Gemeinsam mit seinem Assistenten Michail Gerasimov untersuchte er die Köpfe von Leichen, die in Anatomievorlesungen seziert werden sollten, und sammelte viele Daten über die Stärken von Weichgewebepartien eines Gesichts, die die Schädelknochen umhüllen.

1925 zog Gerasimov nach Sibirien, um im Museum der Stadt Irkutsk zu arbeiten. Zwei Jahre später wurde er zum Leiter der archäologischen Abteilung ernannt. Seine Aufgabe war die Rekonstruktion von Gesichtern frühzeitlicher Menschen anhand von Fossilienfunden in

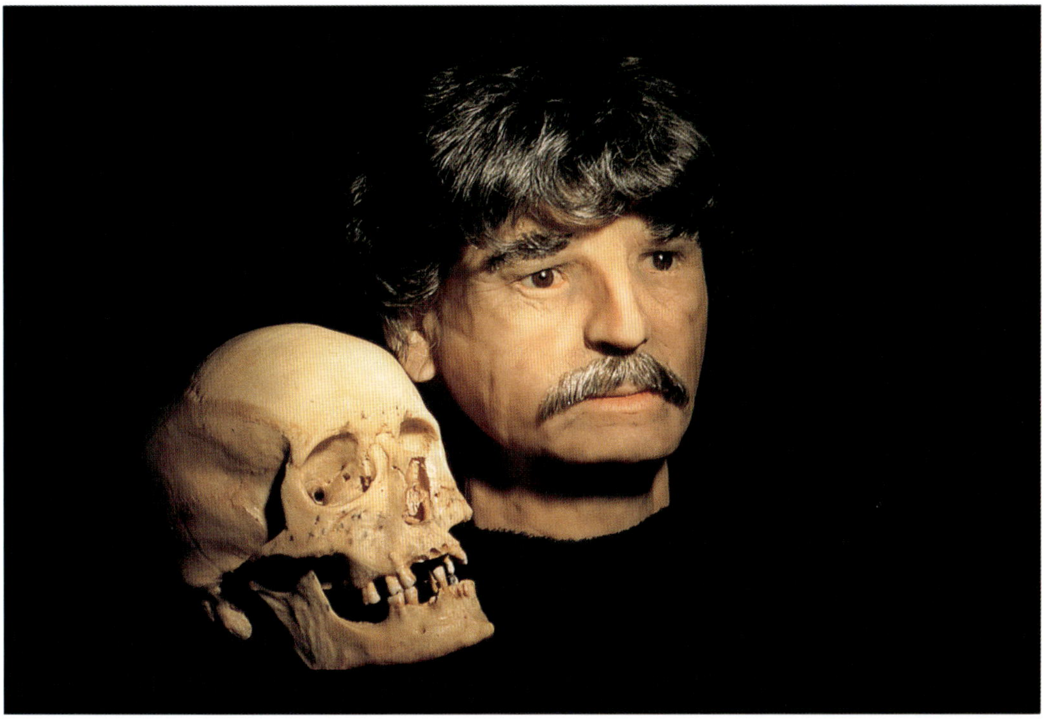

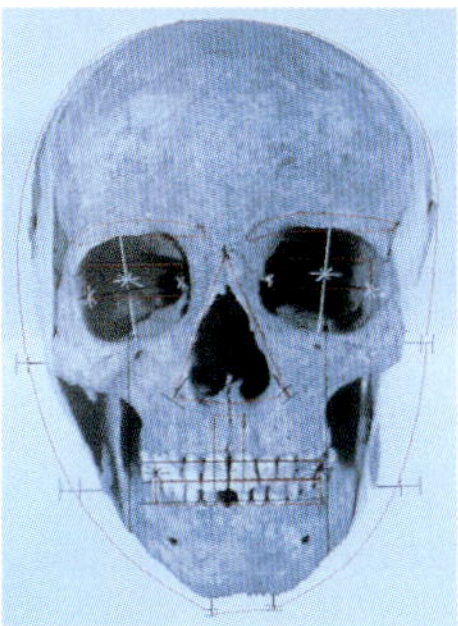

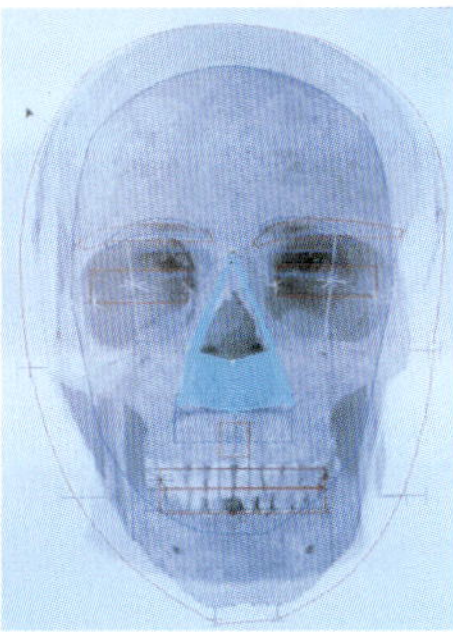

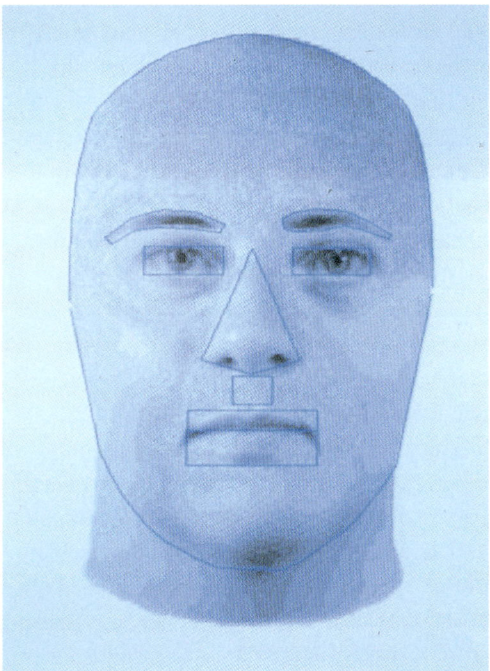

OBEN UND RECHTS Mit einem Computer angefertigte Gesichtsrekonstruktion anhand des Schädels eines Mannes aus dem Mittelalter.

GANZ OBEN Der Kopf wird dann von Hand gegossen. Um eine realistischere Wirkung zu erzielen, werden dann u. a. Haare hinzugefügt.

der sibirischen Tundra. Eine Kommission beauftragte ihn mit der Rekonstruktion des Gesichts des mongolischen Eroberers Timur-Leng (1336–1405) anhand des in seinem Grab gefundenen Schädels.

In Großbritannien wurde diese Technik erstmals in der anatomischen Abteilung der Universität Manchester eingesetzt, anfangs um »lebendige« Gesichter historischer Persönlichkeiten wie Philipp von Mazedonien, den Vater von Alexander dem Großen, anzufertigen. 1987 kam es in der Londoner U-Bahn-Station King's Cross zu einer Brandkatastrophe, die 31 Todesopfer forderte. Alle bis auf einen Toten waren identifiziert worden. Die Polizei wandte sich an Richard Neave, den »medizinischen Künstler« der Universität Manchester, um das Gesicht des Toten anhand des Schädels nachzubilden. Dann wurden überall Fotografien des angefertigten Modells veröffentlicht. Seither ist diese Technik in einer Reihe von Mordfällen eingesetzt worden.

Die Rekonstruktion beginnt mit der Anfertigung eines Modells des Schädels, in das an bestimmten anatomischen Bezugspunkten Löcher gebohrt werden. In jedes wird ein Stab so gesteckt und fixiert, daß er jeweils gemäß den allgemein anerkannten Angaben über die Weichgewebestärke herausragt. In die Augenhöhlen setzt man Augäpfel aus Kunststoff, und die Muskulatur des Gesichts wird durch Auftragen von Tonschichten aufgebaut, bis die Stabenden gerade bedeckt sind.

Die Modellierung fängt am Nacken und Kiefer an und setzt sich aufwärts zu den Wangen und Augen hin fort. Die über Stirn, Seiten und Schädeldecke gelegten Schichten sind dünner als die der unteren Gesichtspartien, wo die Knochen tiefer unter der Haut liegen. Die Konturen der Wangen und des Kiefers sowie die verbliebene Tonoberfläche werden der menschlichen Haut entsprechend geglättet.

Um den Gesichtern ein lebendigeres Aussehen zu verleihen, bringt man weitere äußere Merkmale an, die jedoch der unzuverlässigste Teil der Rekonstruktion sind, da anhand des Skeletts kaum bis gar keine Informationen über Form und Größe der Nase oder der Augenbrauen sowie der Struktur, Länge und Farbe der Haare gewonnen werden können. Geschulte Anthropologen setzen auf eine Mischung aus Inspiration und Erfahrung, so daß in vielen Fällen eine authentische Erscheinung geschaffen wird, vergleicht man nach erfolgreicher Identifikation das Modell mit Fotografien der betreffenden Person.

OBEN Richard Neave, leitender »medizinischer Künstler« der Universität Manchester, England, führt seine Rekonstruktionstechniken vor.

Eine der bekanntesten forensischen Anthropologen der Vereinigten Staaten ist Betty Pat Gatliff, die anstelle von Neaves Holzstäbchen Gummistöcke zur Festlegung der Gewebestärken in verschiedenen Gesichtsregionen einsetzt. Gatliff wurde 1978 beauftragt, Gesichtsrekonstruktionen von neun nicht identifizierten Opfern des Serienmörders John Wayne Gacy in Illinois anzufertigen. Allerdings führten öffentliche Aufrufe zur Hilfe bei der Identifizierung der Modelle nur zu einer einzigen vagen Aussage.

1989 erhielt der forensische Anthropologe Frank A. Bender aus Philadelphia den Auftrag, die Büste eines Mannes anzufertigen, der unter Mordverdacht stand und seit 18 Jahren untergetaucht war. Bender sollte die Veränderungen im Aussehen des Mannes dokumentieren. Dabei half ihm ein Computerprogramm, das einer Bildvorlage Alterungsmerkmale zufügen kann. In dem vorliegenden Fall berücksichtigte das Programm sogar die bekannte Abneigung des Verdächtigen gegenüber regelmäßigen sportlichen Aktivitäten. Bender verwendete das Bild als Vorlage für ein dreidimensionales lebensgroßes Modell.

Einige Änderungen des Aussehens waren natürlich rein spekulativ, so z. B. das Doppelkinn, der zurückgehende Haaransatz, graues Haar und ein blasser Teint. Andere dagegen beruhten auf bekannten Einzelheiten. Vor 18 Jahren hatte der Verdächtige eine Brille getragen, und so stattete Bender das Modell mit einem aktuelleren Brillengestell mit stärkeren Gläsern aus.

Das Ergebnis wurde für Verbrecherkarteien in den üblichen Ansichten von vorne und im Profil fotografiert, und die Bilder wurden in einer landesweit ausgestrahlten Sendung über Verbrechensbekämpfung gezeigt.

Die Gesichtsrekonstruktion war gelungen: Es meldeten sich über 250 Anrufer, darunter war eine Frau aus Richmond, Virginia, die das Gesicht ihres Nachbarn erkannt hatte. Der Flüchtige wurde aufgespürt, identifiziert, verurteilt und eingesperrt, nachdem er der Justiz fast zwanzig Jahre lang entkommen war.

Gesichtsrekonstruktion

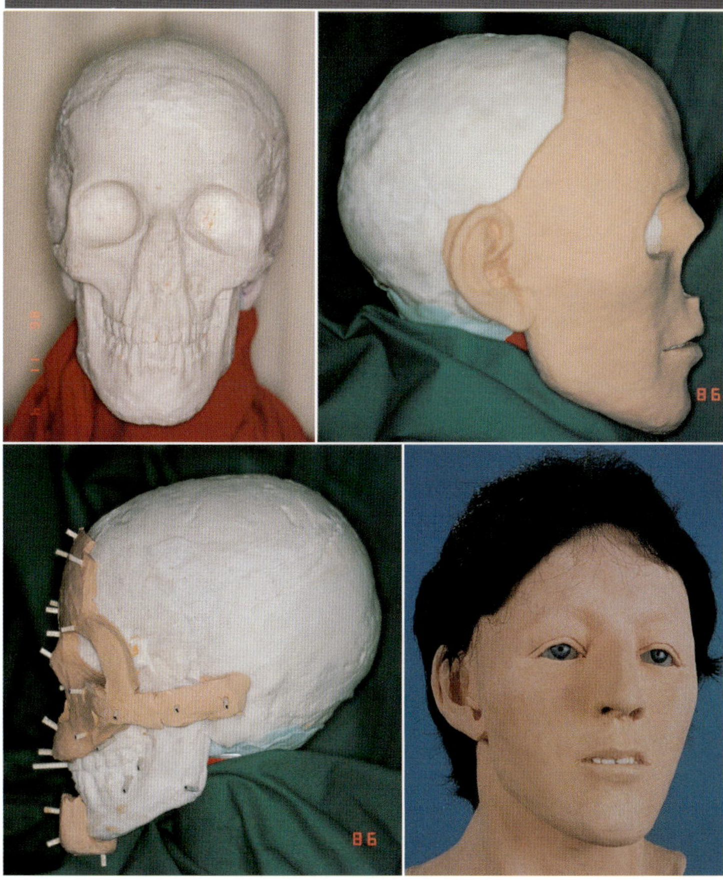

Rekonstruktion eines Gesichts mittels Abguß und Modellierungstechniken. Zum Schluß werden Haare zur Erzielung eines lebendigen Erscheinungsbildes hinzugefügt.

Buck Ruxton

Die forensische Wissenschaft kann manchmal selbst die größten Anstrengungen eines Mörders, die wahre Identität seines Opfers zu verschleiern, zunichte machen. Am Morgen des 29. September 1935 schaute eine junge Frau, die in Schottland in der Nähe von Moffat ihren Urlaub verbrachte, zufällig von einer Brücke auf einen Fluß hinunter. Sie erschrak, als sie einen Arm sah, der zwischen ein paar Bündeln am Flußufer herausragte. Bei der darauffolgenden Suchaktion an den Ufern fand die Polizei vier Bündel mit mehr als siebzig Stücken menschlichen Fleisches, von denen einige in Kopfkissenbezüge, andere in alte Kleider oder Zeitungspapier eingewickelt waren. Man fand zwei Köpfe und einen vollständigen Torso. Bei der Untersuchung der Teile stellte sich heraus, daß man sich große Mühe gegeben hatte, die Identität der Leichen zu verschleiern. In einem Fall waren die Fingerspitzen abgeschnitten worden, und bei beiden Gesichtern waren die Ohren, Augen, Nasen, Lippen und die Haut entfernt worden.

OBEN Teile der Zeitung aus Morecambe, in die einige der Körperteile eingewickelt waren.

Weitere Körperteile wurden an anderen Orten in dieser Gegend gefunden, darunter ein in Zeitungspapier gewickelter linker Fuß in der Nähe der Autobahn von Carlisle nach Glasgow sowie ein Arm in der Nähe einer wenige Kilometer entfernten Nebenstraße. Alle Körperteile wurden in die Anatomie der Universität Edinburgh gebracht, wo man sie zu zwei schlimm zugerichteten Leichen zusammensetzte.

Eine der Zeitungen, in denen die Überreste verpackt waren, trug als Datum den 15. September desselben Jahres. Dies ermöglichte den Ermittlern die Erstellung eines Zeitrahmens für das Deponieren der Leichen, weil zwischen dem Datum auf der Zeitung und dem Fundtag der Fluß nur in der Zeit vor dem 19. September so viel Wasser geführt hatte, daß die Leichenteile auf die Sandbank gespült werden konnten.

Die Untersuchung der Leichen ergab, daß es sich bei der einen um eine etwa 21jährige Frau mit einer Größe von etwa 153 cm und bei der anderen um einen etwa 60jährigen, 165 cm großen Mann handeln dürfte. Die schrecklichen Verstümmelungen des Schädels des zweiten Opfers hatten die Fachleute jedoch in die Irre geführt, und im Laufe der Rekonstruktion revidierten sie ihren Befund. Demnach handelte es sich bei der zweiten Leiche eher um eine etwa 35–45jährige Frau.

HINTERGRUND Buck Ruxton mit seiner Lebensgefährtin und einem ihrer Kinder.

OBEN Eine Bluse, in die Leichenteile eingewickelt waren.

OBEN Die Unterschenkel eines der Opfer.

Die zur Verpackung der Körperteile verwendete Zeitung lieferte noch weitere Hinweise. In einer stand ein Bericht über die Krönung der örtlichen Karnevalskönigin in Morecambe, einem englischen Küstenort, der über 160 Kilometer weiter südlich lag. Eine Überprüfung ergab, daß es sich um eine Lokalzeitung handelte, die nur in Morecambe und der nahe gelegenen Stadt Lancaster verkauft wurde. Fast zum selben Zeitpunkt las der Polizeipräsident von Dumfries, in dessen Zuständigkeitsbereich die Untersuchung fiel, eine Vermißtenmeldung der 21jährigen Haushälterin Mary Jane Rogerson in einer Glasgower Zeitung, die von ihrem Arbeitgeber, dem Arzt Buck Ruxton aus Lancaster, am 14. September aufgegeben worden war.

Die Polizei von Lancaster fand heraus, daß Ruxton's Lebensgefährtin, die 34jährige Isabella van Ess, zur selben Zeit verschwunden war. Die Befragungen von Ruxtons Nachbarn, darunter auch dem Eigentümer des örtlichen Zeitungsladens, ergaben, daß eine Ausgabe der Zeitung vom 15. September in Ruxtons Haus geliefert worden war. Eine Nachbarin erkannte auch einige Kinderkleider wieder, die zum Einwickeln von Leichenteilen verwendet worden waren. Bei der anschließenden Durchsuchung von Ruxtons Haus fand die Polizei trotz gründlicher Reinigung Spuren von Blut und menschlichem Fett in den Abflüssen.

OBEN Eine Fotografie von Isabella van Ess diente zur Identifizierung ihres Schädels.

Beim Vergleich der Körperteile der zweiten Leiche mit bekannten Merkmalen der Haushälterin fanden Pathologen heraus, daß der Mörder diese besonders sorgfältig entfernt hatte. Mary Jane litt an einem leichten Schielen, und die Augen waren herausgenommen und zerstört worden. Die Haut einer Narbe von einer Blinddarmoperation war ebenso entfernt worden wie ein auffälliges Muttermal und eine weitere Narbe an einem Daumen. Jedoch waren die Fingerspitzen unversehrt, wodurch man Fingerabdrükke nehmen und mit Abdrücken im Haus vergleichen konnte.

Isabellas Leichnam hatte man durch verschiedene Maßnahmen seiner Identität beraubt. So waren ihre auffällige Nase und die Zähne entfernt worden. Das Zungenbein war gebrochen, was dafür sprach, daß sie stranguliert worden war, aber jeder weitere Körperteil, der Hinweise hätte liefern können, fehlte: die Augen, die Nase, die Ohren, die Lippen und die Fingerspitzen. Dies allein wies darauf hin, daß der Täter medizinische Fachkenntnisse haben mußte.

Isabella van Ess konnte schließlich durch Übereinanderlegen einer Fotografie von ihr mit einer von dem Schädel des Opfers identifiziert werden. Ruxton wurde des Mordes an den beiden Frauen für schuldig befunden, was er vor seiner Hinrichtung 1936 auch gestand.

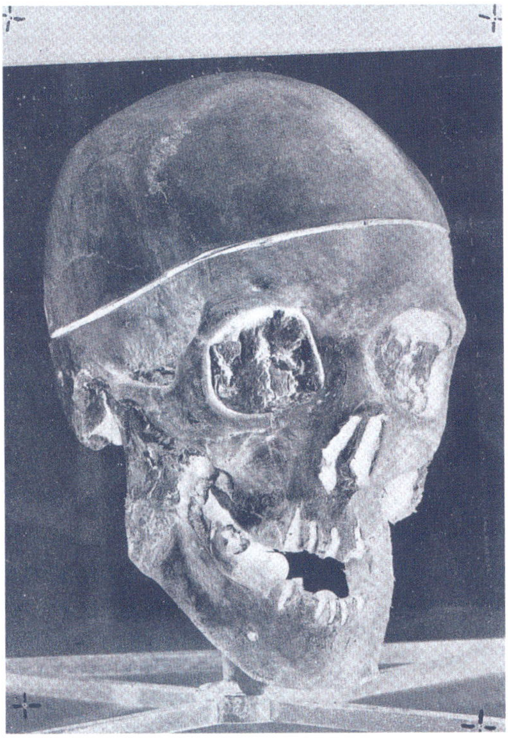

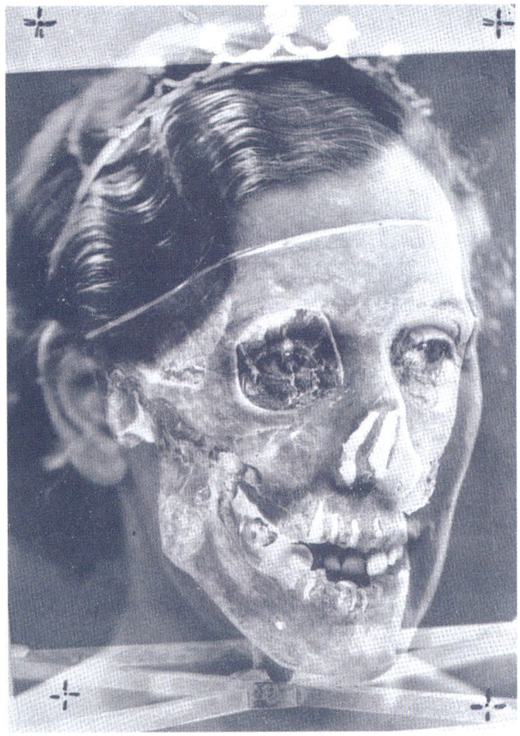

OBEN Ein Bild von Isabella van Ess' Schädel, das zur Überlagerung mit der Fotografie verwendet wurde.

OBEN RECHTS Überlagerung des Schädelbildes mit der Fotografie von Isabella van Ess.

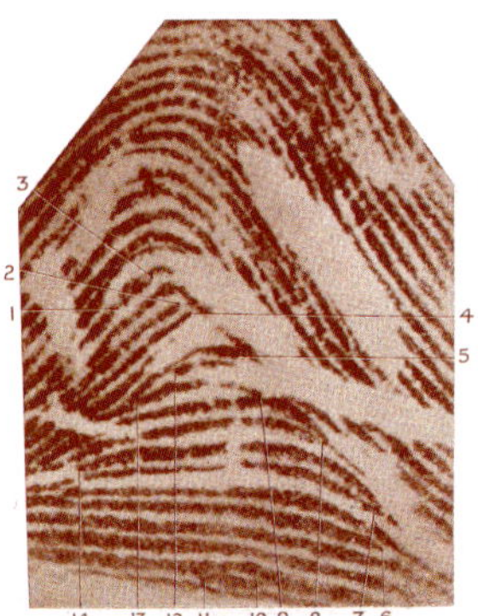

OBEN Fingerabdrücke von Mary Rogersons Leichnam entsprachen den Abdrücken auf einem Teller in Ruxtons Haus.

John George Haigh

GANZ UNTEN Polizisten untersuchen Haighs Werkstatt in Crawley.

UNTEN Gallensteine von Mrs. Durand-Deacon, die gefunden wurden, nachdem ihr Leichnam in einem Schwefelsäurebad aufgelöst worden war.

John George Haigh war ein professioneller Trickbetrüger und Frauenheld, der sich darauf spezialisiert hatte, wohlhabende Damen zu verführen, sie um ihr Geld zu bringen und dann zu ermorden. Ihre Leichen beseitigte er durch Auflösen in einem Säurebad. Er war sich sicher, daß man ihn ohne Leichen niemals fassen würde und er so nie für seine Verbrechen bestraft werden würde – eine folgenschwere Fehleinschätzung.

Haighs letztes Opfer war die reiche Witwe Olivia Durand-Deacon. Sein enormes Selbstvertrauen führte schließlich zu seinem Untergang: Inoffiziell gab er zu, die Frau ermordet zu haben, brüstete sich sogar damit, die Leiche in seiner Werkstatt in Crawley, West Sussex, in Säure aufgelöst zu haben, und fügte hinzu, daß nur eine »Schlammschicht« übriggeblieben sei. Diese Herausforderung nahm der forensische Pathologe Dr. Keith Simpson an. Er nahm Proben von den Rückständen und analysierte sie bis ins

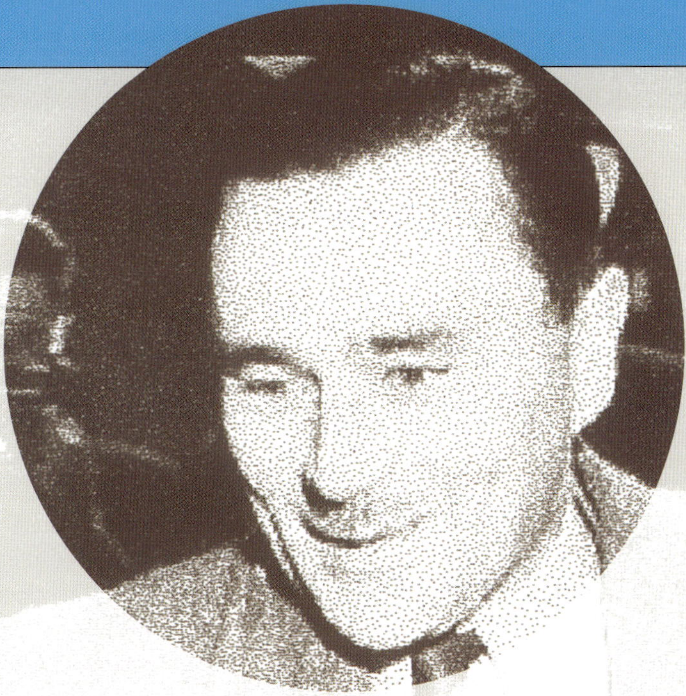

Detail. Neben Spuren von menschlichem Fett fand er Hinweise auf Zähne und Gallensteine. Dies reichte als Beweis für die Identifizierung des Opfers als Mrs. Durand-Deacon und die Zersetzung ihrer Leiche in Haighs Säurebad aus. Haigh kam vor Gericht, wurde verurteilt und gehängt.

HINTERGRUND John George Haigh trifft am Gerichtshof von Horsham ein, wo er wegen Mordes angeklagt ist.

RECHTS Detektive und Polizeibeamte tragen eines der Säurefässer in den Gerichtssaal.

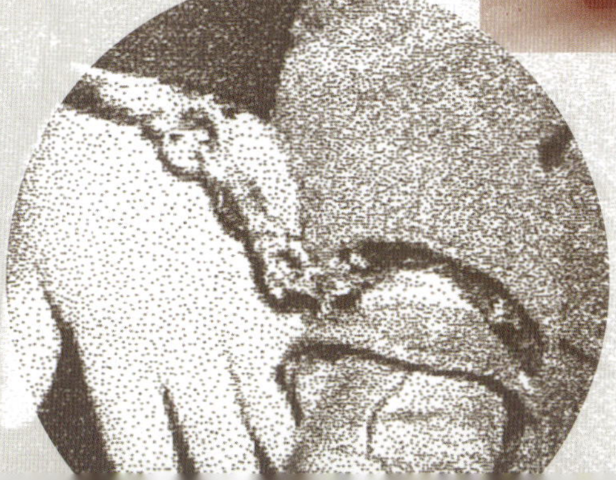

Fallstudie Nr. 9 | USA | 1982

Wayne Williams

Zwischen 1979 und 1981 versetzte eine Serie von brutalen Würgemorden an Kindern und jungen Männern die Stadt Atlanta in Angst und Schrecken. Das einzige forensische Indiz, das die Morde miteinander in Verbindung brachte, war ein seltener Fasertyp, der sich auf den Kleidern der Opfer fand. Die Fasern wiesen einen ungewöhnlichen kleeblattähnlichen Querschnitt auf, der solchen von Teppichen und Teppichböden entsprach. Leider blieben anfängliche Versuche der Polizei, den Hersteller der Fasern ausfindig zu machen, erfolglos.

Als im Februar 1981 erstmals in den Zeitungen über die Faserindizien berichtet wurde, führte dies zu einer Richtungsänderung bei den Ermittlungen, weil der Mörder umgehend sein Vorgehen anpaßte. Ab diesem Zeitpunkt warf er seine Opfer in Flüsse, so daß die Chancen, weitere Fasern zu finden, minimal waren. Der Mörder brachte über zwanzig Menschen um, ehe die Polizei ihm auf die Spur kam.

Am frühen Morgen des 22. Mai 1981 hörte eine Polizeistreife am Chattahoochee-Fluß, wo einige der Leichen gefunden worden waren, ein klatschendes Geräusch. Sie eilten zu einer Brücke und stießen auf den 23jährigen Wayne Williams, der neben seinem Kombi stand. Er wurde verhört und dann wieder freigelassen, aber am 24. Mai zog man die Leiche des 27jährigen Nathaniel Cater aus dem Fluß.

Als die Polizei zehn Tage später Haus und Auto von Williams durchsuchte, fand sie ungewöhnliche Fasern, die denen entsprachen, die man bei früheren Leichen gefunden hatte. Um diese aber als Beweis verwenden zu können, mußte man belegen, daß sie nicht weit verbreitet waren. Die Spur führte zu einem Teppichhersteller in Dalton, Georgia. Innerhalb von zwölf Monaten hatte die Firma gerade einmal 16.000 Quadratmeter Teppich mit derselben Faser in derselben Farbe hergestellt, wie sie in Williams Haus und Auto sowie an den Kleidern der Opfer gefunden worden war. Damit betrug die Wahrscheinlichkeit, diesen speziellen Teppich zu dieser Zeit in einem beliebigen Haus in Atlanta vorzufinden, 1 zu 7792.

Eine zweite Faser, die auf der Hose eines Mordopfers gefunden worden war, entdeckte man ebenfalls bei Williams, im Teppich seines Wagens. Der Teppich war von General Motors hergestellt worden, und eine Überprüfung ergab, daß nur 628 von über 2,4

OBEN Wayne Williams.

HINTERGRUND Gesichter von ermordeten und vermißten Kindern aus Atlanta zur Zeit des Wayne Williams-Falls.

Millionen zu dieser Zeit in Atlanta zugelassenen Fahrzeugen mit diesem Teppichtyp ausgerüstet waren, womit die Wahrscheinlichkeit, den Fasertyp in einem anderen Auto zu finden, 1 zu 3828 betrug. Dies bedeutete aber auch, daß die Wahrscheinlichkeit, jemand anderen zu finden, der dieselben Teppichtypen in seinem Haus und seinem Auto verwendete, 1 zu 30 Millionen betrug. Die Beweiskette der Verknüpfung der Morde wurde noch evidenter, als sich ähnliche Fasern auf weiteren zehn der geschätzten 28 Mordopfer fanden. Williams wurde zu zweimal lebenslänglich verurteilt.

RECHTS Polizei und Freiwillige suchen nach Hinweisen.

UNTEN Der forensische Industrieberater Dr. Peter Mills untersucht den Schädel eines der Opfer, um dessen Identität zu ermitteln.

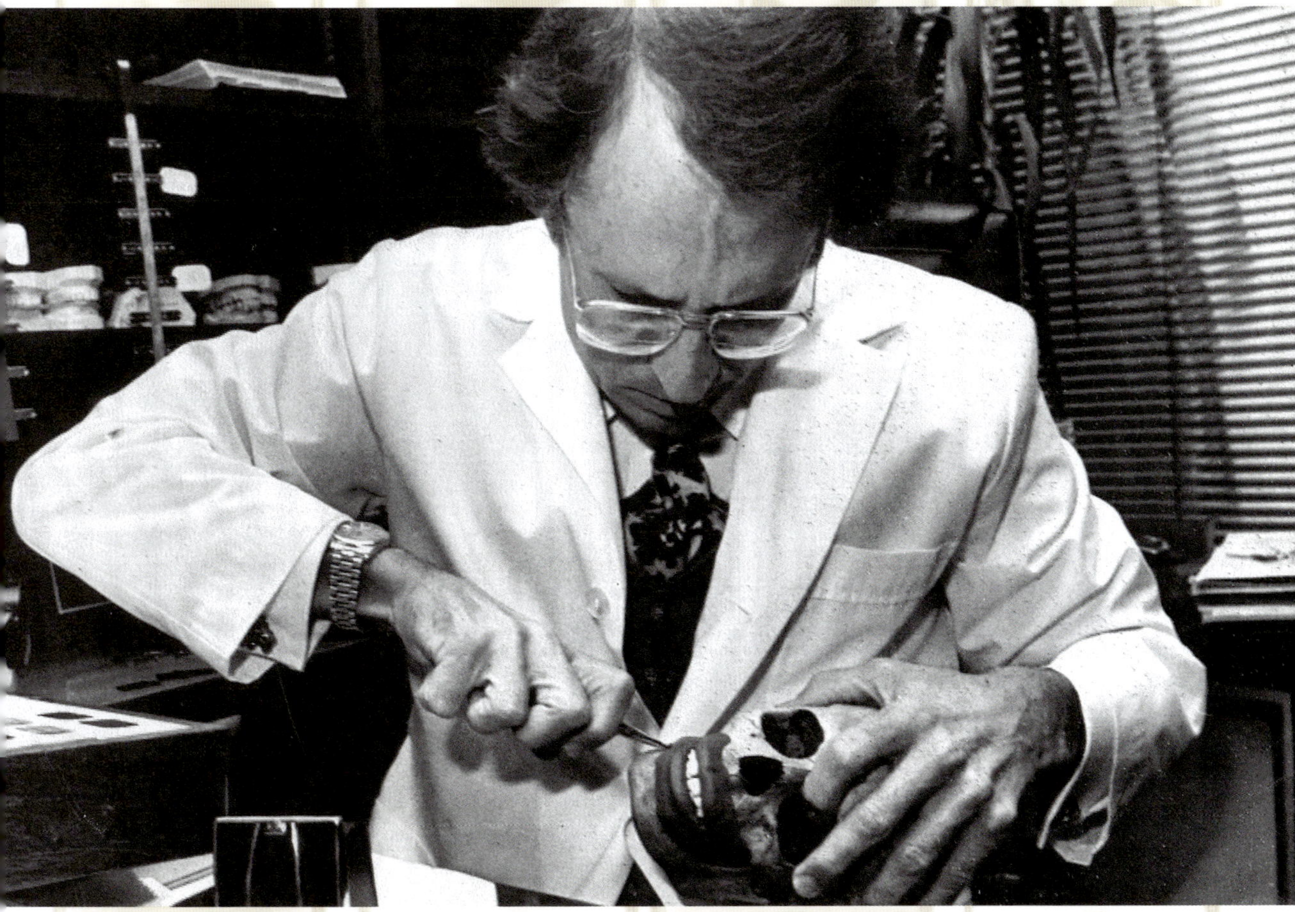

Die Waffen der Verbrecher
Reines Gift

OBEN Der Warnhinweis »Giftig« auf einer verschlossenen Chemikalienflasche.

Einst waren Gifte das bevorzugte Mittel für Morde, erlaubten sie doch eine unauffällige Anwendung, und eine Verbindung zwischen Mörder und Opfer war nur schwer nachzuweisen. Eine breite Palette an Giften steht nach wie vor zur Verfügung, die medizinische Untersuchungen in die Irre führen können, weil die von ihnen ausgelösten physischen Symptome mit denen bekannter tödlich verlaufender Krankheiten verwechselt werden können.

Gifte treten auch bei Todesfällen auf, die zwar keine Morde sind, bei denen aber trotzdem forensische Methoden zur Aufklärung der Todesursache herangezogen werden. Vergiftungen im Sinne eines Unfalls sind oft die Folge falsch angewendeter Medikamente oder Haushaltschemikalien wie z. B. Unkrautbekämpfungs- oder aggressiven Reinigungsmitteln, die in falsch oder nicht beschrifteten Flaschen aufbewahrt oder kleinen Kindern zugänglich gelagert werden.

Selbstmorde durch Vergiftungen umfassen Substanzen wie Schmerzmittel oder Schlaftabletten, die als Überdosis tödlich wirken können. Starke Haushaltschemikalien haben eine ähnliche Wirkung und werden in Fällen eingesetzt, bei denen das Opfer als sein eigener Henker kein Interesse an der Verschleierung der Spuren hat.

UNTEN Kriminalbeamte in Chicago untersuchen einen Vergiftungsfall.

Gifte bei Unfällen und Selbstmorden

Starke Mineralsäuren wie Salzsäure, Schwefelsäure und Salpetersäure sowie Laugen wie Natron- oder Kalilauge lassen sich sehr leicht nachweisen und werden daher von Verbrechern nicht gewählt. Sie spielen eher bei Unfällen eine Rolle, wo zum Beispiel das ölige Aussehen von Schwefelsäure zur Verwechslung mit Sirup oder Glyzerin führt. Säuren werden aber von Mördern gelegentlich zur Vernichtung der Leichen ihrer Opfer benutzt, um sich so belastender Indizien zu entledigen.

Viele Selbstmorde werden durch die Einnahme von haushaltsüblichen Medikamenten wie Aspirin in großen Dosen verübt. Im Magen zersetzt sich Aspirin zu Essigsäure und Salicylsäure, was eine Bewußtlosigkeit des Opfers vor Eintreten des Todes bewirkt. Das als Beruhigungs- und Betäubungsmittel verwendete Chloralhydrat führt in großen Dosen zum Koma und dann innerhalb von Stunden zum Tod durch Herzversagen und Atemstillstand.

Andere bei tödlichen Unfällen eine Rolle spielende Gifte sind Desinfektionsmittel wie die korrosiven Substanzen Lysol und Phenol sowie die in Rhabarberblättern enthaltene Oxalsäure. Diese senkt den Kalziumgehalt im Blut. Das als Schneckengift eingesetzte und für Campingkocher in fester Form erhältliche Metacetaldehyd führt bei oraler Einnahme zunächst zu Krämpfen, Halluzinationen und zitternden Gliedmaßen, anschließend zum Koma und schließlich innerhalb weniger Tage zum Tod durch Atemstillstand.

Eines der bei Unfällen und Selbstmorden am häufigsten eine Rolle spielenden Gifte ist das Gas Kohlenmonoxid, das in Autoabgasen vorkommt und manchmal auch von defekten, mit Erdgas betriebenen Haushaltsgeräten ausgestoßen wird. Selbstmörder leiten oft mit Hilfe eines Staubsauger- oder Gartenschlauchs die Abgase in das Autoinnere oder lassen das Fahrzeug in einer geschlossenen Garage laufen. Eingeatmetes Kohlenmonoxid bindet sich anstelle des Sauerstoffs an das Hämoglobin der roten Blutkörperchen. Das Blut des Opfers sättigt sich langsam mit Carboxi-Hämoglobin statt des normalen Oxi-Hämoglobins, was eine innere Erstickung zur Folge hat.

Dem Gerichtsmediziner liefert das äußere Erscheinungsbild des Opfers in der Regel genügend Hinweise auf die Todesursache, da im Blut vorhandenes Carboxi-Hämoglobin zu einer intensiven kirschroten Farbe der Haut führt. Carboxi-Hämoglobin läßt sich im Blut des Opfers noch Monate nach dessen Tod nachweisen. Wird eine Leiche in einem ausgebrannten Gebäude entdeckt, wo das Feuer absichtlich zur Zerstörung von Indizien eines Mordes gelegt worden war, so müssen die Untersuchungsbeamten herausfinden, ob das Opfer im Feuer starb oder schon vor dem Brand tot war.

Findet sich im Blut den Opfers Kohlenmonoxid, so muß das Opfer zum Zeitpunkt des Brandausbruchs noch am Leben gewesen sein, denn sonst hätte es die Brandgase nicht einatmen können. Dann handelt es sich höchstwahrscheinlich um ein Opfer des Feuers. Gibt es jedoch andere Hinweise auf eine Brandstiftung, so war das Opfer möglicherweise bei Ausbruch des Feuers nur bewußtlos. Weist der Körper hingegen keine Anzeichen von Kohlenmonoxid im Blut auf, dann atmete das Opfer keinen Rauch und Brandgase des Feuers ein und war bereits vorher tot, was wiederum ein Hinweis auf Brandstiftung zur Vernichtung von Indizien ist.

Mörderische Gifte

Die meisten der bisher genannten Gifte genügen nicht der wichtigsten Anforderung, die ein Mörder an sie stellt: Das Gift soll tödlich wirken, aber gleichzeitig Symptome erzeugen, die eine andere, weniger verdächtige Todesursache nahelegen. Früher wurden viele Gifte durch Extraktion aus Pflanzen gewonnen und waren somit für jeden leicht zugänglich, der wußte, wonach er suchen mußte. Der giftige Schierling bei-

OBEN Mit frei zugänglichen Medikamenten werden viele Selbstmorde verübt.

LINKS Selbstmordversuch mit Kohlenmonoxid aus dem Auspuff eines Autos.

spielsweise führt zu Lähmungserscheinungen, die sich bis zum Tod durch Herzversagen und Atemstillstand verstärken, und bewirkt die Symptome eines Erstickungstodes. Bei der Untersuchung würde man nach der Erstickungsursache suchen, zum Beispiel einem abgeschlossenen Raum, da keine Hinweise auf die Verabreichung eines Giftes vorhanden sind.

Aconitin wird durch Extraktion der Blüten und Wurzeln des Blauen Eisenhuts gewonnen und war früher das stärkste bekannte tödliche Gift. Es wurde als Schmerzmittel bei Rheuma in Form einer Breipackung auf der Haut angewendet, wo es eine wärmende und betäubende Wirkung entfaltet. Doch selbst die Absorption durch die Haut ist gefährlich, denn Aconitin kann im Körper sogar in kleinen Dosen tödlich wirken, indem es nacheinander alle Organe im Körper lähmt, bis das Opfer an Herzversagen und Ersticken stirbt.

Atropin kann aus Pflanzen wie der Tollkirsche extrahiert werden und bewirkt Kopfschmerzen, Schwindelgefühle sowie Halluzinationen und führt schließlich zum Koma und zum Tod durch Versagen der Herz- oder der Atemtätigkeit. Bei der Verabreichung von Atropin weiten sich die Augen (weshalb es in kontrollierten Dosen zur Augenbehandlung eingesetzt wird), bei hohen Dosen erscheinen die Augen vollständig schwarz.

Früher gehörte auch Strychnin bei Mördern zu den populären Giften. Dieses hochgiftige Pflanzenalkaloid wird hauptsächlich aus dem exotischen Strauch *Strychnos nux-vomica* des indischen Subkontinents gewonnen und dort in kleinen Mengen zur Immunisierung gegen Schlangenbisse verabreicht. Bereits eine Dosis von zwanzig Milligramm des bitter schmeckenden Extrakts kann tödlich sein. Er bewirkt heftige Muskelkontraktionen: Das Opfer wird durch Lähmung der Kiefermuskulatur seiner Sprache beraubt, die Lippen verzerren sich zu einem häßlichen Grinsen, und der Tod tritt infolge einer Lähmung des Atemsystems ein. Früher schrieb man solche Tode einer Tetanusvergiftung oder schweren epileptischen Anfällen

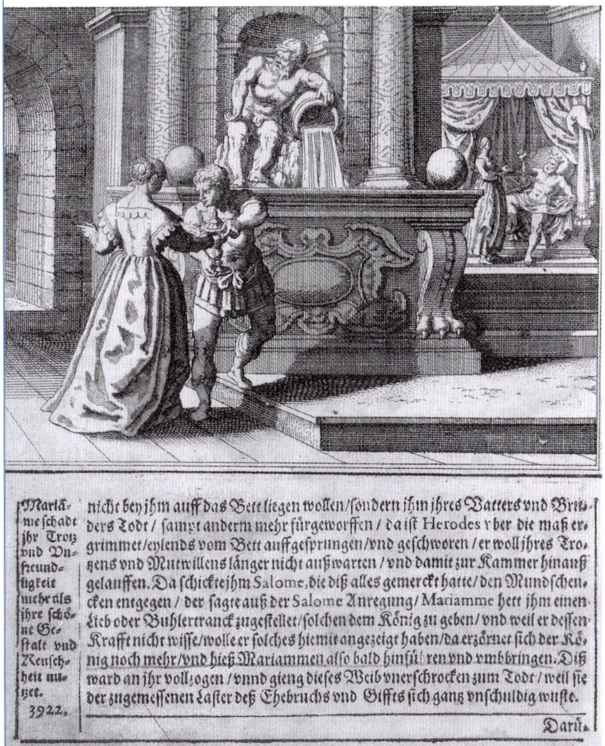

Mariamne schadt ihr Trotz vnd Vnfreundligkeit mehr als ihre schöne Gestalt vnd Keuschheit nutzet.
3922.

nicht bey jhm auff das Bett liegen wollen/sondern jhm jhres Vatters vnd Brü-
ders Todt / sampt anderm mehr fürgeworffen / da ist Herodes vber die maß er-
grimmet/eylends vom Bett auffgesprungen/vnd geschworen / er woll jhres Tro-
tzens vnd Mutwillens länger nicht außwarten / vnd damit zur Kammer hinauß
gelauffen. Da schickte jhm Salome, die diß alles gemerckt hatte/ den Mundschen-
cken entgegen / der sagte auß der Salome Anregung/ Mariamme hett jhm einen
Lieb oder Buhlertranck zugestellet/solchen dem König zu geben/ vnd weil er dessen
Krafft nicht wisse/wolle er solches hiemit angezeigt haben/da erzörnet sich der Kö-
nig noch mehr/vnd hieß Mariammen also bald hinführen vnd vmbbringen. Diß
ward an jhr vollzogen /vnnd gieng dieses Weib vnerschrocken zum Todt / weil sie
der zugemessenen Laster deß Ehebruchs vnd Gifftes sich gantz vnschuldig wuste.

Darü.

OBEN Die Frau von Herodes dem Großen (74–4 v. Chr.) wirft diesem vor, ihren Vater und ihren Bruder ermordet zu haben. Im Vordergrund steht Salome mit einem Giftkelch für den König, den seine Frau hat schicken lassen.

zu, aber nach Entwicklung eines zuverlässigen Tests für den Nachweis des Giftes mußten sich Kriminelle nach anderen, raffinierteren Methoden umsehen.

Ein weiteres starkes Gift ist Thallium, das Mördern eine Reihe von Vorteilen bietet. Nicht nur, daß sich verschiedene Verbindungen des Metalls in Wasser unsichtbar und geschmacklos lösen, auch die Symptome, die das Opfer zeigt, können verwirren. Im Körper ersetzt Thallium das Kalium in verschiedenen Regionen, die für die Versorgung der Zellen und Nerven verantwortlich sind. Der Patient wird zunehmend schwächer und stirbt schließlich an allgemeinen inneren Schäden. Abgesehen von der Tatsache, daß eine Thalliumvergiftung beim Opfer zu Haarausfall führt, können die äußeren Symptome mit denen einer Grippe verwechselt werden.

OBEN Haarausfall, wie er für Thalliumvergiftungen typisch ist. Jethro Bett war ein Opfer des englischen Giftmörders Graham Young.

Das chemische Element Antimon wiederum löst nach wiederholter Verabreichung kleiner Dosen die Symptome einer schweren Magenerkrankung aus. Unwohlsein, Magenschmerzen, Appetitlosigkeit und Durchfall führen zu extremer Schwäche, schmerzhaften Krämpfen und schließlich zu Herzversagen.

Auch Arsen ist bei Verbrechern und Krimiautoren seit langem beliebt. Sein Geschmack kann durch Nahrungsmittel überdeckt werden, und die Symptome der wiederholten Verabreichung kleiner Dosen ähneln denen einer schweren Nahrungsmittelvergiftung oder gar der Cholera oder der Ruhr, die zu den Zeiten, in denen das Gift besonders populär war, häufiger vorkamen. Arsen ist ein Gift mit Reizwirkung und führt beim Opfer zu einem Brennen im Hals, Übelkeit, Unwohlsein, Magenschmerzen und Krämpfen. Zum Zeitpunkt des Todes läßt sich Arsen in allen Körperregionen nachweisen.

Eines der berühmtesten Opfer einer Arsenvergiftung war wahrscheinlich der französische Kaiser Napoleon. Nachdem er auf die Insel Sankt Helena im südlichen Atlantik verbannt worden war, ließen seine Kräfte nach, und er fiel in Depressionen, die sich durch sein schlechtes Verhältnis zu dem britischen Gouverneur der Insel, Sir Hudson Lowe, noch verschlimmerten. Zwei Jahre nach seiner Ankunft auf der Insel zeigte Napoleon gegen Ende des Jahres 1817 die ersten Anzeichen einer Erkrankung. Die Symptome schrieb man einem Magengeschwür oder gar Magenkrebs zu, der bereits zum Tode seines Vaters geführt hatte.

Zwei seiner Ärzte hatte man entlassen, weil sie als Sympathisanten des Gefangenen galten, so daß lediglich der Korse Francesco Antommarchi blieb, der nicht imstande zu sein schien, die Krankheit aufzuhalten. Anfang des Jahres 1821 verschlechterte sich Napoleons Zustand rapide. Er war seit März bettlägerig, diktierte im April sein Testament und starb am 5. Mai. Nach seinem Tod wurde sein Körper untersucht, und man fand Spuren von Arsen in den Haaren und an der Kleidung. Dies führte zu dem Vorwurf, die Briten hätten ihren Gefangenen gezielt vergiftet, obwohl sich Arsen auch in der Farbe der Tapeten in den von ihm während seiner Verbannung auf der Insel bewohnten Räumen fand.

Zyanid wirkt ähnlich wie Kohlenmonoxid, aber rascher, denn es führt innerhalb weniger Minuten zum Tod. Charakteristisches Anzeichen einer Zyanidvergiftung ist der Geruch nach Bittermandeln aus dem Mund und dem Magen des Opfers.

UNTEN Babynahrung, die der Erpresser Rodney Witchelo in den 80er Jahren in England mit Arsen vergiftete.

Tödliche natürliche Gifte finden sich auch in Pilzen. Ihre Wirksamkeit beruht zum Teil darauf, daß zu dem Zeitpunkt, wenn man die ersten Symptome erkennt, das Gift in seiner Wirkung bereits weit vorangeschritten ist. Die Pflanzengattung *Amanita* (darunter der Grüne Knollenblätterpilz, *Amanita phalloides*, der gefährlichste bekannte Pilz) bewirkt selbst in geringen Mengen starke Beschwerden und führt oft zum Tod. Das Toxin wirkt durch die Zerstörung der Zellkerne. Als Nebenwirkung kommt es zu einem rascheren Pulsschlag, der wiederum die Verbreitung des Giftes im Körper begünstigt.

Rizin aus den Samen der Rizinuspflanze gehört zu den exotischeren Giften. Es löst ein Verklumpen der roten Blutkörperchen aus und greift dann auch andere Zellen des Körpers an, führt zu Fieber sowie Erbrechen und schließlich zum Tod durch Herzversagen. Zwar hat seine außerordentlich hohe Toxizität zu Gerüchten über eine mögliche Verwendung in biologischen Waffen für militärische Zwecke geführt, seine einzige bislang bekannte Anwendung war jedoch als Gift für den Mord an dem bulgarischen Dissidenten Georgi Markov.

OBEN Napoleon als junger Mann.

RECHTS Eine Arsen enthaltende Haarprobe von Napoleon.

LINKS Mit Arsen vergiftete Wasserversorgung durch kriegsbedingte Verunreinigungen in Bangladesch.

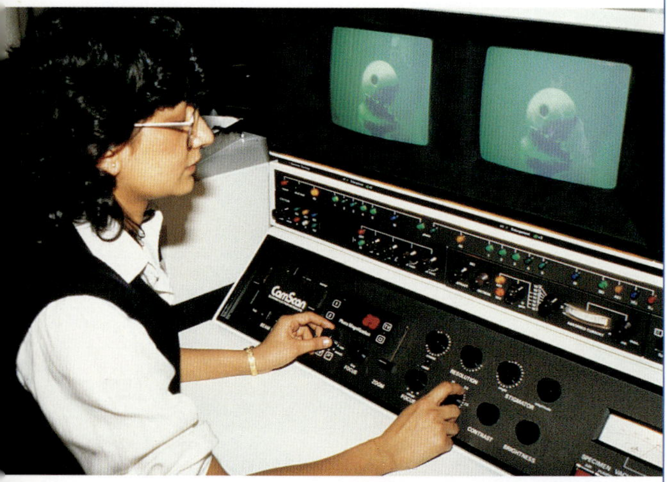

OBEN Ein Abtast-Elektronenmikroskop, mit dem die Kugel untersucht wurde, die Rizin enthalten hatte – das Gift, das für den Tod von Georgi Markov 1978 verantwortlich war (siehe S. 126–127).

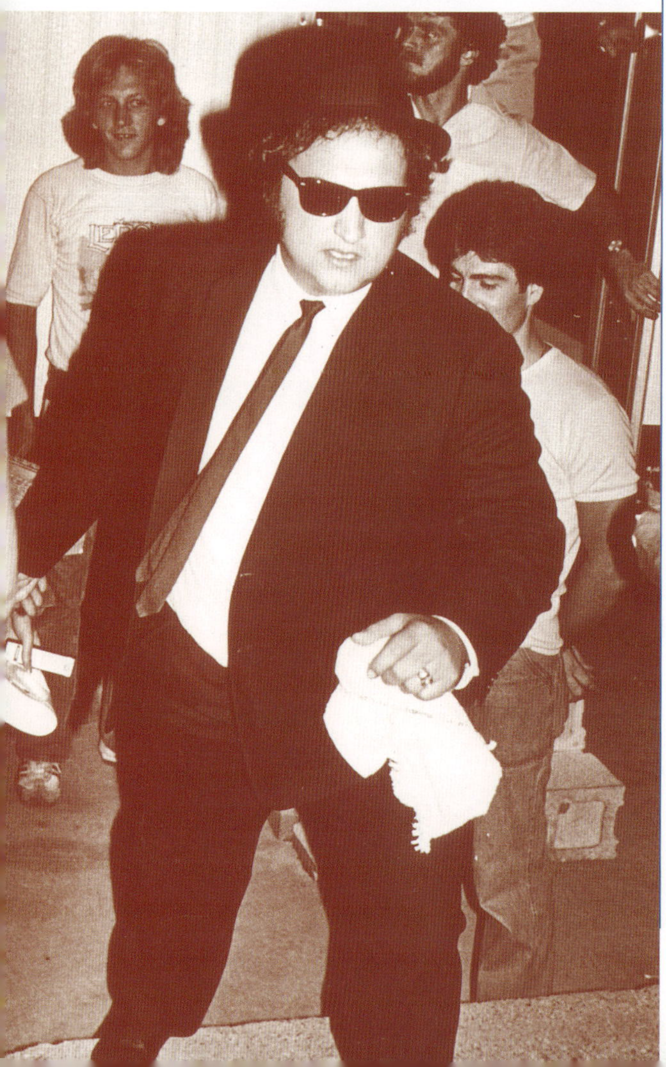

Drogen und Halluzinogene

Anstelle der früher verbreiteten Wirkstoffe Arsen und Antimon sind heutzutage Narkotika und halluzinogene Drogen gängiger. Vergiftungen erfolgen hierbei durch Überdosen, durch einen Angriff auf das gesamte Körpersystem, durch individuelle Reaktionen auf einzelne Wirkstoffe sowie durch Verunreinigungen der verwendeten Droge.

Im 19. Jahrhundert war Opium – oft auch nach Mischen mit Branntwein zu Laudanum – die beliebteste Droge. Der Wirkstoff wird als milchiger, klebriger Saft aus Schnitten an den Samenkapseln des Schlafmohns gewonnen, der in weiten Regionen Asiens als Feldfrucht angebaut wird. Als Laudanum eingenommen oder als Opium geraucht, bewirkt er in geringen Dosen Schläfrigkeit und Schmerzunempfindlichkeit sowie ein starkes allgemeines Wohlgefühl. Als Gift war Opium in seiner Wirkung zu langsam und wegen seines Geschmacks zu leicht zu erkennen, um für Mörder von Nutzen zu sein.

Bei einer seinerzeit ebenfalls populären Droge, dem Hyoscin aus der Tollkirsche oder dem Bilsenkraut, war die Gefahr wesentlich direkter, weil es bei empfindlichen Opfern bereits in kleinen Dosen tödlich wirkte. Trotzdem wurde es als Medikament gegen Reisekrankheit verabreicht und in jüngerer Zeit bei Gefangenen während des Verhörs eingesetzt, da es Hemmungen bis zu einem Punkt abbaut, wo die Verhörten bereitwillig alle Informationen preisgeben, die sie normalerweise für sich zu behalten suchen. In dieser Form wird es meist als die »Wahrheitsdroge« Scopolamin beschrieben. In stärkeren Dosen leiden die Opfer an Halluzinationen, große Mengen beeinträchtigen den Herzmuskel und führen zum Tod durch Herzversagen.

LINKS Der Schauspieler John Belushi, bekannt insbesondere durch seine Rolle in den »Blues Brothers«, starb an einer Überdosis Drogen.

Morphin findet breite Verwendung als Betäubungsmittel für medizinische Zwecke und lindert starke Schmerzen, indem es das zentrale Nervensystem betäubt. Es wird aus Opium gewonnen, das zwischen vier und zwanzig Prozent Morphin enthält, und muß ebenfalls mit Vorsicht verabreicht werden, weil es in starkem Maße physisch abhängig macht.

Heroin ist wie Morphin ein Abkömmling des Opiums und wird eher von Drogenabhängigen als von Patienten genommen. Aufgrund seiner guten Wasserlöslichkeit kann es zur Erzielung der maximalen Wirkung in kürzester Zeit direkt in den Blutkreislauf gespritzt werden. Heroinabhängige lösen oft eine geringe Menge in einem über einer Kerze erwärmten Teelöffel auf und applizieren die Lösung mittels einer Spritze. Leider gilt auch hier die Gesetzmäßigkeit der nachlassenden Wirksamkeit. Hält die Wirkung der Droge anfangs noch über mehrere Stunden an, so benötigt der Körper in dem Maße, wie er sich an die Droge gewöhnt, immer höhere Dosen in immer kürzeren Abständen zur Erzielung derselben Wirkung, und die Entzugsschmerzen werden immer qualvoller.

Kodein ist ein weiterer vom Opium abgeleiteter Wirkstoff, der oft als Komponente in Schmerzmitteln und Hustensäften enthalten ist. Da es

OBEN Zwei Opiumraucher 1880 in China.

UNTEN Schlafmohnfelder in Afghanistan, einem der größten Opiumproduzenten.

aber deutlich schwächer wirkt als Morphin oder Heroin, wird es von Drogenabhängigen nur selten konsumiert.

Einige synthetische Drogen mit ähnlichen Wirkungen auf den Körper werden als Opiate bezeichnet. Hierzu gehören Propoxyphen, ursprünglich in den 50er Jahren als Schmerzmittel vermarktet und durch Fälle von Abhängigkeit und Überdosierung in Verruf geraten, sowie Methadon, das aufgrund seiner überraschenden Wirkung auf Heroinabhängige als Ersatzdroge eingesetzt wird. Wird Methadon regelmäßig oral eingenommen, so wirkt es erfolgreich gegen die euphorischen Effekte einer Heroin- oder Morphindosis bei nur wenigen oder gar keinen Nebenwirkungen.

Rauschmittel

Andere Wirkstoffe, die als Rauschmittel eingestuft werden, setzen ebenfalls die Tätigkeit des zentralen Nervensystems herab. Dazu gehören Alkohol, die in der westlichen Welt weitverbreitetste Droge, sowie eine Vielzahl an Beruhigungsmitteln, Barbituraten sowie flüchtige Chemikalien in Klebstoffen, Feuerzeugbenzinen und Haarsprays, die zur Erzeugung einer berauschenden Wirkung eingeatmet werden können. Allgemein wirken diese Substanzen entspannend, euphorisierend, belebend und führen schließlich zu Schläfrigkeit und zum Schlaf. In allen Fällen können hohe Dosen gefährlich oder gar tödlich sein.

Viele dieser Wirkstoffe wurden ursprünglich für medizinische Zwecke entwickelt. Phenobarbital wirkt, da es über den Verdauungstrakt aufgenommen wird, langsam, und im allgemeinen werden die rascher wirkenden Barbiturate wie Secobarbital, Pentobarbital und Amobarbital von Drogenabhängigen bevorzugt. Um die gewünschte Wirkung zu erzeugen, müssen die Tabletten in großen Mengen eingenommen werden. Dadurch wird der Körper so stark abhängig von den Drogen, daß der Entzug zu schwerwiegenden Auswirkungen wie Schüttelkrämpfen

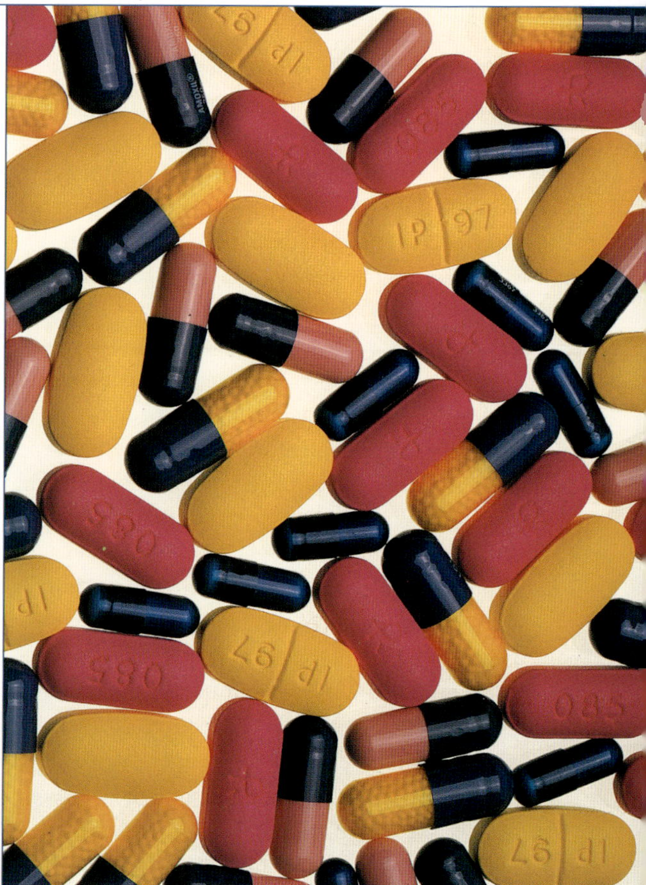

OBEN RECHTS Verschiedene Pillen, Tabletten und Kapseln.

OBEN Beutel mit afghanischem Opium für den Heroinhandel.

RECHTS Die Kokapflanze, aus deren Blättern Kokain gewonnen wird.

und Delirium führt, die ohne ständige ärztliche Aufsicht tödlich sein können. Auch Tranquilizer sind in normalen Dosen ungefährlich, obwohl sich bei einigen Anwendern als Folge der Streßbewältigung Abhängigkeiten einzustellen scheinen. Die stärkeren Beruhigungsmittel wie Chlorpromazin, die zur Behandlung seelisch kranker Patienten eingesetzt werden, sind für den Drogenmißbrauch attraktiver.

Stimulanzien

Kokain und Amphetamine haben den gegenteiligen Effekt, wirken auf das zentrale Nervensystem anregend und erzeugen Gefühle des Selbstvertrauens und unbändiger Energie sowie Appetitlosigkeit. In den meisten Fällen weichen diese Effekte Angstgefühlen, extremer Erschöpfung und Hunger, gefolgt von einer anhaltenden Depression. Die Tendenz zur Abhängigkeit ist schwächer, aber der Körper gewöhnt sich rasch an die Droge, so daß zunehmend größere Dosen erforderlich werden, um dieselbe Wirkung zu erzielen. Crack wird durch Vermischen von Kokain mit Backpulver und Wasser und anschließendem Erhitzen hergestellt. Der Rückstand wird getrocknet und in Stückchen zerbrochen, die geraucht werden, wodurch die Droge rascher vom Körper aufgenommen wird und eine stärkere Wirkung hat.

Halluzinogene

Neben Alkohol ist Marihuana heutzutage sicherlich in Europa und den Vereinigten Staaten die am leichtesten zugängliche und weitverbreitetste Droge. Dieses Halluzinogen wird durch Zerstoßen der Blätter und Vermischen mit Teilen der Stengel, Samen und Blüten der Hanfpflanze (Cannabis) hergestellt. Das klebrige Harz, das die Pflanze abscheidet, bildet die Grundlage für Haschisch, einer stärkeren Quelle des Wirkstoffs. Eine weitere stärkere Form von Marihuana wird aus den nicht bestäubten Blütenspitzen weiblicher Hanfpflanzen (nach Entfernen aller männlichen Pflanzen aus der Umgebung) gewonnen und heißt Sinsemilla.

Der aktive Inhaltsstoff aller Varianten dieser Droge ist eine Substanz mit der Bezeichnung THC (Tetrahydrocannabinol). Die Cannabispflanze enthält etwa 1,5 Prozent THC, Sinsemilla und konventionelles Haschisch bis zu 3,5 Prozent. Durch Einsatz eines Lösungsmittels zur Extraktion des Harzes, das den höchsten THC-Gehalt aufweist, wird ein wesentlich wirkungsvolleres Präparat als dickes Öl, das »flüssige

Haschisch«, gewonnen. Dieses enthält immerhin zwischen 20 und 65 Prozent THC.

Marihuana scheint nur eine geringe oder gar keine physische Abhängigkeit zu erzeugen, wohl aber kann der Zustand der Glückseligkeit bei Langzeitanwendern eine starke psychische Abhängigkeit auslösen. Andererseits wird von Forschern behauptet, daß es bestimmte medizinische Vorteile habe. Beispielsweise mindert es den Druck im Augapfel bei Patienten, die am Grünen Star leiden, und Multiple-Sklerose-Patienten hilft es bei der Bewältigung der Leiden ihrer Krankheit. Des weiteren kann Marihuana als muskelentspannendes Mittel und zur Linderung des Unwohlseins als Folge bestimmter Formen der Chemotherapie in der Krebsbehandlung eingesetzt werden.

Entwickelt wurde auch eine Reihe synthetischer halluzinogener Drogen mit ähnlichen, aber stärkeren Wirkungen. LSD stellt man aus einer Chemikalie mit dem Namen Lysergsäure her, die ursprünglich aus Mutterkorn isoliert wurde, einem Pilz, der Gräser und Getreide befällt. Es bewirkt eine Mischung aus erstaunlichen Halluzinationen, begleitenden Gemütsschwankungen und Angstzuständen. Obwohl es nur wenige Hinweise auf eine physische Abhängigkeit gibt, kam es unter Anwendern als Folge der Halluzinationen zu Verletzungen und Todesfällen.

OBEN Indischer Hanf (*Cannabis sativa*), auch als Pott, Marihuana oder Haschisch bekannt.

Eine weitere halluzinogene Droge, das Phencyclidin (PCP), ist durch seine leichte Zugänglichkeit und seine ähnlichen Wirkungen wie LSD populär geworden. Drogenkonsumenten verwenden gelegentlich eine Mischung von Drogen wie zum Beispiel eine Kombination aus LSD und PCP mit Amphetaminen. Diese werden in Form von Tabletten genommen, als ein unter dem Namen »Angel Dust« (Engelstaub) bekannt gewordenes Pulver oder als Flüssigkeit, die auf Blätter gesprüht und dann geraucht wird.

Das Halluzinogen Ecstasy (oder einfach »E«) wurde ursprünglich als Appetitzügler entwickelt, aber seine Nebenwirkungen wie zum Beispiel Entspannungsgefühle und allgemeines Wohlbefinden machten es zu einer beliebten Droge. Leider sind andere Nebenwirkungen weniger angenehm. Dazu gehören erhöhter Blutdruck und Puls, Übelkeit und Muskelkrämpfe, Angst- und Verwirrungszustände.

Nachweismethoden für Gifte

Forensische Wissenschaftler, die mit einem Vergiftungsopfer zu tun haben, müssen im Rahmen einer Autopsie nach einer erschreckenden Vielzahl an möglichen Wirkstoffen fahnden. Oft beginnt die Prozedur mit Blut-, Urin- und bestimmten Gewebeproben, die in sauren oder alkalischen Lösungen aufgelöst werden. Bei der Suche nach sauren Drogen wie Aspirin oder Barbituraten wird angesäuertes Wasser verwendet, damit die Wirkstoffe mit organischen Lösungsmitteln wie zum Beispiel Chloroform extrahiert werden können.

Mittels eines Tests kann man rasch ein breites Spektrum an Drogen und Giften überprüfen. Komplizierte Gemische werden mit Hilfe der Gaschromatographie in ihre Bestandteile zerlegt. Dabei wird eine flüssige Probe in einen beheizten Einspritzblock gegeben, wo sie verdampft und mittels eines Gasstroms durch eine mit einer festen Matrix gefüllten Säule transportiert wird. Die einzelnen Komponenten durchwandern die Säule mit unterschiedlicher Geschwindigkeit. Mit Hilfe eines Detektors am Ende der Säule werden die einzelnen Komponenten als Signale auf einem Papierstreifen aufgezeichnet. Jedes Signal kann anhand von Vergleichsdiagrammen einer bestimmten Substanz zugeordnet werden, wobei die Fläche des Signals der Konzentration der Substanz in der Probe entspricht.

Forensische Analytiker verwenden auch die Dünnschichtchromatographie zum Nachweis verschiedener Drogenarten. Diese beruht auf einem ähnlichen Prinzip, die Probe wird jedoch

RECHTS Forensische Drogenuntersuchung. Hochdruckflüssigkeitschromatographie (HPLC) zur Identifikation von Drogen.

UNTEN Ein mit einem Massenspektrometer gekoppelter Gaschromatograph in einem forensischen Labor. Proben aus kleinen Probengläsern werden in den Gaschromatographen eingespritzt, wo sie nach ihrem Molekulargewicht getrennt werden. Das Spektrometer identifiziert auch die geringsten Spuren einzelner Chemikalien beim Austreten aus der chromatographischen Säule.

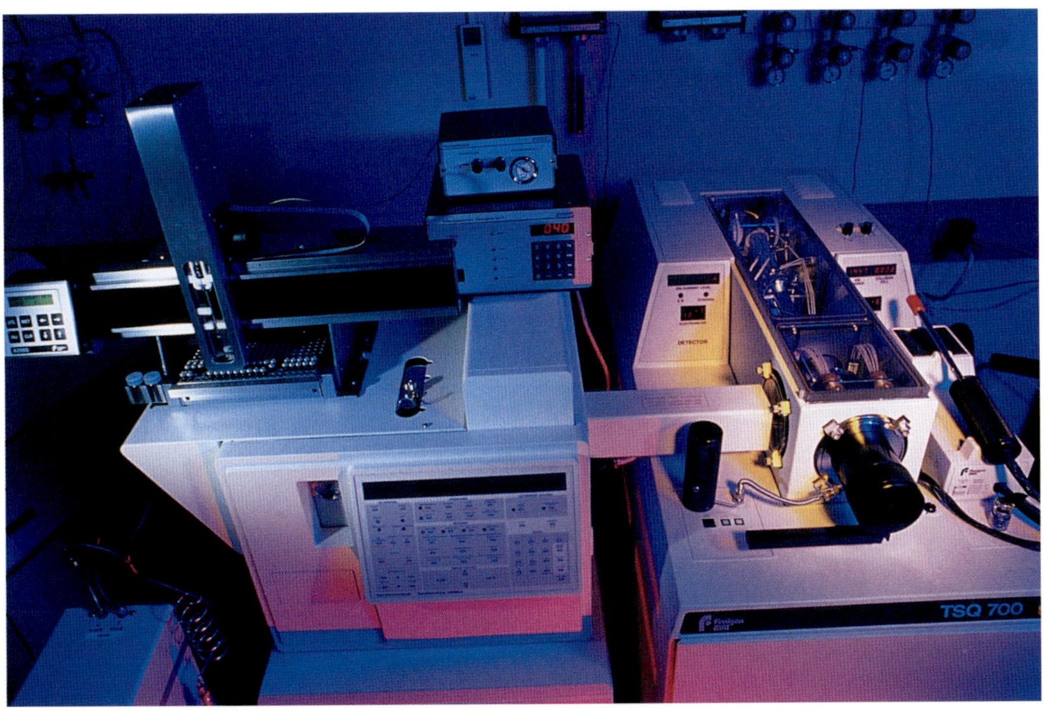

UNTEN Eine Auswahl an Probenröhrchen, die von Polizeibeamten am Tatort eingesetzt werden, um illegale Betäubungsmittel nachzuweisen. Jedes Gefäß trägt als Aufschrift die Bezeichnung des Rauschgiftes, das mit ihm nachgewiesen werden kann (von links: Opiate und Amphetamine, Cannabis, LSD, Kokain). Beim Test wird die Spitze des Röhrchens abgebrochen und eine Probe des Wirkstoffs mit einem Spatel in das Röhrchen gefüllt. Ein positiver Nachweis wird durch Farbveränderungen der in den Röhrchen enthaltenen Kristalle angezeigt.

auf einen dünnen, senkrecht angeordneten Film aus Kieselgel oder Aluminiumoxid aufgetragen. Die Auftrennung erfolgt durch ein aufgrund von Kapillarkräften auf der Filmoberfläche aufwärts wanderndes Lösungsmittel, welches einige Komponenten besser löst als andere und so weitertransportiert. Am Ende des Vorgangs wird die den Film tragende Platte unter UV-Licht gehalten, wobei die verschiedenen Bestandteile der Probe als dunkle oder fluoreszierende Flecken sichtbar werden. Alternativ hierzu kann auch ein chemisches Reagens aufgesprüht werden.

In jüngster Zeit haben sich die forensischen Labors verstärkt den Techniken immunologischer Untersuchungen zugewandt, um sehr geringe Mengen an Drogen oder Giften nachzuweisen. Dabei geht es um die Entwicklung von Antikörpern, die mit den gesuchten Substanzen reagieren. Zunächst wird der jeweilige Wirkstoff mit einem Eiweißmolekül verknüpft und in den Blutkreislauf eines Tieres injiziert. Dies regt das Tier zur Bildung von Antikörpern an, die aus einer Blutprobe extrahiert und anschließend der zu untersuchenden Probe zugesetzt werden. Ist der Wirkstoff in der Probe enthalten, so ist eine Reaktion mit den Antikörpern aus dem Blut des Tieres erkennbar.

Tests zur Bestätigung bestehen zumeist aus einer Kombination von Gaschromatographie und Massenspektrometrie. Die nacheinander aus der Säule austretenden Komponenten der Probe treten in ein Massenspektrometer ein, in dem sie mit einem Strom energiereicher Elektronen bombardiert werden. Diese bewirken ein Auseinanderbrechen der Komponenten und damit ein für die jeweiligen Substanzen charakteristisches Zerfallsspektrum.

Tante Thally

Der Tod der 87jährigen Christina Mickelson aus Sydney im Jahr 1947 schien eine natürliche Ursache zu haben. Als Angeline Thomas, eine Freundin der Familie, kurze Zeit später ebenfalls starb, erregte auch dies keinen Verdacht, war diese Dame doch wie Christina über achtzig Jahre alt. Erst der Tod des mit sechzig Jahren wesentlich jüngeren Verwandten John Lundberg ein Jahr später machte einige stutzig. Vor seinem Tod waren Lundberg die Haare ausgefallen, was um so alarmierender war, als kurze Zeit später ein weiteres Familienmitglied, Mary Ann Mickelson, mit ähnlichen Symptomen erkrankte und schließlich ebenfalls starb.

Ein allen Todesfällen gemeinsamer Faktor war die Anwesenheit von Caroline Grills, der 63jährigen Schwiegertochter des ersten Opfers. Sie hatte Mrs. Mickelson bis zu ihrem Tod gepflegt. Als Angeline Thomas erkrankte, hatte sie bei ihrer Pflege ebenfalls mitgeholfen und ihr unzählige Tassen Tee zur Aufmunterung gekocht. Sie war auch dabei gewesen, als John Lundberg und Mary Ann Mickelson der Pflege bedurften, und in allen Fällen hatte sich der Zustand ihrer Patienten bis zum Tod hin verschlechtert.

1948 begann die geheimnisvolle Krankheit auch die Leben von John Lundbergs Witwe und Tochter zu bedrohen, deren beider Zustand sich trotz der aufopfernden Pflege durch Caroline Grills zusehends verschlechterte. Beide Frauen verloren ihre Haare und klagten über Mattigkeit und Schwierigkeiten, ihre Gliedmaßen zu bewegen. Nachdem ein Verwandter Verdacht geschöpft und die Polizei verständigt hatte, ließ diese eine der für die Patienten bereiteten Tassen mit Tee untersuchen. Der Haarverlust der Patienten wies auf Thallium als mögliches Gift hin. Ein Labor überprüfte dies mit dem Reinsch-Test, bei dem die verdächtige Substanz in eine Salzsäurelösung gegeben wird. Mittels eines Kupferstreifens können dann Schwermetalle wie Arsen, Antimon oder Thallium nachgewiesen werden.

Und tatsächlich wurde Thallium als Zusatz im Tee festgestellt. Die Entdeckung erfolgte früh genug, um die Leben von Mrs. Lundberg und ihrer Tochter zu retten. Caroline Grills wurde vor Gericht gestellt, des versuchten Mordes an Mrs. Lundberg für schuldig befunden und zu lebenslanger Haft verurteilt. Unter ihren Haftgenossen erlangte sie eine bizarre Popularität, da diese sie der Einfachheit halber »Tante Thally« nannten.

HINTERGRUND Ein Bild von Caroline Gills, die ihre Opfer mit Thallium vergiftete.

Dr. Hawley Harvey Crippen

OBEN Dr. Bernard Spilsbury im pathologischen Labor des St.-Bartholomew-Krankenhauses in London.

UNTEN Hilldrop Crescent im nördlichen London, aufgenommen im August 1810.

Der Zahnarzt Dr. Hawley Harvey Crippen, gebürtiger Amerikaner, war verheiratet mit einer ehemaligen Varieté-Sängerin, die den Künstlernamen Belle Elmore trug. Nach dem Verschwinden von Mrs. Crippen Anfang des Jahres 1910 kam es zu Verdächtigungen seitens der Nachbarn, als sie Crippens Geliebte, Ethel Le Neve, sahen, wie sie Mrs. Crippens Schmuck trug. Crippen und Le Neve flohen nach Antwerpen, woraufhin die Polizei Crippens Haus in Hilldrop Crescent im Norden von London am 13. Juli durchsuchte und die verstümmelte Leiche einer Frau ohne Hinweise auf ihre Identität fand.

Der britische Pathologe Dr. Bernard Spilsbury führte eine Autopsie durch und konnte die Narbe einer Blinddarmoperation nachweisen, die dabei half, die Leiche eindeutig als die von Mrs. Crippen zu identifizieren. Er fand außerdem Spuren von Hyoscin, die eine absichtliche Vergiftung der Frau belegten. Weil Hyoscin dieselben Symptome wie ein natürliches Herzversagen hervorruft und Ärzten zur Anwendung in kleinen Dosen zur Verfügung steht, fiel der Verdacht auf Dr. Crippen, und die Polizei nahm die Suche nach ihm und seiner Geliebten auf.

Zu diesem Zeitpunkt befand sich das Paar unter dem Namen »Mr. Robinson und Sohn« auf dem Dampfschiff *Montrose*, das den Atlantik überquerte. Der Kapitän schöpfte ob ihres zärtlichen Verhaltens Verdacht und sandte einen Funkspruch nach England. Chefinspektor Dew von Scotland Yard reagierte sofort und

ging an Bord eines Dampfschiffs, das Kanada noch vor der *Montrose* erreichte. Als Crippens Schiff sich der kanadischen Küste näherte, machte sich Dew auf, es als Pilot verkleidet aufzusuchen. Er verhaftete das Paar und brachte beide nach England zurück, um sie vor Gericht zu stellen. Crippen wurde noch im selben Jahr gehängt. Le Neve war als Komplizin angeklagt, wurde aber später als unschuldig freigelassen, nachdem ihre Verteidiger nachweisen konnten, daß sie von dem Mord nichts gewußt hatte.

OBEN Dr. Crippen auf der Gangway bei seiner Rückkehr nach England in Begleitung eines Polizeibeamten, der ihn am Arm festhält.

Le Petit Journal

5 CENT. SUPPLÉMENT ILLUSTRÉ 5 CENT.

ADMINISTRATION 61, RUE LAFAYETTE, 61

Les manuscrits ne sont pas rendus

21me Année — Numéro 1.030

DIMANCHE 14 AOUT 1910

ABONNEMENTS

ARRESTATION DU DOCTEUR CRIPPEN ET DE MISS LE NEVE SUR LE PONT DU «MONTROSE»

OBEN Diese Abbildung im französischen Magazin *Le Petit Journal* zeigt die Verhaftung an Bord der *Montrose* am 14. August 1910.

UNTEN Dr. Crippen und Ethel Le Neve während ihrer Verhandlung in der Bow Street.

Arthur Warren Waite

Die meisten Gifte können durch sorgfältige forensische Analyse nachgewiesen werden, aber einige Mörder haben versucht, Verdachtsmomente dadurch zu verhindern, daß sie sich Krankheiten zur Ermordung ihrer Opfer zunutze machten. Der New Yorker Zahnarzt Dr. Arthur Warren Waite brachte seine Schwiegermutter um, indem er ihre Nahrungsmittel mit einer Mischung aus Grippe- und Diphtherieerregern versetzte. Sie starb im Januar 1916. Waites nächstes Opfer war sein Schwiegervater John Peck, dem er zusätzlich ein mit Tuberkulosekeimen infiziertes Nasenspray verabreichte. Obwohl sich Peck den Infektionen gegenüber als widerstandsfähiger erwies, starb er nur zwei Monate nach seiner Frau. Zu den Tests, die während seiner Autopsie durchgeführt wurden, gehörte auch der Routinetest auf Arsenvergiftungen, der von dem Londoner Chemiker James Marsh achtzig Jahre zuvor entwickelt worden war. Proben des Gewebes oder des Mageninhalts werden auf eine Zinkplatte gebracht und mit Schwefelsäure übergossen. Vorhandenes Arsen wird in eine flüchtige Verbindung mit Wasserstoff überführt, die durch ein beheiztes Rohr an eine kalte Stelle geleitet wird, an der sich metallisches Arsen niederschlägt. In diesem Fall bewies der entstandene Arsenspiegel, daß der ungeduldige Dr. Waite in der Tat dieses sicherlich zuverlässigere Gift seinem Arsenal hinzugefügt hatte, und er wurde schließlich des Mordes an seinem Schwiegervater überführt.

OBEN Ein Bild von Dr. Waite und der von ihm unterschriebenen Zahlungsanweisung, mit der er sich die Aussage seines Dienstmädchen erkaufen wollte.

RECHTE SEITE Ein Zeitungsbericht über die Verhaftung von Dr. Waite mit Bildern der Opfer Mr. und Mrs. Peck und ihrer Kinder.

WAITE, IN DRUG STUPOR, UNDER ARREST, CHARGED WITH POISONING PECK.

POISONED MILLIONAIRE, DEAD WIFE, AND HEIRS

Detective Finds Dentist Unconscious in Riverside Apartment —In Lucid Moment Asks Doctor to Use Stomach Pump and Says He Took "Plenty" to Induce Sleep—Had Medical Book With Information About Poisons—Many Packages of Strong Chemicals in Pockets—Servant Tells Grand Jury She Saw Employer Pour "Medicine" in Aged Father-in-Law's Soup and Tea Two Nights Before Latter's Death.

District Attorney Swann at 10 o'clock yesterday morning ordered the arrest of Dr. Arthur Warren Waite, in whose apartment in the Colosseum, No. 435 Riverside Drive, John E. Peck, a millionaire druggist of Grand Rapids, Mich., died on March 12.

The District Attorney's action followed hard upon the clue he found in the publication in The World of the suggestion of Miss Catherine Peck, a sister of the dead man, that he might have "gone to Dr. Waite's study, got the bottle of arsenic there, and taken a dose of it by mistake."

Physically, at least, Dr. Waite was not put under arrest, for Detective Cunniff of the District Attorney's staff found him deeply under the influence of drugs which he had taken, he said in intervals of coherence, at 11 o'clock Wednesday morning in an effort to induce sleep.

Waite continued violently ill at intervals throughout the day, but there was reason to believe that he would have recovered sufficiently by this morning to be placed actually under arrest and arraigned on a charge of homicide in connection with the death of Mr. Peck, whose son-in-law he was, and whose wife had died six weeks earlier, almost to the hour, in the Waite apartment.

Information on Poisons Marked in Books Found in Rooms

Mr. Swann found in the apartment yesterday, in the course of a two and one-half hours examination of it, several works on medical and chemical subjects. One of these was Woods on therapeutics and pharmacology. Between pages 311 and 312 was found a book mark, a yellowed strip of paper, that seemed to have been in place for a long time. On these pages the topic under discussion was "Arsenic: Effects on the System."

Between pages 158 and 159 was another mark, indicating a discussion of veratria (an organic alkali) and white hellebore. Between pages 662 and 663 there was still another mark, indicating a discussion of nauseating and depressive expectorants.

"These may be old references," said the District Attorney. "I don't say that they have any significance."

Mr. Swann, however, took the volume to his office with him.

Meantime the Grand Jury, sitting under Judge Nott of the Court of General Sessions, began an inquiry into the death of Mr. Peck. Two witnesses had been heard when it adjourned at 1.30 o'clock until 11 this morning—Dora Hillier, the West Indian servant employed by the Waites, and Dr. Jacob Cornell of Raritan, N. J., an intimate of Mr. Peck and, it is now believed, the author of the telegram signed "K. Adams," which prevented the cremation of the body of Mr. Peck and brought about the autopsies which revealed the presence of arsenic.

had seen Dr. Waite put "medicine" in soup and tea served to Mr. Peck one evening, about two days before he died. Dr. Cornell similarly told of having found Mr. Peck in apparently good health less than twelve hours before he died, and of finding himself a seemingly unwelcome guest when he visited the Waite apartment shortly afterward.

Witnesses called from Grand Rapids for appearance before the Grand Jury are on their way East, and may be heard to-morrow. Mr. and Mrs. Warren W. Waite, father and mother of the young dentist, started for this city last night. Assistant District Attorney F. X. Mancuso, who has been in Michigan with Dr. Otto H Schultze, the District Attorney's pathologist, believes he has established facts of the utmost importance in the past three days. He telegraphed to his chief last night an enthusiastic account of his work, concluding:

"Check up bank accounts and hold up deposits."

Mr. Swann had already taken this action, impounding deposits Dr. Waite carried in a Fifth Avenue bank and the contents of a box in a safe deposit vault in East Fourteenth Street. The World established during the day that Dr. Waite had received from Miss Peck, his wife's aunt, considerably more than the $40,000 in cash of which she told Wednesday. Securities whose face value would bring the total close to $100,000 were also added to this.

Other Woman Still Unknown.

RECORDS OF BRITISH CRUISER AS FLOTSAM.

First Believed That Cumberland Had Been Sunk—No Dates Beyond 1908.

(Special to The World.)

NORFOLK, Va., March 23.—There was a sensation here to-day when members of the Coast Guard at Chicomiconcio, N. C., reported that they had picked up the log books of the British cruiser Cumberland, washed ashore on the beach.

The excitement considerably subsided when it was discovered that of the six books picked up, not one carried an entry later than 1908. They were, moreover, not the ship's log, but apparently some of the records of the engineer's force.

Many fishermen were ready to swear they had heard heavy firing at sea recently.

Communication with the British Embassy at Washington suggested the explanation that the books were discarded records.

FLETCHER ON WAY TO TALK TO LANSING.

PANAMA, March 22.—Henry P. Fletcher, the new American Ambassador to Mexico, passed through here to-day and sailed this afternoon on the steamer Corrillo for New York on his way to Washington from his former post at Santiago, Chili.

Mr. Fletcher said he was not prepared to discuss the problems confronting him in Mexico, because he was not possessed of information on the situation. He was going to Washington, he added, to receive instructions from Secretary of State Lansing and familiarize himself thoroughly with the conditions and with what was expected of him.

Messer und stumpfe Gegenstände

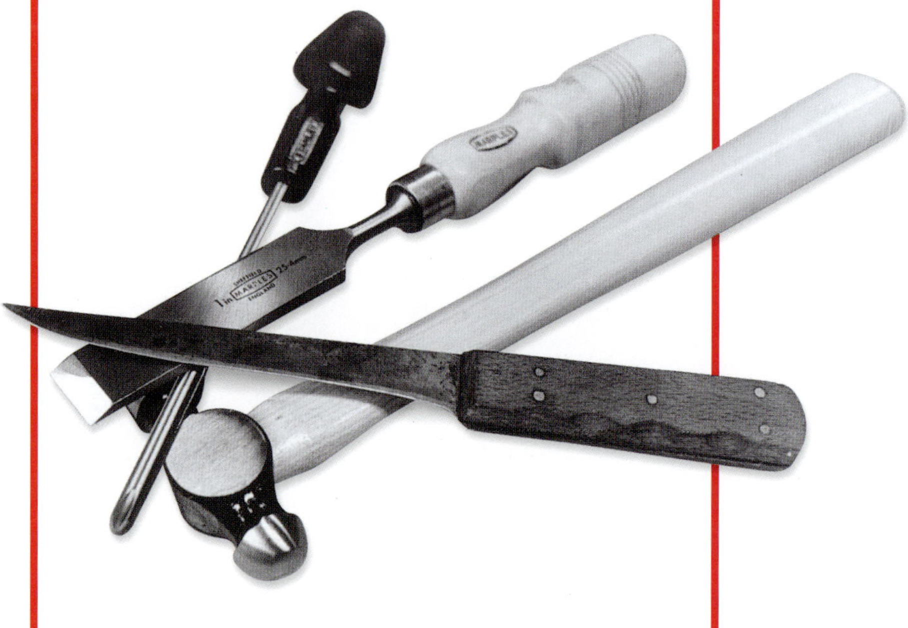

OBEN Einige der Waffen des »Yorkshire Rippers« Peter Sutcliffe.

Mit dem Rückgang der breiten Verfügbarkeit von Giften und der zunehmenden Wahrscheinlichkeit ihres Nachweises bei einer Autopsie verwenden heutige Mörder andere Mittel, um ihr Ziel zu erreichen. In den Vereinigten Staaten, wo Feuerwaffen und Munition vergleichsweise leicht zu beschaffen sind, beruhen viele Todesfälle auf Schußwunden (siehe Kapitel 8). Die Verwendung einer Schußwaffe bedeutet ein gewisses Maß an Vorsatz und liefert außerdem Indizien, die forensischen Wissenschaftlern die Verknüpfung der Waffe und schließlich auch des Schützen mit dem Mord gestatten. Bei weniger sorgfältig geplanten Angriffen werden primitivere Waffen verwendet, z. B. ein Stilett, ein Springmesser, ein Küchenmesser oder auch ein Gegenstand, der eine hinreichend schwere Wunde zu verursachen imstande ist, sei es ein Schraubenschlüssel, eine Lampe oder ein Holzknüppel. Es gehört zu den Aufgaben forensischer Wissenschaftler, den Einsatz einer bestimmten Waffe in einem gegebenen Fall nachzuweisen, oder aber in Fällen, bei denen keine Waffe gefunden wurde, anhand der Verletzungen des Opfers eine Beschreibung der Tatwaffe zu liefern, die die Ermittlungsbeamten bei ihrer Suche nach Beweisen unterstützt.

Indizien am Opfer

Wenn ein Mordopfer mit einem stumpfen Gegenstand erschlagen wird, erfolgen die tödlichen Schläge in der Regel auf den Kopf, wobei ein einziger Schlag meist nicht ausreicht. Oft wird das Opfer mehrmals geschlagen, wobei

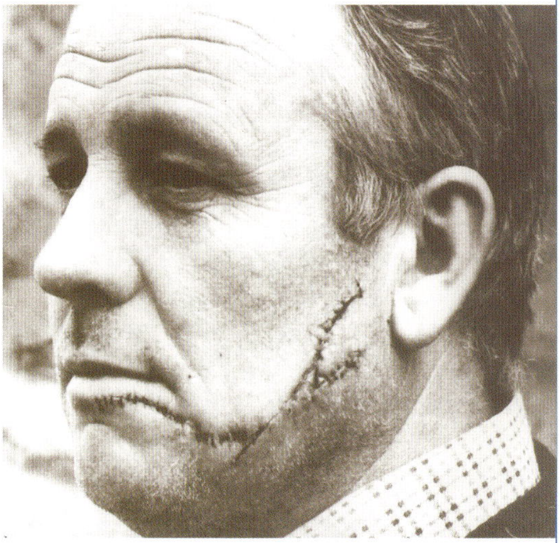

OBEN Graham Backhouse zerschnitt sich seine Wange, nachdem er seinen Nachbarn umgebracht hatte, um behaupten zu können, er sei angegriffen worden und habe in Notwehr geschossen.

jeder Schlag zu Rißwunden führen kann und Gewebefetzen und Äderchen in die Oberfläche darunterliegender Knochen treiben kann.

Der Kopf des Opfers kann dort Brüche aufweisen, wo die Knochen des Schädels in Hirngewebe gedrückt wurden. In solchen Fällen liefert die Form der gebrochenen Schädelpartie manchmal Aussagen über die verwendete Waffe. Die Position der Fraktur kann im Zusammenhang mit der wahrscheinlichen Körperhaltung des Opfers im Moment der Schläge Rückschlüsse auf die Art der Schläge sowie sogar auf die relative Größe und Stärke des Angreifers gestatten. Erkennbare Brüche fehlen jedoch dann, wenn es sich bei den tödlichen Verletzungen um gerissene Adern unterhalb der Schädeldecke handelt.

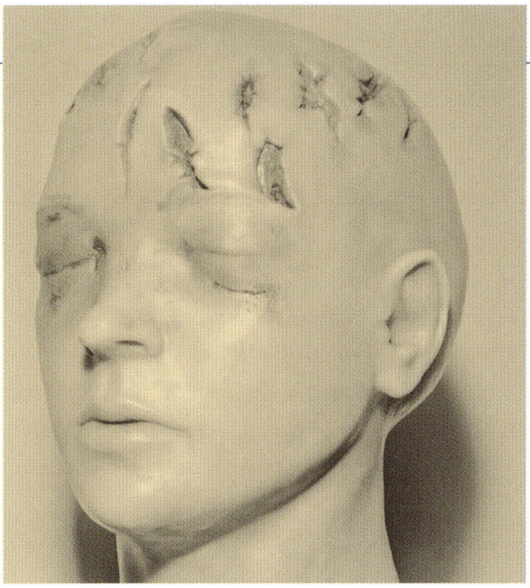

OBEN Ein Modell des Kopfes von Mrs. Marilyn Sheppard zeigt die schrecklichen Verletzungen, die ihr zugefügt worden waren. Ihr Ehemann, Dr. Sam Sheppard, wurde 1954 des Mordes an ihr für schuldig befunden, jedoch später freigesprochen und 1966 auf freien Fuß gesetzt.

Manchmal sind die tödlichen Verletzungen nur ein Teil der Indizien, die an der Leiche gefunden werden. Zog sich der Angriff in die Länge oder ging dem Mord ein Kampf voraus, so können auch Blutergüsse Hinweise auf den Tathergang geben.

Blutergüsse entstehen durch die Zerstörung kleiner Blutgefäße unterhalb der Haut. Sie können von den Fäusten, Füßen oder Waffen des Angreifers oder von einem Sturz des Opfers herrühren. Forensischen Experten vermitteln sie Informationen über den zeitlichen Ablauf des Angriffs und wo beziehungsweise wie der tödliche Schlag erfolgte. Die Untersuchung kann auch die Frage beantworten, ob der Riß eines Blutgefäßes vor oder nach dem Tod auftrat. Wurde die Verletzung vor dem Tod zugefügt, ergibt eine Blutprobe aus der Region des Blutergusses für gewöhnlich einen erhöhten Wert der Zahl der weißen Blutkörperchen, weil die normale Körperreaktion auf Verletzungen unmittelbar nach dem Auftreten der Verwundung einsetzt. Wurde der Bluterguß nach Eintreten des Todes zugefügt, so wäre dieser Vorgang nicht so weit vorangeschritten.

Kinder, die von ihren Eltern oder Aufsichtspersonen geschlagen werden, sind oft noch zu jung oder eingeschüchtert, um über ihre Verletzungen Angaben machen zu können. Da Blutergüsse in mehreren Stadien über Tage oder Wochen hinweg verheilen, können die Verletzungen Hinweise auf ein einzelnes Ereignis oder eine Serie wiederholter Angriffe geben.

Beispielsweise erscheint ein frischer Bluterguß zumeist rot bis purpurfarben, abhängig von der Tiefe und Größe der Verletzung. Chemische Veränderungen des Bluts, das in das Gewebe eindringt, bewirken eine Verfärbung ins Braune, dann Grüne und schließlich ins Gelbe, ehe die Anzeichen langsam verblassen. Demnach ist es wahrscheinlich, daß ein Opfer, das rötlich-purpurne, braune und außerdem grünlich-gelbe Flecken hat, mindestens drei Angriffen ausgesetzt gewesen sein muß.

Schnittwunden

In Ländern, in denen der Zugang zu Schußwaffen strengen Reglementierungen unterliegt, sind Morde durch Messerstiche am häufigsten. Zwar gibt es noch keine absolut sicheren Methoden, die ein bestimmtes Messer mit einem Opfer in Verbindung bringen, wie sie im Falle von Schußwaffen und Geschossen existieren (siehe Kapitel 8), doch geben auch Morde mit Messern den forensischen Experten nützliche Hinweise für die Suche nach dem Täter.

Stich- und Schnittverletzungen sind fast immer die Folge von Angriffen aus nächster Nähe. Im Falle von Schnittwunden, bei denen der Angreifer eine Reihe von ausholenden Bewegun-

LINKS UND OBEN Ein Schuldner ersticht am hellichten Tage einen Gläubiger. Der Mord wurde von einem zufällig vorbeikommenden Journalisten fotografiert.

OBEN Peter Sutcliffe, der »Yorkshire Ripper«.

gen vollführt, deuten Schnitte an Armen und Händen des Opfers darauf hin, daß es sich gegen die Angriffe gewehrt hat. Solche Kämpfe führen dazu, daß der Angreifer mit Blut des Opfers bespritzt, wenn nicht gar getränkt ist. Werden solche Blutflecken gefunden, so können sie den Nachweis für die Anwesenheit des Angreifers zur Tatzeit liefern.

Stichwunden kommen zustande, wenn die Messerklinge in den Körper gestoßen wird und Verletzungen an den lebenswichtigen Organen hervorruft, die zu inneren Blutungen führen. In solchen Fällen kann es zu nur geringen äußeren Blutungen kommen, und beim Herausziehen des Messers verkleinert sich die Wunde und erscheint unauffälliger als eine Schnittwunde.

Stichwunden sind in der Regel nur dann tödlich, wenn sie mit einer hinreichend langen Klinge in Richtung Brustkorb oder Bauch zugefügt wurden. Angriffe gegen die Brust werden meist aufwärts durchgeführt, so daß das Messer zwischen den Rippen in den Brustkorb eindringt und dort innere Organe verletzt.

Die sorgfältige Untersuchung einer Stichwunde kann Hinweise über das verwendete Messer liefern. Zwar sind Informationen über die Breite der Klinge oftmals unzuverlässig, weil das Messer nach dem eigentlichen Stich im Körper bewegt worden sein kann, doch muß die Waffe mindestens so lang gewesen sein, wie die Wunde tief ist. Ein versierter Gerichtsmediziner kann häufig erkennen, ob die Wunde von einer zweischneidigen oder nur von einer einschneidigen Klinge zugefügt wurde.

Natürlich stammen nicht alle Stichwunden von Messern. Ein Opfer könnte ebenso mit einem Meißel, einem Schraubenzieher oder einer

OBEN Im Fall einer ermordeten Frau fand ein Pathologe die Spitze einer Messerklinge in einer Halswunde, die zu der gebrochenen Klinge eines Taschenmessers paßte, das in den Hosentaschen ihres beschuldigten Ehemanns gefunden wurde.

Schere erstochen worden sein. Manchmal wird ein Abguß der Wunde angefertigt, der konkrete Hinweise auf die Form der Waffe liefern kann. Dabei wird der Bereich um die Stichwunde schichtweise seziert, was eine dreidimensionale Darstellung ermöglicht. In mindestens einem Fall wurde der Brustkorb eines Opfers mit der tödlichen Wunde nach der Autopsie in Formalin konserviert. Dank der später gefundenen Mordwaffe war die Staatsanwaltschaft in der Lage, vor Gericht zu beweisen, daß die Form der Waffe der der Wunde entsprach.

Tödliche Schnittwunden befinden sich oft an der am wenigsten geschützten Stelle des Körpers, nämlich dem Hals, wo die Arterien zur Blutversorgung des Gehirns liegen. In der Regel ist es für einen Angreifer ziemlich schwer, die Kehle seines Opfers in einem Kampf gleichstarker Gegner zu durchschneiden. Wurde die Kehle durchtrennt, so finden sich oft Hinweise darauf, daß das Opfer festgehalten, festgebunden oder bewußtlos war, als die tödliche Verletzung zugefügt wurde.

UNTEN Abtransport der Leichen von einem Tatort.

Mord oder Selbstmord?

Relativ wenige Selbstmörder benutzen ein Messer, um sich umzubringen, doch forensische Wissenschaftler müssen die Zeichen erkennen, anhand derer sich dann Selbstmörder von Mordopfern unterscheiden. Menschen, die sich mit dem Messer das Leben nehmen wollen, haben in der Regel drei Angriffsziele am Körper: die Kehle, die Brust oder den Bauch. Sticht sich ein Selbstmörder in das Herz oder in den Magen, so finden sich meist nur ein bis zwei mit Absicht zugefügte Stiche. In den meisten Fällen wurde die Kleidung an der entsprechenden Stelle entfernt, und die Wunde befindet sich in den für den Selbstmörder leicht zugänglichen Regionen, so daß der Stich mit ausreichender Gewalt zugefügt werden konnte. Sind viele Einstiche über weitere Teile der Leiche verstreut,

die ganz oder teilweise durch Kleidung verdeckt sind, so ist Mord die wahrscheinlichere Ursache.

Wurde der Tod durch Verletzung der Hauptschlagadern am Hals verursacht, liefern die Lage und das Erscheinungsbild des Schnittes Anhaltspunkte darüber, wie er geführt wurde. Ein rechtshändiger Selbstmörder fügt sich meist eine Schnittwunde zu, die auf der linken Seite des Halses oben beginnt und auf der rechten Seite unten endet. Ein Linkshänder arbeitet entsprechend seitenverkehrt.

Zwei weitere Anzeichen unterscheiden Selbstmörder von Mordopfern. Bei Selbstmorden mit durchschnittener Kehle finden sich oft ein bis zwei weniger tiefe Schnittwunden aus »Schnittversuchen«, bei denen die Person genügend Entschlossenheit erlangte, um schließlich den tödlichen Schnitt zu führen. Außerdem haben Selbstmörder die Angewohnheit, den Kopf im entscheidenden Moment zu heben, damit die Halsschlagadern leichter zugänglich sind. Dies bewirkt jedoch genau das Gegenteil, weil dabei die Adern nach innen verlagert werden, wo sie zumindest teilweise durch die Luftröhre geschützt sind.

Wurde die Kehle von einem Angreifer durchschnitten, so kennzeichnet die Seitenlage der tödlichen Wunde, ob der Angreifer Links- oder Rechtshänder war beziehungsweise ob der Angriff von vorne oder von hinten durchgeführt wurde. Wenn das Opfer nicht schlief oder in seiner Bewegung nicht eingeschränkt war, so finden sich an den Händen und Armen Wunden von der Verteidigung. Selbst in Fällen, in denen der Verbrecher versucht, einen Mord wie einen Selbstmord aussehen zu lassen, können verräterische Hinweise jeden Zweifel ausräumen. In einem Fall legte der Mörder das Messer in die Hand seines Opfers, brachte sich selbst Wunden bei und gab an, er habe das Opfer in Notwehr erschossen. Eine Überprüfung dieser Angaben ergab jedoch, daß das Opfer nach der Erschütterung durch den Schuß unmöglich das Messer noch in der Hand hätte halten können, es sei denn, die Leichenstarre wäre sofort eingetreten, wofür es keine Hinweise gab.

OBEN Mumifizierter Kopf des »Lindow-Mannes«, datiert auf 20–130 n. Chr., der einen gewaltsamen Tod fand, indem man ihm auf den Schädel schlug und strangulierte.

Auch die Art der Wunden am Körper des Mörders entsprach nicht seiner Aussage. Sie schienen ihm beigebracht worden zu sein, als er relativ ruhig stand, und es existierten keine Wunden an seinen Armen und Händen, die auf eine Selbstverteidigung hätten schließen lassen. Ein weiteres Detail, das ihn verdächtig machte, war der Zustand der Hand des Toten, in der das Messer gefunden worden war. Die Handfläche, mit der er versucht hatte, die klaffende Wunde in seiner Brust zu bedecken, war blutüberströmt. Hätte er, als der Schuß fiel, eine Angriffshaltung eingenommen gehabt, so wäre die Hand nicht blutüberströmt gewesen, es sei denn, er hätte sein Messer fallen gelassen, um die Hand fest auf die Wunde zu drücken.

Jeffrey MacDonald

OBEN Jeffrey MacDonald, Hauptmann der US-Armee.

UNTEN Ein Militärpolizist steht Wache, während ein Techniker des Kriminallabors im Haus der MacDonalds arbeitet.

Jeffrey MacDonald war Hauptmann der US-Armee und lebte mit seiner Frau und seinen zwei kleinen Töchtern in Fort Bragg in North Carolina. Die am frühen Morgen durch einen Notruf MacDonalds alarmierte Militärpolizei fand seine Frau und seine beiden Töchter, die alle durch zahlreiche Stichwunden gestorben waren. MacDonald selbst war am Leben und gab an, er sei von drei Männern und einer Frau niedergestochen und bewußtlos geschlagen worden. Es habe sich um Hippies gehandelt, die augenscheinlich unter Drogeneinfluß standen. Er beschrieb, wie er sich ihrer wilden Attacken erwehrt habe, indem er seine blaue Schlafanzugjacke um seine Hände wickelte, und wie er nach der Flucht der Angreifer versucht habe, seine Töchter durch Mund-zu-Mund-Beatmung wiederzubeleben, bevor er seine Jacke über die Leiche seiner Frau legte.

MacDonald lieferte detaillierte Beschreibungen aller vier Angreifer, aber man fand keine Hinweise auf deren Existenz. Den Beamten kam MacDonalds Geschichte verdächtig vor, weil der Raum während des Angriffs dunkel gewesen und das Sehvermögen des Hauptmanns schlecht war. Er benötigte zum Lesen und Autofahren eine Brille, so daß er ohne sie nur verschwommen hätte sehen können. Als ein Team forensischer Experten den Tatort untersuchte, fand man blaue Fasern von seiner Schlafanzugjacke unter der Leiche seiner Frau, in den Kinderzimmern und unter den Fingernägeln eines der Opfer. Keine fanden sich jedoch im Wohnzimmer, wo MacDonald seinen Angaben zufolge um sein

HINTERGRUND Das Schlafzimmer, in dem die beiden Töchter starben.

Leben gekämpft hatte und wo nur wenig Unordnung herrschte. Die Blutflecken in den verschiedenen Räumen wurden alle identifiziert, und MacDonalds Blut fand sich in der Küche, im Bad und an einer Brille. Es gab keine Spuren im Wohnzimmer, wo er angeblich niedergestochen worden war, oder an dem Telefon, von dem er die Polizei rief.

Aber viele Beweisstücke waren zum Zeitpunkt des Gerichtsverfahrens verloren gegangen, und die Anklage wurde fallen gelassen. Als MacDonald daraufhin in einer Talkshow im Fernsehen auftrat, belebten seine herzlose Art und seine leichtfertigen Kommentare über den tragischen Tod seiner Familie erneut die Frage nach seiner Rolle in diesem Drama, woraufhin seine Schlafanzugjacke zur Untersuchung an das FBI-Labor in Washington, D. C., geschickt wurde. Die Ermittlungsbeamten fanden heraus, daß alle 48 Löcher, die angeblich von einem Eispickel der Angreifer herrührten, glatt und rund waren, so als hätte man die Jacke ruhig gehalten. Des weiteren existierte ein großer Blutfleck von Mrs. MacDonald auf beiden Seiten eines Risses, der angeblich während der Angriffe entstanden war. Dies führte zu der Annahme, daß der Fleck vor dem Zerreissen auf die Jacke kam, obwohl MacDonald angegeben hatte, seine Jacke erst nach dem Angriff über den Leichnam seiner Frau gelegt zu haben.

Schließlich wurde MacDonald 1979 des Mordes an seiner Frau und seinen Kindern angeklagt. Während des Gerichtsverfahrens führten forensische Experten im Gerichtssaal einen simulierten Angriff mit einem Eispickel und einer Schlafanzugjacke vor. Sie zeigten, daß das Muster der Schnitte in der Jacke nicht mit dem übereinstimmte, was MacDonald über den angeblichen Tatverlauf berichtet hatte. Daraufhin wurde MacDonald für schuldig befunden und zu dreimal lebenslänglicher Haft verurteilt.

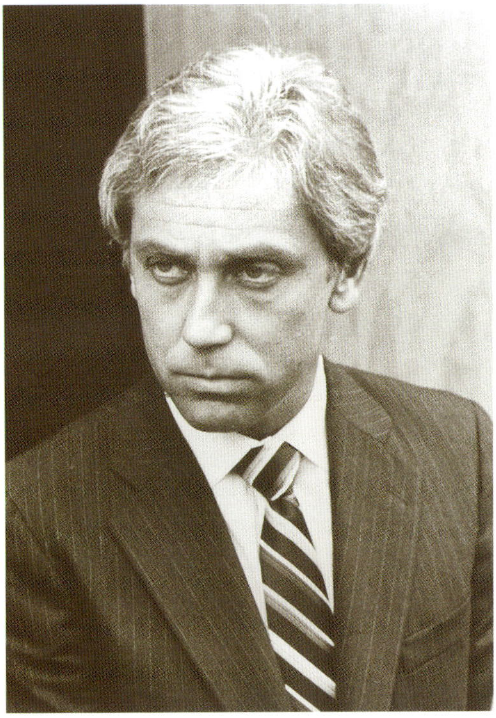

OBEN MacDonald am Tag vor der Erhebung der Anklage, er habe seine schwangere Frau und seine Kinder ermordet.

LINKS Die Skizze eines Zeichners zeigt eine von MacDonald bei der Voranhörung beschriebene Frau, die an den Morden an seiner Frau und seinen Kindern beteiligt gewesen sein soll.

Erdrosseln und Ersticken

RECHTS Skizze von Oberst Edward Marcus Despart am Galgen von New Surrey, kurz bevor er gehängt wurde.

Besitzt ein Angreifer weder eine Schußwaffe noch ein Messer oder einen Gegenstand, der hart und schwer genug ist, um jemanden damit zu erschlagen, kann er sein Opfer erdrosseln oder ersticken. Das Erdrosseln kann mit einer Schnur, einem Seil, einem Stück Draht oder auch nur mit den Händen erfolgen. Erstikken kann durch ein Kissen oder eine Plastiktüte über dem Gesicht oder ein Gewicht (wie den Körper des Mörders) auf der Brust des Opfers erreicht werden, wodurch das Atmen unmöglich wird.

Ersticken im Sinne eines Unfalls passiert, wenn das Opfer einem Sauerstoffmangel ausgesetzt ist, ohne daß ein Fremdverschulden vorliegt. Sperrt ein Kind sich versehentlich in einen Kühlschrank ein, dann wird es ohne rechtzeitige Hilfe durch den Sauerstoffmangel bewußtlos werden und schließlich sterben. Dies würde man als Erstickungsunfall bezeichnen. Würde jedoch

ein Entführungsopfer in einen abgeschlossenen Raum eingesperrt und den Erstickungstod sterben, so wäre dies als Tod durch kriminelle Handlung einzustufen, auch wenn er nicht beabsichtigt war.

Opfer ersticken manchmal auch bei Unfällen durch Erdrücken. Gerät eine Person in eine Menschenmenge, oder fällt sie in eine Mine, einen Steinbruch oder stürzt bei einem Erdbeben, so kann das Gewicht der anderen Personen oder des Schuttes so schwer auf der Brust lasten, daß das Atmen unmöglich wird. In solchen Fällen finden sich in der Regel Anzeichen von Blutungen an Kopf, Brust und um die Augäpfel, die oft mit überschüssiger Flüssigkeit angefüllt sind.

OBEN Die Hillsborough-Katastrophe: In einem Fußballstadion in Sheffield, England, kam es im Gedränge einer in Panik geratenen Menschenmenge zu Todesfällen durch Ersticken.

Indizien im Blickpunkt

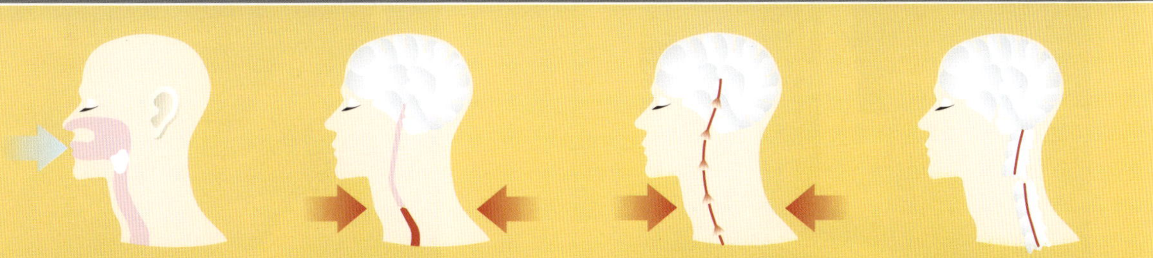

Tod durch Ersticken tritt ein, wenn die Luft daran gehindert wird, in die Lungen zu gelangen.

Beim Erdrosseln stirbt das Opfer oft an der Unterbrechung der Blut- und Sauerstoffzufuhr des Gehirns.

Ein zu starker Druck auf den Vagusnerv während des Erdrosselns kann ein Signal an das Gehirn auslösen, aufgrund dessen das Herz zu schlagen aufhört.

Eine Fraktur der Halswirbel kann Blutgefäße und das Rückenmark durchtrennen, was zum sofortigen Tod führt.

Ersticken und die »Burke-Methode«

Stirbt ein Opfer nicht an Sauerstoffmangel, sondern weil die Atmung physisch unmöglich ist, wird der Tod meist als Ersticken bezeichnet. Personen können bei Unfällen ersticken, wenn sich ein Kind z. B. eine Plastiktüte über den Kopf stülpt und so die Luftzufuhr unterbindet. Bei Erwachsenen spielt manchmal der Einfluß von Alkohol oder Drogen eine Rolle: Sie sterben, weil sie sich in Kleidungsstücken oder im Bettzeug verfangen bzw. an Nahrungsmitteln oder Erbrochenem ersticken.

Manche Erstickungstode beruhen jedoch auf mutwilligen Angriffen. Mörder wählen diese Methode in der Hoffnung, daß das Fehlen offensichtlicher Wunden zu dem Schluß verleiten mag, das Opfer sei an den Folgen eines Anfalls oder einer Herzattacke gestorben.

OBEN Das Haus am Tanner's Close in Edinburgh, wo Burke und Hare ihre Morde verübten.

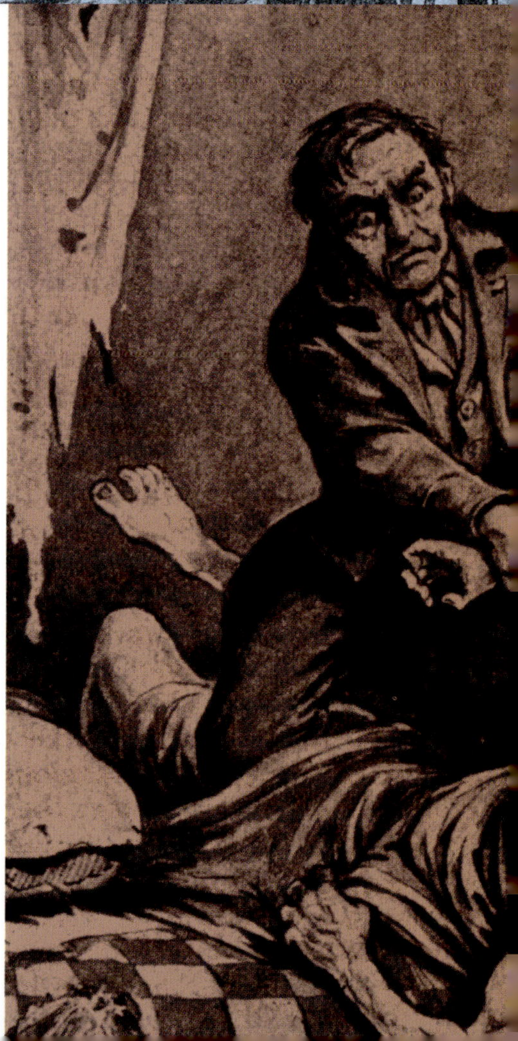

Burke und Hare, zwei notorische Leichenräuber des 19. Jahrhunderts, verdienten ihren Lebensunterhalt, indem sie die Leichen der von ihnen ermordeten Opfer an die anatomischen Abteilungen von Lehrkrankenhäusern im schottischen Edinburgh verkauften. Die Leichen mußten in gutem Zustand sein und durften keine äußeren Verletzungen aufweisen. Sie perfektionierten daher eine Tötungsmethode, bei der sie auf der Brust ihrer Opfer knieten und mit den Händen deren Nase und Mund zuhielten, die seitdem bei Kriminellen und Polizei als »Burke-Methode« bekannt war.

LINKS Burkes und Hares Lebensgefährtinnen halfen ihnen bei der Betäubung ihrer Opfer mit Whisky, bevor sie erstickt wurden.

UNTEN Burke und Hare ersticken ein Opfer, um den Körper für medizinische Untersuchungen zu verkaufen.

OBEN Harry Dobkin ermordete seine Ehefrau Rachel (ganz oben) und verbarg ihren verstümmelten Leichnam in einer zerbombten Kapelle in London zur Zeit des Krieges.

Erwürgen

Wurde ein Opfer von Hand erwürgt, gibt es im wesentlichen zwei Todesursachen. Der Druck der Hände um die Kehle hindert nicht nur das Opfer am Atmen, sondern kann auch die Blutzufuhr zum Gehirn unterdrücken. Ein Angriff führt so zur Bewußtlosigkeit des Opfers und verhindert weitere Gegenwehr, bis der Tod eintritt.

Forensischen Wissenschaftlern liefern die Leichen von erwürgten Opfern klare Hinweise auf den Tathergang. Um sowohl die Luftzufuhr als auch den Blutkreislauf zu unterbinden, muß der Angreifer hinreichend Kraft ausüben, wobei es auch zu Blutergüssen an Nacken und Kehle des Opfers kommt. Die Blutergüsse stammen vom Druck der Daumen und Fingerspitzen, sind meist von runder Form und nur wenig mehr als einen Zentimeter im Durchmesser groß.

Andere Anzeichen beruhen auf der physischen Reaktion des Opfers. Dazu gehören das Einklemmen der Zunge zwischen den Zähnen, was zu Bißspuren und Blutergüssen im Gewebe führt. Es kann auch zu Blutergüssen im angrenzenden Gewebe kommen, und zwar im Bereich des Kehlkopfes, der Stimmbänder und im unteren Mundbereich. Wie bei jedem Erdrosselungstod ist es wahrscheinlich, daß das Zungenbein gebrochen ist. Hat der Angreifer viel Kraft aufgewandt, so kann es auch zu Frakturen der Knorpel um die Luftröhre und den Kehlkopf gekommen sein. Weitere verräterische Anzeichen einer Erdrosselung sind punktförmige Blutungen um die Augen.

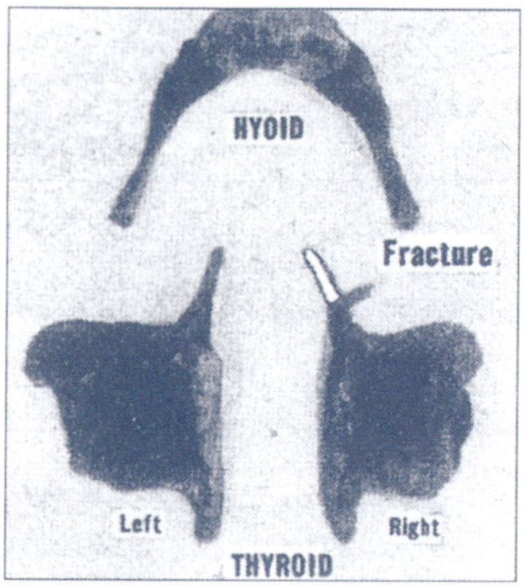

OBEN Der Pathologe Keith Simpson fand Schäden am Kehlkopf, die bewiesen, daß Rachel Dobkin erdrosselt worden war.

Ein echter Selbstmord?

Die augenfälligsten Anzeichen an der Leiche eines Erhängten stammen meist vom Seil. Die Spuren am Opfer differieren nach Schlinge. Wurde eine bewegliche Schlinge geknüpft, zieht das Körpergewicht die Schlinge so stark zu, daß sie eine fast waagerecht verlaufende Rille rund um den Hals hinterläßt. Mit einer festen Schlinge hat das Seil genug Spiel um den Hals des Opfers, um eine Verzerrung der Schlinge zu bewirken, wobei sie am Nacken des Opfers einen Abdruck in Form eines auf dem Kopf stehenden V hinterläßt. Weil eine feste Schlinge einseitig zieht, verdreht sich oft der Kopf des Opfers, so daß der Seilabdruck nicht gleichmäßig um den Hals verläuft.

Sowohl bei Mord als auch bei Selbstmord zeigt der Erhängte in jedem Fall Erstickungsanzeichen. Bei nachlassender Sauerstoffversorgung des Blutes sind Zunge und Lippen bläulich verfärbt. Die Zunge hängt oft zwischen den Lippen, die Pupillen sind meist geweitet, und das Gesicht ist infolge der unterbundenen Blutzufuhr leichenblaß.

Da diese Symptome auch durch eine direkte Erdrosselung hervorgerufen werden können, suchen forensische Untersuchungsbeamte insbesondere den Hals des Opfers nach Blutergüssen oder anderen Verletzungen ab, die von einer Schlinge herrühren könnten. Eine Untersuchung des Tatorts vermag ebenfalls Ungereimtheiten zu enthüllen, wenn es beabsichtigt

RECHTE SEITE Der Balken, an dem sich in einem Mordfall von 1925 die ermordete Ehefrau angeblich selbst erhängt hatte.

UNTEN Michael Hutchence, Bandleader der Gruppe INXS, der 1997 angeblich Selbstmord durch Erhängen begangen haben soll.

worden war, Verwirrung zu stiften. Ein wirklicher Selbstmörder, der frei über dem Boden hängend gefunden wird, hätte zum Anlegen der Schlinge eine Leiter oder einen Stuhl benutzt, und diese Gegenstände müßten am Tatort gefunden werden.

Ein Mörder, der 1925 in Südengland den Selbstmord seiner Frau vortäuschen wollte, übersah ein grundlegendes Detail. Er gab an, seine Frau in Folge ihres Selbstmordes hängend vorgefunden zu haben, und erklärte der Polizei, daß er die Leiche abgeschnitten habe. Beamte untersuchten den Balken und fanden ihn mit Staub bedeckt und ohne Wischspuren, wie sie von einem Seil hervorgerufen worden wären.

Erdrosselung durch Ligaturen

Wurde ein Opfer durch eine fest um seinen Hals gezogene Ligatur wie ein Seil erdrosselt, so entdecken die Gerichtsmediziner Spuren am Hals, die die Todesursache verraten. Diese erscheinen meist als mehr oder weniger waagerecht verlaufende Furche, die tiefer am Hals verläuft, als wenn das Opfer gehängt worden wäre, weil in diesem Fall der Körper durch Einwirkung der Schwerkraft in die Ligatur sinkt.

Anhand des Erscheinungsbildes der Spuren kann man einige Rückschlüsse auf die verwendete Ligatur ziehen. Eine tiefe, schmale Furche weist auf einen Draht, eine Kordel oder ein Kabel hin, während eine breitere, flachere Einbuchtung eher von einer Krawatte, einem Gürtel oder einem Schal herrührt. Allgemein gilt: je weicher das Material, desto weniger auffällig die Spuren. Wurde aber genügend Kraft aufgewendet, um den Tod des Opfers herbeizuführen, finden sich immer erkennbare Spuren.

Wird die Ligatur am Tatort gefunden, so kann sie zum Beweisstück werden. Das verwendete Material kann in einer Beziehung zum Opfer oder, noch wichtiger, zum Mörder stehen. Selbst die Art der Anwendung kann Hinweise liefern. Einige Mörder wickeln einfach die Enden umeinander und ziehen wie die rituellen Thug-Würger im alten Indien, andere setzen einen speziellen Knoten ein. Die von dem berüchtigten Bostoner Würger in den frühen 60er Jahren bei seinen dreizehn Morden eingesetzte Ligatur war in einem charakteristischen

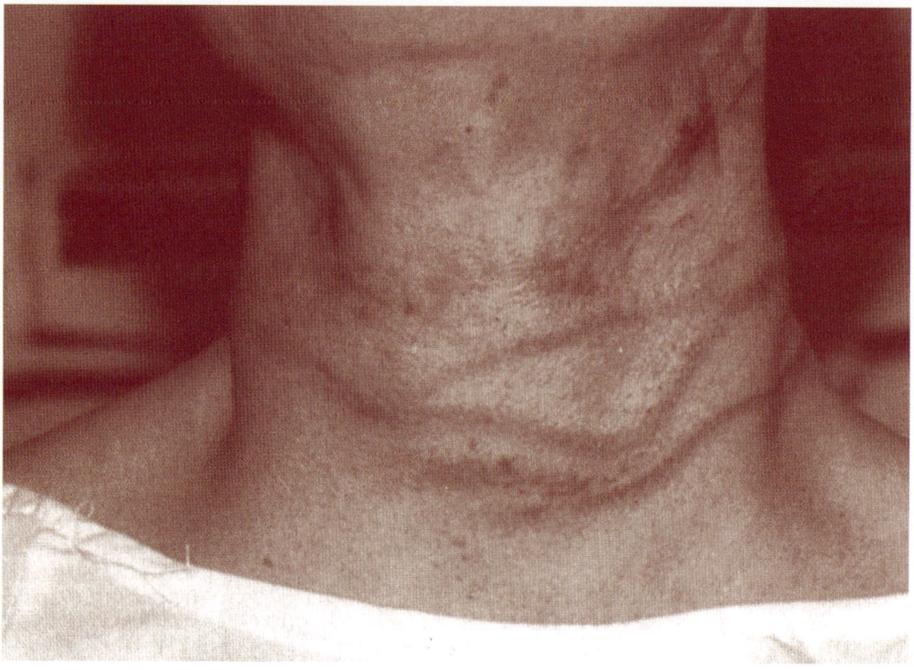

Knoten gebunden, der jeden der Morde als sein Handwerk kennzeichnete.

Bei Verwendung einer Ligatur ist weniger Druck auf den Hals des Opfers erforderlich als beim Erwürgen mit den bloßen Händen. Dementsprechend finden sich weniger ausgeprägte Würgemale rund um den Hals, die Knorpel an Kehlkopf und Luftröhre können noch unversehrt sein, und auch die Schäden an der Muskulatur fallen geringer aus. Andere Blutungen finden sich z. B. im Gehirngewebe, und es kann auch zu Schäden an der Nackenmuskulatur und im Bereich der Schilddrüse gekommen sein.

Bei einigen Opfern, die mit einer Ligatur um den Hals tot aufgefunden wurden, handelt es sich um Selbstmörder. Die Ligatur wird dann oft in einem Doppelknoten geknüpft, um den Druck auch nach Eintritt von Bewußtlosigkeit aufrechtzuerhalten. Die Ligatur kann auch zwei- bis dreimal um den Hals geschlungen worden sein, um zuverlässiger zu sein. Bei Selbstmorden ist das Zungenbein meist intakt.

LINKE SEITE Die empfindliche Haut am Hals kann Blutergüsse durch den Druck der Finger des Würgers oder Abschürfungen durch das zum Erdrosseln verwendete Seil aufweisen.

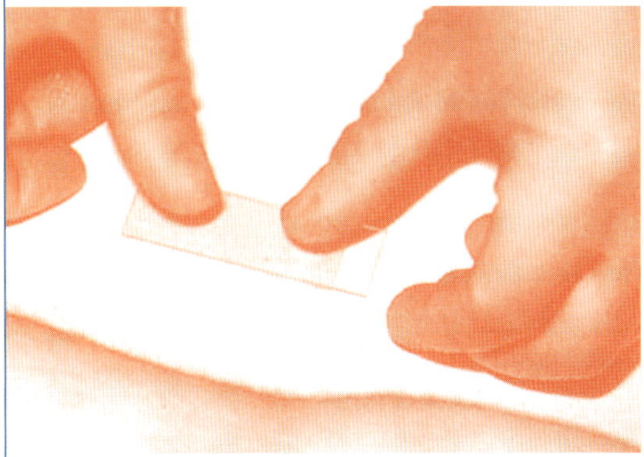

OBEN Ein Pathologe drückt transparentes Klebeband an eine Ligaturmarke, um Faserreste für eine mikroskopische Untersuchung zu binden.

UNTEN Die Mordausrüstung, die der britische Serienmörder Denis Nilson zum Töten seiner Opfer verwendete.

Tod durch Erhängen

Der Tatort einer Erhängung läßt in der Regel kaum einen Zweifel an der Todesursache, aber zwei Fragen müssen beantwortet werden. Erstens: Starb das Opfer durch das Erhängen oder war es bereits vorher tot? Zweitens: Wenn das Opfer durch Erhängen starb, war es Mord oder Selbstmord?

Erhängen ist ein Sonderfall der Erdrosselung durch Ligaturen, bei dem der Druck um den Hals durch die auf den Körper einwirkende Schwerkraft aufrechterhalten wird. Dies führt zu einem Zusammendrücken des Halses, wodurch die das Gehirn versorgende Blutadern sowie die Luftzufuhr abgedrückt werden und es zu einer Bewußtlosigkeit und kurz darauf zum Tod durch Ersticken kommt.

Andere Hinweise auf die Todesursache hängen davon ab, wie tief oder heftig der Körper beim Erhängen fiel. War der Sturz nur kurz, so weist die Nackenmuskulatur nur geringe Schäden auf, obwohl oft der Kehlkopf beschädigt und das Zungenbein gebrochen ist. Fiel der Körper relativ tief, so können die Halsmuskeln zerrissen und das Rückgrat durch den Ruck der sich schlagartig um den Hals zusammenziehenden Schlinge ausgehebelt sein.

Erhängungsopfer können sterben, ohne den Bodenkontakt zu verlieren. Selbstmörder, denen ein belastbarer Befestigungspunkt für das Seil fehlte, konnten sich schon an Möbeln und Türklinken erhängen. Auch der Fall aus einer zusammengekauerten Haltung heraus kann den notwendigen Druck auf den Hals ausüben, obwohl der Großteil des Körpergewichts nach

UNTEN Der mumifizierte Leichnam des »Tollund-Manns« aus der Zeit um 240–220 v. Chr. Dieser gut erhaltene Körper eines 30–40jährigen Mannes, der mit einer geflochtenen Lederschlinge bei einem Mord oder einer religiösen Opferung erhängt worden war, wurde in Jütland in Dänemark gefunden.

wie vor vom Boden getragen wird. Der Todeskampf dauert dann länger, und die Gerichtsmediziner finden meist Anzeichen eines graduellen Erstickens am Körper. Hierzu gehören ein geschwollenes Gesicht mit purpurfarbenem Teint sowie punktartige Blutungen um die Augen, an den Stimmbändern und der Luftröhre.

Als im 18. Jahrhundert in England das Hängen noch eine übliche Strafe selbst für weniger gravierende Verbrechen war, wurde der Verurteilte gefesselt, die Schlinge um seinen Hals gelegt und am Seil vom Boden hochgezogen. War die Schlinge nicht fest genug gezogen, mußte der Verurteilte einen langsamen Tod sterben, und Freunde, Verwandte und sogar der Henker versuchten, den Tod dadurch zu beschleunigen, daß man sich an die Füße des Opfers hängte, wodurch der Druck auf den Hals erhöht wurde. Später bemühte man sich, einen rascheren Tod herbeizuführen, indem man für eine engere Schlinge und einen tieferen Sturz sorgte. Das Seil wurde mit einem Ruck zugezogen, hebelte das Genick aus und zerstörte das Rückenmark, so daß fast sofort der Tod eintrat.

OBEN Nachstellung eines Mordes durch Erhängen an der Blackfriars Bridge in London.

LINKS Eine öffentliche Hinrichtung durch Erhängen in Tyburn in London im frühen 17. Jahrhundert.

Michel Eyraud

GANZ OBEN Michel Eyraud.

OBEN Gabrielle Bompard.

Im Hochsommer des Jahres 1889 wurde die kleine an einem Fluß liegende Gemeinde Millery bei Lyon in Südfrankreich durch einen fürchterlichen Gestank belästigt. Ein Arbeiter der Stadtverwaltung stellte Nachforschungen an und fand unter Büschen am Flußufer einen verwesenden, in einen Leinensack gehüllten Leichnam. Die sterblichen Überreste wurden in das Lyoner Leichenschauhaus gebracht. Dort begann der forensische Pathologe Dr. Paul Bernard mit seiner Untersuchung.

Die Identität des Opfers war unbekannt, aber Dr. Bernard fand Verletzungen am Hals, die auf eine Erdrosselung des Opfers mit Hilfe einer Ligatur hinwiesen. Indizien am Schädel führten zu dem Schluß, daß das Opfer etwa 35 Jahre alt sein mußte.

Polizeiliche Nachforschungen förderten einen Schrankkoffer zutage, der ähnlich stark wie die Leiche stank und mit hoher Wahrscheinlichkeit zu deren Transport gedient hatte. Den darauf befindlichen Etiketten war zu entnehmen, daß er etwa zwei Wochen vor der Entdeckung der Leiche von Paris nach Lyon geschickt worden war. Überprüfungen der Register von vermißten Personen in Paris ergaben, daß ein notorischer Schürzenjäger mit dem Namen Toussain-Augsent Gouffé am selben Tag, als der Koffer nach Lyon aufgegeben worden war, vermißt gemeldet worden war. Annahmen, daß es sich bei dem Leichnam um ihn handeln könnte, gerieten anfänglich ins Wanken, als sein Schwager berichtete, Gouffé habe walnuß-

LINKS Ein Stich, der die Rekonstruktion des Gouffé-Mordes zeigt.

farbenes Haar gehabt: sowohl Haupt- als auch Barthaare des Leichnams waren pechschwarz.

Als Dr. Bernard eine Haarprobe in destilliertem Wasser einweichte, löste sich die schwarze Farbe und es kam eine intensive Walnußfarbe zum Vorschein. Der Leichnam wurde dem besten forensischen Kriminalpathologen in Frankreich, Dr. Alexandre Lacassagne, überstellt. Dr. Lacassagne war davon überzeugt, daß der Tod durch Erwürgen verursacht worden war. Die Untersuchung der Knochen ergab auch einen Defekt am rechten Knie, der mit Sicherheit zu einem Hinken geführt haben mußte. Nach Untersuchung der Zähne des Opfers revidierte er Bernards Schätzung des Alters des Opfers auf etwa fünfzig Jahre. Da Gouffé bei seinem Verschwinden 49 Jahre alt gewesen war und beim Gehen gehinkt hatte, erschien die Identität des Leichnams gesichert, insbesondere nachdem man Haarproben vom Leichnam mit solchen aus Gouffés eigener Haarbürste verglichen hatte.

Eine großangelegte Fahndung, für die man den für den Transport von Gouffés sterblichen Überresten verwendeten Schrankkoffer nachbauen ließ, lieferte zwei Verdächtige: Michel Eyraud und seine Geliebte Gabrielle Bompard, die man beim Kauf eines ähnlichen Koffers in Paris gesehen hatte. Später stellte sich heraus, daß das Paar Gouffé in Bompards Appartement gelockt hatte, wo sie ihn erst ermorden und anschließend sein Büro ausrauben wollten. Sie versuchten, ihn zu erhängen, indem sie einen Gürtel um seinen Hals wanden und über eine an der Decke angebrachte Rolle warfen, aber der Knoten hielt nicht. Eyraud mußte Gouffé mit den bloßen Händen erwürgen.

Nachdem sie den Koffer mit Gouffés Leichnam nach Lyon abgeschickt hatten, floh das Paar nach Nordamerika. Als Eyraud vorschlug, solch eine Tat zu wiederholen, trennten sie sich, und Bompard kehrte nach Frankreich zurück. Eyraud wurde fast zwei Jahre später auf Kuba verhaftet und schließlich an Frankreich ausgeliefert, wo man das Paar des Mordes anklagte. Bompard wurde zu einer 20jährigen Haftstrafe verurteilt und Eyraud durch die Guillotine hingerichtet.

OBEN Der Stich zeigt die Verhaftung von Michel Eyraud in Havanna auf Kuba.

LINKS Nachbildung des Koffers, der zum Transport von Gouffés Leichnam verwendet worden war, die erst wegen ihres Geruchs entdeckt wurde.

Ertrinken und Verbrennen

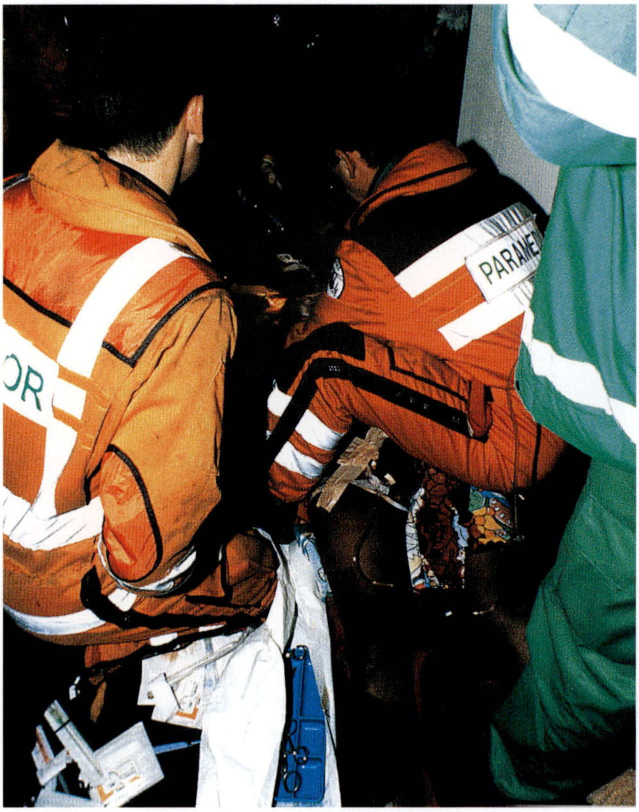

OBEN Rettungssanitäter und Ärzte kümmern sich um einen Brandverletzten.

Ertrinken und Verbrennen sind zwei Todesarten, bei denen das Opfer einen Unfall gehabt, einem Mordanschlag zum Opfer gefallen sein oder Selbstmord verübt haben kann. Meist beruhen solche Tode auf tragischen Unglücksfällen, obwohl forensische Experten auch in solchen Fällen gewissenhaft prüfen, ob die Begleitumstände der Wahrheit entsprechen oder von Dritten zur Verschleierung von Indizien eines Mordes verwendet wurden.

Jedesmal, wenn eine Leiche im Wasser gefunden wird, müssen forensische Wissenschaftler prüfen, ob das Opfer durch Ertrinken oder Unterkühlung starb oder ob es bereits tot war, als es ins Wasser fiel oder geworfen wurde.

Unter medizinischen Gesichtspunkten ähnelt Ertrinken dem Ersticken oder Erdrosseln. Die Luft kann nicht die durch Wasser blockierten Lungen erreichen, und der Körper erleidet akuten Sauerstoffmangel. In den Leichen Ertrunkener finden sich Indizien für den Sauerstoffmangel, aber deren Klarheit hängt davon ab, wie heftig das Opfer dem Ertrinken zu entgehen suchte. In einigen wenigen tödlichen Unfällen durch Ertrinken fällt die Person in einem starken Rauschzustand in das Wasser, und der Kampf ums Überleben ist weniger heftig bzw. langanhaltend als bei einem nüchternen Opfer, das zum Beispiel beim Schwimmen ertrinkt.

Hinweise auf Ertrinken

Ein Mensch ertrinkt, wenn sich seine Lungen mit Wasser füllen. Dabei bildet sich eine fein schäumende Mischung aus Wasser, Luft und Schleim, die an Mund und Nasenlöchern austritt. Das Gewicht des Wassers in den Lungen bläht den Körper auf und macht ihn schwerer, so daß er tiefer im Wasser schwimmt als bei einer lebenden Person.

Die Leiche eines Opfers, das in einen angeschwollenen Fluß gefallen ist oder abgetrieben wurde, kann zusätzliche Indizien für die Todesumstände liefern. Versuchte die Person, sich auf Flußbänke oder durch Umklammern von Uferblattwerk zu retten, finden sich womöglich Erde, Steine, Zweige oder Blätter in festem Griff in den Händen, der durch Muskelkrämpfe in der Endphase des Ertrinkens hervorgerufen wird.

Verletzungen am Körper sind schwieriger zu interpretieren. Die Anzeichen dafür, ob die tödlichen Verwundungen vor oder nach dem Eintauchen des Körpers in das Wasser zugefügt wurden, können z. B. schwer erkennbar sein, weil ein Aufenthalt im Wasser chemische Veränderungen des Blutes bewirkt. Bewegt sich das Wasser rasch wie in Stromschnellen oder im Brandungsbereich, so kann der Körper noch nach dem Tod schwer verletzt werden. Die Eindeutigkeit der Indizien hängt zum großen Teil davon ab, wie lange die Leiche im Wasser lag.

Die Autopsie liefert detailliertere Hinweise. Nach einem Tod durch Ertrinken sind die Lungen mit Wasser gefüllt, erscheinen geschwollen und fühlen sich weich an, so daß Druck auf

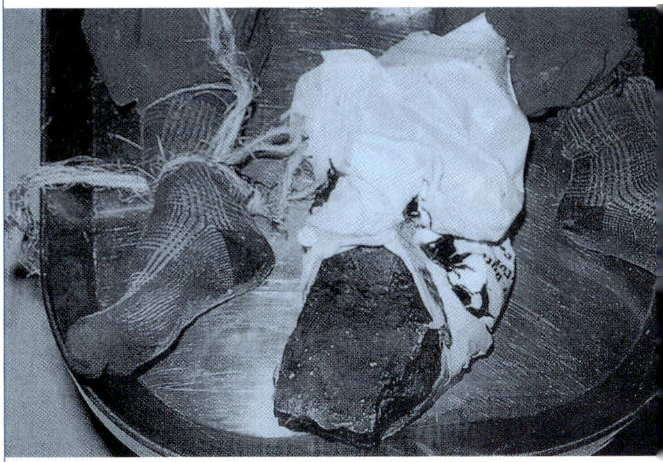

OBEN Ein im Wasser gefundener gefesselter Körper muß kein Mordopfer sein. Selbstmörder fesseln sich oft selbst und bringen an ihren Kleidungsstücken Gewichte an, um sicherzustellen, daß ihr Selbstmordversuch gelingt.

die Lungenoberfläche vergleichsweise langsam verschwindende Druckstellen hinterläßt. Die schaumige Mischung von Wasser, Luft und Schleim, die man in Mund und Nase vorfindet, ist auch in der Luftröhre und den Lungen vorhanden. Der Magen kann auch Organismen aus dem Wasser enthalten, in dem die Leiche gefunden wurde. Außerdem zeigen sich bei den meisten Ertrunkenen Blutungen im Mittelohr.

Es gibt Fälle von scheinbarem Ertrinken, in denen die Opfer in der Tat nicht ertranken, sondern durch den Schock des plötzlichen Eintauchens in kaltes Wasser starben. Die Opfer sterben an Herzversagen, einem »Reflexherzstillstand«, und nicht an Sauerstoffmangel. In diesen Fällen findet man keine typischen Anzeichen für Ertrinken.

Ertrinken und der Zeitfaktor

Der Zerfallsprozeß von Wasserleichen unterscheidet sich von dem vergrabener oder im Freien liegender Toter. Am wichtigsten ist, daß im Wasser die Auskühlung doppelt so rasch erfolgt. In Fällen eines Todes infolge von Unterkühlung anstatt von Ertrinken kann die Kern-

Indizien im Blickpunkt

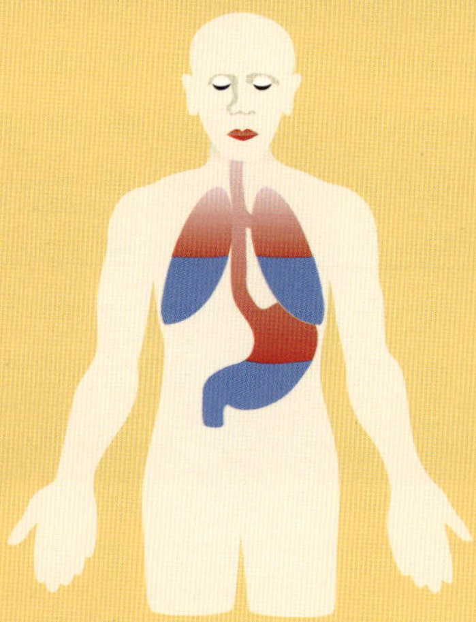

1 Ertrinken – Ein Gemisch von Luft und Wasser aus der Lunge füllt Mund und Nase.

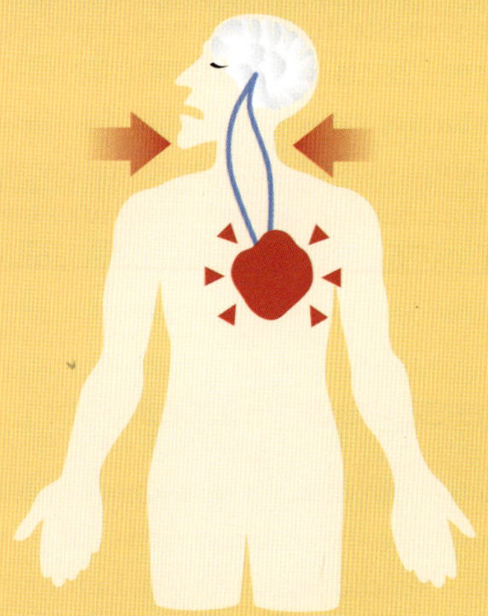

2 Vagus-Hemmung – Wasser dringt durch die Nase ein, verursacht einen Krampf des Kehlkopfs, der auf den Vagusnerv drückt und damit zum Herzstillstand führt.

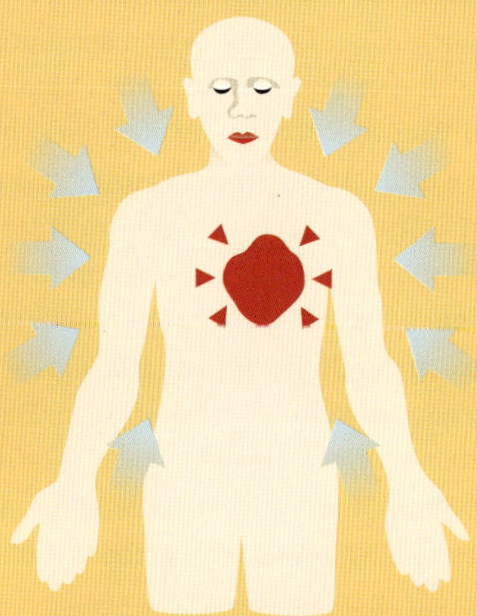

3 Schock – Durch die plötzliche Kälte wird ein sofortiger Herzstillstand ausgelöst.

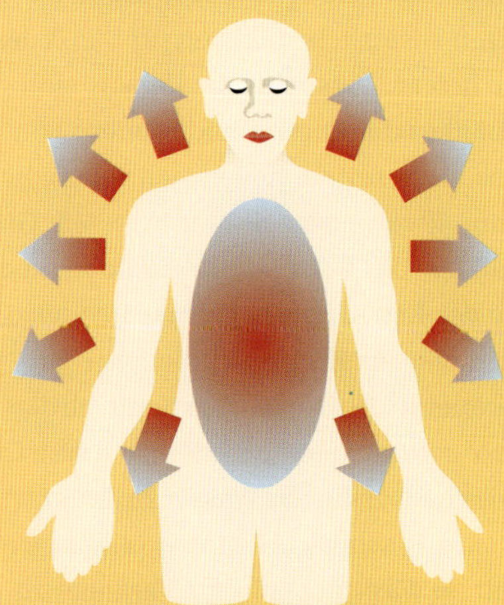

4 Unterkühlung – durch längeren Aufenthalt im Wasser kommt es zu einer Abkühlung der Temperatur im Inneren des Körpers, die Bewußtlosigkeit und Tod zur Folge hat.

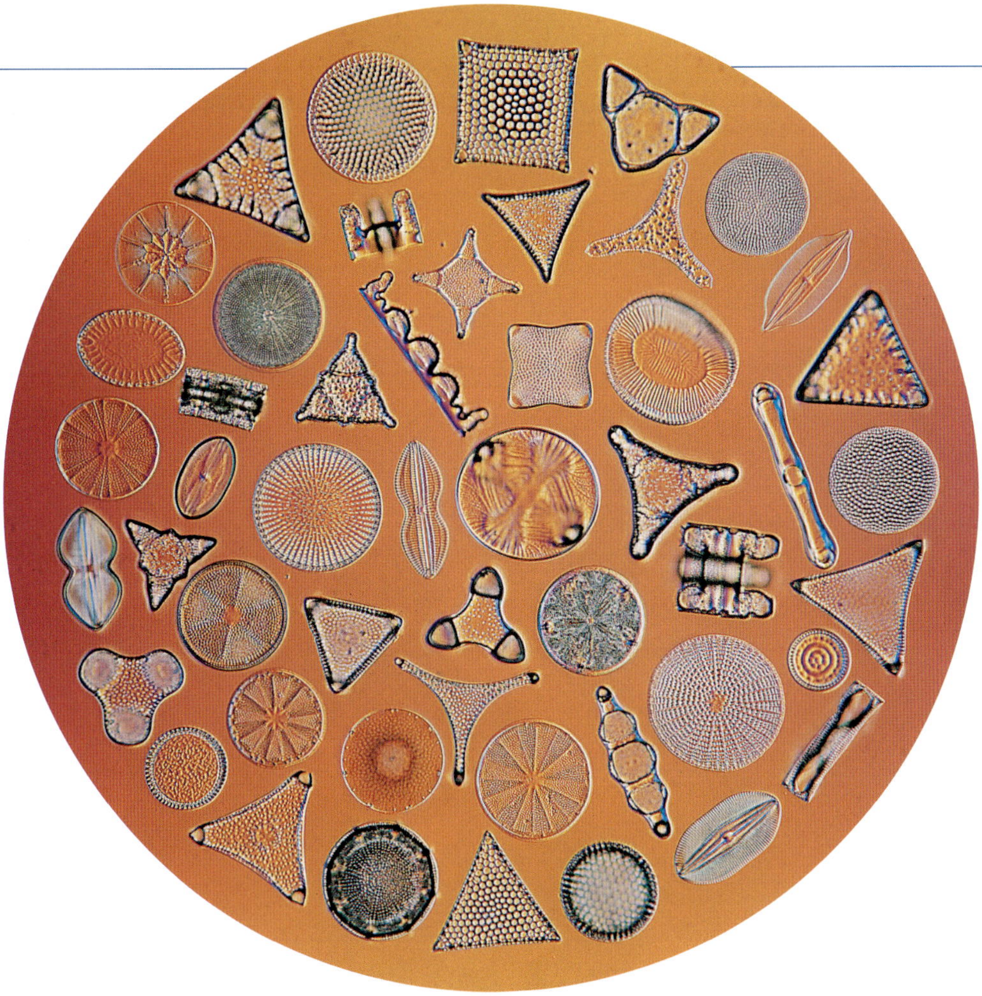

temperatur des Körpers bereits deutlich niedriger als normal sein, wenn die mit dem Tod einsetzende Abkühlung beginnt.

Die Graufärbung der Haut eines Toten ist bei Wasserleichen weniger auffällig. Die Haut erscheint unnatürlich weiß mit einem »Gänsehauteffekt«, bedingt durch ein Aufrichten der Haarfollikel, einem Reflex des Körpers, um die Körperwärme möglichst lange zu bewahren. *Rigor mortis*, die Leichenstarre, bildet sich langsamer aus und verschwindet auch langsamer, weil die Temperatur des Wassers die chemischen Vorgänge verlangsamt, die die Veränderungen nach dem Tod kennzeichnen. Eine Leiche kann bis zu vier volle Tage im Wasser liegen, bis die letzten Anzeichen der Leichenstarre verschwunden sind.

Nach einer Woche oder mehr im Wasser bewirken chemische Veränderungen im Körper eine Gasbildung im Bauchraum. Dies erhöht

OBEN Diatomeen sind mikroskopisch kleine Kieselalgen, die sich in Lunge, Magen, Blutkreislauf und Knochenmark von Ertrunkenen finden.

den Auftrieb der Leiche, so daß sie an der Wasseroberfläche schwimmt. Daher werden zu diesem Zeitpunkt viele Ertrunkene gefunden, nach denen vorher vergeblich gesucht worden war. Die Umwandlung der körpereigenen Fette in einen harten Rückstand, die an Land normalerweise nach vier bis sechs Monaten einsetzt, kann im Wasser besonders bei niedrigen Temperaturen wesentlich mehr Zeit benötigen.

Orte des Ertrinkens

Anhand von Bluttests kann nachgewiesen werden, ob ein Ertrunkener im Süß- oder Salzwasser starb, vorausgesetzt, die Tests werden nicht zu spät nach Eintritt des Todes durchgeführt. Süßwasser aus Flüssen, Seen und Kanälen kann durch die feinen Blutäderchen in den Lungen treten und findet seinen Weg in das Herz und den restlichen Kreislauf, wodurch es zu einer Verdünnung des Blutes und einer Abnahme seines Chlorgehaltes kommt.

Salzwasser hingegen entzieht dem Blut Wasser und erhöht so den Chlorgehalt anstatt ihn zu senken. Dieser eindeutige Unterschied kann den Untersuchungsbeamten helfen, wenn sie es mit einer Leiche aus einem Bereich von Flußmündungen an Meeresküsten zu tun ha-

ben. Die beim Ertrinken des Opfers abgelaufenen chemischen Veränderungen können darauf hinweisen, wo und wann sich der Vorfall ereignete.

Ein weiterer genauer Fingerzeig auf den Ort des Ertrinkens ist die Analyse der Körperorgane auf kleine Organismen, die Diatomeen (siehe Seite 103). Sie finden sich in allen Wasserquellen, die normale Biosysteme enthalten. Beim Ertrinken inhaliert das Opfer diese Organismen zusammen mit dem Wasser, und sie werden in den inneren Organen absorbiert. Bei der Autopsie können Diatomeen durch Auflösen von Organschnitten in starken Säuren nachgewiesen werden, wobei möglicherweise auch Kieselsäureschalen gefunden werden. Sie können dann mit Hilfe eines Mikroskops identifiziert werden.

Das Vorhandensein von Diatomeen in einer im Wasser gefundenen Leiche liefert zwei nützliche Hinweise. Erstens spricht es dafür, daß das Opfer höchstwahrscheinlich noch lebte, als es ins Wasser fiel. Zweitens gibt es viele unterschiedliche Spezies dieser Organismen, die anhand der Form und Größe ihrer Skelette unterschieden werden können, so daß die im Körper gefundenen Spezies auf die ungefähre Region hindeuten, in der das Opfer ertrank.

OBEN Ein Opfer von Wayne Williams (siehe S. 60–61) liegt mit dem Gesicht nach unten in einem Boot, nachdem es aus dem Chattahoochee-Fluß geborgen wurde.

LINKE SEITE Bergung eines Ertrunkenen.

Verbrennungsopfer

Wie Tode durch Ertrinken sind auch Flammentode häufiger auf Unfälle als auf Morde zurückzuführen, obwohl die Ermittler auch dann berücksichtigen müssen, daß eine Leiche

Indizien im Blickpunkt

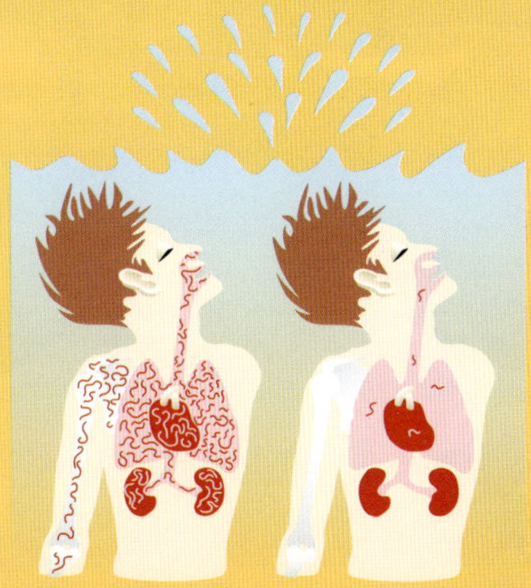

1 Lebend beim Eintauchen in das Wasser – Wasser wird eingeatmet, und Diatomeen verteilen sich im Körper.

2 Tot beim Eintauchen in das Wasser – Im Leichnam finden sich nur wenige oder gar keine Diatomeen.

mutwillig verbrannt worden sein kann, um Hinweise auf eine andere Todesursache zu verschleiern. Deshalb muß die Leiche untersucht werden, um herauszufinden, welche der Verletzungen durch Verbrennung hervorgerufen wurden, ob diese vor oder nach dem Tod entstanden sind und welche Faktoren zum Tode führten.

Es gibt sechs Grade von Verbrennungen, die nach ansteigender Schwere geordnet werden. Das Schema wurde von dem französischen Arzt Baron Guillaume Dupuytren vor etwa zwei Jahrhunderten entwickelt. Verbrennungen ersten Grades führen zu einer Entzündung der Haut, von der sich Schichten ablösen. Verbrennungen zweiten Grades zeigen Brandblasenbildungen, im dritten und vierten Grad findet man teilweise oder vollständige Zerstörung der Haut, Verbrennungen fünften Grades entsprechen einer Zerstörung von Muskelgewebe. Bei Verbrennungen sechsten Grades sind Schäden an den Knochen erkennbar. Brandverletzungen werden außerdem nach dem Prozentsatz der Körperoberfläche, die betroffen ist, klassifiziert.

Viele der in ausgebrannten Gebäuden gefundenen Opfer ersticken durch die Rauchentwicklung oder sterben an Kohlenmonoxidvergiftung und nicht an Verbrennungen. In diesen Fällen findet man bei der Autopsie Anzeichen von Sauerstoffmangel. Dieser kann durch das Ein-

LINKS Ein Feuer am Eingang des Nachtclubs *Happyland* in der New Yorker Bronx forderte 87 Tote.

RECHTE SEITE OBEN Die Katastrophe von King's Cross in London im Jahr 1987, bei der in einer überfüllten U-Bahn-Station ein Feuer ausgebrochen war.

atmen von Rauch verursacht worden sein, was sich durch Rußpartikel in der Luftröhre bestätigen läßt. Bluttests können auch Kohlenmonoxid in tödlichen Konzentrationen nachweisen, und das Vorhandensein von Kohlenmonoxid oder Rußpartikeln bestätigt, daß das Opfer beim Ausbruch des Feuers noch am Leben war.

Die Untersuchung der Brandverletzungen des Toten kann Hinweise auf die Reihenfolge der Geschehnisse liefern. Bei Verbrennungen, die das Opfer noch lebend erlitt, weist das Blut erhöhte Anteile an weißen Blutkörperchen auf, weil die körpereigene Abwehr diese umgehend mobilisierte. Die in den Brandblasen enthaltene Flüssigkeit kann auf Eiweißmoleküle untersucht werden. Auch ihr Vorhandensein deutet darauf hin, daß das Opfer noch lebte.

Einige schwere Verbrennungen, darunter auch solche, die nach dem Tod erfolgten, führen dazu, daß das betroffene Körpergewebe ähnlich wie bei harten Schlägen reißt. Eine Analyse kann zeigen, ob es infolge der Wunde zu Blutungen kam. Wurden die Risse im Gewebe durch Hitze verursacht, so war das Blut zu diesem Zeitpunkt bereits geronnen, und es finden sich keine Anzeichen einer Blutung, wie sie bei Schlagverletzungen zu erwarten wären.

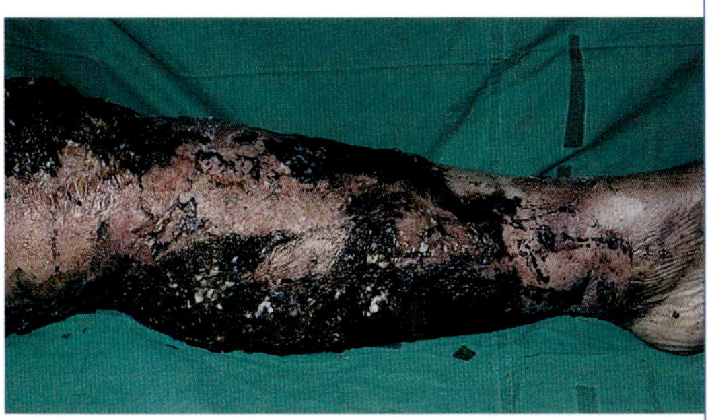

OBEN Schwere Verbrennungen, verursacht durch das heiße Fett einer Friteuse.

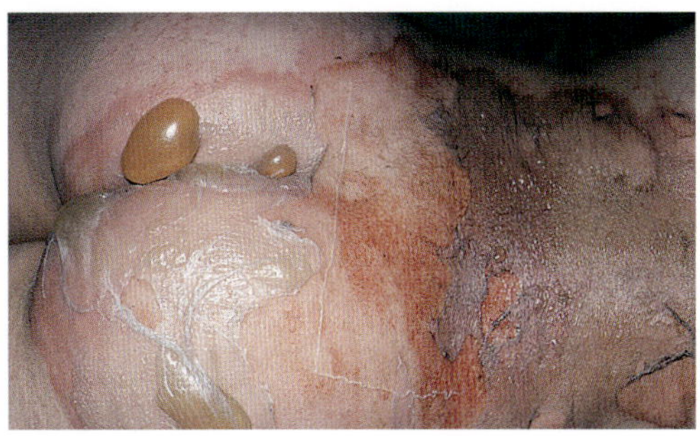

OBEN Blasenbildung und Hautrisse am Rücken eines Brandopfers.

Robert Maxwell

OBEN Maxwells Yacht, die *Lady Ghislaine*.

UNTEN Robert Maxwell kurz vor seinem Tod im Jahr 1991.

Im Herbst 1991 befand sich der britische Verleger und Zeitungsmagnat Robert Maxwell an Bord seiner Luxusyacht *Lady Ghislaine* auf einer Kreuzfahrt. Eines Morgens stellte die Mannschaft zu ihrem Entsetzen fest, daß er sich nicht mehr an Bord befand. Am Vorabend war er das letzte Mal gesehen worden. Sein Leichnam wurde bei einer sofort eingeleiteten Suche im Meer in der Nähe der Kanarischen Inseln im nordöstlichen Atlantik gefunden. Die anschließende Untersuchung lag in den Händen spanischer Justizbehörden, weil die Kanarischen Inseln zu Spanien gehören.

Zu diesem Zeitpunkt konzentrierten sich die Spekulationen in der Presse auf Maxwells bekannte Beziehungen zu Israel und seine angebliche Beteiligung am Mossad, dem israelischen Geheimdienst, und man vermutete, daß dies ihn zur Zielscheibe eines professionell ausgeführten Mordes werden ließ. Doch in diesem Fall wäre Maxwell mit Sicherheit bereits tot gewesen, als sein Körper ins Wasser fiel, weil andernfalls die Chance auf einen Alarm und eine Rettung Maxwells bestanden hätte.

Spanische Experten führten eine Autopsie durch und fanden Diatomeen in Maxwells Blut und Körpergewebe, womit klar bewiesen war, daß er erst im Wasser starb. Es fanden sich keine Anzeichen auf andere Verletzungen, die auf einen Mord hätten hindeuten können, merkwürdig war lediglich, daß seine Lungen nicht mit Wasser gefüllt waren. Dies hätte mit einem als »trockenes Ertrinken« bekannten Zustand zusammenhängen können, bei dem der Schock beim Sturz in das Wasser zu einer Verkramp-

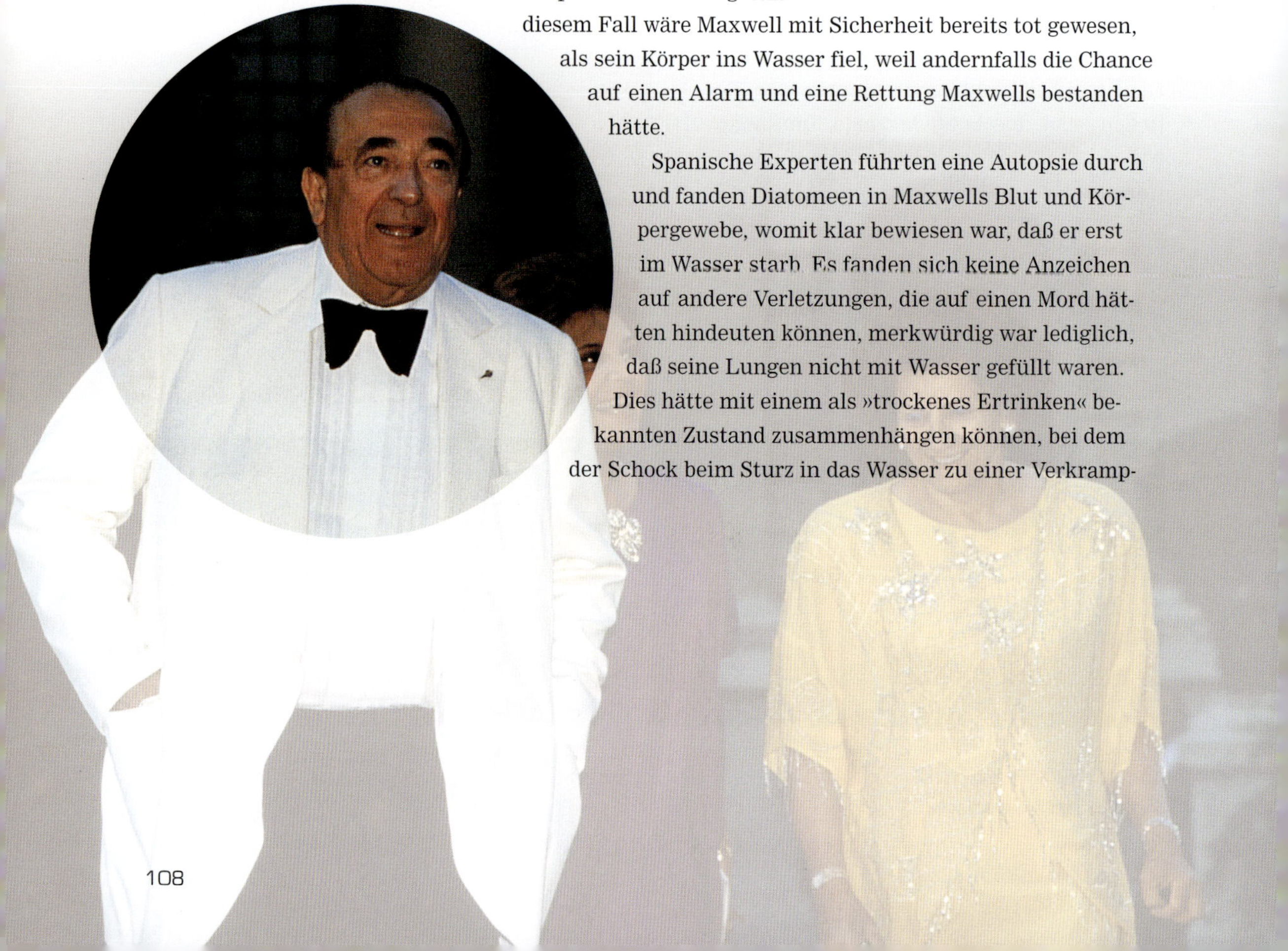

LINKS Maxwell an Bord der *Lady Ghislaine*, von der er verschwand.

fung des Kehlkopfes führt. Hierdurch wird ein Körperreflex ausgelöst, der der Reaktion auf einen plötzlichen starken Anstieg des Blutdrucks entspricht: das Herz hört auf zu schlagen, was in Sekunden zum Tod führt. Die einzige Frage, die die Untersuchung nicht beantworten konnte, war, ob Maxwell durch einen Unfall oder beabsichtigt in das Wasser fiel, nachdem Gerüchte über einen bevorstehenden Bankrott seines Unternehmensimperiums ihn zu einem Selbstmordversuch hätten treiben können.

UNTEN Maxwells Leichnam, den man 12 Stunden nach seinem Verschwinden im Meer treibend fand, wurde zum Gegenstand einer langwierigen Untersuchung.

Rauchende Colts

OBEN Dieser Stich zeigt französische und österreichische Soldaten an der Edelsberg-Brücke bei Wien im Jahr 1809. Wegen der kurzen Reichweite der Musketen standen sich die Gegner Auge in Auge gegenüber.

Nachdem Pistolen und Musketen mit glattem Lauf im späten 18. Jahrhundert durch massenproduzierte Waffen mit gezogenem Lauf ersetzt worden waren, konnte jedes abgefeuerte Geschoß eine eigene Geschichte erzählen. Durch das Ziehen, ein Vorgang, bei dem im Inneren des Schußwaffenlaufs spiralförmige Rillen geschnitten werden, dreht sich das Geschoß beim Verlassen des Laufs. Dies verhindert ein Taumeln des Projektils während des Fluges und erhöht seine Zielgenauigkeit enorm.

Aus Sicht des forensischen Wissenschaftlers ist es nicht der Aspekt der Genauigkeit, der die

RECHTS Patronen und benutzte Patronenhülsen können wichtige Indizien sein.

gezogenen Waffen so attraktiv macht, sondern die Tatsache, daß jede einzelne Schußwaffe ihre eigene Identität hat. Werden Geschosse durch den Lauf gefeuert, erzeugen die gezogenen Rillen ein für diese Waffe einzigartiges Muster auf der Oberfläche des Geschosses, und auf jedem weiteren Geschoß treten die gleichen Riefen auf, da das Material der Geschosse weicher ist als das der Waffenläufe.

Als Geschosse eingeführt wurden, die mit der Treibladung in einer gemeinsamen Patrone verkapselt waren, erhielt der Ermittler zusätzliche Hinweise. Explodiert die Treibladung im Lauf, so dehnt sie sich in beide Richtungen aus. Dabei werden das Geschoß nach vorne und die Patronenhülse gegen den Verschluß nach hinten getrieben. Die Hülse wird nach dem Schuß ausgeworfen und weist Einzelheiten über ungenau gearbeitete Verschlußflächen sowie über Teile des Waffenmechanismus wie den Schlagbolzen auf. Auch diese Muster sind von Waffe zu Waffe verschieden, aber auf jeder Patronenhülse praktisch identisch, wenn sie von derselben Schußwaffe abgefeuert wurde.

OBEN Auswahl an Waffen, mit denen Verbrechen verübt werden: Revolver, automatische Pistolen, Gewehre und abgesägte Schrotflinten.

UNTEN Hochgeschwindigkeitsaufnahme eines Revolverprojektils vom Kaliber .30, während es eine Spielkarte durchschlägt.

Waffenkategorien

Bei massenproduzierten Schußwaffen haben besondere Fabrikate und Modelle jeweils dieselben Eigenschaften, wie den Durchmesser des Laufs (das Kaliber), die Anzahl der Rillen im Lauf und den Drehsinn, den die Rillen vom Verschluß zur Mündung haben. Dies hilft bei der Feststellung des Fabrikats und der Klasse einer Waffe anhand eines Geschosses, das am Tatort oder im Körper eines Schußopfers gefunden wurde.

So haben Revolver von Colt und Browning sechs Rillen im Lauf, wobei die bei Browning im Uhrzeigersinn verlaufen und die bei Colt entgegengesetzt. Webley-Revolver haben ebenfalls den Drall im Uhrzeigersinn, aber sieben Rillen, während Smith & Wesson-Waffen nur fünf Rillen im Uhrzeigersinn aufweisen. Weitere Unterschiede zwischen einzelnen Waffenfabrikaten finden sich in der Breite der Rillen und den zwischen den Rillen liegenden erhabenen Flächen.

OBEN Der klassische Colt 45 – der »Double-action«-Armeerevolver.

»Fingerabdrücke« von Schußwaffen

Zwar können die Unterschiede in der Auslegung der Waffen verschiedener Klassen, Fabrikate und Modelle helfen, den für ein bestimmtes Verbrechen eingesetzten Waffentyp herauszufinden, aber die Indizien müssen detaillierter sein, um eine einzelne Waffe identifizieren zu können. Die innere Oberfläche eines individuellen Laufes weist feine Linien oder Riefen auf, die sowohl in den Rillen als auch auf den dazwischenliegenden Flächen vorhanden sein kön-

UNTEN Untersuchung des Inneren eines Waffenlaufs.

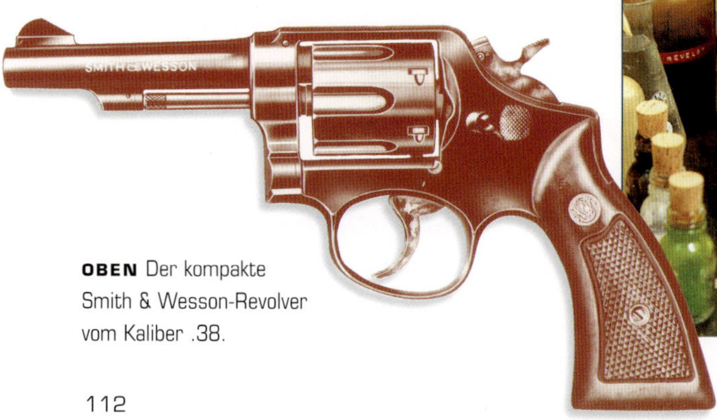

OBEN Der kompakte Smith & Wesson-Revolver vom Kaliber .38.

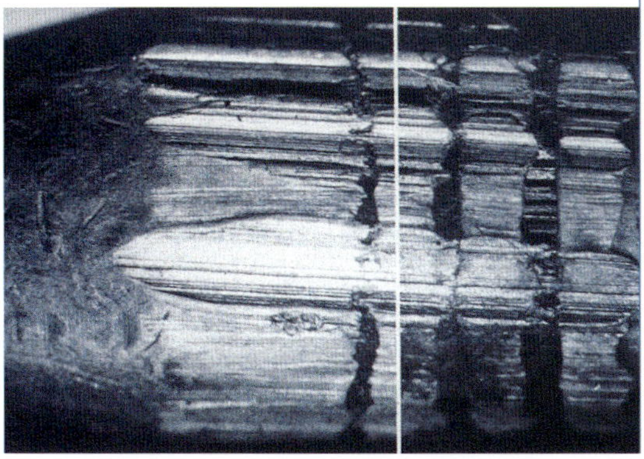

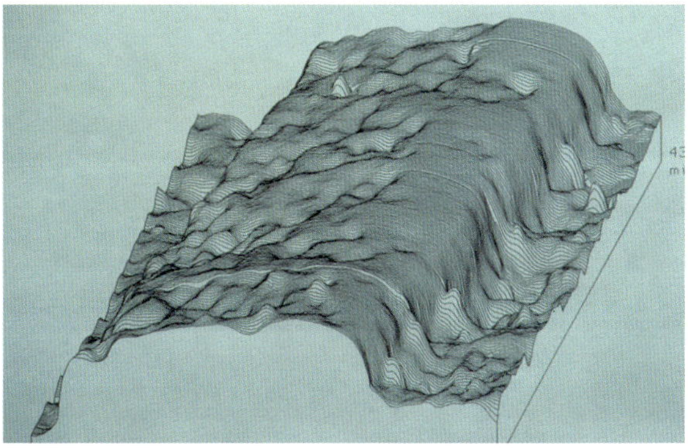

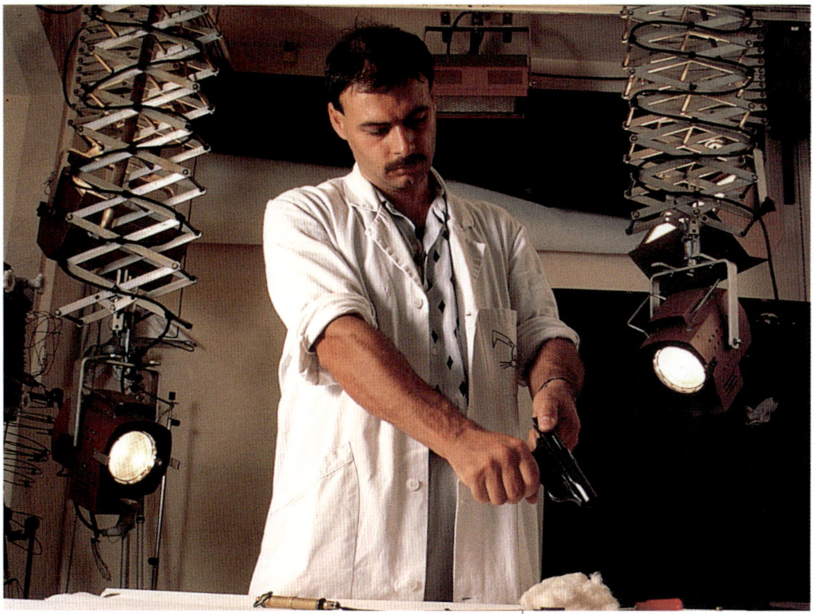

IM UHRZEIGERSINN, OBEN LINKS BEGINNEND
Die Bilder eines Vergleichsmikroskops zeigen übereinstimmende Riefen an zwei Geschossen; ein dreidimensionales Bild der Unregelmäßigkeiten in einem Gewehrlauf; Probeschüsse in einem französischen Ballistik-Labor mit einer Waffe, die in einem Verbrechen eine Rolle spielte.

nen. Diese werden durch Defekte am Schneidewerkzeug hervorgerufen, das zur Herstellung des Laufs verwendet wird, oder durch Stahlspäne, die beim Schneidevorgang die Oberfläche verkratzen.

Diese Riefen sind normalerweise nicht zu erkennen und können weder vermessen noch aufgezeichnet werden, es sei denn, der Lauf wird zu Untersuchungszwecken aufgeschnitten. Sie liefern aber ein charakteristisches Muster auf jedem Geschoß, das mit der entsprechenden Waffe abgefeuert wird. Durch das Abfeuern eines Probegeschosses aus der Waffe eines Verdächtigen und den Vergleich mit dem am Tatort gefundenen Geschoß in einem Vergleichsmikroskop kann eine Übereinstimmung der jeweiligen Riefen mit höherer Genauigkeit erkannt werden.

Das Amt für Forensische Ballistik in New York wurde 1923 von Charles Waite und Philip Gravelle gegründet. Waite hatte als stellvertretender Bezirksstaatsanwalt sechs Jahre zuvor entsetzt mit ansehen müssen, wie ein Unschuldiger aufgrund einer Falschaussage bezüglich der Identifizierung der Mordwaffe fast hingerichtet worden wäre. Gravelle war Spezialist auf dem Gebiet der Mikroskopie und erfand das Vergleichsmikroskop, ein Gerät, das heutzutage für ballistische Untersuchungen unverzichtbar ist (siehe Kapitel 1).

Als Waite 1926 starb, hatte sich Calvin Goddard, ein Arzt und Experte für Feuerwaffen der

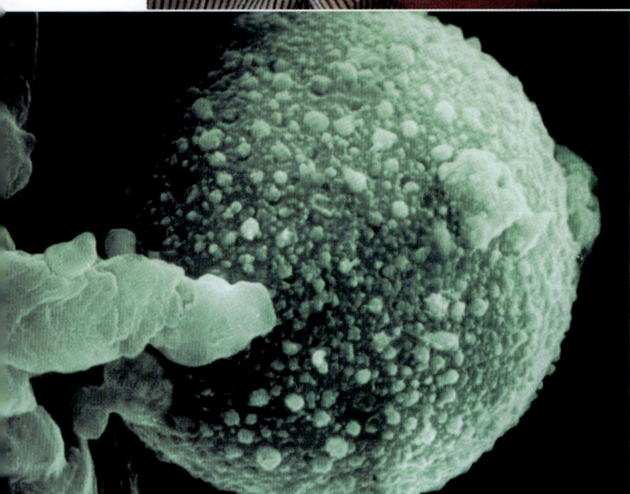

OBEN Untersuchung mit einem Vergleichsmikroskop.

LINKS Rasterelektronenmikroskopisches Bild von Partikeln aus Schußrückständen.

US-Armee, der Gruppe angeschlossen. Er konnte Waites Datensammlung über gängige Kaliber und Eigenschaften von Läufen verschiedener Fabrikate und -modelle für seine Arbeit gut gebrauchen. Goddard entwickelte neue Techniken für ballistische Untersuchungen. Dabei verwendete er ein Vergleichsmikroskop und ein Gerät, das aus einer hohlen Sonde mit einer Lichtquelle und einer Vergrößerungslinse besteht, das die Untersuchung der Riefen innerhalb eines Laufes ermöglicht.

Das Vergleichsmikroskop hat zwei nebeneinander liegende zylindrische Geschoßhalter, die unterhalb des Linsensystems angeordnet sind. Jeder kann unabhängig vom anderen gedreht werden, damit ähnlich aussehende Oberflächenbereiche der beiden Geschosse miteinander verglichen werden können. Sie können auch synchron gedreht werden, um eventuelle weitere, einander ähnelnde Merkmale zu vergleichen.

Den Spezialisten gelingt es nicht immer, eine vollständige Übereinstimmung herzustellen. Durch Sand- oder Rostpartikel im Lauf verändern sich manchmal einige Riefen auf den Geschossen. Wurden zwischen dem Abfeuern des am Tatort gefundenen Geschosses und des Vergleichsprojektils weitere Schüsse abgegeben, so kann es in der Zwischenzeit auch zu Abnutzungserscheinungen gekommen sein. Auch wenn die am Tatort gefundene Kugel deformiert ist, weil sie den Körper des Opfers oder ein anderes Objekt durchschlug, ist ein Vergleich schwer. Mit Fachwissen und Erfahrung gelingt es jedoch in den meisten Fällen.

Schrotflinten

Die Schrotflinte nimmt unter den Gewehren eine Sonderstellung ein. Anstelle einer einzelnen Kugel treibt die Explosion der Ladung in der Patrone viele kleine Bleikügelchen heraus, die bei ihrem Flug durch die Luft auseinanderdriften. Schrotflinten können ein- oder zweiläufig sein. Bei letzteren liegen die Läufe entweder neben- oder übereinander. In der Regel muß jeder Lauf nach dem Abfeuern der Patrone nachgeladen werden. Dies erfolgt durch »Aufknicken« der Waffe, wobei die Läufe herunterklappen und damit der Verschluß geöffnet wird. Dabei werden die abgefeuerten Patronen ausgeworfen. Nach dem Einlegen neuer Patronen wird der Hahn beim Schließen der Waffe wieder gespannt. Einläufige Schrotflinten lädt man auf dieselbe Weise.

Andere Schrotflinten mit »Pumpmechanismus« enthalten mehrere Patronen in einem Magazin, wobei der Schütze durch Zurück- und Vorschieben eines Gleitgriffs nachladen kann. Schrotflinten für die Jagd haben lange Läufe, um die Streuung der Kügelchen zu minimieren und somit die tödliche Reichweite zu erhöhen. Manchmal werden Schrotflinten von Kriminellen auf kurze Distanz verwendet. Dabei ist die Streuung der Schrotkugeln nur gering und die Waffe für Menschen am gefährlichsten.

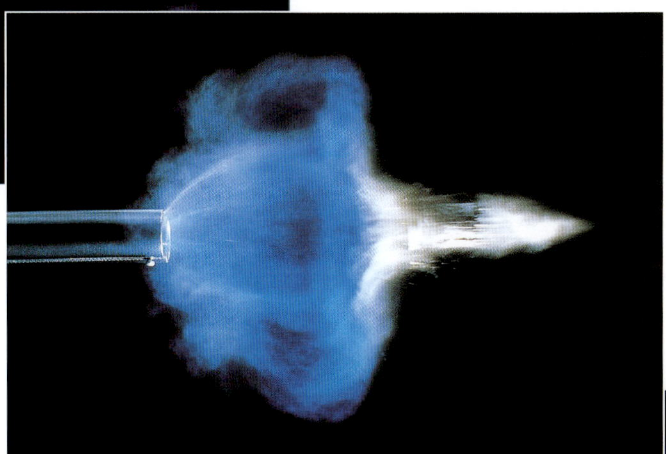

OBEN Eine 2,8 Millisekunden nach der Detonation aufgenommene Hochgeschwindigkeitsaufnahme einer Schrotladung, die aus der Mündung einer Schrotflinte austritt.

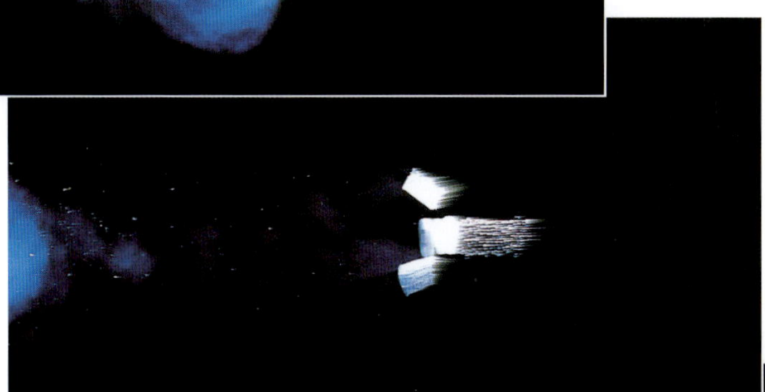

OBEN RECHTS 4 Millisekunden nach Zündung der Patrone tritt eine Wolke aus Rauch und Pulverrückständen aus dem Lauf.

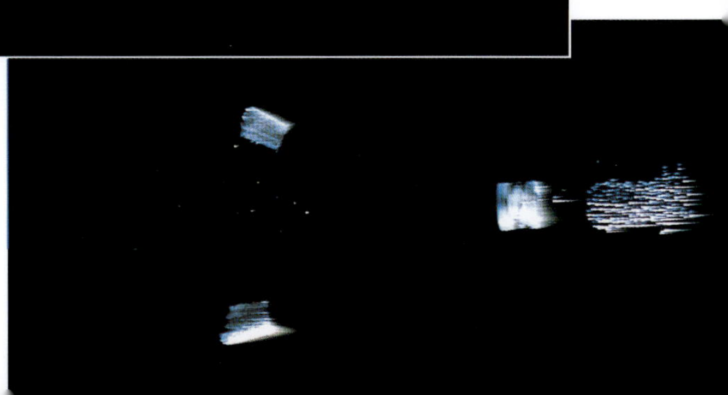

RECHTS Nach 5,7 Millisekunden löst sich der Plastikpfropfen von der Schrotladung.

RECHTS Nach 7 Millisekunden lösen sich Teile des Pfropfens, mit dem die Vorderseite der Patrone verschlossen war, und die Ladung beginnt auseinanderzudriften.

Schußwunden

Das Erscheinungsbild von Schußwunden hängt vom Abstand ab, aus dem geschossen wurde. Die Bestimmung der Schußentfernung ist bei der Ermittlung des Tathergangs wichtig. Ein scheinbarer Selbstmord wäre sofort verdächtig, wenn die Beweise ergeben würden, daß der Abstand der Waffe zum Körper des Opfers beim Schuß größer war als dessen Armlänge. Auch die Behauptung, in Notwehr gehandelt zu haben, wird glaubwürdiger, wenn die Indizien dafür sprechen, daß die Waffe aus kurzer Entfernung abgefeuert wurde.

In Fällen, bei denen sich Opfer und Angreifer z. B. bei einem Kampf recht nahe kommen, kann es zum Schuß kommen, bei dem die Mündung an den Körper des Opfers gepreßt wird. In solchen Fällen werden die durch die Zündung der Treibladung entstandenen heißen Gase und Rußpartikel unter die Haut getrieben und verursachen Verbrennungen an den Wundrändern. Wurde durch Kleidungsstücke hindurch geschossen, so können die Fasern am Einschußloch durch die Hitze der Explosion verbrannt oder geschmolzen sein, und das Material kann ein sternförmiges Rißmuster um das Einschußloch aufweisen.

Wurde die Waffe ohne Druck an den Körper des Opfers gehalten, so können die heißen Ga-

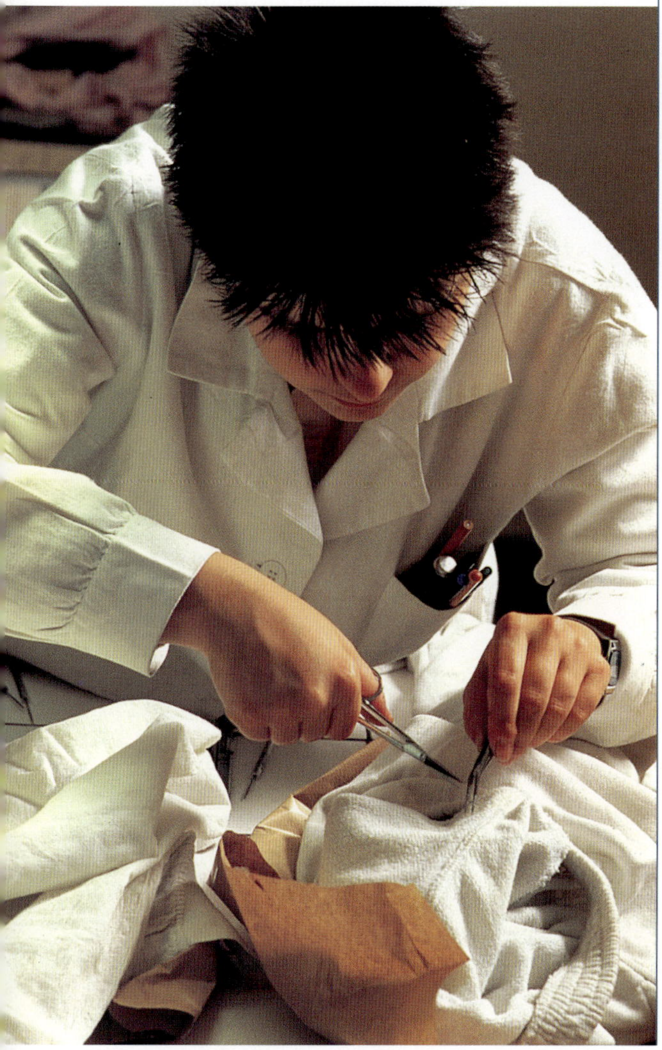

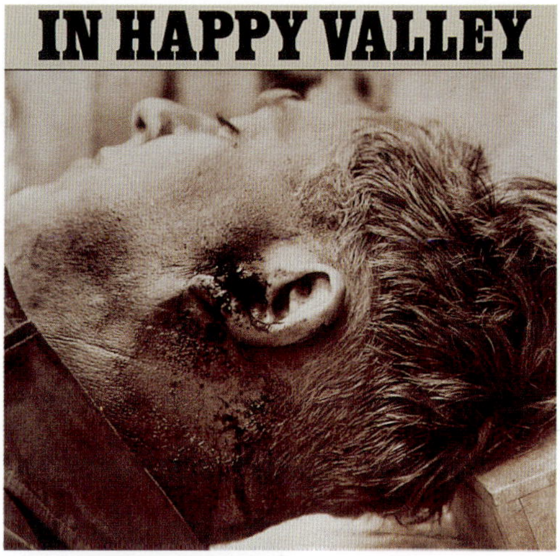

OBEN Foto der Leiche von Josslyn Hay, dem 22. Grafen von Erroll, der 1941 im »Happy Valley«-Skandal in Kenia durch einen Kopfschuß getötet aufgefunden wurde.

LINKS Ein forensischer Ermittler überprüft die Kleidung rund um eine Schußwunde, um Hinweise auf den Abstand, aus dem geschossen wurde, zu erhalten.

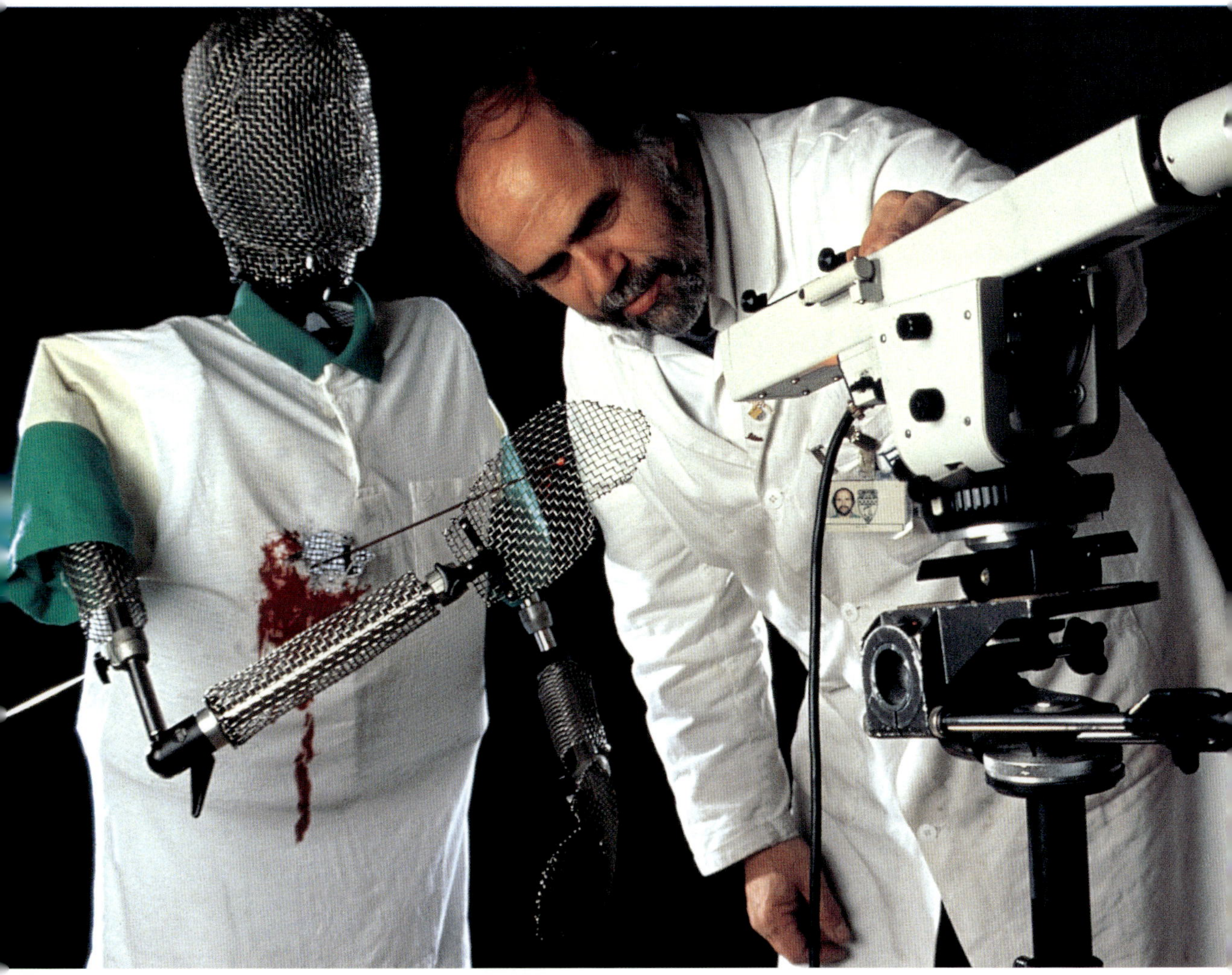

se zwischen Mündung und Körper entweichen. Sie tragen Rußpartikel mit sich und hinterlassen einen größeren Ring verfärbter Haut um die Einschußstelle. War die Waffe direkt auf das Opfer gerichtet, so ist der Ring kreisförmig, ansonsten erscheint er oval, wobei die Längsachse des Ovals dem Winkel entspricht, aus dem geschossen wurde.

Wurde die Waffe aus etwas größerer Entfernung abgefeuert, so werden Partikel von nicht oder nur teilweise verbranntem Schießpulver unter die Haut getrieben und erzeugen ein als »Tätowierung« bezeichnetes Muster. War das Opfer zum Zeitpunkt der Verwundung noch am Leben, hat die Tätowierung meist eine orange oder braune Farbe, war es bereits tot, so geht die Farbe mehr ins Grau-Gelbe. Erfolgte der

OBEN Verwendung eines Laserstrahls zur Bestimmung der exakten Flugbahn eines Geschosses.

Schuß durch die Kleidung des Opfers, hinterlassen die Pulverrückstände ein klar erkennbares Muster, anhand dessen auf den Abstand des Schützen geschlossen werden kann.

Um möglichst genaue Angaben über die Schußentfernung machen zu können, feuern Ballistiker in der Regel mit der Waffe des Verdächtigen aus verschiedenen Entfernungen auf Stoff oder Gewebe, das nach Möglichkeit der Kleidung des Opfers entspricht. Der Abstand, der bei gleicher Munition das am stärksten dem Original ähnelnde Muster liefert, entspricht dann am ehesten dem Abstand bei der Tat.

Ein- und Austrittswunden

Wurde ein Schuß aus 30–45 cm Entfernung abgefeuert, so findet man an der Schußwunde Muster von Rußpartikeln, die sogenannten Schmauchspuren. Bei einer Schußentfernung von bis zu 65 cm erkennt man verstreute Flekken von nicht oder nur teilweise verbranntem Schießpulver, bei Distanzen von bis zu 90 cm finden sich vereinzelte Partikel. Bei größeren Entfernungen ist die einzige äußere Zeichnung einer Einschußwunde ein dunkler Ring, den man »Abstreifring« nennt. Dieser Rückstand aus Blei, Kohlenstoff, Öl und Schmutz wird von dem Geschoß beim Eindringen in den Körper abgestreift.

Meist weisen Schußverletzungen ein rundes bis ovales Einschußloch auf. Tritt das Projektil wieder aus dem Körper des Opfers aus, kann es durch Auftreffen auf Knochen verformt oder zum Taumeln gebracht worden sein. Das führt dazu, daß Austrittswunden größer und ungleichmäßiger als Einschußwunden geformt sind. Zudem befindet sich am Austrittsloch kein Abstreifring.

Wunden von Schrotflinten sehen völlig anders aus. Der Verteilungsgrad der Teilchen gibt Aufschluß über den Abstand, aus dem die Waffe abgefeuert wurde. Bei sehr kurzen Abständen konnte die Schrotladung kaum auseinanderdriften, und sie reißt ein tiefes, großes Loch in die Gewebeschichten des Körpers des Opfers mit örtlichen Verbrennungen.

War die Waffe mehr als etwa einen Meter vom Opfer entfernt, beginnt sich das Muster der eindringenden Partikel auszuweiten. Bei mehr als etwa 1,2 m Abstand läßt die Schwere der Wunden nach und das Muster ist noch stärker ausgeweitet, außerdem findet man keine Pulverrückstände mehr. Die Streuung hängt aber auch vom Aufbau der Waffe ab, also davon, wie gut der Lauf die Schrotladung bündelt. Auch in diesem Fall besteht die einzig genaue Methode zur Bestimmung des Schußabstands darin, eine Reihe von Probeschüssen mit der betreffenden Waffe abzugeben, um die Distanz zu ermitteln, bei der die Streuung am ehesten der am Opfer gefundenen entspricht.

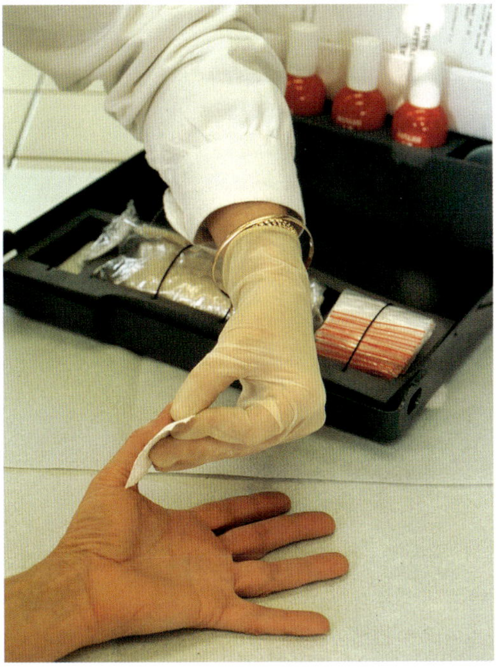

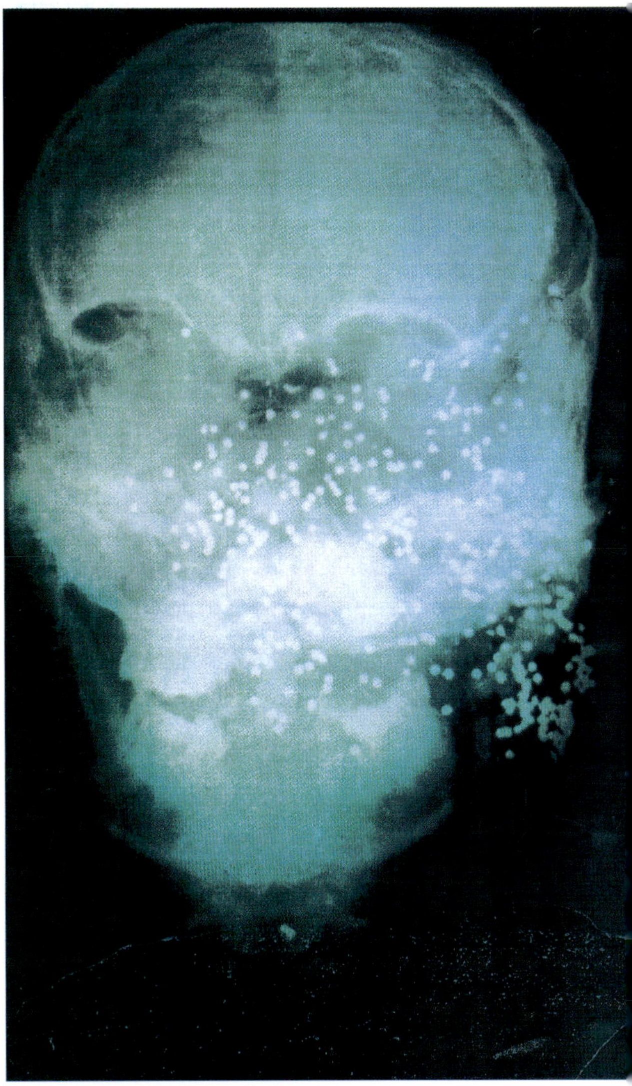

OBEN Abnahme eines Abstrichs von der Hand eines Verdächtigen zum Nachweis von Schießpulverpartikeln und Chemikalien wie Cordit, das häufig in Patronen als Treibladung eingesetzt wird.

RECHTS Die Röntgenaufnahme des Kopfes eines Mordopfers zeigt Ansammlungen von Schrotpartikeln quer über das Gesicht und am linken Kieferrand.

LINKE SEITE Der Leibwächter des Sprechers des ägyptischen Parlaments, Rifaat al-Mahgoub, wurde bei einem Mordanschlag durch eine Salve aus einer automatischen Waffe erschossen.

Andere Waffentypen

Abgesehen von den Schrotflinten können die meisten anderen Feuerwaffen entweder als Handfeuerwaffen, und zwar Revolver und Pistolen, oder Gewehre klassifiziert werden. Revolver enthalten mehrere Patronen in einem zylindrischen Magazin, das sich bei jedem Schuß dreht, um die nächste Patrone in den Verschluß zu befördern. Man unterscheidet zwischen dem »Single-Action«-Mechanismus, bei dem der Schütze den Hammer zurückziehen muß, um das Magazin zu drehen und den Mechanismus zu spannen, und dem »Double-Action«-Mechanismus, wo dies automatisch durch kräftigen Druck auf den Abzug passiert. Automatische Pistolen enthalten mehrere Patronen in einem senkrechten Magazin im Griff der Waffe. Der Schütze muß nur den Abzug betätigen: Der Auswurf der Patronenhülse, das Nachladen und das Spannen der Waffe erfolgen automatisch durch einen eingebauten Mechanismus.

OBEN Sammlung von beschlagnahmten Handfeuerwaffen.

LINKS Ein Waffenhändler führt 1987 in Florida eine Pistole des Typs Smith & Wesson .357 Magnum vor.

Bei Gewehren unterscheidet man zwischen Wettkampf- und Jagdgewehren sowie Militärwaffen. Viele Gewehre können mehrere Schuß Munition in einem Magazin aufnehmen, aber bei den meisten muß zum Nachladen der Kammerverschluß betätigt werden. Wird dieser Kammerverschluß zurückgezogen, fällt die abgefeuerte Patronenhülse heraus. Wird er anschließend vorwärts bewegt und gedreht, so schiebt er eine neue Ladung in den Verschluß und spannt den Hahn. Bei anderen Gewehren, insbesondere bei solchen für militärische Zwekke, sind Auswurf und Nachladen vollautomatisch, so daß der Schütze auch hier nur den Abzug betätigen muß.

Nicht alle Waffen benötigen Treibladungen für das Abfeuern der Geschosse. Wilderer und Jäger verwenden traditionell leisere Luftwaffen, bei denen das Geschoß durch Druckluft aus dem Lauf getrieben wird. Handelsübliche Luftgewehre und -pistolen sind zwar nicht unbedingt sehr leistungsfähig, können aber auf kurze Entfernung schwere Wunden verursachen.

Ein anderer Typ ballistischer Waffen, der mit Feuerwaffen nur wenig zu tun hat, ist die im Mittelalter von Bogenschützen eingesetzte Armbrust. Einige Verbrecher in England und mindestens einer in Kanada verwendeten solche Waffen, bei denen ein kurzer, sehr kräftiger Bogen mit zwei Handkurbeln gespannt wird. Beim Abschuß befördert er nahezu geräuschlos einen kurzen Stahlbolzen mit tödlicher Durchschlagskraft. Auch der klassische englische Langbogen, wie er von Robin Hood benutzt wurde, vermag einen Pfeil abzufeuern, der eine Rüstung durchschlagen kann. Ein geübter Bogenschütze kann so schnell nachladen, daß sich, wenn er den dritten Pfeil abschießt, die ersten beiden immer noch im Flug befinden.

OBEN Die Schlacht von Agincourt 1415, bei der einfache englische Bogenschützen die Elite der französischen Kavallerie mit raschen, tödlich präzisen und die Rüstung durchschlagenden Pfeilsalven angriffen.

LINKS Der Schriftsteller und Jäger Ernest Hemingway mit zwei gejagten Fasanen. Am 2. Juli 1961 beging er mit einer Schrotflinte in seinem Haus in Ketchum, Idaho, Selbstmord.

Geschosse und Patronenhülsen

Seit über 150 Jahren folgt der Aufbau von Patronen für Handfeuerwaffen und Gewehre demselben Grundprinzip. Eine zylindrische Patronenhülse, meist aus Messing, enthält die Treibladung, die zum Abfeuern des Projektils nötig ist. Das vordere Ende der Hülse wird durch das Geschoß verschlossen, am hinteren Ende befindet sich eine kleine Kappe mit dem Zündhütchen. Wird die Waffe abgefeuert, so schlägt der Schlagbolzen auf das Hütchen und bringt die Zündladung zur Detonation, die dann die Treibladung zündet und das Geschoß in den Lauf schießt.

Ballistiker können in der Regel eine bestimmte Form und Ausführung einer Patrone mit einem bestimmten Waffentyp und -modell in Verbindung bringen. Bei einigen Patronen sitzt das Zündhütchen in der Mitte, bei anderen befindet sich die Zündvorrichtung um den Rand der Patronenhülse herum. Außerdem gibt es auch Unterschiede bei den Geschossen, so daß all diese Informationen dem Experten die Identifizierung der bei einem Zwischenfall eingesetzten Munition ermöglichen.

Bei den meisten Pistolen und Gewehren

OBEN Untersuchung der durch den Aufschlag des Schlagbolzens am Ende der Patrone verursachten Spuren für Vergleichszwecke.

RECHTS Ein Gerät, mit dem man die Unebenheit der Oberfläche rund um ein Geschoß zu Identifikationszwecken vermessen kann.

OBEN Verschiedene Typen von Geschossen und Patronen in einem französischen Ballistik-Labor.

LINKS Vergleich der Markierungen am Ende einer Patrone.

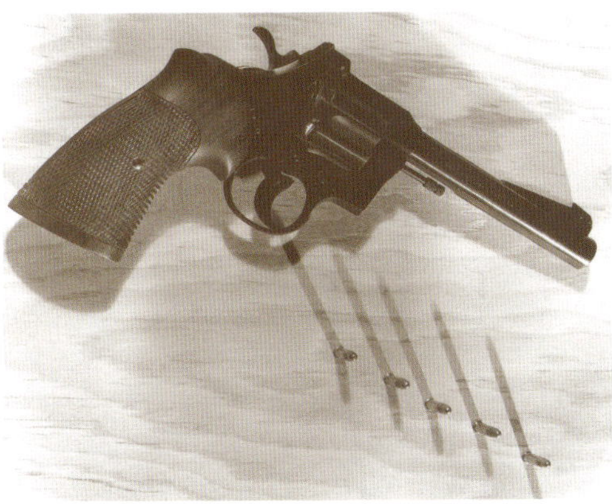

OBEN Colt-Revolver und Geschosse.

für den Jagd- bzw. Sportbereich und zum Zielschießen werden Bleigeschosse verwendet. Diese können am vorderen Ende abgerundet, spitz zulaufend oder zylindrisch sein oder aber ausgehöhlt, damit sie sich beim Aufprall verbreitern. Sie alle sind im Grunde »weiche« Geschosse und für Hochgeschwindigkeitswaffen, Militärgewehre und automatische Pistolen ungeeignet. Diese Waffen benötigen Geschosse mit Blei- oder Stahlkernen, die ganz oder teilweise mit Aluminium, Kupfer/Zink- oder Kupfer/Nickel-Legierungen ummantelt sind.

Schrotpatronen sind größere Ausführungen von Gewehr- und Pistolenpatronen und enthalten eine Treibladung, eine Hülse und ein Zündhütchen. Statt mit einer Kugel ist das vordere Ende der Patrone, ein Kunststoffgehäuse mit kleinen Schrotpartikeln, mit einem Pfropfen aus gepreßtem Karton verschlossen. Gefalzter Karton fixiert die Schrotladung.

Sacco und Vanzetti

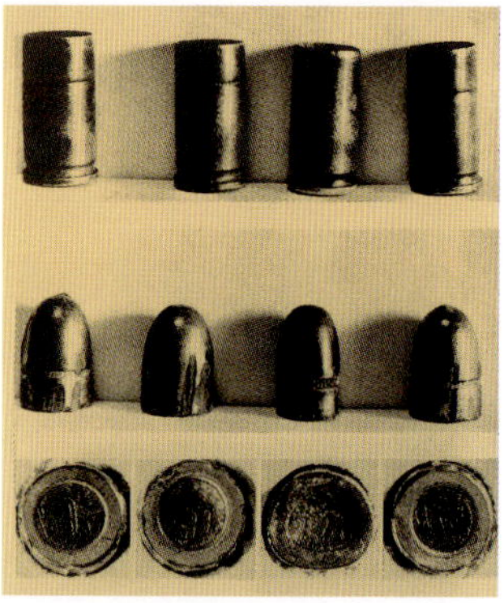

OBEN Geschosse aus der Leiche von Allesandro Berardelli sowie die am Tatort gefundenen Patronenhülsen. Das dritte Geschoß von links, durch den Aufprall deformiert, war tödlich.

Am Nachmittag des 15. April 1920 überbrachten zwei Wachleute die Löhne und Gehälter einer Schuhfirma in der kleinen Stadt South Braintree in Massachusetts, insgesamt mehr als 15.000 Dollar. Plötzlich tauchten zwei Männer auf, eröffneten das Feuer und erschossen beide Wachleute. Sie raubten das Bargeld, brachten es zum Fluchtfahrzeug und rasten davon. Entsetzte Augenzeugen gaben zu Protokoll, daß die beiden Männer wie Italiener aussahen und daß einer von ihnen einen auffällig gebogenen Schnurrbart hatte. Am Tatort fand die Polizei einige abgefeuerte Patronen, die, wie sich später herausstellte, von drei verschiedenen Munitionsherstellern stammten: Peters, Remington und Winchester.

Das Fluchtauto wurde verlassen in einem Waldgebiet gefunden. Die darauffolgende Untersuchung ergab eine Verbindung zu einem früheren Raubüberfall, an dem der italienische Verbrecher Boda beteiligt gewesen war. Als die Polizei sein Haus stürmte, war er geflohen, doch stießen die Beamten auf den 32jährigen Bartolomeo Vanzetti, der einen auffälligen Schnurrbart trug, und den 29jährigen Nicola Sacco. Beide Männer waren bewaffnet. Saccos Waffe hatte dasselbe Kaliber wie eine der für den Mord an den beiden Wachleuten verwendeten Waffen, und in seinen Taschen fanden sich Patronen von Peters, Remington und Winchester. Beide wurde verhaftet und des Mordes angeklagt.

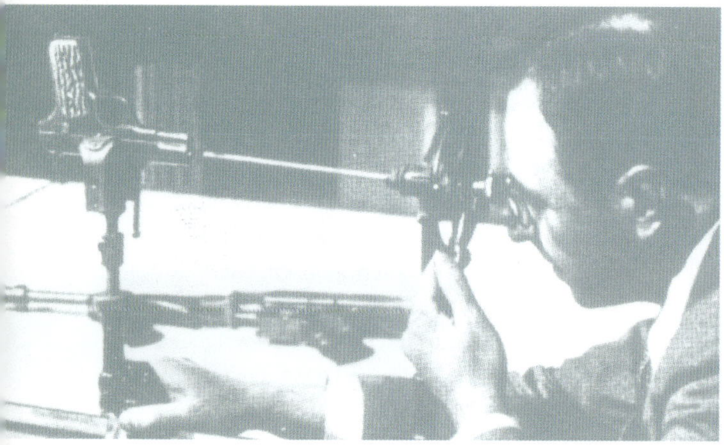

OBEN Calvin Goddard untersucht einen Lauf mit einem Helixometer.

Wie sich herausstellte, gehörten die Männer einer anarchistischen Bewegung an, die sich offen zur Anwendung von Gewalt bekannte, um gesellschaftliche Ungerechtigkeiten zu beseitigen. Das Gerichtsverfahren führte zu einer starken Polarisierung der Meinungen. Die Staatsanwaltschaft beharrte auf dem Standpunkt, daß die Männer schuldig seien, während Anwälte der Verteidigung darauf bestanden, die beiden Männer würden wegen ihrer Gesinnung verfolgt. Bezüglich der ballistischen Indizien führten beide Seiten Experten an, deren Aussagen sich widersprachen.

Der Ausgang des Verfahrens hing schließlich davon ab, ob das Geschoß, das einen der beiden Wachleute getötet hatte, aus Saccos Pistole mit Kaliber .32 abgefeuert worden war. Die Ballistiker fanden heraus, daß diese Munition nicht mehr produziert wurde. Sie war so veraltet, daß sich außer den in Saccos Taschen gefundenen Patronen keine weitere Vergleichsmunition mehr auftreiben ließ. Nach Tests wurden zwei Geschosse miteinander verglichen, deren Übereinstimmungen ausreichten, um einen Schuldspruch zu rechtfertigen. Die Angeklagten wurden zum Tode verurteilt.

Das Urteil wurde jedoch aufgehoben, nachdem der selbsternannte Experte Alexander Hamilton auftrat und die ballistischen Beweise für falsch erklärte. In einem sechs Jahre zurückliegenden Mordprozeß hatte es Hamilton trotz wissenschaftlich wertloser Indizien geschafft, die Jury in die Irre zu leiten. Bei diesem Verfahren hatte Charles Waite, der später mit Philip Gravelle das Amt für Forensische Ballistik gründen sollte, gezeigt, daß Hamiltons Behauptung, eine bestimmte Waffe sei für einen Mord verwendet worden, fast zur Verurteilung eines unschuldigen Mannes geführt hätte. In dem aktuellen Fall sorgte Hamilton für genügend Zweifel, so daß eine neue Verhandlung angesetzt wurde.

Beim Wiederaufnahmeverfahren brachte Hamilton zwei neue Revolver der Marke Colt in den Gerichtssaal und zerlegte sie gemeinsam mit Saccos Waffe. Als man ihn bei dem Versuch ertappte, einen der neuen Läufe in die angebliche Mordwaffe einzubauen, wurde das Verfahren abgebrochen. Im Juni des Jahres 1927 gelang es Calvin Goddard vom Amt für Forensische Ballistik in New York, zu beweisen, daß ein aus Saccos Revolver abgefeuertes Probegeschoß exakt zu einem der vom Mord stammenden Geschosse paßte. Er verwendete ein Vergleichsmikroskop und lieferte Beweise, die selbst die Experten der Verteidigung überzeugten. Sacco und Vanzetti wurden am 23. August 1927 auf dem elektrischen Stuhl hingerichtet.

Die Legende, Sacco und Vanzetti seien für ein Verbrechen hingerichtet worden, das sie nicht begangen hätten, kursierte jedoch weiterhin. Obwohl ein Team forensischer Experten 1961 bestätigte, daß es sich bei Saccos Waffe um die Mordwaffe handelte, gab der Gouverneur von Massachusetts 1977 eine besondere Bekanntmachung heraus, in der er ein halbes Jahrhundert nach ihrer Hinrichtung die Männer für unschuldig erklärte. 1983 bestätigte eine weitere Untersuchung, daß die ballistischen Beweise korrekt gewesen waren. Trotzdem ist der Fall bis zum heutigen Tag Gegenstand kontroverser Diskussionen geblieben.

RECHTS Vanzetti und Sacco (Mitte und rechts) in Handschellen auf dem Weg zum Gericht.

HINTERGRUND Eine der zur Unterstützung von Sacco und Vanzetti organisierten Demonstrationen.

Georgi Markov

OBEN Der Bulgare Georgi Markov war der zweite Dissident, auf den Agenten der bulgarischen Regierung einen Anschlag verübten.

Etwa zwanzig Jahre vor dem Zusammenbruch der kommunistischen Regierungen in Osteuropa in den 90er Jahren arbeitete der bulgarische Dissident Georgi Markov für den World Service der BBC in London und sendete in sein ehemaliges Heimatland. Am Nachmittag des 7. September 1978 wartete er an der Waterloo Bridge auf einen Bus, als er einen stechenden Schmerz im rechten Oberschenkel verspürte. Er drehte sich um und sah einen Mann, der einen zusammengerollten Regenschirm bei sich trug. Der Mann murmelte mit starkem Akzent eine Entschuldigung und verschwand, um sich ein Taxi zu rufen.

Zu Hause untersuchte Markov die Wunde. Es war ein kleiner roter Punkt an der Rückseite seines Beines. Am nächsten Morgen bekam er Erbrechen und Fieber und wurde ins Krankenhaus eingeliefert, wo die mittlerweile entzündete Wunde geröntgt wurde. Auf den Bildern war nichts Verdächtiges zu erkennen, aber seine Temperatur und sein Blutdruck fielen nun, und sein Puls raste. Die Anzahl der weißer Blutkörperchen schnellte auf das Dreifache des normalen Werts hoch. Die Ärzte vermuteten eine Blutvergiftung. Er wurde mit Antibiotika behandelt, fiel aber ins Delirium und erlitt schwere Anfälle. Schließlich starb Markov vier Tage nach der mysteriösen Verwundung.

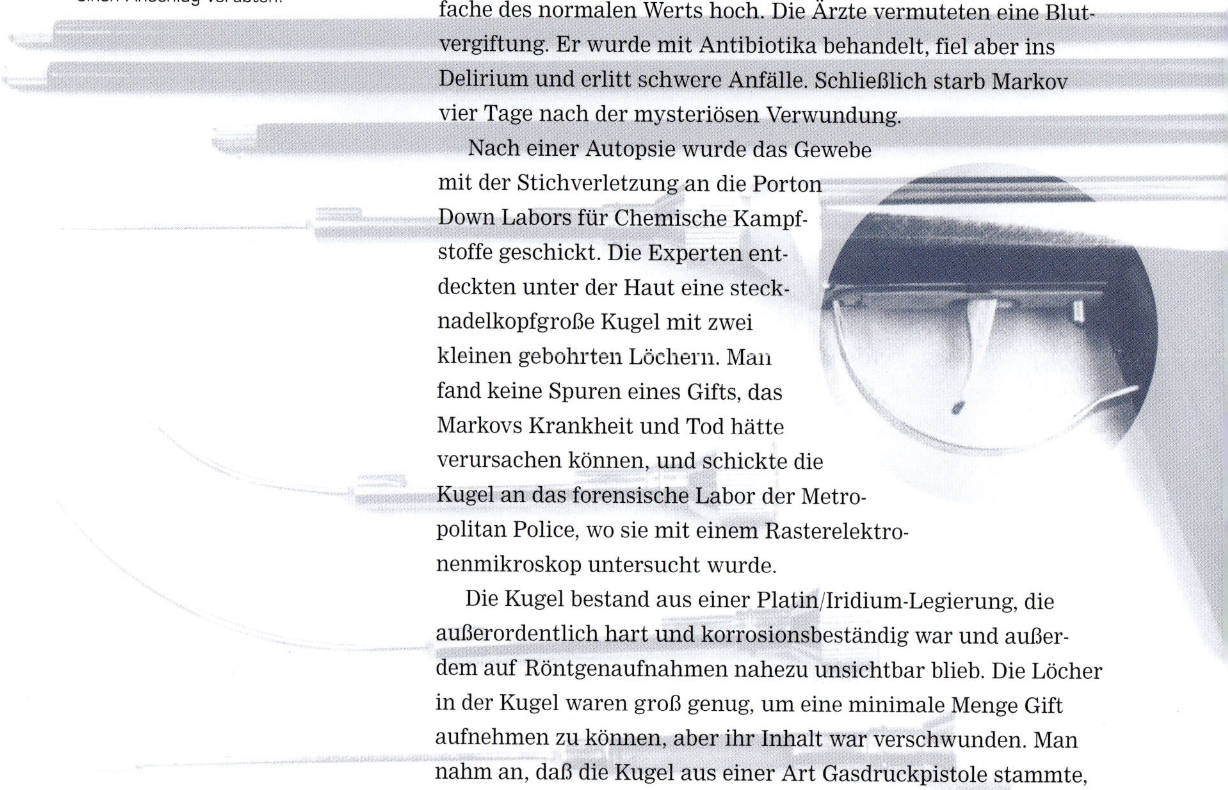

Nach einer Autopsie wurde das Gewebe mit der Stichverletzung an die Porton Down Labors für Chemische Kampfstoffe geschickt. Die Experten entdeckten unter der Haut eine stecknadelkopfgroße Kugel mit zwei kleinen gebohrten Löchern. Man fand keine Spuren eines Gifts, das Markovs Krankheit und Tod hätte verursachen können, und schickte die Kugel an das forensische Labor der Metropolitan Police, wo sie mit einem Rasterelektronenmikroskop untersucht wurde.

Die Kugel bestand aus einer Platin/Iridium-Legierung, die außerordentlich hart und korrosionsbeständig war und außerdem auf Röntgenaufnahmen nahezu unsichtbar blieb. Die Löcher in der Kugel waren groß genug, um eine minimale Menge Gift aufnehmen zu können, aber ihr Inhalt war verschwunden. Man nahm an, daß die Kugel aus einer Art Gasdruckpistole stammte, die in der Absicht, Markov zu ermorden, in dem Schirm versteckt worden war.

HINTERGRUND Das in einem Regenschirm verborgene Gewehr, mit dem Markov ermordet wurde.

Die Identifizierung des Giftes gelang durch Ausschlußverfahren. Unter Berücksichtigung der geringen möglichen Dosis und

ihrer katastrophalen Wirkung kam man zu dem Schluß, daß die Kugel Rizin enthalten haben mußte (siehe Kapitel 4), ein potentieller Kampfstoff für chemische Waffen mit einer im Vergleich zu Cyanid 500mal tödlicheren Wirkung. Diese Theorie wurde überprüft, indem man einem Schwein die gleiche Menge Rizin injizierte, wie sie in der Kugel Platz gefunden hätte. Das Tier starb innerhalb von 24 Stunden, wobei seine Organe Schäden zeigten, die mit den bei Markovs Autopsie vorgefundenen vergleichbar waren.

Zwar stritten die Bulgaren jede Verantwortung für den Mord ab, doch ein Jahr zuvor war auf einen anderen ausgewiesenen Bulgaren namens Vladimir Kostov in Paris ein ähnlicher Anschlag verübt worden, den er allerdings überlebte, weil die Kugel in seinen Rücken, weit entfernt von den Hauptschlagadern, gefeuert worden war. Als er von einem Chirurg untersucht wurde, fand dieser eine identische Kugel unter seiner Haut.

Nach dem Regierungswechsel in Bulgarien im Jahr 1991 gab die neue Regierung zu, daß auf einige im Westen lebende frühere Bürger ihres Landes Mordanschläge verübt worden waren, darunter Markov und Kostov.

GANZ OBEN Rasterelektronenmikroskop zur Untersuchung des tödlichen Kügelchens.

OBEN Fotomikrografie des tödlichen Kügelchens aus Markovs Leichnam.

RECHTS Die Waterloo Bridge, wo auf Markov geschossen wurde.

Die U. S. S. Iowa

Die amerikanische Marine ist die einzige der Welt, die seit dem 2. Weltkrieg Schlachtschiffe als Teil ihrer aktiven Flotte unterhält. Die Iowa-Klasse besitzt eine Hauptbewaffnung, bestehend aus neun 40 cm-Kanonen in drei Dreiergeschütztürmen. Jedes Geschütz kann Granaten mit einem Gewicht von etwa 1200 kg bis zu 40 km weit schießen. Um die enorme Energie hierfür bereitzustellen, werden die Geschütze mit jeweils fünf bis sieben Säcken Nitrozellulose-Sprengstoff geladen, von denen jeder 42 kg wiegt.

Während einer Schießübung am 19. April 1989 an Bord der U. S. S. Iowa explodierten ohne Vorwarnung fünf Säcke des Sprengstoffes in der mittleren Kanone des zweiten Geschützturms und töteten 47 Matrosen, darunter die gesamte Besatzung des gepanzerten Geschützturms. Eine Untersuchung der Navy ergab, daß die Explosion durch Sabotage des für den Geschützturm verantwortlichen Obermaats verursacht worden war, der Selbstmord verüben und dabei einen früheren Freund, der unten im Geschützturm arbeitete, mit in den Tod reißen wollte. Beide Männer starben durch die Explosion. Ihre Familien aber übten heftige Kritik an den Untersuchungsergebnissen der Navy.

Das Senate Armed Services Committee entschied, Sprengstoffexperten der Sandia National Laboratories mit einer vollständigen technischen Untersuchung zu beauftragen. Als diese die Routineabläufe beim Laden der Geschütze überprüften, fanden sie heraus, daß nach Laden der Granate die Sprengstoffsäcke maschinell mit einer Rammvorrichtung langsam im Lauf hochgeschoben wurden, bis sie sich fast an der Granate befanden, ohne diese jedoch zu berühren. Am Tag der Übung war das linke Geschütz in 44 Sekunden und das rechte in 61 Sekunden geladen worden. Eine Aufzeichnung der Gespräche, die über die Sprechanlage geführt wurden, ergab, daß der Matrose, der für die Rammvorrichtung des mittleren Geschützes verantwortlich war, ein Problem gemeldet hatte. 83 Sekunden später explodierte die Ladung.

RECHTS Geschütztürme der U. S. S. Iowa – Turm Nummer zwei ist im Hintergrund mit seitwärts geschwenkten Kanonen zu sehen.

Die Untersuchungsbeamten der Marine behaupteten, daß Analysen der Trümmer im Geschützrohr Spuren von Stahlwolle, Bremsflüssigkeit und Kalziumhypochlorit gezeigt hatten. Sie bestanden darauf, daß diese absichtlich als Zünder in den Lauf gebracht worden seien und die Treibladungen bei Inbetriebnahme der Rammvorrichtung gezündet hätten. Die Sandia-Experten analysierten die Spuren und fanden heraus, daß sie aus Stahlfasern, Kalzium und Chlor bestanden. Diese Elemente fanden sich auch in den anderen Geschütztürmen der U.S.S. Iowa. Spuren dieser Elemente waren in Schmierstoffen und Reinigungsmitteln enthalten, die in den Geschütztürmen verwendet wurden.

UNTEN Besatzungsmitglieder bekämpfen nach der Explosion des zweiten Turms den Brand.

Wenn die Theorie der Navy, es handele sich um geplante Sabotage, falsch war, was hatte dann die Explosion verursacht? Die Ermittler fanden heraus, daß die Rammvorrichtung des mittleren Geschützes die Sprengstoffsäkke 60 cm weiter in den Lauf geschoben hatte als vorgesehen, und andere Indizien deuteten darauf hin, daß der die Rammvorrichtung bedienende Matrose unerfahren gewesen war und die Vorrichtung viel zu schnell bedient hatte. Beide Faktoren hätten dazu führen können, daß die Sprengstoffe mit Kraft gegen die Granate gerammt worden wären, was aber entsprechenden Tests zufolge keine Zündung bewirkt hätte. Man fand jedoch heraus, daß zusätzliche Sprengstoffstäbe als lose Lage auf jeden Sack gelegt worden waren, um auf das erforderliche Gewicht zu kommen, was die zur Zündung erforderliche zusätzliche mechanische Belastung verursacht haben konnte. Bei Tests, in denen ein fallendes Stahlgewicht, das die Rammvorrichtung simulierte, auf Sprengstoffsäcke mit darüber angeordneten losen Lagen Sprengstoff fiel, explodierten die Säcke. Durch dieses Ergebnis war die Navy in der Lage, den Ladevorgang zu ändern, um sicherzustellen, daß ein ähnlicher Vorfall in Zukunft nicht mehr stattfinden würde. Wäre die Explosion ein Sabotageakt gewesen, hätten weitere Matrosen unter ähnlichen Umständen sterben können.

RECHTS Die aufgebahrten Leichname der Besatzung des Geschützturms im Luftwaffenstützpunkt Dover, Delaware.

Feuer und Sprengstoffe

OBEN Überreste eines völlig zerstörten Hauses nach einer Gasexplosion.

Verbrecher nutzen die Beweise vernichtende Wirkung von Feuer und Explosivstoffen entweder direkt für ihre Ziele oder um bereits begangene Verbrechen zu verschleiern. Eigentum wird bewußt für einen Versicherungsbetrug zerstört, Briefbomben und ferngesteuerte Sprengsätze beseitigen ausgewählte Ziele, und Indizien von Gewalt und Diebstahl werden mit der Absicht verbrannt, alle denkbaren Verbindungen mit dem Täter zu vernichten. In dem Maße, in dem die forensischen Techniken zunehmend ausgeklügelter werden, verringern sich aber auch die Chancen, ungestraft zu entkommen.

Leichen lassen sich durch Feuer oder Sprengstoffe nur sehr unzureichend zerstören. Auch die kleinsten Indizien können den Ermittlern wertvolle Anhaltspunkte liefern. Wurden selbstgebaute Bomben aus Chemikalien konstruiert oder auch kommerzielle Sprengmittel genutzt, so bleiben am Tatort noch genügend Rückstände, anhand derer die Täter identifiziert und manchmal auch ausfindig gemacht werden können.

Manchmal sind diese Rückstände von den nach der Explosion übriggebliebenen Überresten der Einrichtungsgegenstände absorbiert worden und gut versteckt. Doch die Ermittler

OBEN Rauchspuren an der Fassade eines ausgebrannten Hauses.

RECHTS Brand in einem Hochhaus.

UNTEN Sichergestelltes Beweismaterial eines Brandes.

können eine Lösung von den Rückständen herstellen, indem sie alle potentiellen Absorptionsmaterialien vom Tatort mit Aceton behandeln. Die Rückstände können durch Chromatographie analysiert werden und liefern eine genaue Aufstellung der verwendeten Sprengstoffe. Eine ähnliche Technik läßt sich auch bei verdächtigen Bränden anwenden, um herauszubekommen, ob leichtentflammbare Substanzen eingesetzt wurden.

Wie Explosionen benötigen auch Brände eine Energiequelle, die sie auslöst. Stoffe brennen nur dann, wenn ihnen genügend Wärme zugeführt wird, so daß sie die Zündtemperatur erreichen. In anderen, komplizierter zusammengesetzten Materialien wie Holz oder Kohle muß genügend Wärme zugeführt werden, um einen chemischen Abbau des Materials unter Freisetzung von Gasen zu bewirken, die sich dann entzünden und das Material zum Brennen bringen.

Brände beginnen in der Regel nicht spontan. Sogar ein Leck in einer Gasleitung benötigt zur Zündung einen Funken. Aber einige Stoffe erzeugen ihre eigenen Wärmequellen und können sich spontan entzünden. Kohle ist hierfür ein gutes Beispiel: Die Temperaturen in einem großen Kohleberg können ausreichend hoch ansteigen, um eine Zündung zu bewirken. Auch gestapeltes Heu in schlecht gelüfteten Scheunen kann sich aufgrund der von Bakterien produzierten Wärme stark aufheizen und plötzlich in Flammen aufgehen. Die meisten Feuer hinterlassen Hinweise auf die die Zündung verursachende Wärmequelle, sei es nun ein Streichholz oder ein Blitz gewesen.

Zufällige Explosionen sind noch unwahrscheinlicher, denn es müssen bestimmte Stoffe zusammengebracht werden, die eine rasche chemische Reaktion verursachen. Eine genaue Untersuchung nach einer Explosion fördert fast immer Spuren solcher Komponenten zutage.

Feuer brennen je nach Brennstoff bei unterschiedlichen Temperaturen und damit auch mit verschiedenen Farben von Flamme und Rauch. Holz und Textilien brennen z. B. mit rötlichgelben Flammen und graubraunem Rauch, Benzin- und Kerosinfeuer mit gelblich-weißen Flammen und schwarzem Rauch.

Unfall oder Brandstiftung?

Bei jedem auf ein Feuer zurückzuführenden Todesfall ist die Bestimmung der Brandursache ein wichtiger Teil der forensischen Untersuchung. Wurde z. B. der Leichnam eines Opfers verbrannt, um einen Mord zu vertuschen, so finden sich meist Hinweise auf Brandstiftung. Das Feuer kann auch wegen eines Versicherungsbetruges absichtlich gelegt worden sein oder auch einfach nur, um die psychischen Bedürfnisse eines Pyromanen zu befriedigen.

In den meisten Fällen benutzen Brandstifter einen Brandbeschleuniger, um das Feuer sicher zu entfachen. Brände breiten sich nach oben und nach außen hin aus, so daß man sich bei der Suche nach dem Brandherd meist auf den tiefsten Punkt der ausgebrannten Fläche konzentriert. Spuren von Benzin oder anderen entflammbaren Kohlenwasserstoffen können in der Luft liegen und in Geweben oder Oberflächen am Rande der betroffenen Fläche vorhanden sein. Diese lassen sich nachweisen, indem man sie entweder im Wasserbad erhitzt, um identifizierbare Gerüche freizusetzen, oder durch Gaschromatographie, mit der man die chemische Zusammensetzung der in Frage kommenden Kohlenwasserstoffe ermittelt. Die letztgenannte Technik ist sehr präzise, so daß man damit verschiedene Benzinmarken und -qualitäten unterscheiden kann. In einigen Fällen ist die Analyse der chemischen Zusammensetzung sogar so genau, daß der Kraftstoff bis zu einer bestimmten Tankstelle oder dem Tank

OBEN Rauchspuren an einer Zimmerdecke in einem ausgebrannten Haus.

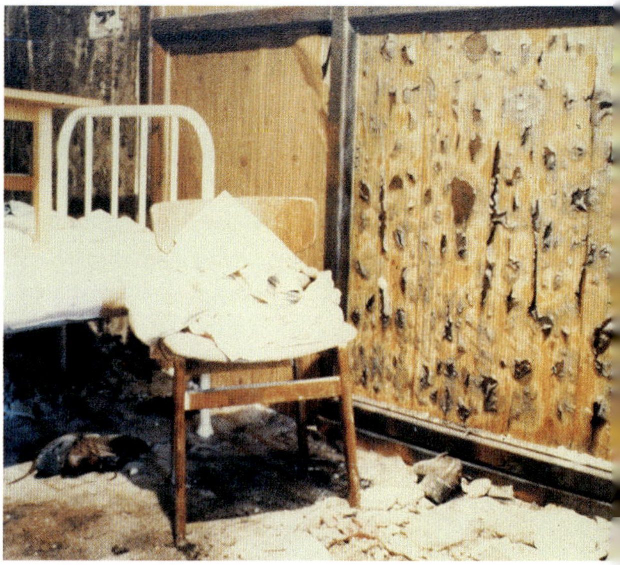

OBEN Die Rauchspuren an der Wand eines Raumes können bei der Bestimmung des Brandherdes und der Ausbreitung des Feuers helfen.

eines einzelnen Fahrzeugs zurückverfolgt werden kann.

Ascheanhäufungen am Brandherd können darauf hinweisen, ob und wo ein Brandstifter Material zusammengetragen hatte, ehe er es entzündete. Alle Anzeichen, daß ein Feuer an mehreren Stellen ausbrach, deuten stark darauf hin, daß es absichtlich gelegt wurde. Auch Hinweise auf Einbruch oder unbefugten Zutritt legen eventuell Brandstiftung nahe. Gegebenenfalls können die Ermittler Sicherheits- oder Sprinkleranlagen darauf überprüfen, ob diese absichtlich außer Kraft gesetzt wurden. Besteht der Verdacht auf einen Versicherungsbetrug, suchen die Ermittler am Brandort nach Überresten von Wertgegenständen und verbrannten Dokumenten.

Entstand das Feuer wirklich durch einen Unfall, ist die Ursache meist offensichtlich. Sie kann ein Fehler in der Stromversorgung des Gebäudes, ein Leck in einer Gasleitung oder eine achtlos weggeworfene glimmende Zigarette sein.

OBEN UND RECHTS
Ein entsetzlicher Brand in der King's Cross-U-Bahn-Station in London im Jahr 1987, bei dem 31 Menschen starben, wurde auf eine fahrlässig weggeworfene Zigarette zurückgeführt, die eine alte hölzerne Rolltreppe entzündete.

In dieser Nachstellung breiten sich die Flammen, die im obersten Bild zu erkennen sind, über die gesamte rechte Seite der Rolltreppe aus.

Innerhalb von Minuten steht die Holzkonstruktion der Rolltreppe vollständig in Flammen und hindert die eingeschlossenen Fahrgäste daran, sie als Fluchtweg zu benutzen.

In anderen Fällen waren vielleicht ein Blitzeinschlag oder leicht flüchtige Materialien in der Nähe natürlicher Wärmequellen der Auslöser.

Hinweise auf Sprengstoffe

Explosionen werden durch eine Kombination von Materialien verursacht, die bei der Zündung eine schnelle, Gase freisetzende Reaktion in Gang bringt. Das entstehende Gas bewirkt einen raschen Druckanstieg im Bombenbehälter, der diesen schließlich zerstört, wodurch die Splitter mit hoher Geschwindigkeit nach außen geschleudert werden. Nicht nur diese verursachen Schäden an Menschen und Gegenständen, sondern auch die Druckwelle der plötzlich freigesetzten Gase, die Geschwindigkeiten von bis zu 11.000 Stundenkilometern erreichen kann.

Sprengstoffe werden meist abhängig von der Geschwindigkeit der chemischen Reaktion in zwei Klassen unterteilt. Bei niederexplosiven Sprengstoffen entsteht durch die Reaktion Licht, Wärme und eine sich gleichmäßig nach allen Seiten mit Unterschallgeschwindigkeit ausbreitende Druckwelle. Bei hochexplosiven, sog. brisanten Sprengstoffen ist die Reaktionsgeschwindigkeit wesentlich größer und erzeugt eine fast unmittelbare Anstauung von Wärme und Gas und eine mit Überschallgeschwindigkeit wandernde zerstörerische Druckwelle.

In den meisten Kriminalfällen, in denen es um Sprengstoffe geht – mit Ausnahme solcher, die durch große Terrorgruppen organisiert werden –, sind die Sprengsätze selbstgebaut. Der Großteil dieser »Bastlerbomben« zählt zu den niederexplosiven Sprengstoffen aus leicht zu-

gänglichen Komponenten. Eine traditionelle Mischung ist das Schwarzpulver, das aus Holzkohle, Schwefel und Kalium- oder Natriumnitrat besteht. Andere Gemische enthalten z. B. so gebräuchliche Substanzen wie Zucker und Unkrautvernichter.

Hochexplosive Stoffe sind in ihrer Wirkungsweise komplizierter. Die stärksten Vertreter wie Dynamit oder TNT sind an sich vergleichsweise träge und können ohne Explosionsgefahr gehandhabt oder sogar verbrannt werden. Sie benötigen als Zünder eine kleine Sprengladung. Meist werden sie mit einer Sprengkapsel gezündet, die durch das Entzünden einer Lunte oder das Anlegen eines elektrischen Stroms aktiviert wird. Findet man Überreste solcher Kapseln am Tatort, so ist es in der Regel gerechtfertigt, von einer absichtlich herbeigeführten Explosion auszugehen.

Die Suche nach Beweisen

Auch die wirkungsvollsten Sprengstoffe werden bei einer gezielten Zündung nicht vollständig aufgebraucht, sondern hinterlassen immer Rückstände am Tatort. Den forensischen Ermittlern stehen Testmethoden zur Verfügung, um diese Spuren nachweisen und zuordnen zu können.

In den meisten Fällen hinterläßt die Explosion einen Krater im Zentrum der Sprengung, aus dem Trümmer für weitere Tests geborgen werden. Bruchstücke weicherer Materialien wie Holz, Gummi oder Isolierstoffe können Sprengstoffspuren absorbiert haben. Bei härteren Materialien wie Metallen sind eventuell Rückstände auf der Oberfläche nachweisbar.

Alle diese Materialien können mit chromatographischen Geräten untersucht werden. Eine Vakuumpumpe saugt Dämpfe von verdächtigen Oberflächen ab und leitet sie zur Analyse der Komponenten durch den angeschlossenen Hochgeschwindigkeitsgaschromatographen. Das Gerät kann kommerzielle und militärische Sprengstoffe, darunter auch die komplizierteren Plastiksprengstoffe, identifizieren.

Der Zünder, der einen niederexplosiven Sprengstoff aktiviert, ist meist selbstgebaut.

LINKE SEITE OBEN Das Gehäuse eines Radios, in dem die daneben plazierte Bombe versteckt war.

LINKE SEITE UNTEN Teil der Bombe, die 1988 zum Absturz der Pan Am-Boeing 747 über Lockerbie führte.

RECHTS Suche in den Trümmern nach dem Absturz einer Frachtmaschine der EL Al vom Typ Boeing 747 am 4. Oktober 1992 in einen Wohnblock in der Nähe des Amsterdamer Flughafens Schiphol. Der Grund für die Katastrophe war möglicherweise Materialermüdung.

OBEN Fahrzeuge zur Untersuchung von Sprengstoffen am Tatort der Schießerei von Waco in Texas am 51. Tag der Belagerung im April 1993.

OBEN Teil der Bombe, die 1988 zur Sprengung der Pan Am-Boeing 747 am Himmel über Lockerbie verwendet wurde (siehe Seite 134 u. 140–142).

Manchmal wird ein elektrischer Zünder über ein Schaltelement mit einer Batterie verbunden. Dabei kann es sich um einen Wecker handeln, der die Bombe zu einem bestimmten Zeitpunkt hochgehen läßt, oder um einen Quecksilber-Lageschalter, der die Bombe zündet, wenn der Stromkreis durch eine Bewegung geschlossen wird. Viele Autobomben werden mit der Zündung des Fahrzeugs verbunden, so daß ein Startversuch die Explosion auslöst.

In manchen Fällen liefert die Analyse der Leiche des Opfers wichtige Beweise. Als 1967 ein Passagierflugzeug vom Typ De Havilland Comet der British European Airways im östlichen Mittelmeer abstürzte, sank das Wrack auf den Meeresgrund, und es gab nur wenige Teile des Flugzeugs, anhand derer man die Ursache der Katastrophe ermitteln konnte. Leichen der Passagiere trieben aber an die Wasseroberfläche und wurden autopsiert. Forensische Pathologen entdeckten Bruchstücke des Bombengehäuses tief unter der Haut eines Passagiers. Die Lage und Schwere der Wunden in Kombination mit der Passagierliste erlaubte den Ermittlern die Lokalisierung der Bombe im Flugzeug und die Rekonstruktion der Ereignisse, obwohl das Flugzeug unerreichbar am Meeresgrund lag.

UNTEN Opfer eines Mafiamordes in Italien neben seinem brennenden Fahrzeug.

Sabotage

Nicht alle am Ort eines Brandes oder einer Explosion gefundenen Beweise stehen mit dem Feuer, der Detonation, den Opfern oder den Wrackteilen in Zusammenhang. Der Verbrecher kann zuvor eingebrochen sein und dabei andere Beweisstücke hinterlassen haben. Ein Werkzeug, zum Beispiel ein Stemmeisen oder ein Schraubenzieher, hinterläßt Spuren, wenn es zum gewaltsamen Öffnen einer Tür oder eines Fensters eingesetzt wurde.

Bei einer Sabotage an einem Auto könnte der Verbrecher Sägen oder Drahtschneider verwendet haben, die ihre charakteristischen Spuren hinterlassen. Selbst Kratzspuren von Messern können wertvolle Hinweise liefern, insbesondere wenn der verdächtige Gegenstand gefunden und für Vergleichszwecke benutzt werden kann. Die von der Herstellung des Werkzeugs stammenden Marken sowie jegliche bei seiner Verwendung entstandenen Kerben oder Kratzer sind bei der Bestimmung seiner Herkunft enorm hilfreich.

GANZ OBEN Dieses Auto wurde bei einem Mafiamord in Palermo auf Sizilien durch eine Bombe zerstört.

OBEN Wrackteile und Leichen nach einem Terroranschlag mit einer Autobombe in Italien.

Steven Benson

OBEN Steven Benson bei seinem Prozeß 1986.

UNTEN Luftaufnahme des Tatorts und Autowracks vor dem Haus der Bensons in Naples, Florida.

Steven Benson stammt aus einer wohlhabenden Familie in Florida und konnte damit rechnen, von seinen älteren Verwandten nach deren Tod eine größere Geldsumme zu erben. Am Morgen des 9. Juli 1985 kam er zum Haus seiner Großmutter, um Geräte zur Vermessung eines neuen Bauplatzes mitzunehmen. Benson lud Stangen und Planen in das Auto der Familie, einen Chevrolet, und fuhr dann zu einem Laden im Ort, um Kaffee und Gebäck einzukaufen und zum Familienfrühstück mitzubringen.

Kurz vor 21 Uhr gingen er, seine Mutter, seine Schwester und sein Adoptivbruder Scott zum Auto, um zum Bauplatz zu fahren. Steven stellte fest, daß er das Maßband vergessen hatte, warf Scott die Autoschlüssel zu und ging zurück ins Haus. Scott setzte sich auf den Fahrersitz und drehte den Zündschlüssel. Das Auto explodierte in zwei verheerenden Detonationen. Nur Stevens Schwester Carol Lynn überlebte.

Als forensische Ermittler eintrafen, bemerkten sie, daß Steven vergleichsweise ruhig war gemessen daran, daß er gerade mit dem Leben davongekommen war und zwei nahe Verwandte verloren hatte. Nach der Untersuchung des Autowracks erhärteten sich ihre Verdachtsmomente. Sie fanden Reste einer Bombe, die aus einem galvanisierten Metallrohr mit Gewindekappen an beiden Enden bestand. Eine der Endkappen trug den Buchstaben G nach ihrem Hersteller Grinnell und die andere ein U für Union

Brand. In der Nähe des explodierten Autos fand man Bruchstücke von vier 1,5-Volt-Batterien sowie einen Handschalter und ein Stück einer Leiterplatte, die nicht zu der Elektrik des Autos gehört hatte.

Kriminalbeamte suchten die örtlichen Haushaltswarenläden, Schrottplätze und Baustellen auf, um mögliche Bezugsquellen für das Rohr und die Endkappen ausfindig zu machen. Ein Laden hatte vier Tage vor der Explosion zwei Union Brand-Endkappen verkauft, und die Beschreibung des Käufers – groß und kräftig gebaut – paßte auf Steven Benson. Die chemische Untersuchung der Quittungen machte Bensons Handflächenabdruck sichtbar, womit bewiesen war, daß er das zum Bau der Bombe verwendete Material gekauft hatte.

Am 21. August 1985 kam Benson in Haft. Fast ein Jahr später wurde er der Morde an seiner Mutter und seinem Bruder für schuldig befunden. Dabei stellte sich heraus, daß er seine Mutter seit längerem bestohlen hatte. Sie hatte dies herausgefunden und war im Begriff, ihr Testament zu ändern, damit Steven nicht die erwarteten zehn Millionen Dollar erben würde. Der Sohn hatte von dem Vorhaben gewußt und deshalb seine Familie umgebracht.

UNTEN Das deformierte Wrack des Chevrolet, in dem Bensons Mutter und Bruder starben, und (Einblendung oben) Nahaufnahme eines Wrackteils.

Pan Am-Flug 103

OBEN Einschlagkrater und Trümmer des abgestürzten Flugzeugs in Lockerbie.

UNTEN Nase und Cockpit der 747, die man drei Kilometer von der Ortschaft entfernt in einem Feld fand.

Am 21. Dezember 1988 um 18.25 Uhr (GMT) startete eine aus Frankfurt kommende Boeing 747 der Pan American in London mit Ziel New York. Die meisten der 243 Passagiere an Bord wollten die Weihnachtsfeiertage bei ihren Familien in den USA verbringen. Um 18.56 Uhr hatte das Flugzeug seine Reiseflughöhe von 9.300 Meter erreicht und flog über den Südwesten Schottlands in Richtung Atlantik. Sieben Minuten später registrierten die Fluglotsen, daß das Echo des Flugzeugs von den Radarbildschirmen verschwunden war. Statt dessen waren mehrere kleinere, langsam verschwindende Spuren zu erkennen.

Das zerberstende Flugzeug fiel vom Himmel und schlug fast 10 Kilometer tiefer in der kleinen schottischen Gemeinde Lockerbie mit der Gewalt eines Erdbebens auf. Ein Triebwerk riß im Nordosten des Ortes einen fünf Meter tiefen Krater in den Erdboden, und der Flügel explodierte in einem 400 Meter großen Feuerball. Durch den Aufprall, der einem Erdbeben der Stärke 1,6 auf der Richterskala entsprach, wurden 21 Häuser zerstört. Viele weitere erlitten starke Schäden. Alle 259 Menschen an Bord sowie elf weitere aus Lockerbie kamen ums Leben.

Dic Tatsachc, daß dic Flugzeugopfer durch heftigen Druckverlust Lungenschäden erlitten hatten, legte die Vermutung nahe, daß das Flugzeug in der Luft auseinandergebrochen war. Um die Reihenfolge der Ereignisse, die zu der Katastrophe geführt hatten, nachvollziehen zu können, mußten die Ermittler möglichst viele Wrackteile bergen. Die Bruchstücke hatten sich in zwei Richtungen verteilt und bedeckten ein Gebiet von fast 2.600 km^2 in Nordengland und Schottland. Über vier Millionen Wrackteile wurden gefundcn. Schlicßlich waren über neunzig Prozent des Flugzeugs geborgen, mit denen man das Flugzeug in einem Hangar eines früheren Armeemunitionslagers rekonstruierte.

Anfangs waren die Indizien verwirrend. Es hatte keinen Notruf gegeben. Der Flugdatenschreiber zeigte an, daß die Steuerelemente für den normalen Flugbetrieb korrekt eingestellt gewesen waren, und man fand keine Anzeichen für Materialermüdung oder Korrosion in den Turbinen oder

LINKS Die dreidimensionale Rekonstruktion des Rumpfteils der 747, in dem die Explosion stattfand.

UNTEN Kleines Teil des Toshiba-Radiorecorders, in dem der Sprengstoff verborgen gewesen war.

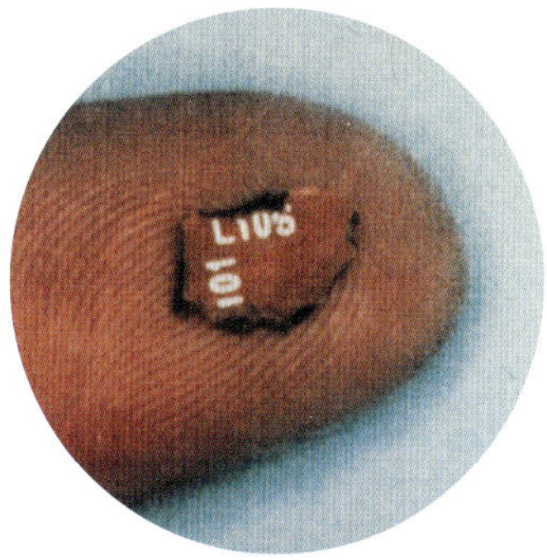

am Rumpf, die ein Zerbersten des Flugzeugs hätten verursachen können.

Die Ermittler fanden schließlich Hinweise für Explosionsschäden an Gepäckcontainern aus dem vorderen Gepäckraum. Es schien, als wäre eine Bombe in unmittelbarer Nähe der Containerebene explodiert. Neben mikroskopisch kleinen Partikeln in den Containerwänden und den Verkleidungen der Flugzeughaut fand man ein kleines Stück einer Leiterplatte aus einem Toshiba-Radiorecorder in den Containerwänden und Spuren von Semtex, einem Plastiksprengstoff. Faserrückstände belegten, daß der Radiorecorder in einem braunen Koffer versteckt gewesen war.

UNTEN Der stellvertretende amerikanische Generalstaatsanwalt Robert Mueller zeigt eine Fotografie vom Typ des Radiorecorders, der für die Bombe verwendet wurde.

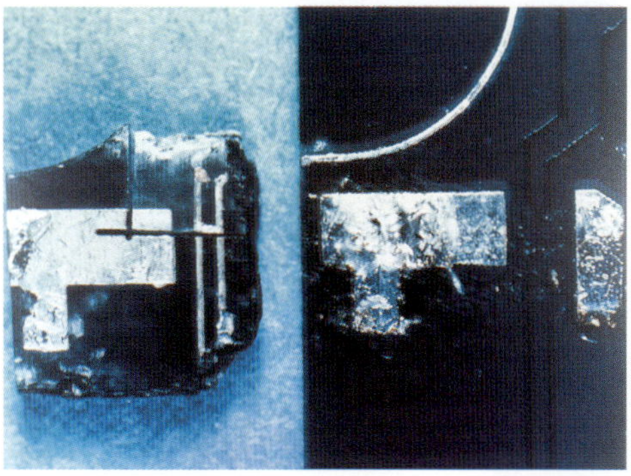

OBEN Teil des Zünders, der die Lockerbie-Bombe zur Explosion brachte.

Das Zerbersten des Flugzeugs schien damit begonnen zu haben, daß die Bombe ein kleines Loch in den Rumpf riß. Die herausragenden Kanten wurden dann durch den Fahrtwind zurückgerissen, die Flugzeugnase riß ab und das Flugzeug begann einen tiefen Sturzflug, bei dem es zerbrach. Innerhalb von circa 90 Sekunden hatte gerade mal ein Kilogramm Semtex ein 300 Tonnen schweres Flugzeug zerfetzt und zum Tod von 270 Menschen geführt.

Die Ermittler konzentrierten sich auf eine detailgetreue, dreidimensionale Rekonstruktion des Rumpfteils, in dem sich die Bombe befand. Sprengstoffexperten bauten eine Reihe identischer Sprengsätze, packten Kleidung in die Koffer, wie es sie an Bord der Maschine gegeben hatte, und sprengten sie in identischen Gepäckcontainern, um die genaue Lage des Sprengsatzes zu ermitteln. Die Ergebnisse zeigten, daß der Koffer mit der Bombe in einem Container über der untersten Gepäcklage verladen worden war, was bedeutete, daß er in Frankfurt eingeladen worden war, wo auch Transferpassagiere zugestiegen waren.

Forensische Spezialisten fanden Fasern von Kleidungsstücken in den Bruchstücken des Koffers. Diese wurden mit auf Malta gekauften Kleidungsstücken in Verbindung gebracht, die am Tag des Absturzes nach Frankfurt geflogen worden waren. Untersuchungen auf Malta führten zu einem Libyer, der sich nicht an Bord des Flugs nach London begeben hatte, obwohl das Gepäck mit den Kleidungsstücken angenommen worden war.

Als Konsequenz dieser Ergebnisse haben Fluggesellschaften ihre Richtlinien bei der Gepäckverladung überprüft, damit sich eine solche Tragodie nie mehr wiederholt. Sicherheitsüberprüfungen des Gepäcks wurden intensiviert, und Gepäck ohne Begleitung kann nun vor dem Abflug identifiziert werden. Haben Passagiere zwar eingecheckt, sind aber nicht an Bord gegangen, so werden ihre Koffer aussortiert.

Derzeit wird daran geforscht, wie Flugzeuge gegen die Kräfte von Explosionen im Inneren widerstandsfähiger gemacht werden können. Um der Möglichkeit vorzubeugen, daß Terroristen mit stärkeren Bomben reagieren, werden zugleich immer empfindlichere Sprengstoffsensoren entwickelt.

UNTEN Rekonstruktion des Gepäckcontainers, der die Bombe an Bord der 747 enthielt.

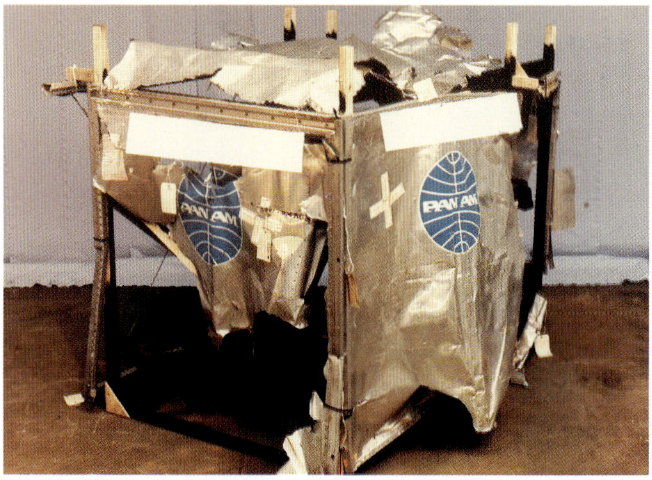

World Trade Center

Am 23. Februar 1993 parkte ein gelber Lieferwagen in der Tiefgarage im nördlichen Turm des New Yorker World Trade Centers. Er enthielt eine schwere Bombe, die bei ihrer Detonation sechs Menschen tötete und über tausend verletzte. Der materielle Schaden betrug 500 Millionen Dollar.

Spezialisten des FBI konnten am Tatort Spuren von Harnstoffnitrat nachweisen. Anhand des Ausmaßes der Schäden war klar, daß mindestens 550 kg des Sprengstoffs verwendet worden sein mußten.

Fahnder, die nach den Bombenlegern suchten, verbuchten schon früh einen Erfolg, als der Immigrant Mohammad Salameh bei einem Autovermieter anrief und seinen als Sicherheit hinterlegten Geldbetrag von 400 Dollar für den gemieteten Ryder-Lieferwagen zurückforderte, der bei dem Bombenanschlag verwendet worden war. Nach seinen Angaben war ihm der Wagen am Vortag von Ramizi Ahmed Yousef, einem der Hauptverschwörer, gestohlen worden. Die Polizei fand Salamehs Fingerabdrücke an für die Bombe verwendeten Rohstoffen, als ihre Ermittlungen sie zu einem Apartment in Jersey City und einem nahe gelegenen Schuppen führten, den Yousef als Bombenwerkstatt genutzt hatte.

Die Fingerabdrücke von Yousef und seinem Anführer, Eyad Ismoil, fanden sich vor Ort auf Chemikalien und Handbüchern zur Herstellung von Bomben. Die beiden Männer hatten die USA direkt nach dem Bombenanschlag mit einem Flugzeug verlassen. Eine Belohnung von zwei Millionen Dollar wurde ausgesetzt, und zwei Jahre später verhaftete man Yousef in Pakistan. Ismoil wurde später in Jordanien gefaßt. Beide Männer wurden im November 1997 gemeinsam mit ihren Mitverschwörern angeklagt.

Insgesamt sechs Männer mit Verbindungen in arabische Länder wurden der Verschwörung zur Durchführung des Bombenanschlags für schuldig befunden. Ihr Motiv war die Bestrafung der USA für deren fortgesetzte Unterstützung Israels. Es stellte sich heraus, daß das Ausmaß der von ihnen verursachte Katastrophe nicht im entferntesten ihren ursprünglichen Absichten entsprach. Sie hatten geplant, den einen Turm so zu sprengen, daß er auf den anderen stürzen würde. Hätten sie Erfolg gehabt, wären hunderte oder tausende Menschen zu Tode gekommen. Alle sechs Verschwörer wurden zu lebenslanger Haft verurteilt.

OBEN LINKS Kriminalbeamte untersuchen die Trümmer im Untergeschoß des World Trade Center.

HINTERGRUND Die Verschwörer hofften, daß einer der beiden Zwillingstürme des Centers zusammenbrechen und dabei den anderen niederreißen würde, wodurch viel mehr Menschen ums Leben gekommen wären.

Der Terroranschlag von Oklahoma

OBEN In Gartenbaumärkten erhältliche Säcke mit dem Dünger Ammoniumnitrat, der bei dem Sprengstoffanschlag von Oklahoma verwendet wurde.

UNTEN Das Alfred P. Murrah Federal Building in Oklahoma City nach dem Bombenanschlag.

Am 19. April 1995 wurde der Bombenanschlag auf das World Trade Center durch eine weitaus stärkere Explosion in Oklahoma City in den Schatten gestellt. Im Alfred P. Murrah Federal Building starben 168 Menschen, unter ihnen viele Kinder aus einem im Gebäude untergebrachten Kindergarten.

Auch hier mußten die forensischen Ermittler zunächst tausende Tonnen von Trümmern sichten und durchsieben, um kleinste Hinweise auf die Identität des Bombenlegers zu erhalten. Fast 13.000 mögliche Indizien wurden geborgen, darunter Metallpartikel aus Leichen der Opfer, und bis ins Detail untersucht. Eines der ganz zu Beginn gefundenen Trümmerstücke lieferte den Ermittlern ihren erfolgversprechendsten Hinweis. Ein demoliertes Stück Metall aus der Nähe des Zentrums der Explosion wurde als Teil einer verbogenen Lastwagenachse identifiziert. Die nähere Untersuchung lieferte eine teilweise erhaltene Fahrzeugteilnummer, die in die Datenbank des National Crime Insurance Bureau eingegeben wurde: Die Achse war Teil eines Ford-Lastwagens von 1993, der der Ryder-Autovermietung in Miami gehörte und von einem Ryder-Büro in Junction City, Kansas, vermietet worden war.

Am Computer wurden anhand von Beschreibungen Phantombilder der beiden Personen, die den Lieferwagen gemietet hatten, erstellt. Kopien der Bilder gingen an über tausend FBI-Beamte und an das Amt für Alkohol, Tabak und Feuerwaffen, die anfingen, Mitarbeiter in Hotels, Restaurants und Tankstellen zwischen Junction City und Oklahoma zu befragen, um herauszufinden, ob sich irgend jemand an die Verdächtigen erinnern konnte.

Der Manager eines Hotels in Junction City glaubte, auf einer der Zeichnungen einen Mann wiederzuerkennen, der bei ihm im Hotel gewohnt und einen Ryder-Lastwagen gefahren hatte. Der Gast hatte sich Timothy McVeigh genannt. Dieselbe Zeichnung, die auch im Fernsehen gesendet wurde, veranlaßte einen ehemaligen Kollegen von McVeigh, das FBI anzurufen. Er hatte sich gewundert, wie heftig McVeigh auf die Nachricht von der Schießerei bei Waco reagiert hatte, bei der FBI-Agenten die Festung der extremen religiösen Davidianer-Sekte gestürmt hatten.

Ein anderer glücklicher Zufall trieb die Ermittlung zu diesem Zeitpunkt voran: McVeigh befand sich bereits in Polizeigewahrsam, weil er wegen einer anderen Straftat verhaftet worden war. Am Tag nach dem Bombenanschlag hatte Charles D. Hangar von der Polizei von Oklahoma einen gelben Mercury Marquis ohne Zulassungsschilder auf dem Interstate Highway 35 bemerkt. Er forderte den Fahrer auf, an die Seite zu fahren, und sah, daß dieser versuchte, eine halbautomatische Pistole zu verbergen. Die Personalien des Fahrers, der sich Timothy McVeigh nannte, wurden ordnungsgemäß festgehalten.

Nachdem McVeighs Name bei den Untersuchungen zum Bombenanschlag von mindestens zwei Quellen genannt worden war, wurde er in die Datenbank des National Crime Information Center eingegeben. Dabei zeigte sich, daß der Verdächtige im Gefängnis in Noble County saß. McVeighs Führerschein, den er bei seiner Verhaftung bei sich getragen hatte, nannte eine Adresse in Michigan. Nachforschungen vor Ort ergaben, daß zwei Brüder, Terry und James Nichols, auch dort gelebt hatten. Terry Nichols wurde schließlich als der zweite Verdächtige identifiziert.

Die Ermittler waren davon überzeugt, daß die für den Anschlag benutzten Sprengstoffe in 200-Liter-Kunststoffässern enthalten gewesen waren. Teile der Fässer vom Tatort zeigten ähnliche Markierungen wie die in Nichols' Haus gefundenen leeren Fässer. Des weiteren wiesen die Kleidungsstücke des Verdächtigen Spuren der für die Sprengstoffe benutzten Chemikalien auf.

Einige der von den forensischen Ermittlern getroffenen Annahmen über Art und Menge des verwendeten Sprengstoffs wurden später bezweifelt. Man argumentierte, daß die Chemikalienspuren an den Kleidern des Verdächtigen von anderen, mit dem Anschlag in keiner Beziehung stehenden Quellen stammen könnten. Aber die Indizien, die die beiden Männer mit dem Lastwagen in Verbindung brachten, der die Sprengstoffe enthalten hatte, erwiesen sich als unerschütterlich. Nichols wurde zu lebenslanger Haft, McVeigh als Urheber des Bombenanschlags zum Tode verurteilt. Sowohl McVeighs als auch Nichols' Berufungsantrag wurde 1999 abgewiesen.

OBEN Rettungsteams durchsuchen die Trümmer des Gebäudes nach Überlebenden.

UNTEN Timothy McVeigh wird vom Bonle County Courthouse in Perry, Oklahoma, abgeführt, wo er wegen eines Verkehrsdelikts und Besitzes einer unregistrierten Schußwaffe inhaftiert gewesen war.

Entlarvung des Täters
Betrügereien und Fälschungen

OBEN Echtheitsüberprüfung eines US-amerikanischen Geldscheins unter Fluoreszenzlicht.

Die Untersuchung und Prüfung von Dokumenten gewinnt in einigen Bereichen der forensischen Wissenschaft zunehmend an Bedeutung. Hinweise, die etwas über die Identität eines Verbrechers verraten, können aus handschriftlichen Schriftproben, persönlichen Briefen, Erpresserschreiben oder Lösegeldforderungen sowie aus gedruckten Dokumenten wie Flugzeug- bzw. Bahntickets gewonnen werden.

Kriminelle nutzen für ihre Zwecke gefälschte oder veränderte Briefe, Bankanweisungen, Schecks und ähnliche Dokumente, die sie als Originale ausgeben. Doch forensische Spezialisten verfügen über viele Techniken, um ein auch noch so täuschend echt aussehendes Dokument als Fälschung zu enttarnen.

Andere Schriftstücke wie Tagebücher und Werke von scheinbar historischer Bedeutung werden ebenfalls untersucht, um ihre Authenti-

RECHTS Vor der Untersuchung wird ein mittelalterliches Manuskript gereinigt.

zität nachzuweisen. Dies geschieht meist durch Schriftanalysen und Untersuchungen von Papier und Tinte. Wasserzeichen und Unterschriften werden zur Erkennung von Fälschungen überprüft, und auch kleinste charakteristische Eigenschaften einzelner Schreibmaschinen oder Drucker können in Schriftproben erkannt werden und als Ausgangspunkt für die Lokalisierung der verwendeten Geräte dienen. Einige Techniken ermöglichen sogar, Korrekturen, die bei der Erstellung eines Dokuments vorgenommen wurden, erkennbar zu machen, so daß der darunterliegende Text sichtbar wird.

Handschriftliche Texte

Die meisten Menschen lernen Schreiben, indem sie eine bestimmte Handschrift kopieren. Je vertrauter man mit dem Schreiben wird, desto mehr nehmen die Buchstaben und Worte Eigenheiten an, die mit der Erfahrung und Koordinationsfähigkeit des Schreibers zusammenhängen. Individuelle Abweichungen von Standardschreibstilen sind die Elemente, die Schriftexperten interessieren.

Schriftexperten untersuchen detailliert, wie bestimmte Buchstaben einer vorliegenden Schriftprobe aussehen. Beispielsweise kann der Buchstabe »i« ohne Punkt oder Aufstrich ausgeführt worden sein oder kann auch kleine »Schlaufen« enthalten, wenn bei der Schreibbewegung die Richtung geändert wurde. Diese Eigenheiten erscheinen nicht nur bei einem bestimmten Schriftstück, sondern selbst dann, wenn der Schreiber versucht, die Handschrift eines anderen nachzuahmen.

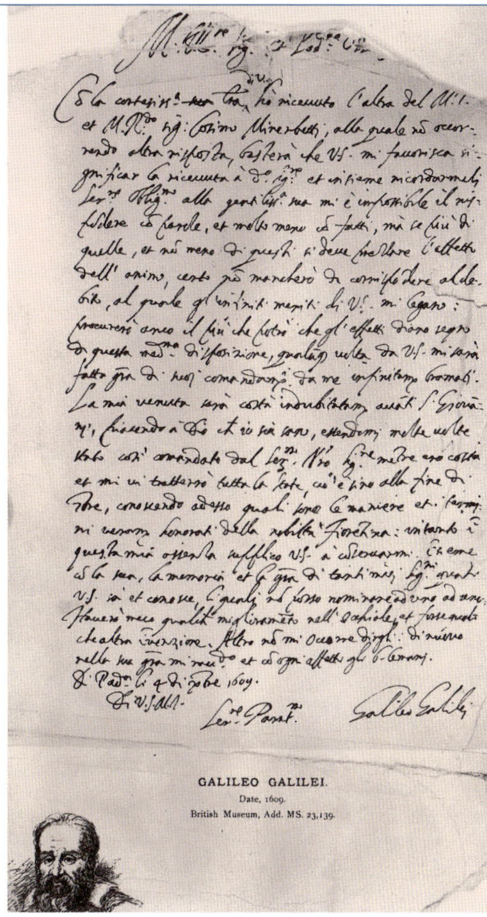

OBEN Originalschrift des italienischen Astronoms und Physikers Galileo Galilei.

UNTEN LINKS Forscher arbeiten an einem Computersystem zur Handschriftenerkennung.

Analysiert werden auch die Proportionen oder relativen Höhen verschiedener Buchstaben. Selbst in der normalen Handschrift einer jeden Person treten Schwankungen auf, aber bestimmte Verhältnismäßigkeiten stimmen meist überein. Beispielsweise bleibt das Verhältnis des Anteils des Buchstaben »g« oberhalb der Linie zur Gesamthöhe des Buchstaben bei einem Schreiber immer konstant, egal, welcher Schreibstil angenommen wird.

Die Neigung der Schrift ist ein weiterer relativ gleichbleibender Faktor. Er reicht bei verschiedenen Schreibstilen von 35 Grad nach

OBEN Lupe auf einem Blatt mit Originalunterschriften von Salvador Dali, die zur Überprüfung der Echtheit unbekannter Werke des Malers verwendet werden.

rechts bis immerhin 50 Grad nach links, sollte aber bei ein und derselben Person in etwa konstant bleiben. Experten messen die Neigung mit einem transparenten Winkelmesser an den längsten Buchstaben wie »f«, »h« oder »g«.

Die Abstände zwischen einzelnen Buchstaben, Worten oder Zeilen sind ebenfalls von Person zu Person verschieden. Die Grundlinie kann entweder waagerecht verlaufen, sie kann aber auch nach oben oder nach unten gebogen sein. Das Vorhandensein oder Fehlen von Verbindungslinien zwischen den Buchstaben der Schreibschrift ist eine weitere gängige individuelle Eigenschaft.

Unterschriften

Wahrscheinlich sind Unterschriften wie kaum ein anderes handgeschriebenes Wort von forensischer Bedeutung. Obwohl jedes Beispiel einer Unterschrift von einer bestimmten Person ähnlich aussieht, gibt es doch kleine Unterschiede zwischen ihnen. Wird eine verdächtige Unterschrift auf einem Leuchtpult mit einer Originalschrift übereinandergelegt und sieht völlig identisch aus, so liegt der Verdacht auf Fälschung nahe.

Um herauszufinden, ob eine Unterschrift echt ist, sammeln forensische Ermittler möglichst viele Beispiele der Originalunterschrift. Im Idealfall enthält die Sammlung eher zufälliges Gekritzel genauso wie formalere Unterschriften, des weiteren solche, die mit verschiedenen Stiften geschrieben wurden, sowie, weil sich Unterschriftsstile mit der Zeit verändern,

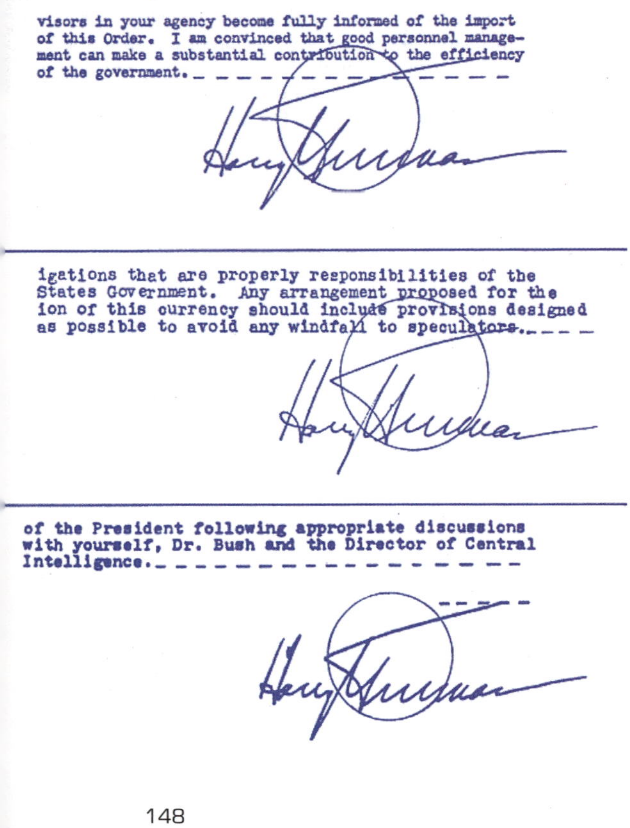

visors in your agency become fully informed of the import
of this Order. I am convinced that good personnel manage-
ment can make a substantial contribution to the efficiency
of the government.

igations that are properly responsibilities of the
States Government. Any arrangement proposed for the
ion of this currency should include provisions designed
as possible to avoid any windfall to speculators.

of the President following appropriate discussions
with yourself, Dr. Bush and the Director of Central
Intelligence.

LINKS Präsident Harry S. Truman setzte seine Unterschrift unter getippte Dokumente immer in die Nähe der letzten Textzeile, wie man am oberen und am mittleren Beispiel erkennt. Bei der Prüfung durch Einzeichnen eines Kreises mit dem senkrechten Strich des Buchstaben »T« als Radius wird in der unten abgebildeten Fälschung deutlich, daß sich die Unterschrift viel zu weit vom Text entfernt befindet.

so viele Beispiele wie möglich aus dem gesamten in Frage kommenden Zeitbereich, in dem die verdächtige Unterschrift entstand.

Obwohl sich die aus ein und derselben Hand stammenden Unterschriften geringfügig unterscheiden, gibt es bestimmte Eigenschaften, die gleich bleiben, wie die Plazierung der Unterschrift in bezug auf den getippten oder gedruckten Text eines Briefs. Andere Ähnlichkeiten betreffen mehr die Form der gesamten Unterschrift als die ihrer einzelnen Buchstaben. Wenn man ein Blatt Pauspapier über eine Unterschrift legt und die Ober- oder Unterkanten jedes Buchstabens markiert und diese Punkte dann verbindet, erhält man eine Zickzacklinie. Verschiedene Originalbeispiele derselben Unterschrift weisen sehr ähnliche Linien auf, aber Fälschungen, auch wenn sie auf den ersten Blick überzeugend wirken, zeigen oft ein vom Original deutlich abweichendes Muster.

Andere Vergleiche können durch Markierung von Lücken in der Unterschrift gezogen werden, die wiederum ein charakteristisches Muster ergeben. Die Grundlinie eines Schriftzuges ist ein weiteres wichtiges Element. Einige Fälscher, die sich auf die Form der Buchstaben konzentrieren, beachten nicht, in welcher Weise die Unterschrift als Ganzes von links nach rechts ansteigt oder abfällt.

Die mikroskopische Untersuchung kann weitere Diskrepanzen zwischen der Originalunterschrift, die in der Regel rasch und sicher geschrieben wird, und einer Fälschung aufzeigen, bei der sich der Schreibende Mühe gab, die Form so überzeugend wie möglich aussehen zu lassen. Unter dem Mikroskop werden alle Linienunterbrechungen, Zittern und Überschreiben (zur Korrektur schlecht aussehender Buchstaben) sichtbar, und auch das Nachzeichnen eines Bleistifts und Radiergummispuren, die durch die Übertragung einer Unterschrift vom Original entstanden, sind zu erkennen.

OBEN Abraham Lincoln und seine echte Unterschrift mit den charakteristischen drei Stufen der Grundlinie, einem von Fälschern oft übersehenen Detail.

Verstellte Schriften

Nicht alle Kriminellen versuchen, die Handschriften anderer nachzuahmen. Manche versuchen auch, ihre eigene Handschrift zu verstellen, um nicht erkannt zu werden. Es gibt mehrere gängige Methoden: Einige Fälscher ändern die Neigung der Buchstaben, andere deren Größe, manche schreiben in Blockbuchstaben oder mit der anderen Hand. Rasches oder langsames Schreiben, absichtliche orthographische Fehler oder das versuchte Kopieren anderer Handschriftenstile sind weitere branchenübliche Tricks.

Viele der offensichtlichsten Veränderungen

OBEN Abdruck einer handschriftlichen Notiz in einem Quittungsblock am Tatort der Ermordung von Vivian Messiter in Southampton, England, im Januar 1929. Unter schräg einfallendem Licht kann man den Text und die Unterschrift von W. F. Thomas, einem Decknamen seines Mörders William Henry Podmore, erkennen.

werden beim Vergleich verstellter Handschriften mit Schriftproben des Verdächtigen ignoriert. Kleinere, viel feinere Merkmale der individuellen Handschrift wie die Form einzelner Buchstaben können vom Schreiber schlechter unterdrückt werden. Andere Hinweise ergeben sich aus der Art, wie ein bestimmter Buchstabe begonnen und zu Ende geschrieben wird.

OBEN W. F. Thomas (links), alias William Henry Podmore, der im April 1930 für den Mord an Vivian Messiter (rechts) gehängt wurde.

Eine Möglichkeit, die Identität eines Schreibers festzustellen, liegt in der Bestimmung der Herkunft des Originaldokuments. Eine Durchsuchung der Wohnung oder des Büros des Verdächtigen fördert vielleicht zerstörte Entwürfe zutage, und bei der Untersuchung verbliebener Seiten eines Notizblocks oder der Schreibtischunterlage können Spuren der Notiz entdeckt werden, die auf das zuvor obenauf liegende Blatt geschrieben worden war. Für beide Möglichkeiten stehen leistungsfähige Techniken zur Verfügung. Zerrissene Dokumente können aus den Überresten wieder zusammengesetzt werden. Verbrannte sind lesbar, wenn sie unter Infrarotlicht fotografiert oder unter in verschiedenen Winkeln reflektierendem Licht mit größtmöglichem Kontrast zwischen Schrift und versengtem Hintergrund betrachtet werden.

Findet sich ein Abdruck auf einem Papier, der unter dem beschriebenen Dokument lag, kann wie im Fall aufeinanderfolgender Seiten eines Notizblocks ein elektrostatisches Verfahren wertvolle Informationen liefern. Alle Seiten des Notizblocks werden über ein elektrostatisch aufgeladenes Drahtgewebe gelegt und befestigt. Ein Toner, wie er für Fotokopierer verwendet wird, haftet dann an den Stellen, die durch den Stift niedergedrückt wurden. Diese waren dem elektrostatisch geladenen Gewebe am nächsten, so daß sie am stärksten aufgeladen wurden. Diese Technik ist so empfindlich, daß man mit ihr noch Bilder von vorhergehenden Seiten des Blocks erhalten kann. Es ist sogar möglich, die ursprüngliche Anordnung der Seiten und damit

die Reihenfolge, in der verschiedene Textpassagen geschrieben wurden, nachzuvollziehen.

Schreibmaschinenschrift und Druckschrift

Die Einführung von Schreibmaschinen und Computerdruckern zwang forensische Ermittler, sich den neuen Herausforderungen der Identifizierung maschinengeschriebener Dokumente zu stellen. Die Analyse von Texten, die auf manuell bedienten Schreibmaschinen geschrieben wurden, beruht auf dem Umstand, daß unterschiedlich starke Anschläge und unterschiedliche Abnutzungserscheinungen einzelner Typen eine Reihe individueller Eigenschaften ergeben, die Texte aus verschiedenen Maschinen voneinander unterscheiden. Einige Buchstaben werden nach oben oder unten aus der Textzeile verschoben gedruckt, andere erscheinen geneigt, weil die entsprechenden Typenhebel verbogen sind.

Die Weiterentwicklung der Schreib- und Drucktechniken hat die Möglichkeiten solcher Analysen verringert. So werden bei elektrischen Schreibmaschinen alle Anschläge mit derselben Kraft ausgeführt, so daß Unterschiede in den Buchstaben kaum noch zu erkennen sind, obwohl auch Mängel im Mechanismus zu Ungleichmäßigkeiten führen können. Auch

OBEN UND OBEN LINKS Typenhebel einer Schreibmaschine mit erhabenen Buchstaben und Symbolen können sich mit der Zeit abnutzen und verbiegen, was zu charakteristischen Fehlstellungen wie den angehobenen Ziffern des Datums in der Textprobe führt.

Kugelkopfschreibmaschinen, die in Sekundenschnelle den Austausch ganzer Zeichensätze durch Wechsel des Typenkopfs ermöglichen, erschweren die Arbeit der Experten. Aber vielleicht hat die Einführung computergesteuerter Drucker zu den größten Problemen bei der

Suche nach individuellen Schriftmerkmalen geführt.

Bei den ersten Textverarbeitungsprogrammen wurde der Text meist an Typenraddrucker übermittelt, bei denen die Typen auf Hebeln lagen, die wie die Speichen eines Rades angeordnet waren. Diese waren verschleißanfällig wie Schreibmaschinen, und weil die Mechanismen von Typenrad- und Kugelkopfmaschinen mit der Zeit dejustiert werden, können Texte, die mit solchen Maschinen geschrieben wurden, immer noch mit einer gewissen Genauigkeit zugeordnet werden.

Seitdem hat die zunehmende Verbreitung von Tintenstrahl- und Laserdruckern diese hilfreichen Unregelmäßigkeiten nahezu eliminiert. Es mußten andere Methoden gefunden werden, um eine Verbindung zwischen Dokumenten und ihren Urhebern herzustellen, wie z. B. die

Genoa. May 19th 1823.
Dear Sir – I will thank you very much to present to or obtain for the bearer – a print from the miniature you drew of me in 1815. – I prefer that likeness to any which has been done of me by any artist whatever. – – My sister Mrs Leigh – or the Honble Douglas Kinnaird – will pay you the price of the engraving. – – ever yours
Noel Byron
To
— Holmes Esqre

Suche nach den ursprünglichen Textdateien auf Computerfestplatten. Zwar kann der Verfasser die betreffenden Dateien gelöscht haben, doch oftmals gelingt es Experten, diese Dateien zu rekonstruieren.

Tinte und Papier

Sorgfältige Fälschungen gedruckter Dokumente können bei oberflächlicher Betrachtung extrem überzeugend wirken, erweisen sich aber oft dann als unecht, wenn Papier und Tinte untersucht werden. Moderne Tinten werden vier Grundkategorien zugeordnet. Die meisten schwarzen Tinten enthalten Farbstoffe und Eisensalze in Suspensionen von Gall- oder Tanninsäure. Tusche besteht aus einer Suspen-

OBEN Der englische Dichter Lord Byron und eine echte Probe seiner Handschrift.

LINKS Überprüfung von Tinten durch Chromatographie, um ihre genaue Zusammensetzung zu bestimmen.

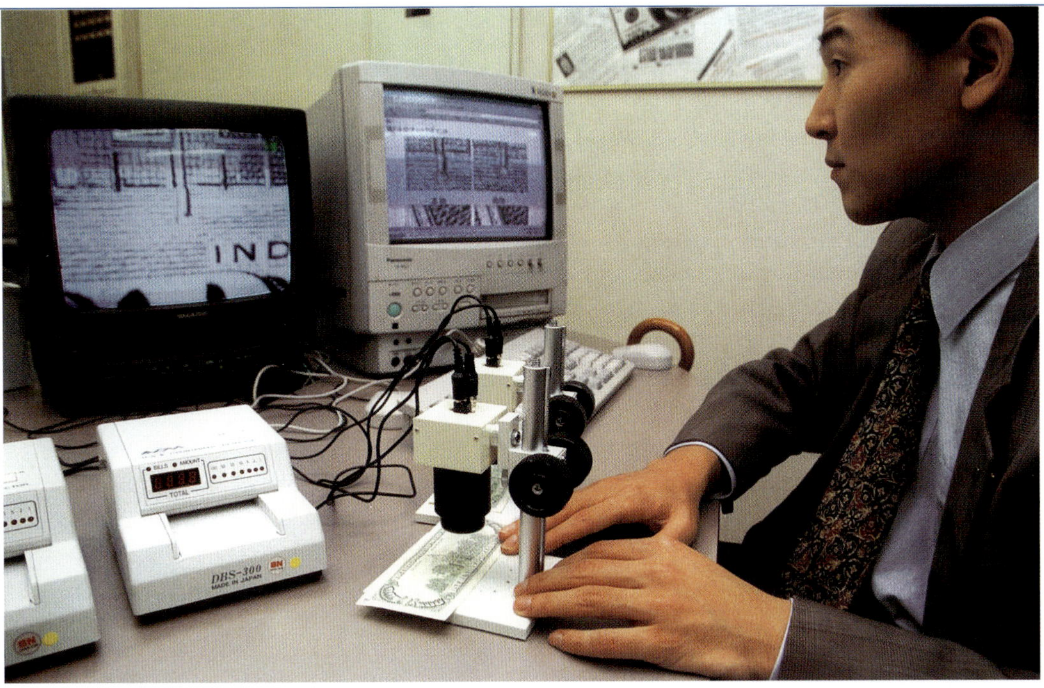

OBEN Eine japanische Maschine zur Erkennung gefälschter Banknoten mit Infrarot- und Magnetismus-Sensoren.

UNTEN RECHTS Banknoten unter ultraviolettem Licht.

sion von Rußpartikeln in Gummiarabicum und eine Vielzahl farbiger Tinten aus synthetischen Farbstoffen mit verschiedenen Polymeren und Säuren. Kugelschreibertinte besteht aus synthetischen Farbstoffen oder unlöslichen Pigmenten in einer Mischung aus Lösungsmitteln und Additiven.

Innerhalb dieser vier Grundkategorien gibt es tausende Variationen, von denen jede durch Spektrometrie und Dünnschichtchromatographie charakterisiert werden kann.

Auch Papier teilt man anhand verwendeter Materialien in verschiedene Kategorien ein. Einige Papiere haben besondere Wasserzeichen, andere bestehen aus synthetischen Fasern oder enthalten optische Aufheller wie Fluorkohlenwasserstoffe, die sie weißer und weniger transparent erscheinen lassen. Papiere unterscheiden sich auch in der Oberflächenbehandlung, mit der sie für den Druck vorbereitet werden: Manche werden heiß gewalzt, andere mit Leim, synthetischen Harzen oder Stärke behandelt.

Spezialisten können oft den Zeitpunkt bestimmen, zu dem ein bestimmtes Papier eingeführt wurde, womit man ansonsten echt wirkende Fälschungen historischer Dokumente enttarnen kann. Ein Schriftstück, das man ursprünglich für ein Originalmanuskript des englischen Dichters Byron hielt, hatte ein Wasserzeichen, das bewies, daß das Papier 1834 hergestellt worden war – Byron war zu diesem Zeitpunkt bereits zehn Jahre tot.

Einige Fälscher versuchen, den Wert von Sammlerbriefmarken zu erhöhen, indem sie die Entwertungsstempel fälschen, und viele wagen sich an die schwierigste Fälschung von allen heran, nämlich die Fälschung von Banknoten.

Selbst wenn die Fälschung mit bloßem Auge nicht zu erkennen ist, können Techniken wie die Mikrospektrophotometrie das Absorptionsspektrum der für einzelne Drucklinien verwendeten Tinte ermitteln. Die Unterscheidung von echten und gefälschten Banknoten wird so zu einer einfachen Angelegenheit.

Die Hürden, denen Geldfälscher gegenüberstehen, sind so zahlreich und vielseitig, daß sich die Verbrecher in einem klassischen Fall eine originelle Idee einfallen ließen, um sich ihre Aufgabe zu erleichtern. Sie fälschten 1924 mit Insiderwissen »offizielle« Schreiben an eine britische Druckerei, die Portugals Banknoten druckte. In diesen Briefen bestellten sie einen Sonderdruck von 500-Escudo-Noten für die portugiesische Kolonie Angola. Die Banknoten sollten der normalen portugiesischen Währung entsprechen, weil die Portugiesen den Schriftzug »Angola« selbst anbringen wollten. Die Banknoten wurden gedruckt, von den mit gefälschten Dokumenten autorisierten Verbrechern in Empfang genommen und zum Ankauf von Aktien und Fremdwährung verwendet.

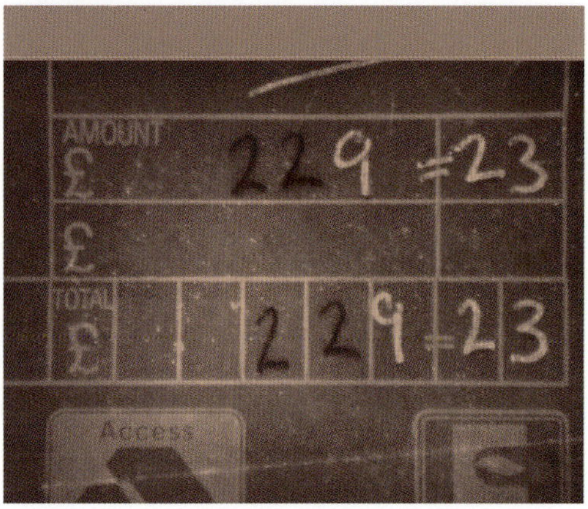

OBEN Eine Wolfram-Halogenlampe mit verschiedenen Filtern macht die Lumineszenz der Tinte sichtbar, und eine durchscheinende Lichtquelle läßt überdeckten oder ausgelöschten Text in einem Dokument erkennen.

UNTEN Der Originalscheck (oben) wird vom Fälscher mit ein paar Strichen auf eine wesentlich größere Summe (unten) verändert.

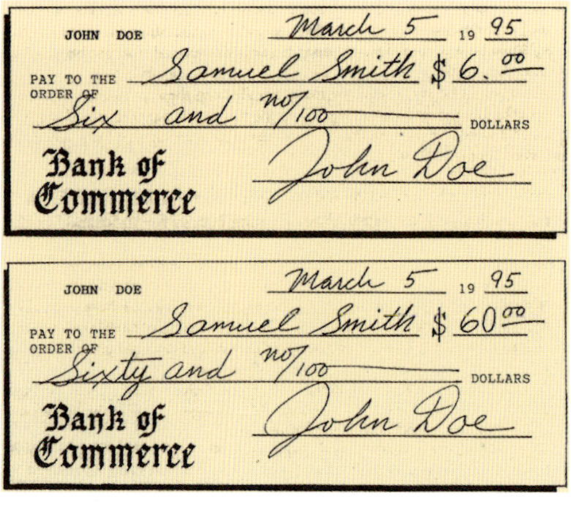

Der geniale Trick bei diesem Fall war, daß die Banknoten perfekt waren und das Verbrechen erst dann entdeckt wurde, als man die Anzahl der im Umlauf befindlichen 500-Escudo-Noten überprüfte. Die Prüfung war angeordnet worden, nachdem ein Satz echter Noten mit denselben Seriennummern gedruckt wurde wie auf den von den Verbrechern bestellten Banknoten. Dem Hauptschuldigen gelang es sogar, sein Gerichtsverfahren um fünf Jahre zu verzögern, indem er weitere gefälschte Briefe herstellte, in denen er den Gouverneur sowie Direktoren der Bank von Portugal in den Betrug mit hineinzog und sich selbst als unschuldigen Sündenbock hinstellte.

Manipulationen an Schecks und Wechseln

Viele Kriminelle fertigen keine komplizierten und schwierigen Fälschungen an, sondern manipulieren existierende Dokumente wie Schecks und Bankwechsel entweder durch Abändern des Namens des Zahlungsempfängers oder durch Anhebung des Betrags. Für solche Manipulationen müssen oft einzelne Buchstaben oder Zahlen auf dem Dokument durch Abkratzen der obersten Papierschicht entfernt und anschließend überschrieben werden, sei es handschriftlich oder mit Maschine. Durch eine mikroskopische Untersuchung kann man die Anzeichen solcher Veränderungen normalerweise erkennen, wobei das Dokument seitlich beleuchtet wird, um Unebenheiten in der Oberfläche hervorzuheben.

LINKS Ein gefälschter Scheck mit einem erhöhten Geldbetrag, der vom Fälscher mit einem anderen als dem Originalstift hinzugefügt wurde.

In anderen Fällen löschen Verbrecher existierende Buchstaben oder Zahlen mit Hilfe von Chemikalien. Der entsprechende Teil des Papiers offenbart jedoch sein Geheimnis, wenn er unter Infrarot- oder Ultraviolettlicht betrachtet wird. Selbst wenn nur etwas hinzugefügt wird, können Ermittler mit der sogenannten Infrarotlumineszenz diese später angebrachten Veränderungen erkennen.

Indem sie das Dokument mit blaugrünem Licht bestrahlen und dann mit einem infrarotempfindlichem Film fotografieren, können sie Unterschiede in den Lumineszenzeigenschaften der Tinten hervorheben. Wird das Dokument vor der Infrarotfotografie mit Infrarotlicht bestrahlt, so zeigen sich auch Unterschiede in der Fähigkeit verschiedener Tinten, Infrarotlicht zu absorbieren. In beiden Fällen sehen die Manipulationen anders aus als die Originalschrift, was beweist, daß das Dokument verändert wurde.

Im Fall von Clifford Irving (siehe Kapitel 15) mußte dieser noch nicht einmal den Scheck manipulieren, der für eine sogenannte autorisierte Biographie ausgestellt worden war. Der Scheck wurde Irving übergeben, damit er ihn an den zurückgezogen lebenden Milliardär Howard Hughes weiterreichte. Irvings Ehefrau eröffnete jedoch ein Bankkonto auf den Namen Helga R. Hughes, so daß der auf H. R. Hughes ausgestellte Scheck auf ihr Konto eingezahlt wurde, ohne daß Manipulationen nötig waren.

RECHTS Die Fälschung wird mit Infrarotlumineszenz erkannt.

Die Hitler-Tagebücher

OBEN Gerd Heidemann mit einigen der Bände, bei denen es sich nach seinen Angaben um Tagebücher von Adolf Hitler handelte.

Im Jahr 1981 wurden 27 Bände handgeschriebener Texte, bei denen es sich um die Tagebücher von Adolf Hitler handeln sollte, sowie ein bislang unentdeckt gebliebener dritter Band von Hitlers *Mein Kampf* von dem deutschen Verlag Gruner & Jahr für einen Millionenbetrag gekauft. Die Bände waren angeblich in den letzten Tagen des 2. Weltkriegs aus Berlin herausgeschmuggelt worden, aber das Flugzeug sei über der späteren DDR abgestürzt. Die Bände seien einem Sammler von Nazi-Dokumenten in die Hände gefallen, dessen Bruder ein ostdeutscher General gewesen sei. Der Sammler hatte die Dokumente zu Gerd Heidemann gebracht, einem Journalisten und Mitarbeiter des deutschen Magazins *Stern*, das bei Gruner & Jahr erscheint.

Natürlich wurden die Dokumente durch Vergleich mit Hitlers Handschrift auf authentischen Schriftstücken auf ihre Echtheit überprüft. Mit der Durchführung der Tests waren zwei Experten beauftragt: Max Frei-Sultzer, früherer Leiter der Abteilung für forensische Wissenschaften der Züricher Polizei, und Ordway Hilton, Spezialist für die Überprüfung von Dokumenten aus Landrum in South Carolina. Beide Männer bestätigten gemeinsam mit einem weiteren Schriftexperten, daß die Texte von ein und derselben Person geschrieben worden seien, was auch stimmte. Doch die Tagebücher waren von dem Kunstfälscher Konrad Kujau geschrie-

HINTERGRUND Die Remington-Schreibmaschine, auf der Hitler *Mein Kampf* geschrieben hatte.

RECHTS Hitlers Widmung und Unterschrift auf einer Erstausgabe seines Buches.

LINKS Konrad Kujau, der Fälscher der Tagebücher, vor Gericht mit Beispielen seiner »Handarbeit«.

ben worden, dem es auch gelungen war, die zur Überprüfung der Echtheit verwendeten Schriftproben zu fälschen!

Die Wahrheit wurde durch forensische Untersuchungen der westdeutschen Kriminalpolizei und der Regierung aufgedeckt. Anstatt die Handschriften zu überprüfen, konzentrierte man sich auf das für die Tagebücher verwendete Papier und die Tinte. Als das Papier unter ultraviolettem Licht untersucht wurde, fand man ein Bleichmittel, das erst 1954 eingeführt worden war. Die Fäden an den offiziell wirkenden Siegeln enthielten Viskose und Polyester, beide Materialien waren erst nach dem Krieg entwickelt worden. Keinen der vier verschiedenen Tintentypen gab es zu der Zeit, als die Tagebücher angeblich geschrieben worden waren. Schließlich wurde mit einem chemischen Verfahren ermittelt, wie lange sich die Tinte auf dem Papier befand. Die Ergebnisse zeigten, daß die Dokumente vor weniger als einem Jahr vor den Untersuchungen geschrieben worden waren.

UNTEN Gerd Heidemann bestreitet bei einer Pressekonferenz, daß es seine Absicht war, das Magazin *Stern* mit den gefälschten Tagebüchern zu täuschen.

Das Tagebuch von Jack the Ripper

Der arbeitslose Schrotthändler Michael Barrett aus Liverpool behauptete 1991, er habe ein viktorianisches Sammelalbum erhalten, das allem Anschein nach das Tagebuch von Jack the Ripper war. Der berüchtigte Serienmörder des 19. Jahrhunderts war diesem Tagebuch zufolge ein Geschäftsmann aus Liverpool namens James Maybrick. Barrett verkündete, er habe das Buch von einem Freund, Tony Devereux, erhalten, der in der Zwischenzeit verstorben war. Es gab Gerüchte über eine Verbindung zwischen Devereux und Arbeitern, die in dem Haus Reparaturen vorgenommen hatten, das früher im Besitz des angeblichen Autors gewesen war, der 1889 an einer Vergiftung durch Arsen und Strychnin gestorben war.

Seitdem sind eine Reihe von Tests an dem Tagebuch durchgeführt worden, obwohl Barrett später selbst behauptete, es gefälscht zu haben, aber dann sein Geständnis wiederrief. Ein angesehener Londoner Psychiater kam zu dem Schluß, daß die Schwankungen in der Handschrift und die verwendeten Redewendungen mit einem potentiellen Serienmörder in Einklang stünden. Wiederum wurden zwei wichtige Komponenten analysiert, und zwar dic Handschrift und die Materialien. Vergleiche zwischen der Schrift im Tagebuch und der in Maybricks Testament

OBEN James Maybrick – Mordopfer oder Serienmörder?

UNTEN Einer der Briefe, der zur Zeit der Ripper-Morde an die Polizei geschickt wurde und möglicherweise vom Mörder selbst geschrieben wurde.

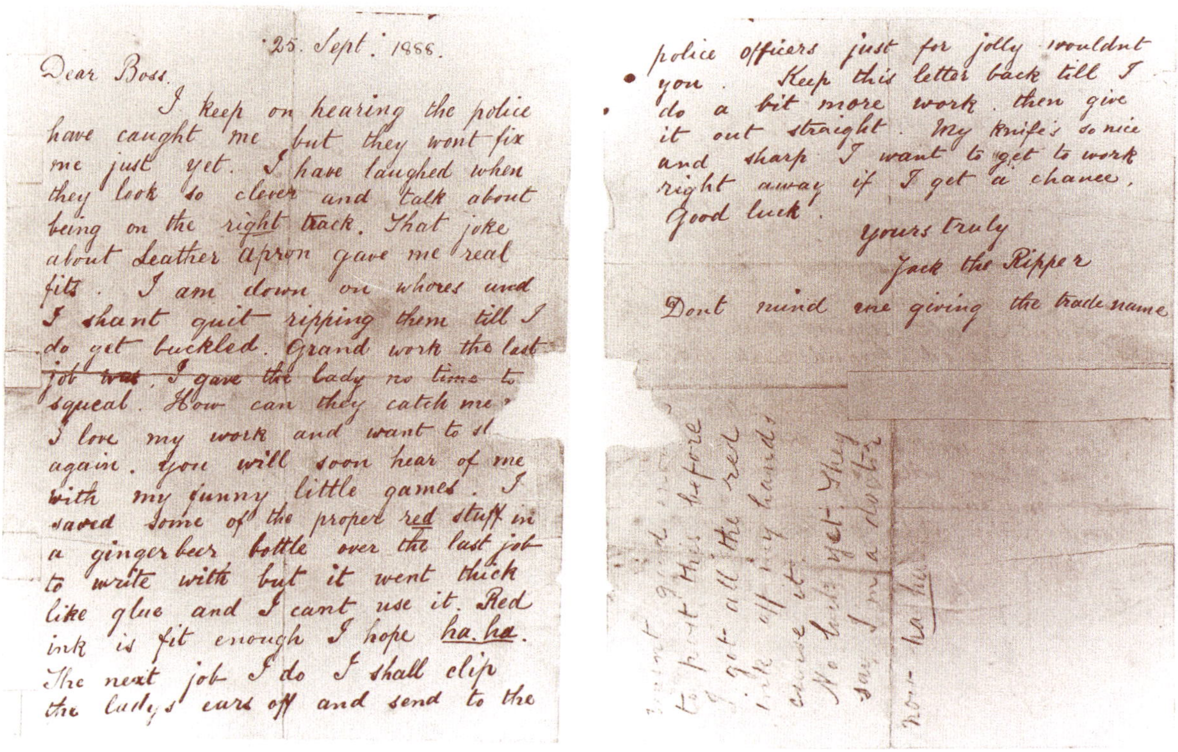

25. Sept. 1888.

Dear Boss,
I keep on hearing the police
have caught me but they wont fix
me just yet. I have laughed when
they look so clever and talk about
being on the right track. That joke
about Leather Apron gave me real
fits. I am down on whores and
I shant quit ripping them till I
do get buckled. Grand work the last
job was. I gave the lady no time to
squeal. How can they catch me
I love my work and want to st
again. You will soon hear of me
with my funny little games. I
saved some of the proper red stuff in
a ginger beer bottle over the last job
to write with but it went thick
like glue and I cant use it. Red
ink is fit enough I hope ha. ha.
The next job I do I shall clip
the ladys ears off and send to the
police officers just for jolly wouldnt
you. Keep this letter back till I
do a bit more work. then give
it out straight. My knife's so nice
and sharp I want to get to work
right away if I get a chance.
Good luck.

Yours truly
Jack the Ripper

Dont mind me giving the trade name

to post this before
I got all the red
ink off my hands
curse it
No luck yet. They
say I'm a doctor
now. ha ha

sollten klären, ob sie von ein und derselben Person geschrieben worden sein konnten. Papier und Tinte wurden analysiert, um herauszufinden, ob ihre Zusammensetzungen für die zu Maybricks Zeiten typisch waren.

Die wissenschaftliche Meinung bleibt zweigeteilt. Analysen der Handschriften durch den früheren Schriftexperten der Polizei von Chicago führten zu dem Schluß, daß sich die Unterschrift auf Maybricks Eheerlaubnis von der auf seinem Testament unterscheidet. Dann gibt es diejenigen, die der Meinung sind, daß das Tagebuch Einzelheiten enthält, die einem Fälscher unbekannt sein müßten, und wieder andere behaupten, daß das Testament gefälscht sei. Diese Möglichkeit war tatsächlich schon zur Zeit von Maybricks Tod erörtert worden, weil durch das Testament seine eigenen Kinder enterbt wurden. Diejenigen, die an die Echtheit des Tagebuchs glauben, argumentieren, daß Maybricks formelle Unterschrift als Schriftprobe für einen objektiven Vergleich nicht ausreicht.

UNTEN Der an die Central News-Agentur geschickte Briefumschlag enthielt einen Brief des Rippers (Hintergrundbild).

Bei dem Papier und der Tinte scheiden sich die Geister ebenfalls. Untersuchungen von Dr. Nicholas Eastaugh, einem renommierten Schriftexperten, deuteten darauf hin, daß die Tinte zu der in Frage kommenden Zeit passen könnte. Eine Analyse des Papiers lieferte keine Spuren neuerer Zusatzstoffe. In seinem Geständnis gab Barrett jedoch an, ein antikes viktorianisches Sammelalbum sowie eine Flasche mit »Viktorianischer Tinte« gekauft zu haben, um seine Fälschung durchzuführen, die er mit Hilfe detaillierter Nachforschungen in Bibliotheken erstellte. Um den Sachverhalt noch verwirrender zu machen, bezog sich ein amerikanischer Schriftexperte auf einen in England durchgeführten Löslichkeitstest der Tinte, aus dem hervorging, daß die Tinte »auf dem Papier noch gar nicht richtig getrocknet« gewesen sei. Derzeit ist unklar, ob das Ripper-Tagebuch nun echt ist oder nicht.

Finger- und Fußabdrücke

OBEN Individuelles Merkmal – eine Fehlfarben-Computergrafik eines menschlichen Fingerabdrucks.

Daß jeder Mensch ein einzigartiges Linien- und Wirbelmuster an den Fingerspitzen besitzt, gehört zu den grundlegenden Erkenntnissen der forensischen Wissenschaft. Dies ermöglicht nicht nur, ein Opfer oder einen Verbrecher zu identifizieren, sondern auch, die Anwesenheit eines Verdächtigen am Tatort nachzuweisen.

Das Prinzip wurde vor 3000 Jahren im alten China entdeckt, wo es üblich war, rechtskräftige Verträge durch die Fingerabdrücke der beteiligten Parteien zu »signieren«. Diese Sitte wurde von den Japanern übernommen. Im 19. Jahrhundert führte der Engländer William Herschel, der im öffentlichen Dienst in Indien arbeitete, ein ähnliches Verfahren ein: Verträge »signierte« man mit dem Abdruck der rechten Hand, die zuvor auf ein mit Tinte getränktes Kissen gedrückt wurde.

Die Technik, Fingerabdrücke zur Identifizierung einzusetzen, wurde von dem Schotten Dr. Henry Faulds, der in einem Krankenhaus in Tokio arbeitete, entwickelt. Er war in einen Fall involviert, bei dem ein Dieb einen Fingerabdruck auf einer weiß getünchten Wand hinterlassen hatte. Als ein Verdächtiger identifiziert worden war, bemerkte Faulds, daß sich die Linienmuster an dessen Fingern deutlich von

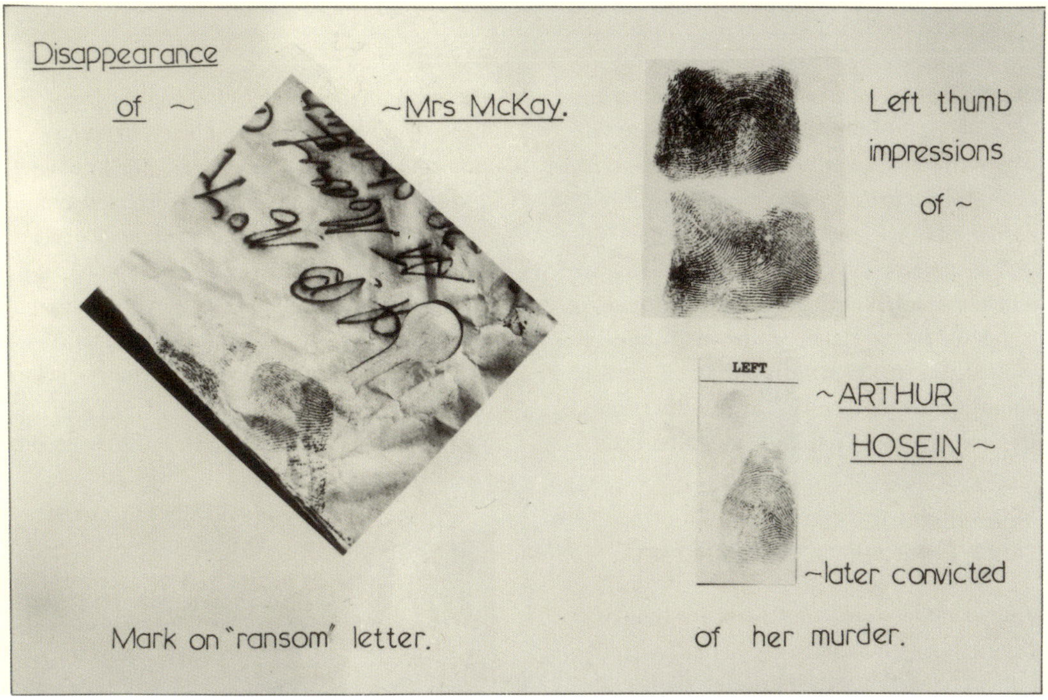

denen auf der weißen Farbe unterschieden. Als die Polizei einen anderen Verdächtigen festnahm, wurden seine Fingerabdrücke genommen und die Muster verglichen – dieses Mal stimmten sie perfekt überein.

Faulds veröffentlichte 1880 seine Schlußfolgerungen und bot sich an, ein Amt für Fingerabdrücke im Londoner Hauptquartier von Scotland Yard einzurichten. Er glaubte, daß man eine praktische Methode entwickeln könnte, mit der sich Kriminelle identifizieren ließen. Zu dieser Zeit schien jedoch die Vermessungslehre von Bertillon (siehe Kapitel 1) die weitere Entwicklung anzuzeigen, so daß Faulds Angebot abgelehnt wurde. Scotland Yard benötigte ein exaktes, zuverlässiges Verfahren zur Klassifizierung von Abdrücken sowie eine praktische Vorführung, daß Fingerabdruckindizien die Identität eines Individuums mit größerer Sicherheit beweisen konnten als Bertillons Methode.

Dank der Arbeiten von Sir Francis Galton in England, Edward Henry in Indien und Juan Vucetich in Argentinien wurde es möglich, Abdrücke zu klassifizieren und zu beschreiben, so daß Übereinstimmungen zuverlässig bestätigt oder verworfen werden konnten. Die Überlegenheit von Fingerabdrücken gegenüber den Ber-

GANZ OBEN Fingerabdrücke von Arthur Hosein, der der Entführung und Ermordung von Mrs. Muriel McKay 1968 in England für schuldig befunden wurde, stimmten mit Abdrücken auf der Lösegeldforderung überein.

MITTE Gerät zum Vergleich von Fingerabdrücken.

UNTEN Abnahme von Fingerabdrücken.

tillonschen Maßaufzeichnungen wurde zu guter Letzt in den USA im Falle des Gefangenen Will West bestätigt. Dieser traf im Gefängnis von Fort Leavenworth in Kansas ein, um seine Strafe abzusitzen. Dort befand sich bereits ein anderer Gefangener mit dem Namen William West, der mit dem ersten Will West in keiner Verbindung stand. Die beiden Männer sahen sich ähnlich, und ihre Daten waren nach dem Bertillon-System identisch. Der einzige Weg für eine zuverlässige Unterscheidung waren ihre Fingerabdrücke.

Klassifizierung von Fingerabdrücken

Fingerabdrücke werden anhand des Linienmusters auf der Hautoberfläche klassifiziert. Die Linien enden, teilen oder kreuzen sich an verschiedenen Punkten der Fingerspitze. Die daraus resultierenden komplizierten Muster sind bei jedem Menschen anders. Die prinzipielle Anordnung der Linien folgt verschiedenen erkennbaren Mustern, anhand derer Abdrücke systematisch klassifiziert werden können, so daß die Suche nach einer Übereinstimmung mit allgemeinen Eigenschaften beginnt und erst dann zu detaillierteren Erkennungsmerkmalen übergeht.

Zwei Drittel der Menschheit haben beispiels-

OBEN Ein Gerät zum Vergleich von Fingerabdrücken, das zwei Abdrücke nebeneinander stark vergrößert abbildet.

LINKS UND UNTEN Fingerabdruck-Klassifizierung nach verschiedenen Arten von Schlaufen und Bögen.

Ulnare Schleife

Zentrale Schleife

Einfacher Wirbel

Doppelte Schleife

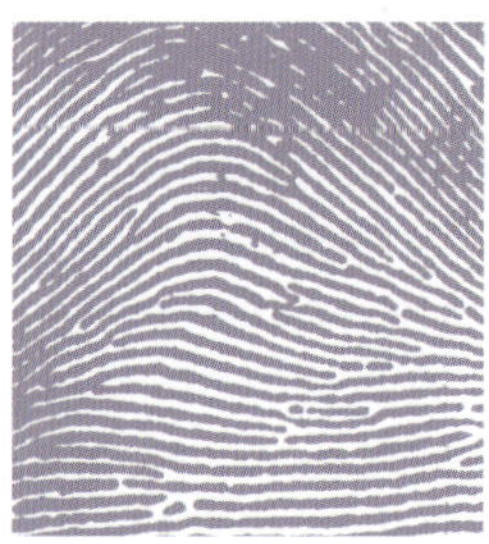

Einfacher Bogen

Gefalteter Bogen

Doppelte Schleife

Zufällig

Gefalteter Bogen

Radiale Schleife

weise Muster, die Schleifen bilden. Sie werden als »ulnar« bezeichnet, wenn die Schleifen sich zur Seite des kleinen Fingers der Hand hin öffnen, und als »radial«, wenn sie sich zum Daumen hin öffnen. Die Mitte der Schleife wird als Kern bezeichnet, und das dreieckige Muster, wo die äußersten schleifenförmigen Linien das waagerechte Linienmuster treffen, das an der Basis der Fingerspitze verläuft, wird »Delta« genannt.

Etwa ein Drittel der Weltbevölkerung besitzt Wirbelmuster, die weiter unterteilt werden können in einfache Wirbel, Doppelschleifen, zentrale Schleifen und zufällige Schleifen. Etwa jeder zwanzigste hat bogenförmige Schleifen, die als einfache Bögen, wenn sie einen weichen, wellenartigen Verlauf haben, oder als gefaltete Bögen bezeichnet werden, wenn sie in der Mitte in einem schärfer definierten Punkt enden.

Henrys System und seine spätere Weiterentwicklung, die vom FBI verwendet wird, unterteilt die möglichen Varianten in 1024 codierte Gruppen, um Suchroutinen zu vereinfachen. Jedem der zehn Fingerabdrücke einer Person wird eine Zahl zugeordnet. Zuerst werden die Abdrücke in zwei Zeilen in der folgenden Reihenfolge angeordnet:

Rechter Zeigefinger – Rechter Ringfinger – Linker Daumen – Linker Mittelfinger – Linker kleiner Finger.

Rechter Daumen – Rechter Mittelfinger – Rechter kleiner Finger – Linker Zeigefinger – Linker Ringfinger.

Jedem Fingerabdruck wird dann entsprechend dem Muster auf dem Abdruck und dem betreffenden Finger ein Wert zugeordnet. Weist einer der Finger am Anfang der Zeile (der rechte Zeigefinger oder der rechte Daumen) ein Wirbelmuster auf, so wird der Wert 16 zugeordnet. Hat ein Finger der zweiten Spalte (rechter Ringfinger oder rechter Mittelfinger) einen Wirbel, so bekommt er den Wert 8. Das dritte, das vierte und das fünfte Paar erhalten dementsprechend den Wert 4, 2 oder 1, wenn sich bei ihnen Wirbel finden. Jedem Finger, der kein Wirbelmuster aufweist, wird eine Null zugeordnet.

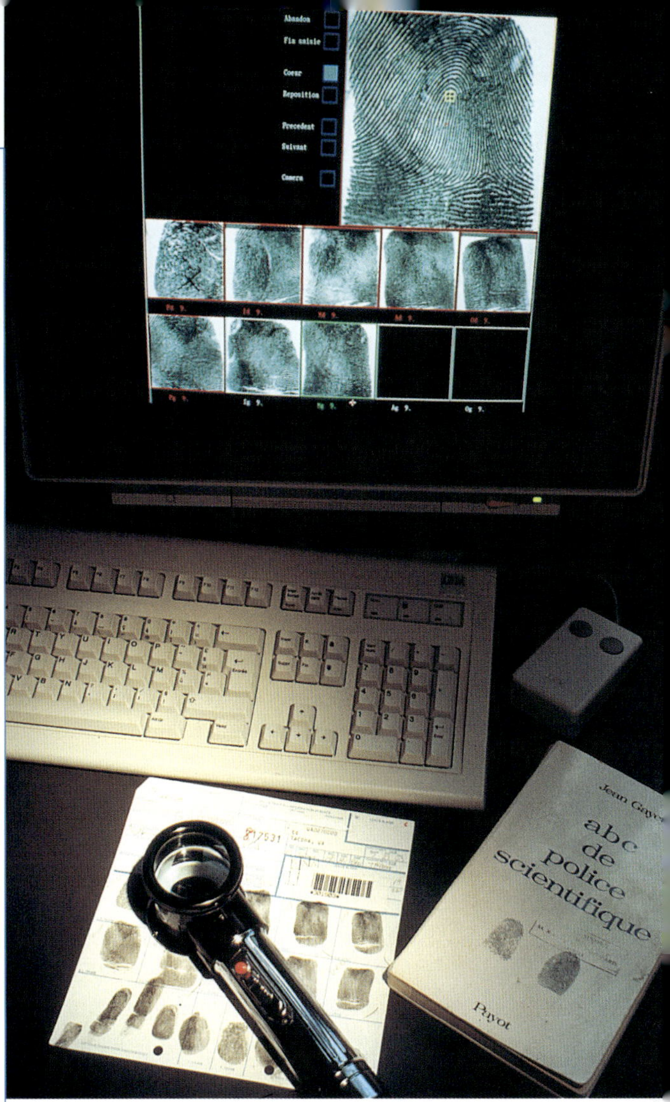

OBEN Der Handdigitalisierer unten im Bild wird zur Übertragung alter Papierkopien der Fingerabdrücke von Verbrechern in computerlesbare Daten verwendet.

Die Werte in jeder Zeile werden dann addiert und eins dazu addiert, wenn nicht alle Finger der Zeile Wirbel aufweisen. Das Ergebnis wird als Bruch geschrieben, beispielsweise 14/8 oder 16/9, eine zur Klassifizierung einsetzbare Zahl, die als Ausgangspunkt jeder Suche nach Übereinstimmungen dient.

Diese Art der Mustererkennung ist ideal für Computer, die Fingerabdrücke einlesen und als digitales Muster speichern können, wobei Typ und Fundort des Fingerabdrucks berücksichtigt wird. Dieses Fingerabdruck-Identifizierungssystem (A. F. I. S.) kann eine Datenbank von hunderttausenden digitalisierten Abdrük-

OBEN Eine starke Lampe für langwelliges Infrarotlicht – unverzichtbar für die Ermittlungen am Tatort.

ken in weniger als einer Sekunde auf Übereinstimmungen prüfen und bietet eine Reihe von ähnlichen Fingerabdrücken für die abschließende Durchsicht an.

Computergestützte Speichersysteme erlauben auch, auf hochauflösenden Monitoren Bilder von Fingerabdrücken zu vergleichen, und können qualitativ minderwertige oder verwischte Abdrücke verbessern, um ein scharfes Bild zu erhalten. Außerdem können Daten mit anderen A. F. I. S.-Systemen ausgetauscht und Fingerabdrücke für den Vergleich mit andernorts gefundenen Abdrücken in die ganze Welt verschickt werden.

Auffindung und Aufzeichnung von Fingerabdrücken

Die an Tatorten gesuchten Fingerabdrücke werden in drei Kategorien eingeteilt: sichtbar, plastisch und latent. Sichtbare Abdrücke sind am leichtesten zu erkennen und stammen von Fingern, die z. B. mit feuchten Farben, Tinte oder Blut in Berührung kamen. Plastische Abdrücke stammen von Fingern, die mit Materialien wie Seife, Wachs oder Kitt in Berührung kamen. Diese haben das Linienmuster der Fingerspitzen »gespeichert«. Latente Abdrücke, der am häufigsten anzutreffende Typ, sind am schwersten zu erkennen und müssen vor der Untersuchung sichtbar gemacht werden.

Latente Fingerabdrücke entstehen, wenn natürliche Öle und Schweiß zwischen den Linien auf den Fingerspitzen durch Berührung auf eine Oberfläche übertragen werden. Die Methode, solch winzige Spuren sichtbar zu machen, hängt von der Art der jeweiligen Oberfläche ab. Harte, nicht saugfähige Untergründe wie Glas, gestrichenes Holz, Fliesen oder Metall werden in der Regel mit einem feinen Pulver bestäubt, das an den Öl- und Schweißspuren des Fingerabdrucks haften bleibt. Das Pulver ist in verschiedenen Farben erhältlich, so daß die Ermittler eine auswählen können, die den stärksten Kontrast zu der untersuchten Oberfläche liefert. Feines Kohlepulver wird zur Entwicklung latenter Abdrücke auf hellen Oberflächen verwendet, während Aluminiumpulver Abdrücke auf dunklen Oberflächen sichtbar macht. Fluoreszierende Pulver werden nach dem Auftrag unter ultraviolettem Licht fotografiert, so daß sich ein Abdruck selbst vor den intensivst gefärbten oder gemusterten Hintergründen noch hervorhebt.

LINKS UND OBEN Eine Ultraviolettlampe läßt Fingerabdrücke auf intensiv farbigen oder gemusterten Oberflächen nach Bestäuben mit Fluroeszenzpulver hervortreten.

OBEN Magnetisches Pulver wird für die Erkennung latenter Fingerabdrücke aufgetragen.

Auf weichen und porösen Oberflächen wie Stoff oder Papier erhält man Fingerabdrücke mit Hilfe chemischer Methoden. Die älteste ist die Bedampfung mit Jod. Der Gegenstand wird in eine geschlossene Kammer gestellt, in der sich Jodkristalle befinden. Der von den Kristallen abgegebene Joddampf reagiert mit den Spuren des Abdrucks und hinterläßt ein sichtbares Muster.

Bei einer anderen chemischen Methode wird ein Ninhydrinspray eingesetzt, das mit Spuren von Aminosäuren im Schweiß eine purpur-blaue Farbreaktion zeigt. In einem anderen Testverfahren reagiert Silbernitrat mit dem im Schweiß enthaltenen Salz und bildet Silberchlorid, das unter ultraviolettem Licht sichtbar wird.

Eine neuere Methode, bei der Sekundenkleber verdampft wird, beruht auf Cyanacrylaten, den Aktivkomponenten dieser sehr starken, schnellwirkenden Klebstoffe. Dabei wird der Gegenstand in einer Kammer den Dämpfen ausgesetzt. Bei kleineren Räumen wie dem Inneren eines Autos kann der gesamte Raum mit Dämpfen angefüllt werden, um die latenten Fingerabdrücke sichtbar zu machen. Es gibt auch tragbare Geräte, die eine kleine Patrone mit einer Mischung aus der Aktivkomponente und einem Fluoreszenzfarbstoff erwärmen. Mit ihrer Hilfe kann eine verdächtige Fläche überprüft werden, egal, ob sie porös ist oder nicht.

Eine der neuesten Techniken, mit der latente Fingerabdrücke sichtbar gemacht werden können, arbeitet mit Laserlicht. Dabei werden die im menschlichen Schweiß enthaltenen Substanzen zur Fluoreszenz angeregt, die im Dun-

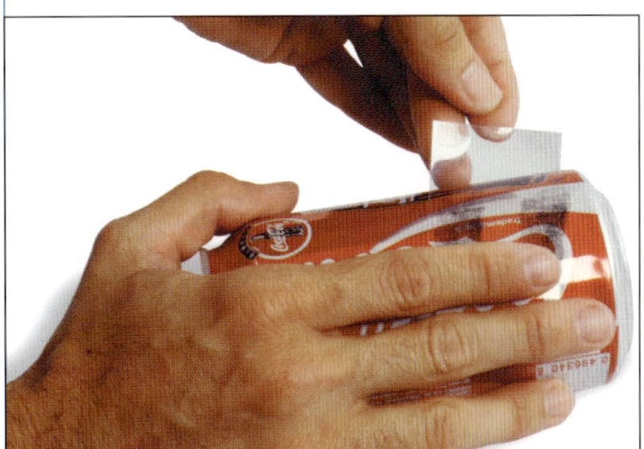

OBEN Ein Glasfaserpinsel für latente Fingerabdrücke und ein Klebeband zum Abheben latenter Fingerabdrücke.

keln erkannt werden kann. Dieser Effekt läßt sich mit Chemikalien noch verstärken. Verschiedene Lasertypen sowie andere intensive Lichtquellen wie Quarz- oder Xenonbogenlampen können an den meisten Orten relativ problemlos eingesetzt werden. In allen Fällen werden die Abdrücke entweder abfotografiert oder mit feinem Pulver bestreut und durch ein Klebeband abgenommen.

Fingerabdrücke von Leichen

Die Abnahme von Fingerabdrücken bei der Autopsie ist mittlerweise Routine. Sie erfolgt, nachdem alle anderen möglichen Spuren von Fingern und Fingernägeln entfernt worden sind. Liegt der Tod des Opfers schon einige Zeit zurück, müssen Rekonstruktionsmaßnahmen angewendet werden, um klar erkennbare Abdrücke zu erhalten.

Meist werden Fingerabdrücke von Leichen genommen, wenn die Leichenstarre vorbei ist und der Tote zuvor in einem Kühlraum gelegen hat. Stark verwesten Leichen muß man manchmal einzelne Finger oder gar die ganze Hand abtrennen, um Fingerabdrücke nehmen zu können. Bei mumifizierten Leichen müssen die Fingerspitzen manchmal zuerst durch mehrwöchiges Eintauchen in Glykol, Milchsäure und destilliertes Wasser aufgeweicht werden.

Die schwierigsten Fälle sind diejenigen, bei denen die Haut durch Nebel oder Eintauchen in Wasser aufgeweicht wurde. Manchmal wird dann flüssiges Wachs oder Glyzerin vom Handgelenk her in die Fingerspitzen gespritzt. Sind die Gewebeschäden weiter fortgeschritten, wird zur Abnahme der Fingerabdrücke die Haut von der Hand abgezogen und auf einen OP-Handschuh aufgebracht. In einem Fall in Australien im Jahr 1933 wurde die nicht identifizierte Leiche eines Mordopfers im Murrumbidgee River gefunden, deren eine Hand fehlte und deren andere stark verstümmelt war. Nach Entdeckung der äußeren Haut der fehlenden rechten Hand am Flußufer konnte anhand dieser Technik das Opfer als der Landstreicher

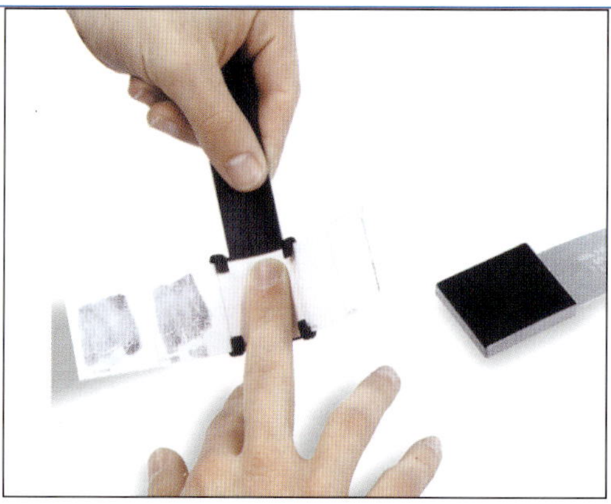

OBEN Gerät zur Abnahme von Fingerabdrücken bei Leichen.

UNTEN Hilfsmittel zur Abnahme der Fingerabdrücke von Leichen.

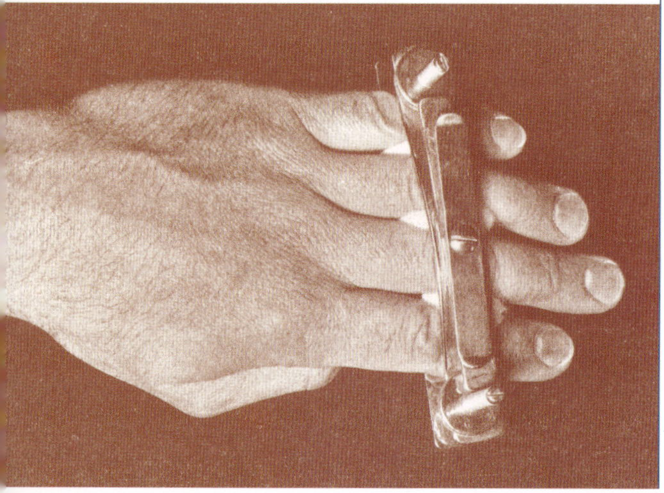

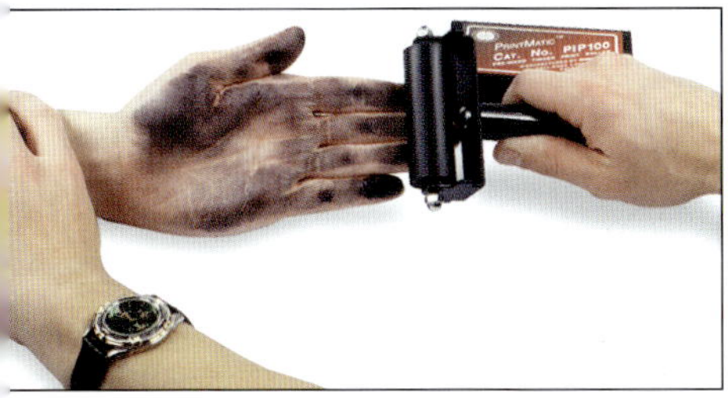

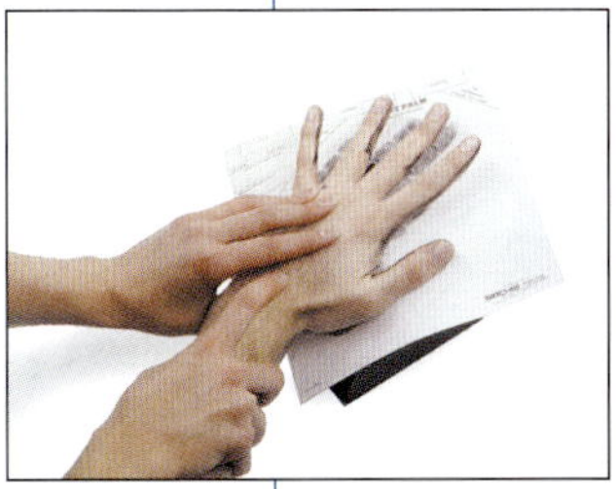

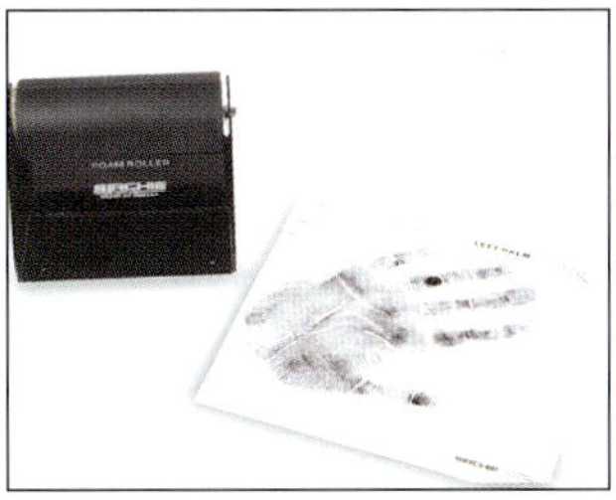

OBEN Die Handfläche eines Verdächtigen wird mit Tinte benetzt (links), auf der Registrierkarte abgerollt (Mitte) und liefert einen detaillierten Handabdruck (rechts).

Percy Smith identifiziert und sein Mörder überführt werden.

Weitere Identifizierungsmöglichkeiten

Die Linienmuster auf Handflächen und Fußsohlen sind ebenfalls einzigartige Merkmale, werden aber in der Regel nicht registriert. Findet man jedoch den Abdruck eines nackten Fußes oder einer Handfläche am Tatort, können potentielle Verdächtige ausgeschlossen werden, wenn ihre Abdrücke nicht übereinstimmen. In einigen Ländern werden die Fußabdrücke von Neugeborenen als Nachweis ihrer Identität in Säuglingsstationen genutzt, weil ihre Fingerabdrücke zu klein sind.

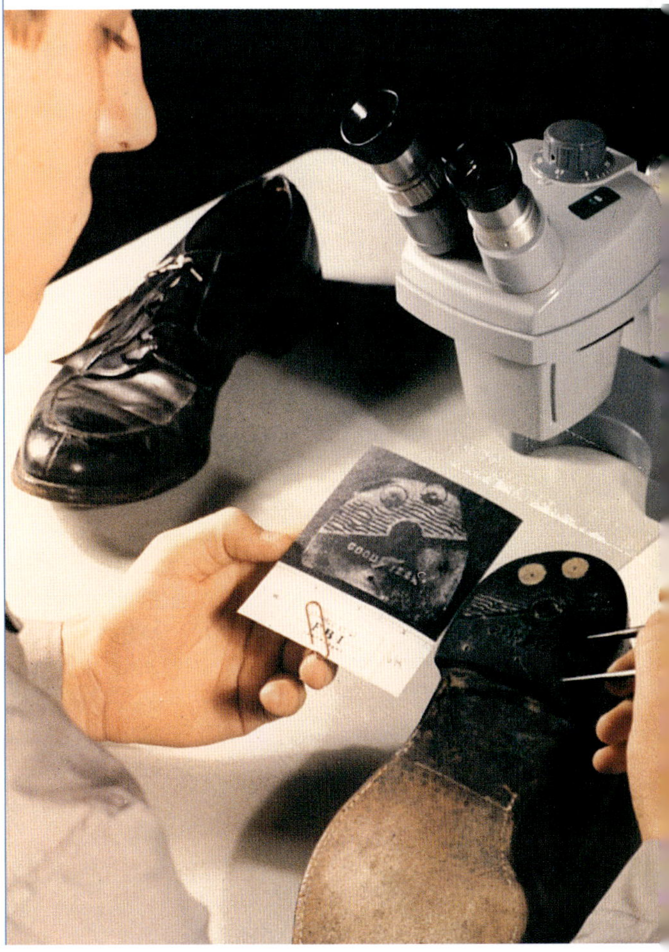

OBEN Der vollständige Abdruck eines Turnschuhs mit individuellen Feinheiten des Musters.

RECHTS Vergleich der Fotografie eines Absatzabdrucks vom Tatort mit dem Schuh des Verdächtigen.

Thomas Jennings

Die Familie Hiller lebte in der 104. Straße im Westen Chicagos. In den Morgenstunden des 19. September 1910 weckte Mrs. Hiller ihren Mann, weil die Gaslampe vor dem Schlafzimmer ihrer Tochter nicht richtig brannte. Er stand auf und stieß im Treppenhaus auf einen Fremden. Hiller stellte den Eindringling zur Rede, die beiden kämpften und fielen dabei die Treppe hinab. Der Eindringling schoß zweimal und floh. Clarence Hiller blieb sterbend am Boden liegen.

Als die Polizei eintraf, war bereits ein Verdächtiger weniger als eine Meile vom Tatort entfernt verhaftet worden. Vier Polizisten außer Dienst hatten einen Mann beobachtet, der sich im Laufen ständig umsah, als würde er verfolgt. Als sie ihn anhielten und durchsuchten, fanden sie einen geladenen Revolver. Sein Name war Thomas Jennings. Blutflecken auf seiner Kleidung stammten seinen Angaben nach von einem Sturz aus einer Straßenbahn.

Die Polizei fand drei unbenutzte Patronen neben Mr. Hillers Leiche sowie Spuren von Sand und Kies am Fußende des Betts der Tochter, die sich jedoch als weniger hilfreich erwiesen als die in der Küche gefundenen Fingerabdrücke. Am Tag vor dem Mord hatte Clarence Hiller einige Geländer in der Nähe des Fensters, durch das der Mörder sich Zutritt verschafft hatte, gestrichen. Die Farbe war immer noch feucht, und es waren vier Fingerabdrücke der linken Hand des Eindringlings zu sehen.

Als Jennings' Abdrücke mit denen vom Haus der Hillers verglichen wurden, ergab sich eine perfekte Übereinstimmung. Der Verdacht gegen ihn erhärtete sich noch dadurch, daß die in Hillers Leichnam gefundenen Geschosse mit aus Jennings' Waffe abgefeuerten Probegeschossen übereinstimmten. Er wurde des Mordes für schuldig befunden und zum Tode verurteilt. Seine Anwälte legten Berufung gegen das Urteil ein, weil Fingerabdruckbeweise vor Gericht nicht zulässig seien, doch das Urteil wurde im Berufungsverfahren bestätigt. Jennings war der erste Verbrecher in den USA, der anhand von Fingerabdrücken überführt und verurteilt wurde.

HINTERGRUND Thomas Jennings, dessen am Tatort gefundene Fingerabdrücke zu seiner Verurteilung als Mörder führten.

Der Hai mit dem Arm

Am 25. April 1935 schien ein Tigerhai im Coogee Beach-Aquarium in Sydney einen heftigen Anfall zu erleiden, da er sich vorwärts und rückwärts durchs Wasser warf. Schließlich trat die Ursache seines Unwohlseins zu Tage, als er das, was ihn quälte, herauswürgte – den Arm eines Menschen.

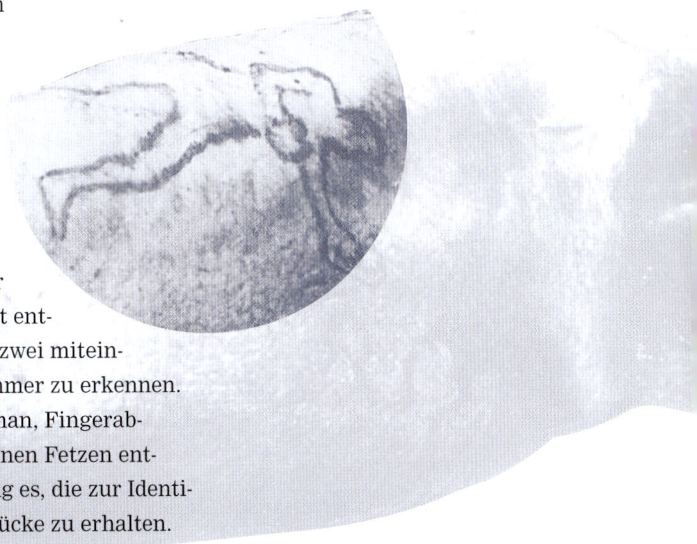

Forensische Experten befanden den Arm für muskulös und durch regelmäßiges Training gut entwickelt. Eine ungewöhnliche Tätowierung, die zwei miteinander kämpfende Boxer darstellte, war noch immer zu erkennen. Obwohl die Haut sehr brüchig war, versuchte man, Fingerabdrücke zu nehmen. Indem man die Haut in kleinen Fetzen entfernte und diese wieder zusammensetzte, gelang es, die zur Identifizierung der Leiche erforderlichen Fingerabdrücke zu erhalten.

Der Arm wurde als der eines gewissen James Smith identifiziert, einem ehemaligen Boxer mit Verbindungen zur Unterwelt, der am 8. April desselben Jahres aus seinem Haus verschwunden war. Seiner Frau hatte er gesagt, er habe zusammen mit seinem Freund Patrick Brady ein Wochenendhaus für einen Angelurlaub gemietet. Brady, der in Drogengeschäfte verwickelt war, wurde verhaftet. Er wies jede Verantwortung für Smiths Tod von sich und belastete den Bootsbauer Reginald Holmes.

OBEN Der Arm von James Smith, ausgewürgt von einem gefangenen Tigerhai im Aquarium von Sydney, mit einer Tätowierung, die einen Boxer zeigt.

Eine genauere Untersuchung des Arms ergab, daß er nicht durch die Zähne des Hais von Smiths Körper abgebissen, sondern mit einem scharfen Messer abgehackt worden war. Dies mußte einige Zeit nach Smiths Tod passiert sein. In der gemieteten Hütte überprüfte die Polizei das Inventar und stellte fest, daß ein Schrankkoffer, ein Stück Seil, eine Matratze und drei Matten fehlten. Der Verdacht lag nahe, daß Smith in der Hütte getötet und sein Körper dort zerstückelt worden war. Ferner ging man davon aus, daß die meisten Leichenteile in den Koffer gestopft worden waren. Man fand heraus, daß die übrigen Leichenteile, darunter der Arm, an die Außenseite des Koffers gebunden worden waren, bevor der Koffer versenkt wurde.

OBEN Der Mörder von James Smith (rechts) wurde nie gefaßt.

Trotz all dieser vielversprechenden Hinweise wurde der Mörder nie gefaßt. Holmes behauptete, Brady sei der Mörder, wurde jedoch selbst ermordet, bevor er dies bezeugen konnte. Brady blieb der Hauptverdächtige, war aber zur Zeit von Holmes' Tod in Haft. Obwohl sowohl Motiv als auch Täter nach wie vor unbekannt sind, sicherte die ungewöhnliche Folge von Ereignissen, die zur Identifizierung des Opfers führten, diesem Fall einen einzigartigen Platz in der Geschichte der forensischen Wissenschaft.

Peter Griffiths

UNTEN Peter Griffiths.

Die dreijährige June Anne Devaney war 1948 Patientin in der Kinderstation des Queen's Park-Krankenhauses in Blackburn. Sie erholte sich von einer Lungenentzündung. In den Morgenstunden des 15. Mai wurde das Kind entführt. Keine zwei Stunden, nachdem man Alarm geschlagen hatte, fand man ihren schrecklich zugerichteten Leichnam auf dem Gelände des Krankenhauses. Sie war vergewaltigt worden. Außer Zahnspuren auf ihrer Haut fand man keine weiteren Hinweise auf den Mörder.

Die Polizei konzentrierte sich auf die Station, von der sie entführt worden war. Sie untersuchte jeden Fußabdruck auf dem polierten Fußboden und entdeckte Abdrücke von Füßen in Strümpfen, die nicht von den Krankenschwestern stammen konnten. Die Spuren führten zu einem Wagen am Ende des Raums, von dem eine Flasche mit sterilisiertem Wasser genommen worden war, und von dort zum Bett des Kindes. Die Polizei überprüfte alle Abdrücke auf der Flasche und fand außer denen der Mitarbeiter einen Satz Fingerabdrücke des Mörders.

Die Stelle, an der die Leiche des Kindes zurückgelassen worden war, ließ die Polizei vermuten, daß der Täter mit den Örtlichkeiten vertraut gewesen sein mußte. Von allen Männern des gesamten Stadtgebiets, die älter als 16 Jahre waren, insgesamt über 46.000, wurden Fingerabdrücke genommen. Fast acht Wochen später, nach Beendigung der Aktion, hatte man immer noch keine Übereinstimmung entdeckt.

Zu dieser Zeit gab es in England noch immer einige Rationierungsmaßnahmen aus Kriegszeiten, weshalb Erwachsenen Rationierungsbücher zugeteilt wurden. Die Wahlregister, die für die Massenerfassung der Fingerabdrücke verwendet worden waren, wurden mit den Registern für die Empfänger der Rationierungsbücher verglichen. Die Polizei war überrascht, daß sich im zweiten Register Angaben zu über 200 Männern fanden, die in der ersten Liste nicht genannt waren. Die Überprüfung wurde fortgesetzt, und am 11. August entdeckte die Polizei, daß die Abdrücke

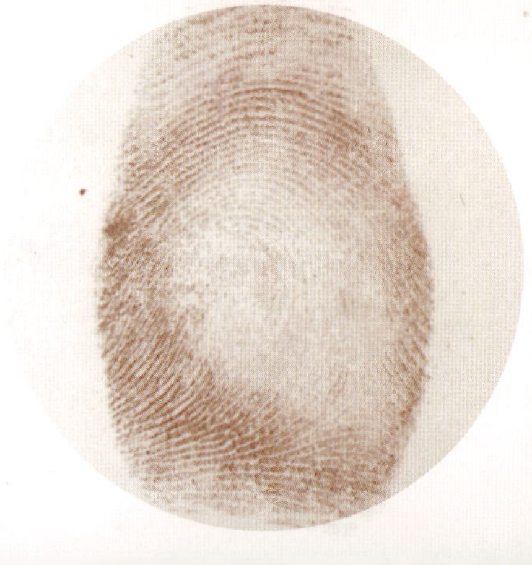

HINTERGRUND Ein Fingerabdruck aus der Massenerfassung.

LINKS Eingang der Station des Krankenhauses, aus der June Anne Devaney entführt wurde.

RECHTS Fingerabdrücke auf einer Glasflasche, die durch Bestäuben mit einem feinen Pulver sichtbar gemacht wurden.

UNTEN Eine Polizistin im Hauptquartier der Kriminalpolizei in Blackburn gibt einem Polizisten in Zivil eine Fingerabdruckkarte.

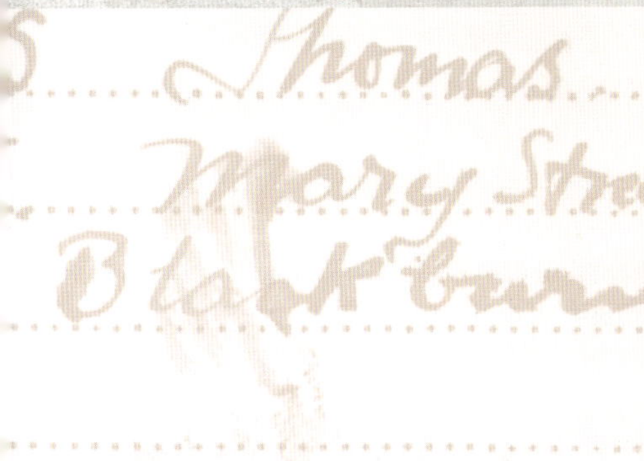

der Person mit der Nummer 46253, der 22jährige Arbeiter Peter Griffiths, eine perfekte Übereinstimmung lieferten.

Peter Griffiths wurde durch die weltweit erste Massenerfassung von Fingerabdrücken identifiziert. Andere Indizien, die ihn mit dem schrecklichen Mord in Verbindung brachten, erhielt man durch Vergleiche von Fasern und den Abdruck seiner Füße in Strümpfen. Zwar bestritt er anfänglich jede Beteiligung, gestand aber schließlich, wurde vor Gericht für schuldig befunden und im November 1948 gehängt.

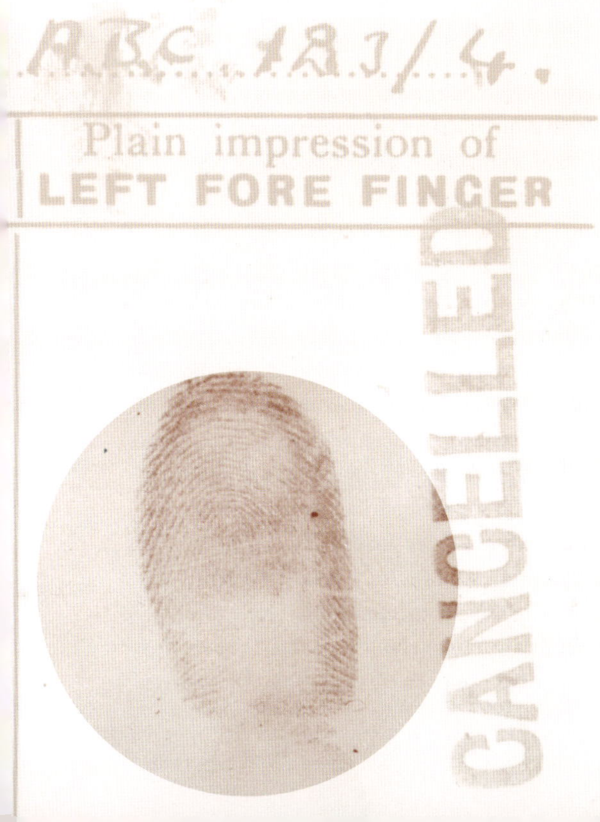

Ted Bundy

OBEN, VON LINKS NACH RECHTS Drei vermutliche Opfer von Bundy: Laura Aime, Debbie Kent und Melissa Smith, die alle 1974 in Utah verschwanden.

UNTEN Ted Bundy erscheint in Handschellen im Gerichtssaal.

Der Serienmörder Theodore »Ted« Bundy tötete über vierzig junge Frauen in einer fast ein Jahrzehnt währenden Mordserie. Die Morde begannen 1969 in Kalifornien und setzten sich in Oregon, Washington, Utah und Colorado fort. Die Mordopfer ähnelten sich alle in bestimmten körperlichen Eigenschaften, und als die verschiedenen Polizeieinheiten Notizen über Verdächtige verglichen, war Bundys Name ein weiteres immer wiederkehrendes Charakteristikum. Man konnte aber nicht mehr beweisen, als daß er jedesmal in der Nähe der Tatorte gewesen war.

Bundy machte seinen ersten Fehler im November 1974 in Salt Lake City, als er versuchte, die 18jährige Carol DaRonch zu entführen, indem er sich als Zivilbeamter der Polizei ausgab. Sie stieg in sein Auto, konnte sich jedoch befreien und flüchten, als er Handschellen hervorzog und sie mit einer Brechstange angriff. Sie zeigte den Vorfall an, aber es dauerte bis zum August des folgenden Jahres, als einem Polizist aus Salt Lake City der Fahrer eines Volkswagens auffiel und er ihn anhielt. Im Fahrzeug wurden eine Brechstange und Handschellen gefunden, die an die versuchte Entführung von Carol DaRonch erinnerten. Sie identifizierte Bundy, worauf er zu fünfzehn Jahren Haft verurteilt wurde.

Leider konnte er während der Überführung nach Colorado, wo er im Juni 1977 wegen eines Mordes angeklagt werden sollte, fliehen. Er wurde acht Tage später wieder gefaßt, aber nach sechs Monaten gelang ihm erneut die Flucht. Im Januar 1978 überfiel er vier Frauen im Haus der Chi Omega-Studentinnenvereinigung der Florida State University in Tallahassee. Zwei der Frauen wurden getötet, die beiden anderen schwer verletzt. Eineinhalb Stun-

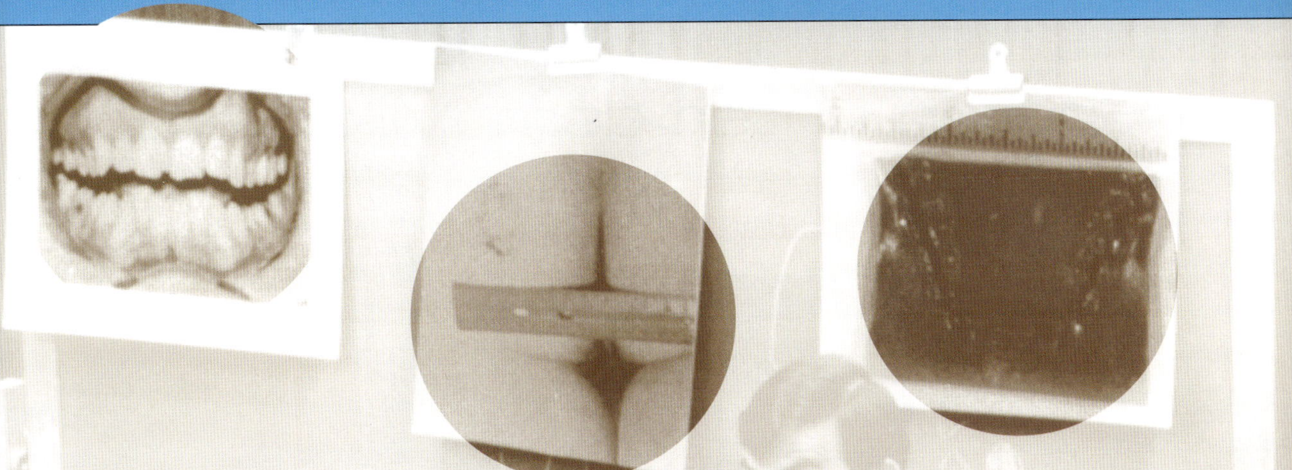

den später griff er eine andere Frau auf demselben Campus an. Sie überlebte und konnte eine Beschreibung des Täters liefern.

Bundy wurde schließlich in Pensacola gefaßt und wegen der Morde in Florida vor Gericht gestellt. Das entscheidende Indiz war eine Bißspur an einem der Opfer, die bei der Autopsie fotografiert und vermessen worden war. Bundy wurde zur Erstellung eines Gebißabdrucks gezwungen. Aufgrund von Besonderheiten der Anordnung seiner Zähne im Kiefer, die exakt mit den Verwundungen übereinstimmten, waren die Geschworenen davon überzeugt, daß es sich bei ihm um den Mörder handelte. Nachdem er der Morde an den Studentinnen der Florida State University für schuldig befunden und zum Tode verurteilt worden war, deutete er an, daß er für insgesamt zwischen vierzig und fünfzig Morde verantwortlich sein könnte. Er wurde schließlich 1989 hingerichtet.

OBEN Fotos von Bundys Zähnen, die mit den Bißspuren am Gesäß eines der Opfer, Lisa Levy, in Verbindung gebracht werden konnten.

HINTERGRUND Dr. Lowell Levine, Chefberater für forensische Zahnkunde des New York City Medical Examiner, erläutert vor Gericht die individuellen Merkmale von Bundys Zähnen.

UNTEN Der Zahnarzt Dr. Richard Souviron zeigt den Geschworenen das Gebiß des Angeklagten und die Bißspuren.

Spuren unter dem Mikroskop

OBEN Markierte Spuren auf der Straße, wo das Mordopfer James Byrd 1998 in Texas geschleift wurde.

Eine der grundlegenden Annahmen der forensischen Wissenschaft ist die, daß eine Person am Tatort auf verschiedene Weise Spuren hinterläßt. Diese Spuren, die einen Verdächtigen mit dem Tatort oder der Tat in Verbindung bringen, können sich sowohl am Tatort als auch am Verdächtigen finden. Haare, Fasern, Staub- oder Erdpartikel, Pflanzenreste, Farbsplitter und andere mikroskopisch kleine Indizien können dabei helfen, selbst äußerst bedachtsam vorgehende Kriminelle zu überführen.

OBEN Untersuchung von Indizien mit einem Mikroskop.

Farbproben

In einigen Fällen können Farbsplitter aufgrund ihrer Form und Farbe mit den Oberflächen, von denen sie stammen, in Übereinstimmung gebracht werden. In anderen Fällen müssen die chemischen Inhaltsstoffe und andere genau meßbare Eigenschaften ermittelt werden, um ihre Übereinstimmung mit einer bestimmten Quelle zu beweisen.

Farbproben sind besonders bei Fällen mit Beteiligung von Fahrzeugen von Bedeutung. Forensische Labors besitzen umfangreiche Datenbanken über die exakten Lackzusammensetzungen und Farbnuancen, die von den größeren Autoproduzenten verwendet werden. Die Lackierung der Oberfläche eines Autos wird meist in mehreren Schichten aufgebaut, angefangen von der Grundierung bis hin zu den äußeren Deckschichten und Klarlackierungen. Einen Vergleich von Farben ermöglicht das Mikroskop. Die enthaltenen Polymerbinder können durch Pyrolysegaschromatographie aufgeschlossen und analysiert werden, wobei die Farbsplitter erhitzt werden, um ihre Inhaltsstoffe gasförmig abzugeben. Damit erhält man

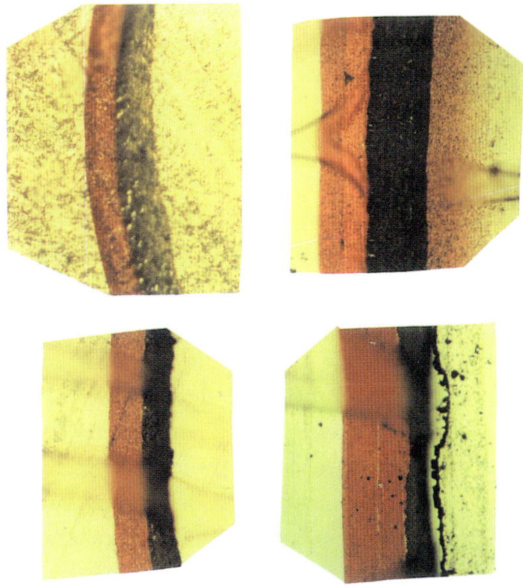

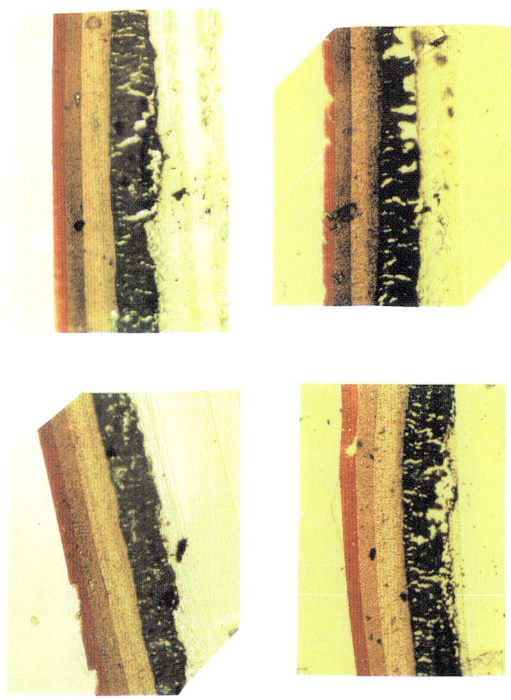

OBERE VIER Schnitte verschiedener Proben roter Autolackierungen und der darunterliegenden Schichten.

UNTERE VIER Schnitte durch rote Haushaltsfarben.

GANZ OBEN LINKS Kenneth Erskine, der anhand von Haarproben mit einem Tatort in Verbindung gebracht werden konnte.

eine Art »Fingerabdruck« jeder Schicht, die Vergleichsmöglichkeiten mit anderen Proben bietet.

Haare

An einem Tatort gefundene Haare können vom Täter, vom Opfer oder einem Tier stammen, das einem der beiden gehört. In jedem Fall sind sie nützliche Beweise, weil sie ihre Struktur lange Zeit beibehalten. Die stabile äußere Schicht, die *Cuticula*, ist zum Teil für diese Widerstandsfähigkeit gegen Zersetzung verantwortlich. Sie ist aus sich überlappenden Zellen aufgebaut.

Im Inneren des Haares liegt die *Cortex*, eine regelmäßige lineare Anordnung von Zellen. Diese enthält die Pigmentpartikel, die dem Haar seine charakteristische Farbe verleihen. Die Form und Verteilung dieser Partikel sowie ihre exakte Farbe können zur Identifizierung der Haare von Individuen herangezogen werden.

Im Inneren der *Cortex* gibt es meist, aber nicht in allen Fällen, eine weitere Zellschicht, die *Medulla*. Sie ist selten durchgängig. Sowohl bei menschlichen als auch bei tierischen Haaren kann sie unterbrochen sein und in Form und Aussehen variieren.

Allerdings gibt es oft signifikante Abweichungen in der Struktur verschiedener Haare von ein und derselben Person, besonders wenn sie von unterschiedlichen Körperregionen stammen. Daher werden möglichst viele verschiedenartige Vergleichsproben genommen. Allgemein weisen Haupthaare und solche von Augenbrauen und Wimpern einen kreisförmigen Querschnitt auf, obwohl letztere sich stärker verjüngende Spitzen besitzen. Barthaare haben meist einen dreieckigen Querschnitt, die aus den Achselhöhlen einen ovalen.

Rassenunterschiede werden manchmal allein aufgrund von Untersuchungen der Haare erkannt. Personen mongolischer Herkunft z.B. haben eher eine durchgängige *Medulla*, wohin-

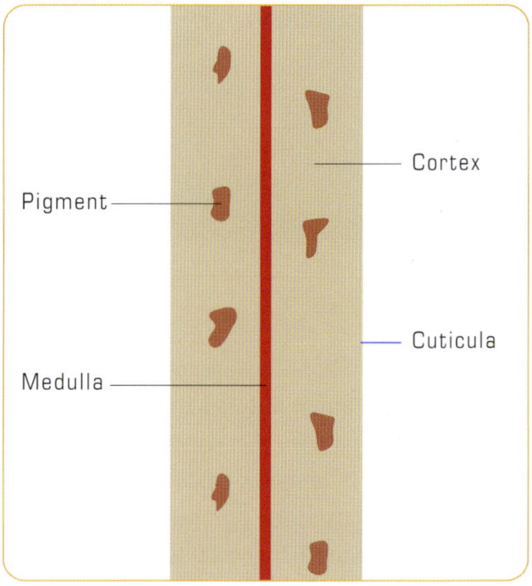

OBEN Die verschiedenen Bestandteile eines menschlichen Haares.

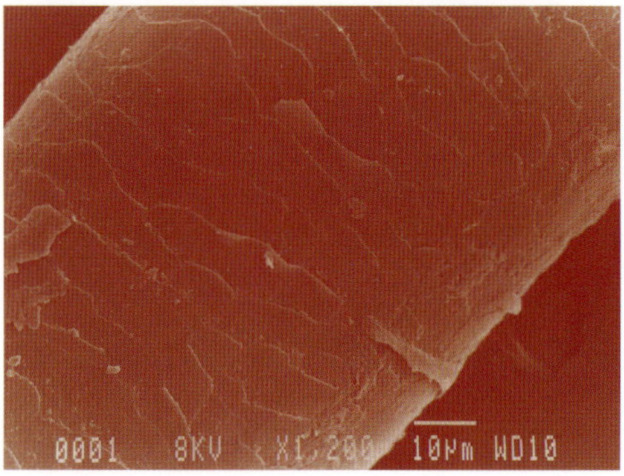

OBEN Fotomikrografie eines menschlichen Haares in 1200facher Vergrößerung.

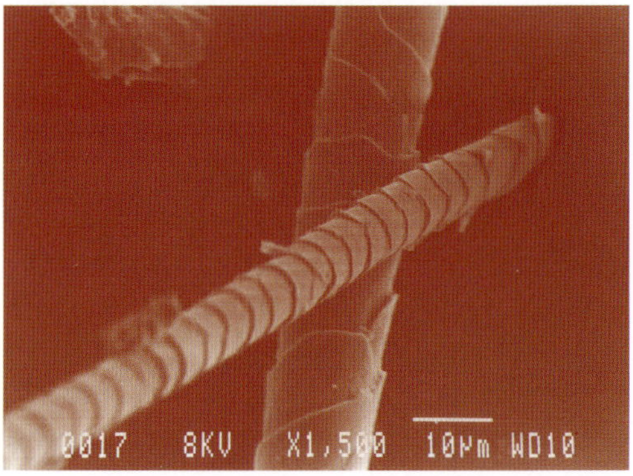

OBEN Fotomikrografie eines Katzenhaares: Das Katzenhaar ist eindeutig dünner und hat ein anderes Muster der überlappenden Schuppen als das menschliche Haar (links).

gegen die Pigmentpartikel afrokaribischer Haare dichter und ungleichmäßiger verteilt sind als bei Haaren von weißen Personen.

Unter dem Mikroskop kann man herausfinden, ob ein Haar künstlich gebleicht oder gefärbt wurde. Je nachdem, wo die Bleich- bzw. Färbezone relativ zur Haarwurzel endet, kann man abschätzen, wann die letzte Haarfärbung bzw. -bleiche durchgeführt wurde.

Haare können auch manchmal Gifte im Körper der Person, von der sie stammen, offenbaren. In Fällen von Drogenmißbrauch oder Arsenvergiftung liefert die Zone des Haares, wo entsprechende Spuren gefunden werden, Hinweise auf den Zeitpunkt der Verabreichung.

Weitere Informationen kann die Neutronenaktivierungsanalyse liefern, die gegen Ende der 50er Jahre eingeführt wurde. Dabei wird eine Haarprobe in einem Kernreaktor mit Neutronen beschossen. Die Neutronen stoßen mit den Atomen der verschiedenen Spurenelemente zusammen und überführen sie in radioaktive Isotope. Durch Messung der verursachten Gammastrahlung lassen sich auch geringste Mengen von Bestandteilen in der Probe bestimmen. Die Neutronenaktivierungsanalyse kann ein milliardstel Gramm vierzehn verschiedener Elemente in einem einzelnen Haar nachweisen. Berechnungen haben ergeben, daß die Wahrscheinlichkeit, daß zwei Individuen dieselben Konzentrationen von nur neun dieser

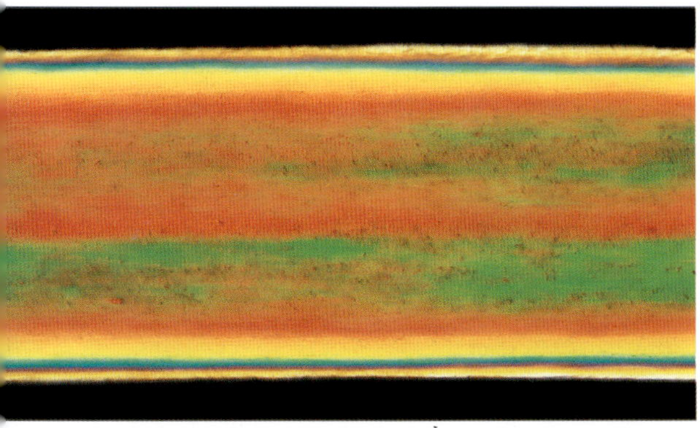

OBEN Die Fotografie eines menschlichen Haares unter polarisiertem Licht läßt die *Medulla* als dunkleren Streifen in der Mitte erkennen.

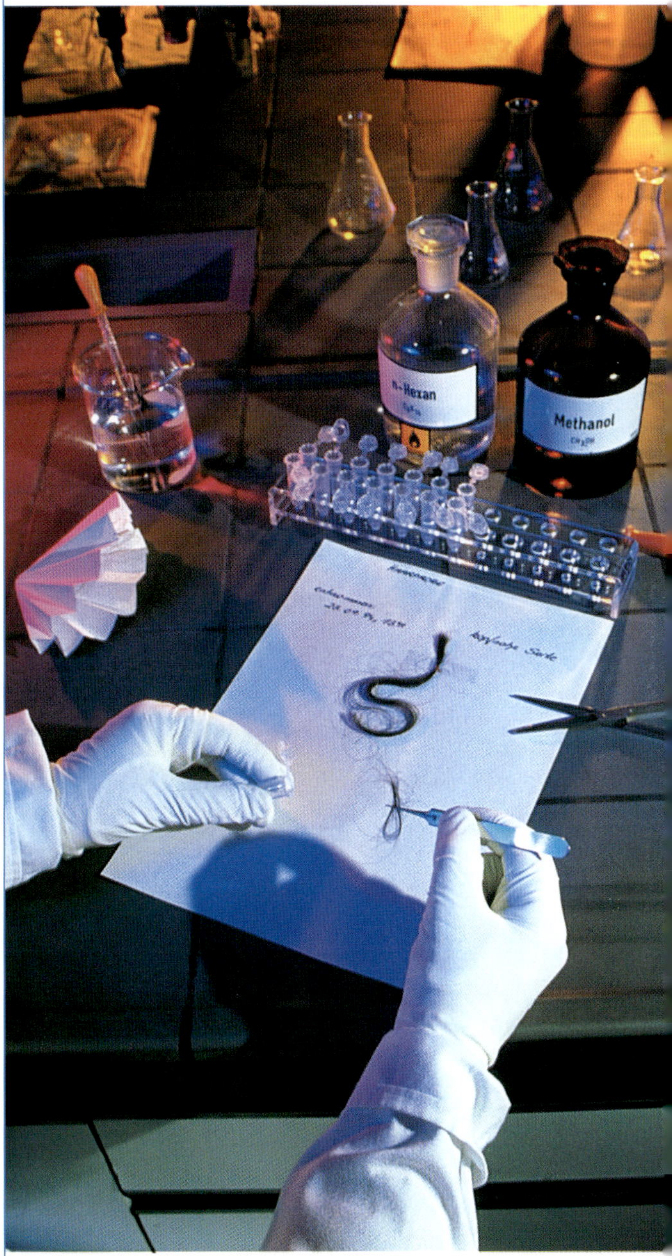

OBEN Präparierung einer Haarprobe für eine Mikroskopanalyse.

Bestandteile aufweisen, bei etwa eins zu einer Million liegt. In jüngerer Zeit wurde diese leistungsfähige, aber ziemlich unhandliche Technik durch eine andere Methode ersetzt, bei der Haare für DNA-Proben genutzt werden (siehe Kapitel 14).

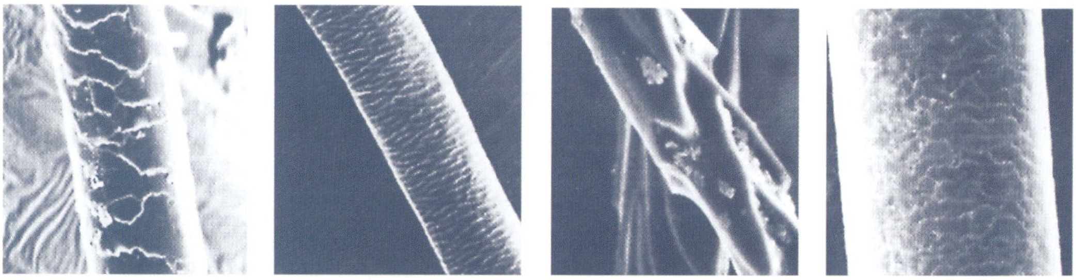

Fasern

OBEN, VON LINKS NACH RECHTS Hunde-, Reh-, Kaninchen- und Pferdehaar.

UNTEN Fehlfarben-Rasterelektronenmikrografien von Baumwollfasern (oben) und Schafhaaren (unten), von denen eines gebrochen ist und seine innere Bienenwabenstruktur zu erkennen gibt.

Alle für Kleidungsstücke und Möbelstoffe verwendeten Fasern sind entweder Natur- oder Kunstfasern oder ein Gemisch aus beiden Typen. Zu den natürlichen Fasern gehören Wolle und Felle von Tieren sowie Seide, pflanzliche Fasern wie Baumwolle, Hanf, Sisal, Flachs und Jute. Jede hat ihre charakteristische Erscheinungsform, anhand derer sie von menschlichen oder anderen tierischen Haaren unter dem Mikroskop unterschieden werden kann.

Wie bei den meisten Faserindizien hängt die Nützlichkeit einer bestimmten Probe davon ab, wie selten sie vorkommt. Baumwolle beispielsweise wird in so großem Umfang für Kleidungsstücke verwendet, daß ungefärbte Baumwollfasern meist von nur geringem Wert sind und lediglich verschiedene Farben das Feld eventuell etwas eingrenzen. Tierhaare, die an einem Tatort gefunden werden, können zu Haustieren anstatt Pelzen gehören und müssen auch sorgfältig mit Spuren an der Kleidung von Verdächtigen verglichen werden.

Synthetische Fasern bieten den forensischen Ermittlern mehr Möglichkeiten. Seit der Entwicklung von Kunstseide und Nylon sind viele verschiedene Materialien hergestellt worden, darunter Acetate, Acrylate und Polyester, die alle unterschiedliche Eigenschaften und erkennbare Besonderheiten aufweisen. Sie bestehen alle aus Polymeren, Molekülen in Form langer Ketten aus Millionen einzelner Atome, die für die Elastizität und Haltbarkeit der Stoffe verantwortlich sind.

Manchmal gelingt es, Faserreste ohne ausgeklügelte Technologien zu identifizieren. Haben es forensische Ermittler z. B. mit einem Unfall mit Fahrerflucht zu tun, können sie Gewebestücke von der Kleidung des Unfallopfers mit

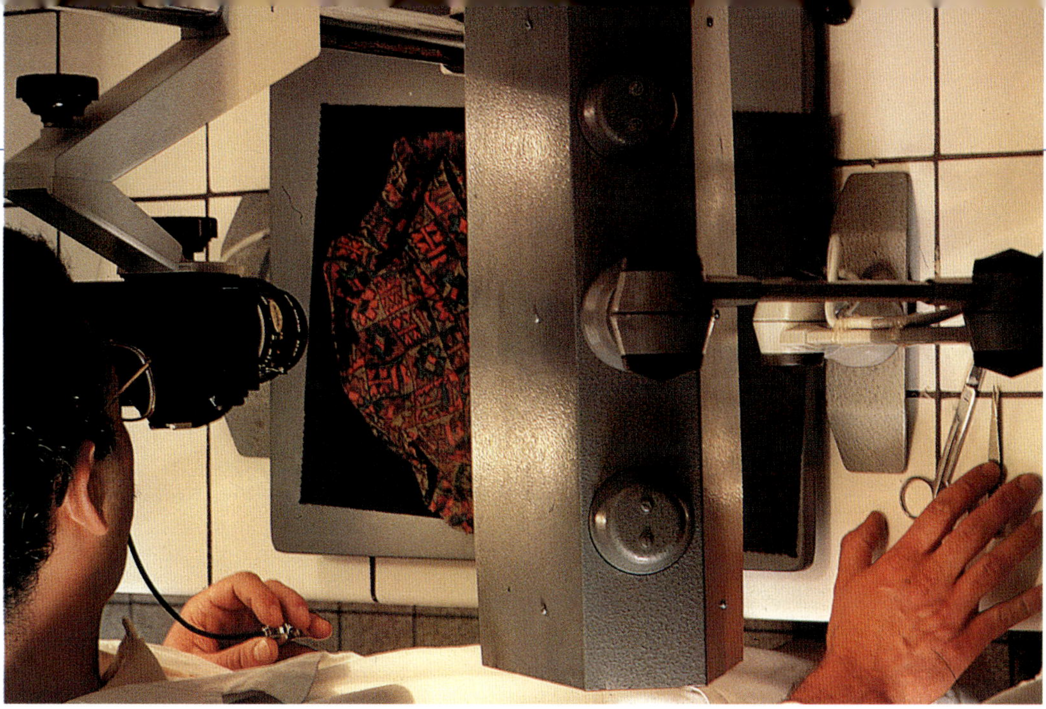

Faserresten vergleichen, die an dem in Frage kommenden Fahrzeug gefunden wurden, ohne exakte Einzelheiten der Materialzusammensetzung bestimmen zu müssen.

Meist jedoch finden die Ermittler nur vergleichsweise wenig Fasern, womit ihr Wert als Indizien von ihrer genauen Zusammensetzung abhängt. Mit dem Mikroskop kann der Durchmesser der Faser, ihre genaue Farbe und andere Unterscheidungsmerkmale festgestellt werden. Zu diesen zählen vom Produktionsprozeß stammende Riefen entlang der Faser oder Partikel von Substanzen wie Titandioxid, das zur Modifizierung der Gewebekonsistenz und des Oberflächenglanzes verwendet wird.

UNTEN, VON LINKS NACH RECHTS Synthetische Fasern mit deutlichen Unterschieden: Acetat, Nylon und Vivrelle.

OBEN Detaillierte Analyse von Kleidungsstücken, die an einem Tatort gefunden wurden.

Die Farbe auch kleiner Faserstücke kann mit Hilfe der Mikrospektrofotometrie sehr genau ermittelt werden. Dabei wird ein Strahl sichtbaren oder infraroten Lichts auf eine Faserprobe unter einem Mikroskop gerichtet und das Absorptionsspektrum einer bestimmten Stelle auf einem Computerbildschirm dargestellt.

Mit Hilfe chromatographischer Methoden werden einzelne Chemikalien, die zur Herstellung des Farbstoffs verwendet wurden, abgetrennt, nachdem der Farbstoff in einem geeigneten Lösungsmittel aufgelöst wurde. In zusätzlichen Tests wie solchen auf optische Anisotropie kann die Faser weitere Eigenschaften verraten. Dabei richtet man einen Lichtstrahl auf die synthetische Faser, wodurch das

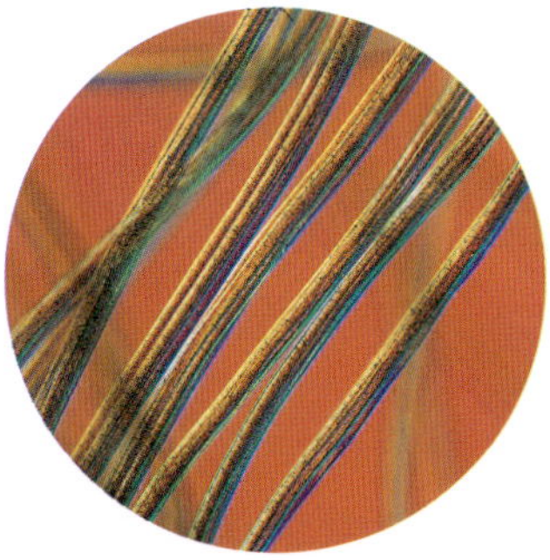

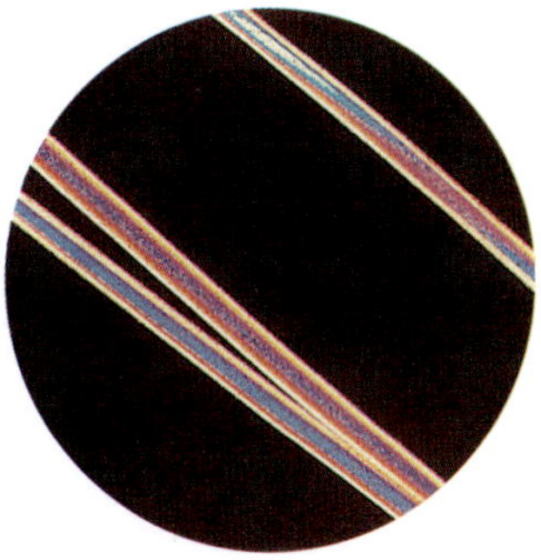

Licht gebrochen und polarisiert wird. Das parallel zur Faserachse austretende Licht erlaubt die Bestimmung eines Brechungsindexes, das rechtwinklig zu ihrer Achse austretende liefert einen zweiten Wert. Durch exakte Bestimmung beider kann die Faser identifiziert werden.

Glas- und Staubanalysen

Manchmal sind Glassplitter von Autofenstern oder -scheinwerfern bzw. von Fenstern oder Glasgeschirr, die an Tatorten gefunden werden, wichtige Indizien. Große Glassplitter können in die Lampen oder Fensterscheiben eingepaßt werden, von denen sie stammen, oder Anzeichen für eine zeitliche Abfolge von Ereignissen sein. Wurde eine Fensterscheibe von mehreren Schüssen durchlöchert, so erzeugt der erste Schuß ein Loch mit radial verlaufenden Brüchen, die von dem zentral gelegenen Loch ausgehen und durch konzentrische Brüche verbunden werden. Anhand dieser Bruchmuster kann man erkennen, von welcher Seite der erste Schuß auf die Scheibe abgefeuert wurde. Weil sich bildende Brüche an bereits vorhandenen Bruchlinien stoppen, enden die radialen Bruchlinien des zweiten Einschusses an den Bruchlinien des ersten; die eines dritten Einschusses enden an den Bruchlinien der ersten beiden und so weiter.

Verschiedene Glassorten haben unterschiedliche Dichten und Brechungsindizes. Die Dichte wird durch Eintauchen des Glassplitters in eine Mischung zweier Chemikalien bekannter Dichten gemessen, und zwar Bromoform und Brombenzol. Die Anteile der beiden Komponenten werden so lange variiert, bis der Glassplitter in der Flüssigkeit schwebt. Dann haben Glas und Flüssigkeit dieselbe Dichte.

Der Brechungsindex von Glas wird bestimmt, indem man Proben in eine Flüssigkeit taucht, deren Brechungsindex sich mit der Temperatur verändert. Durch kontrollierte Wärmezufuhr wird bis zum Verschwinden des Kontrasts erwärmt. An diesem Punkt sind die Brechungsindizes von Glas und Flüssigkeit gleich.

Obwohl eine bestimmte Kombination aus Dichte und Brechungsindex meistens nicht einzigartig ist, besitzt das FBI-Labor Daten über die Häufigkeiten, mit denen bestimmte Kombinationen auftauchen. Stammen zwei Proben mit denselben Eigenschaften von einer relativ seltenen Glassorte, so erhöht dies ihre Bedeutung im Sinne eines Beweismittels.

Staubpartikel vom Tatort oder von der Kleidung eines Verdächtigen können ebenfalls wichtige Indizien sein. Erde mit Pflanzensamen, Pollen, Insekten und Mikroorganismen kann zur Identifizierung des Ursprungsorts verwendet werden. Partikel von Beton, Mehl, Kohle oder Ziegelstein ermöglichen es, Verbindungen zum Arbeitsplatz einer Person herzustellen.

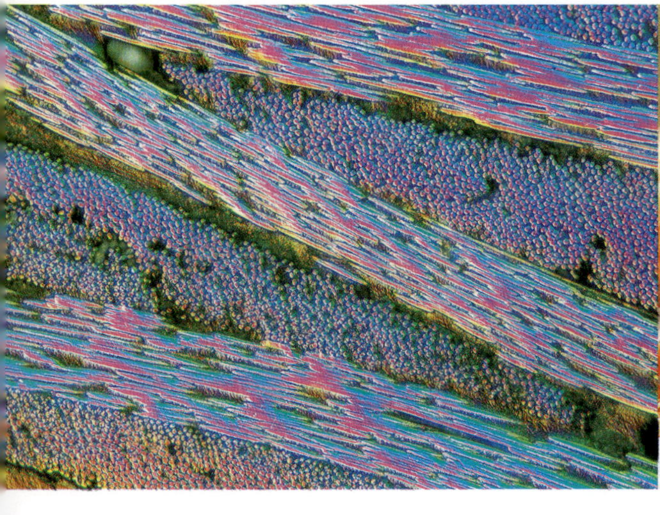

OBEN Schußlöcher in einem Glasfenster erzeugen radiale und konzentrische Bruchmuster, deren Schnittpunkte verraten, in welcher Reihenfolge die Schüsse das Glas trafen.

GANZ LINKS Fotomikrografie von Glasfasern in einer Polypropylenmatrix.

MITTE LINKS Farbrasterelektronenmikroskopische Aufnahme von Hausstaub, bestehend aus Erde, Sand, Hautschuppen, Haushaltsfasern und Tierhaaren.

LINKS Fehlfarben-Rasterelektronenmikrografie von Glasfasern.

Stephen Bradley

Am 7. Juli 1960 wurde der achtjährige Graeme Thorne in Sydney auf seinem Weg von der Schule nach Hause entführt. Fünf Wochen zuvor hatten seine Eltern in der staatlichen Lotterie gewonnen, und ihr neuer Reichtum ließ sie zweifellos zum Ziel werden. Der Entführer rief zweimal an, um 52.500 Dollar Lösegeld für die Freilassung des Jungen zu verlangen, dann riß die Kommunikation ab.

Zeugen gaben zu Protokoll, sie hätten in der Nachbarschaft am Tag der Entführung einen blauen 1955er Ford Customline gesehen. Der Schulranzen des Jungen wurde ebenso gefunden wie seine Mütze, sein Mantel und seine Bücher. Schließlich entdeckte man am 16. August seinen Leichnam 15 Kilometer von seinem Elternhaus entfernt in einen Teppich gewickelt. Der Junge war erstickt und anschließend geknüppelt worden. Er wurde zur genaueren Untersuchung in das forensische Labor in Sydney gebracht.

OBEN Der Entführer Stephen Bradley, der durch Indizien überführt wurde.

Wissenschaftler entdeckten an Teilen der Kleidung des Jungen eine ungewöhnliche pinkfarbene körnige Substanz sowie Haare tierischen und menschlichen Ursprungs. An den Schuhen und Socken waren Schimmelspuren. Analysen ergaben, daß die Tierhaare mit hoher Wahrscheinlichkeit von einem Pekinesen und die pinkfarbenen Körner von einem zum Hausbau verwendeten Mörtel stammten. Die Schimmelbildung deutete darauf hin, daß der Junge vermutlich bereits seit fünf oder sechs Wochen tot war, also unmittelbar nach der Entführung umgebracht worden war. Die Ermittler begannen mit der Identifizierung des gesamten pflanzlichen Materials auf Teppich und Leichnam. Zu ihren Funden gehörten Samen einer seltenen Zypressenart, die nicht in der Gegend vorkam, in der der Junge gefunden worden war. In einem öffentlichen Aufruf fragte man nach Häusern mit pinkfarbenem Mörtel zwischen den Ziegeln und der besagten Zypressenart im Garten. Ein solches Haus wurde im Vorort Clontarf gefunden, dessen Mieter vielversprechende Angaben zum Vormieter machen konnten. Es handelte sich um einen Ungarn, der den Namen Stephen Bradley angenommen hatte. Er sprach Englisch mit star-

RECHTE SEITE Bradley trifft in Handschellen im Coroner's Court in Sydney ein.

kem Akzent – ähnlich wie der Mann, der die Lösegeldforderungen gestellt hatte – und hatte das Haus am Tag der Entführung verlassen. Bei der Hausdurchsuchung fand man ein Foto von Bradley, das ihn beim Picknick mit seiner Familie auf demselben Teppich zeigte, der zum Einwickeln des Leichnams verwendet worden war. Eine Quaste, die sich vom Teppich gelöst hatte, gehörte ebenfalls zu den Funden.

Es war bekannt, daß Bradley einen Pekinesen besessen und am Tag seines Verschwindens einen blauen Ford Customline verkauft hatte. Die Polizei entdeckte das Fahrzeug bei einem örtlichen Autohändler und fand Spuren des rosafarbenen Mörtels im Kofferraum. Der Hund befand sich inzwischen in einem Tierkrankenhaus. Bradley wurde aufgespürt, als er mit dem Linienschiff *Himalaya* nach England reisen wollte. Er wurde des Mordes für schuldig befunden und zu lebenslanger Haft verurteilt.

Malcolm Fairley

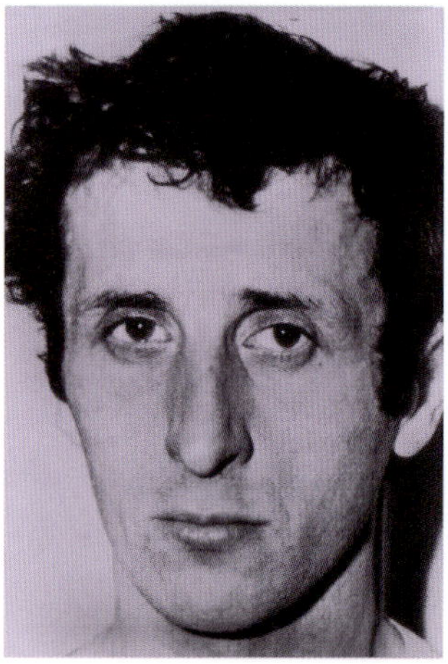

OBEN Der mehrfache Vergewaltiger Malcom Fairley, genannt »Fuchs«.

Eine Serie von Einbrüchen und tätlichen Angriffen auf Hausbesitzer in Südengland im Jahr 1984 wurde zunehmend ernster, als sich die Angriffe zu brutalen Überfällen auswuchsen. Der Einbrecher bedrohte seine Opfer mit einer Schrotflinte und begann schließlich, seine weiblichen Opfer zu vergewaltigen und ihre männlichen Lebensgefährten anzugreifen. Zeugen sagten aus, daß der Mann eine Kapuzenmaske trug, mit nordenglischem Akzent sprach und eindeutig Linkshänder war. Obwohl eine großangelegte polizeiliche Suchaktion nach dem Mann gestartet wurde, der von Zeitungsreportern der »Fuchs« genannt wurde, gelang es ihm monatelang, sich einer Verhaftung zu entziehen.

In der Nacht des 17. August machte der »Fuchs« auf einer Fahrt in Richtung Norden nach Yorkshire einen Fehler. Am Ortsrand der Gemeinde Brampton stoppte er und beschloß, erneut zuzuschlagen, obwohl er seine Kapuzenmaske zu Hause liegengelassen hatte. Er versteckte sein Auto in einem Feld und schnitt sich eine neue Maske aus einem grünen Overall. Dann lief er zu der Ortschaft, brach in ein Haus ein, fesselte den männlichen Bewohner und vergewaltigte dessen Frau. Danach beseitigte er alle Spuren, wobei er sogar ein quadratisches Stück aus dem Bettlaken herausschnitt, und verschwand.

Als die Polizei die Umgebung durchsuchte, entdeckte sie dort, wo das Auto geparkt worden war, Reifenspuren. Man fand auch einen gelben Farbsplitter, wo das Auto einen Baum gestreift hatte, als es rückwärts in das Versteck gefahren wurde, ferner einen Lederhandschuh, das Stück vom Bettlaken und die notdürftig

RECHTS Chefinspektor John Branscombe führt die grob gefertigte Kapuze des »Fuchses« vor, die dieser bei seinen Angriffen trug. Im Hintergrund sind andere Beweisstücke ausgestellt, darunter Handschuhe, Schrotpatronen und eine abgesägte Schrotflinte.

RECHTS Bewaffnete Polizeibeamte in Linslade Wood bei Leighton Buzzard auf der Suche nach dem als »Fuchs« bekannten Vergewaltiger.

UNTEN Die Fahndung nach dem »Fuchs« führt zu einem Haus in der Ortschaft Bedfordshire in Edlesborough.

angefertigte Maske. In der Nähe lag sogar unter Blättern versteckt die Schrotflinte.

Die Farbprobe wurde analysiert und die Farbe als »Harvest Gold« identifiziert. Sie war nur bei einem Automodell, einem zwischen Mai 1973 und August 1975 gebauten Austin Allegro, verwendet worden. Die Polizei fahndete auch in den nationalen Datenbanken nach Einbrechern aus Nordengland, von denen man wußte, daß sie südwärts gezogen waren, und der Computer lieferte Angaben zu über 300 möglichen Verdächtigen.

Die aufwendige Fahndung dauerte bis zum 11. September, als zwei Polizeibeamte eine Adresse im Norden Londons überprüften. Bei dem Bewohner handelte es sich um einen gewissen Malcolm Fairley. Als die Beamten eintrafen, wusch er gerade sein Auto – einen in »Harvest Gold« lackierten Austin Allegro. Sie befragten ihn über seine jüngeren Umzüge und bemerkten seinen starken nördlichen Akzent. Auf dem Rücksitz des Autos lag die Armbanduhr des Verdächtigen, und sie forderten ihn auf, diese anzulegen. Dabei stellten die Polizisten fest, daß er Linkshänder war. Das Auto zeigte Schäden in einer Höhe, die mit der Lage des Farbsplitters am Baum in der Nähe von Brampton übereinstimmte. Fairleys Wohnung wurde durchsucht, wobei man zwei weitere Overalls fand, die genau dem glichen, aus dem die Maske gefertigt worden war. Malcolm Fairley gestand und wurde am 26. Januar 1985 wegen seiner brutalen Überfälle und Vergewaltigungen zu sechsmal lebenslänglich verurteilt.

HINTERGRUND Malcolm Fairleys Apartment in Kentish Town im Norden Londons.

John Vollman

An einem Frühlingsnachmittag im Mai 1958 kehrte die 16jährige Gaetane Bouchard von ihrer Einkaufstour in New Brunswick, Edmunston, Kanada, nicht zurück. Ihr besorgter Vater rief ihre Freunde an und fragte sie, ob sie etwas über ihren Verbleib wüßten. Einige nannten einen Freund, den 20jährigen Drucker und Gelegenheitsmusiker John Vollman, der jenseits der amerikanischen Grenze in Madawaska, Maine, lebte. Als er über Gaetane befragt wurde, behauptete Vollman, sie nicht mehr gesehen zu haben, seit er sich in eine andere Frau verliebt hatte.

Bouchard benachrichtigte die Polizei und setzte seine Suche fort. Er ging zu einem verlassenen Kiesloch, das unter jungen Paaren ein beliebter Liebestreff war. Dort fand er seine Tochter – sie war erstochen worden. Am Tatort entdeckte die Polizei Reifenspuren und zwei grüne Farbsplitter, die wahrscheinlich durch hochgeschleuderte Steine von einem Fahrzeug abgeschlagen worden waren.

Zeugen sagten aus, daß sie Gaetane früher an diesem Tag beim Kauf von Schokolade gesehen hatten. Man hatte sie auch im Gespräch mit dem Fahrer eines grünen 1952 Pontiac mit Zulassungsschild aus Maine gesehen.

OBEN Die Rasterelektronenmikrografie der Oberfläche eines menschlichen Haarschafts zeigt, wie unregelmäßig jedes einzelne Haar sein kann.

Fahnder überprüften Vollmans Auto und stellten eine Übereinstimmung zwischen den größeren Farbsplittern und einer entsprechenden beschädigten Stelle unterhalb der Beifahrertür fest. Im Handschuhfach lag eine halb gegessene Tafel Schokolade mit Resten von Lippenstift. Das wichtigste Indiz aber war ein Haar, das sich in der Hand des toten Mädchens befand.

Proben von Gaetanes Haar, Vollmans Haar und dem Haar vom Tatort wurden mit der Neutronenaktivierungsanalyse untersucht (siehe Seite 174). Eines der Resultate war das Verhältnis der Schwefelstrahlung zur Phosphorstrahlung. Es betrug bei Gaetanes Haar 2,02, bei Vollmans Haar 1,07 und bei der Haarprobe aus der Hand der Toten 1,02.

Obwohl Vollmans Anwälte die Beweismittel für unzulässig erklärten, veranlaßten sie Vollman, nicht mehr auf unschuldig zu plädieren, sondern sich des Totschlags für schuldig zu bekennen. Vollman wurde zum Tode verurteilt (die Strafe wurde später in lebenslange Haft umgewandelt). Er war der erste Verbrecher, der mit Hilfe der leistungsfähigen Neutronenaktivierungsanalyse überführt wurde.

Blut

OBEN Bevor das Mordopfer Ghislaine Marchal starb, gelang es ihr angeblich, die Worte »Omar tötete mich« mit ihrem eigenen Blut an die Tür des Raumes zu schreiben, in dem sie ermordet wurde (siehe S. 40–41).

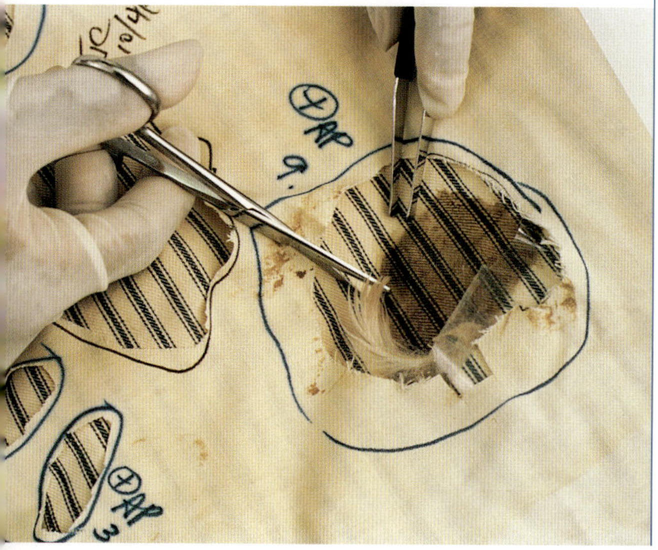

Ein Erwachsener hat etwa fünf Liter Blut im Kreislauf seines Körpers, die unter Druck durch das Herz gepumpt werden. Dies stellt einen potentiellen Angreifer vor ein Problem. Jeder Schnitt oder Stich in ein größeres Blutgefäß kann ein Blutbad verursachen und zu Blutspuren am Tatort führen. Anhand solcher Spuren läßt sich rekonstruieren, wie ein Angriff erfolgte, und es können die Gegenstände identifiziert werden, die dabei eine Rolle spielten. Selbst das eigene Blut des Angreifers, das in einem wilden Kampf verspritzt wird, kann ihn mit dem Tatort genauso zuverlässig

LINKS Überprüfung von Blutflecken auf einem am Tatort gefundenen Kissen.

in Verbindung bringen wie ein Augenzeuge oder ein Foto.

Darum unternehmen Verbrecher oft enorme Anstrengungen, Blutspuren vom Tatort zu entfernen. Sie mögen zwar glauben, alle Spuren beseitigt zu haben, aber die Polizei untersucht in der Regel auch Stellen, die dem Täter nicht direkt zugänglich waren. Jeder Millimeter unter Waschbecken und in Schubladen, zwischen Bodenbelägen oder in Abflüssen und Abwasserrohren von Bädern und Waschbecken, die möglicherweise zur Reinigung der Mordwaffe verwendet wurden, wird kontrolliert.

Blutflecken als Indizien

Früher war das bloße Vorhandensein von Blut am Tatort für forensische Wissenschaftler ein Indiz. Weil es an der Luft rasch trocknet und bis zum Wegwischen deutlich erkennbar bleibt, erzählen Blutflecken und -spritzer oft eine eigene Geschichte. Blutstropfen, die auf eine waagerechte Oberfläche fallen, geben Aufschluß über die Höhe, aus der sie fielen, und damit über die Position der Person, die sie vergoß.

Fällt das Blut über eine kurze Distanz, so ergeben sich kreisförmige oder bei schrägen

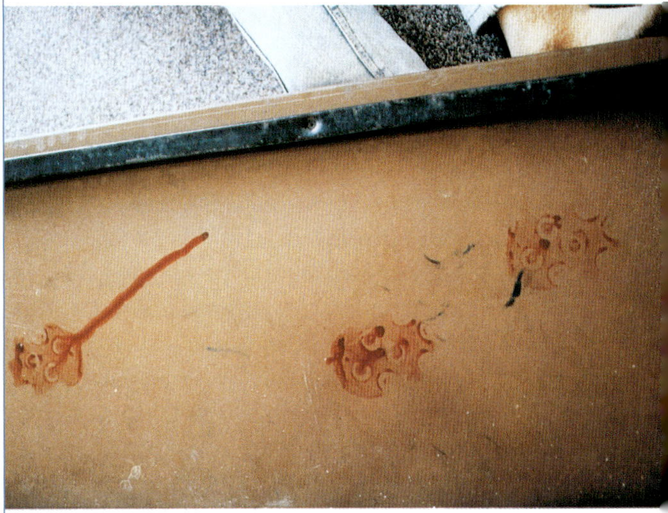

OBEN Blutige Fußabdrücke an einem Tatort.

UNTEN Am Tatort werden Blutproben für die Analyse gesammelt.

Oberflächen elliptische Flecken. Bei Fallhöhen um einen Meter erscheinen die Ränder des runden Flecks ausgefranst. Bei Fallhöhen von etwa zwei Metern finden sich seitliche Spritzer strahlenförmig um den Hauptfleck.

Blutstropfen, die von einer bewegten Quelle stammen, sehen anders aus. Sie können von einer blutgetränkten Waffe fallen, die geschwungen wird, um erneut zu verletzen, oder von einem verwundeten Opfer, das zu fliehen versucht. In solchen Fällen haben Tropfen, die auf Boden oder Wände treffen, oft die Form eines gestreckten Ausrufezeichens. Das Ende der Blutspur mit dem kleineren Klecks entspricht der Richtung, in die sich die Person bewegt hat.

Flecken von Blut, das unter Druck aus einer Schlagader spritzt, zeigen an, wo eine schwere oder gar tödliche Wunde zugefügt wurde. Die von dem spritzenden Blut erreichte Höhe an einer Wand gibt Aufschluß darüber, ob das Opfer stand, saß, kniete oder lag, als es getroffen wurde. Die Menge vergossenen Blutes kann unter Berücksichtigung der Wunden des Opfers mit bestimmten Verletzungen korreliert werden. Blutlachen markieren auch manchmal die Stelle, an der ein Opfer starb, auch wenn der Leichnam später bewegt wurde.

Bluttests

In vielen Fällen ist Blut an Tatorten allzu offensichtlich. Doch auch wenn Verbrecher versucht haben, die Beweise zu entfernen, müssen die Ermittler sicherstellen, jede verbliebene Spur zu entdecken. Einige Chemikalien können zwischen Blut und anderen Substanzen mit ähnlichem Aussehen unterscheiden, andere dienen zur Hervorhebung von Blutflecken. Beim ersten Test wird einfach eine starke Lichtquelle benutzt. Beleuchtet man die Oberflächen am Tatort schräg, so lassen sich oft Blutspuren entdecken, die ansonsten unbeachtet bleiben würden. Ein leistungsfähigerer Test beruht auf der Chemikalie Luminol, das mit Blut unter Bildung einer schwachen Lumineszenz

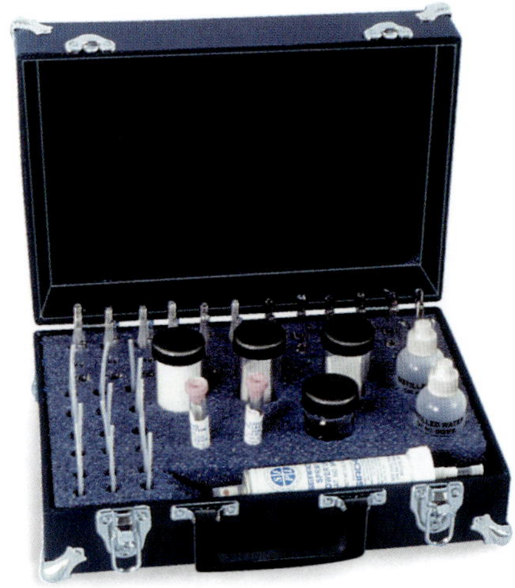

OBEN Tragbarer Bluttestkoffer für die Anwendung vor Ort und im Labor.

UNTEN Ein forensischer Wissenschaftler bringt eine Probe von blutgetränkter Kleidung zur Analyse in ein Probenröhrchen ein.

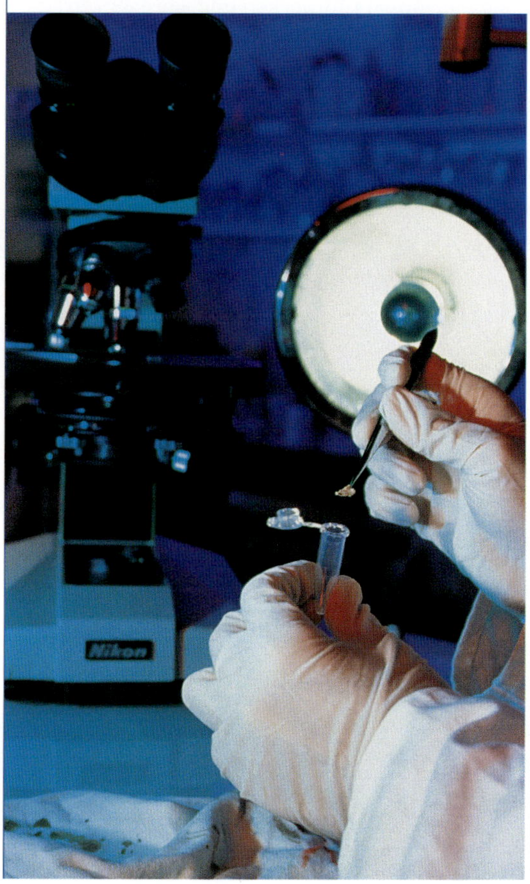

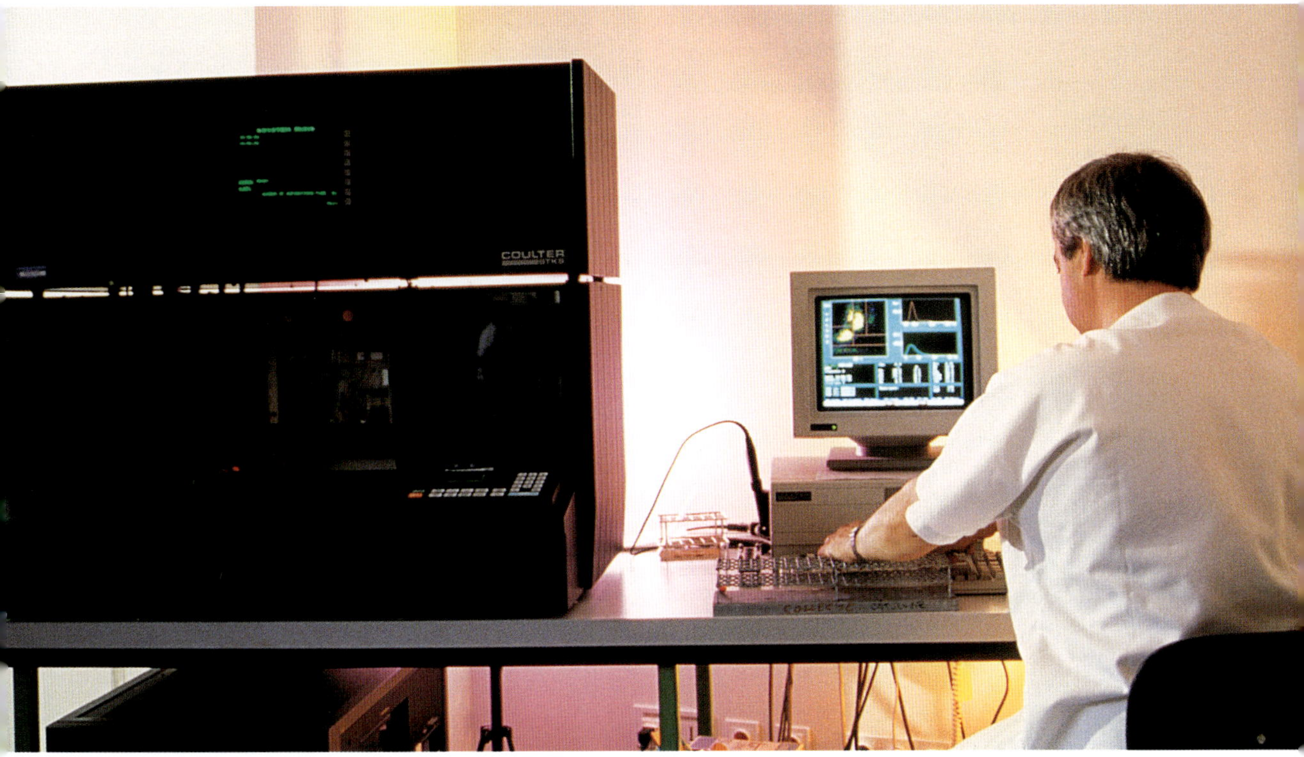

reagiert. Die Ermittler dunkeln den Raum ab und besprühen verdächtige Regionen mit der Chemikalie. Alle Blutflecken zeigen dann ein schwach blaues Glimmen, dessen Intensität von der Blutmenge abhängt. Der Test funktioniert auch bei alten Blutflecken, die ein intensiveres Leuchten erzeugen als frische. Luminol kann Blutflecken selbst noch in Verdünnungen von 1 : 10.000 nachweisen, hat aber leider einen Nachteil: Es kann viele Eigenschaften des Blutflecks zerstören, die die Ermittler für weitergehende Tests benötigen.

Wenn Ermittler sichergehen wollen, daß es sich bei verdächtig aussehenden Flecken um Blutflecken handelt, können chemische Indikatoren wie Phenolphthalein verwendet werden. Gemischt mit Wasserstoffperoxid und einer Blutprobe reagieren sie mit dem Hämoglobin der roten Blutkörperchen und ergeben ein intensives Pink. Leider reagieren sie genauso mit Inhaltsstoffen von Kartoffeln und Meerrettich, weshalb man auf entsprechende Verunreinigungen achten muß.

OBEN Darstellung der Ergebnisse einer Blutanalyse auf einem Computerbildschirm.

Um nachzuweisen, ob Blut von einem Menschen stammt, wird in einem Teströhrchen auf die Lösung eines speziell präparierten Kaninchenserums, das auf menschliches Blut sensibilisiert wurde, eine Blutprobe geschichtet. Dieses Serum wird hergestellt, indem man einem Kaninchen menschliches Blut spritzt, wodurch sich im Blutkreislauf des Tieres entsprechende Antikörper bilden, die anschließend extrahiert werden. Enthält eine Probe vom Tatort menschliches Blut, zeigt sich an der Grenzschicht zwischen der verdächtigen Probe und dem Kaninchenserum ein trüber Ring.

Blutgruppen

Blut ist eine Suspension aus roten und weißen Blutkörperchen in einer wasserähnlichen Flüssigkeit, dem Blutplasma. Über die Hälfte des Blutes besteht aus Plasma. Die Aufgabe der roten Blutkörperchen ist die Absorption von Sauerstoff in den Lungen und dessen Transport zum Körpergewebe. Die roten Zellen enthalten außerdem Antigene, die mit fremdem Blut einer anderen Blutgruppe reagieren und eine Verklumpung, die Agglutination, hervorrufen. Diese Reaktion war die Ursache für den Tod vieler Patienten der ersten Bluttransfusionen gegen Ende des 19. Jahrhunderts.

1901 identifizierte der österreichische Biologe Dr. Karl Landsteiner zwei verschiedene Blutgruppen, »A« und »B«, die verschiedene Antigene in den roten Blutkörperchen enthalten. Er fand heraus, daß Blut jeder der beiden Blutgruppen mit Blut derselben Blutgruppe vermengt werden konnte, ohne daß es zu einer Reaktion kam. Wurden jedoch die Blutgruppen vermischt, kam es zur Agglutination. Er erkannte noch eine dritte Blutgruppe, die er als »C« bezeichnete (später Blutgruppe »0«), die sowohl mit »A« als auch mit »B« reagierte. Schließlich wurde eine vierte Blutgruppe gefunden, die ohne Verklumpung mit den Gruppen »A« oder »B« vermischt werden konnte und die Bezeichnung »AB« erhielt.

Später wurden weitere Blutklassifizierungen definiert und der Rhesusfaktor erkannt. Der Rhesusfaktor ist ein Antigen in den roten Zellen der meisten Menschen. Tritt er auf, so wird das Blut als Rhesus-positiv (Rh+) bezeichnet, anderenfalls als Rhesus-negativ (Rh-). Auch verschiedene Enzyme und Proteine wurden isoliert, die sogar in getrockneten Blutflecken nachgewiesen werden können.

Mit jedem aus einer Blutprobe gewonnenen Detail verkleinert sich der Kreis möglicher Quellen. Beispielsweise haben etwa 42% der US-Amerikaner Blutgruppe »A«, 9% »B«, 46% »0« und 3% »AB«. Das Enzym Phosphoglukomutase 2–1 (PGM2–1) wird bei 36% der Bevölkerung nachgewiesen ohne Bezug zur Blutgruppe. Findet man also PGM2–1 in einer Probe der Blutgruppe »A«, so verengt sich der Kreis möglicher Quellen auf 0,36 x 0,42 = 15% der Bevölkerung. Das Vorhandensein oder Fehlen anderer Proteine und Enzyme wird zur genaueren Beschreibung einer Blutprobe genutzt, so daß man in einigen Fällen den Kreis möglicher Personen auf ein hundertstel Prozent der Bevölkerung verkleinern kann. Solch eine Genauigkeit ist natürlich sehr nützlich beim Ausklammern von Verdächtigen.

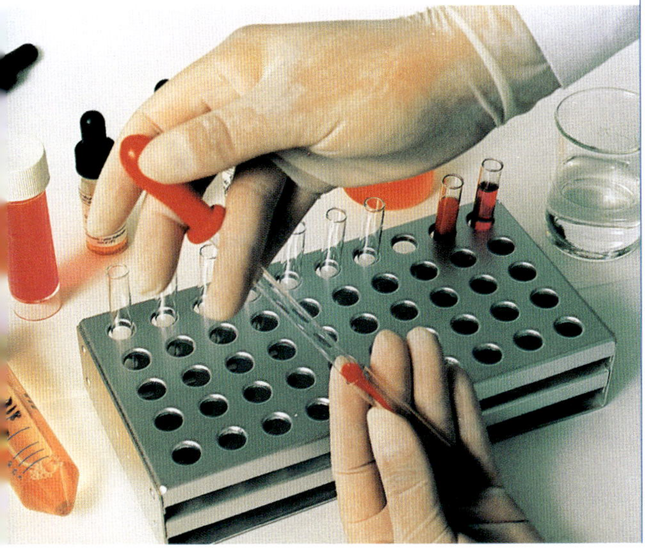

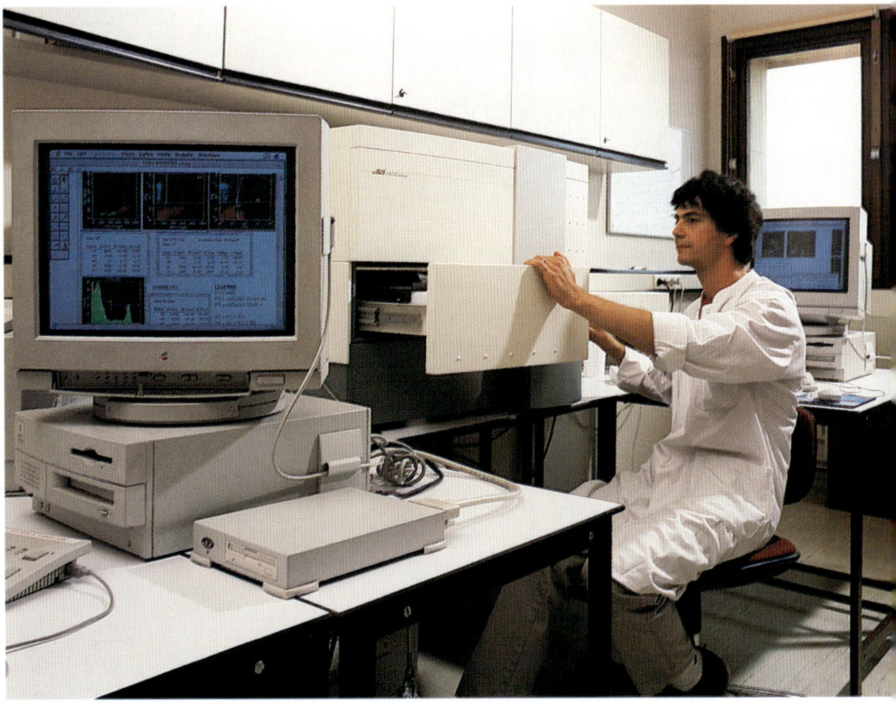

OBEN LINKS Blut wird in ein Teströhrchen gefüllt.

LINKS Blut von einem Schuh wird in einer Salzlösung aufgenommen und dann mit verschiedenen Antikörpern gemischt, um die Blutgruppe festzustellen.

OBEN RECHTS Blutproben werden in Teströhrchen getröpfelt, die verschiedene Antikörper zur Bestimmung der Blutgruppe enthalten.

RECHTS Das Programm FAScan liefert die Ergebnisse von Blutanalysen.

Sekretoren

Unabhängig von der Blutgruppe sind etwa 75% der Bevölkerung »Sekretoren«, weil sich die Antigene, Antikörper, Proteine und Enzyme, die ihr Blut charakterisieren, auch in anderen Körperflüssigkeiten wie Tränen, Schweiß, Speichel, Vaginalflüssigkeit und Samen nachweisen lassen. Die verbleibenden rund 25% tragen diese Informationen nur im Blut. Bei Sekretoren können Proben von Haut- oder Muskelgewebe oder der Speichel eines Rauchers an einem Zigarettenstummel viele Indizien enthalten.

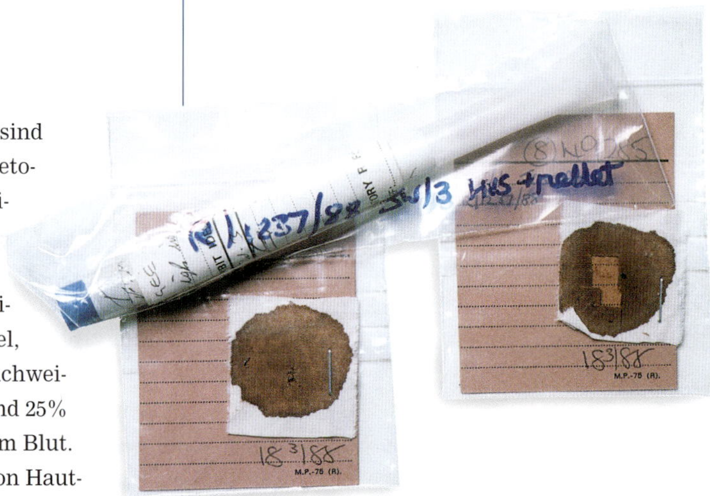

OBEN Zwei Proben blutbefleckter Kleidung und ein Vaginalabstrich für die Untersuchung einer Vergewaltigung.

UNTEN Ein forensisches Serologielabor, das auf die Analyse von Körperflüssigkeiten spezialisiert ist.

RECHTS Fotomikrografie menschlicher Spermien.

Samenflüssigkeit

Bei Vergewaltigungen und anderen Sexualdelikten stellt die vom Täter am Körper des Opfers, an Kleidungsstücken oder Möbeln zurückgelassene Samenflüssigkeit ein weiteres wichtiges Indiz dar. Da die Spermien in der Flüssigkeit nur eine relativ kurze Zeit überleben, kann der Zustand der Probe recht genaue Informationen über den Zeitpunkt der Tat liefern. Bei Sekretoren enthält solch eine Probe Informationen zur Blutgruppe, und das Vorhandensein oder Fehlen bestimmter Enzyme und Proteine kann den Kreis möglicher Täter verkleinern.

Proben von Samenflüssigkeit werden mit ähnlichen Methoden isoliert wie Blutflecken. Diese Tests sind besonders nützlich, wenn der Verbrecher versucht hat, die belastenden Spuren zu entfernen.

Der in der Regel durchgeführte Test dient dem Nachweis des Enzyms Saure Phosphatase, das von der Prostatadrüse in die Samenflüssigkeit abgesondert wird. Reibt man Filterpapier über die verdächtige Stelle, wird vorhandene Saure Phosphatase teilweise auf das Papier übertragen. Ein paar Tropfen einer Mischung aus Natrium-a-naphthylphosphat und einem bestimmten Reagens werden auf das Papier getropft, wobei das Enzym durch eine tief purpurne Farbe nachgewiesen wird.

Ein anderer, spezifischerer Test, der in den 70er Jahren entwickelt wurde, weist das Protein p30, auch Prostata-Spezifisches-Antigen genannt, nach. Es findet sich nur in Samenflüssigkeit, und der Test dient dem Nachweis, ob Blutflecken menschlichen Ursprungs sind. Eine Probe von p30 wird einem Kaninchen injiziert, wodurch das Tier Antikörper gegen das Protein bildet. Eine Probe des Blutserums, die diese Antikörper (anti-p30) enthält, wird dem Kaninchen entnommen und zum Nachweis von Samenflüssigkeit in der verdächtigen Probe verwendet. Die zu untersuchende Substanz trägt man als eine Zone auf eine Elektrophoreseplatte auf, das anti-p30-Kaninchenserum als eine

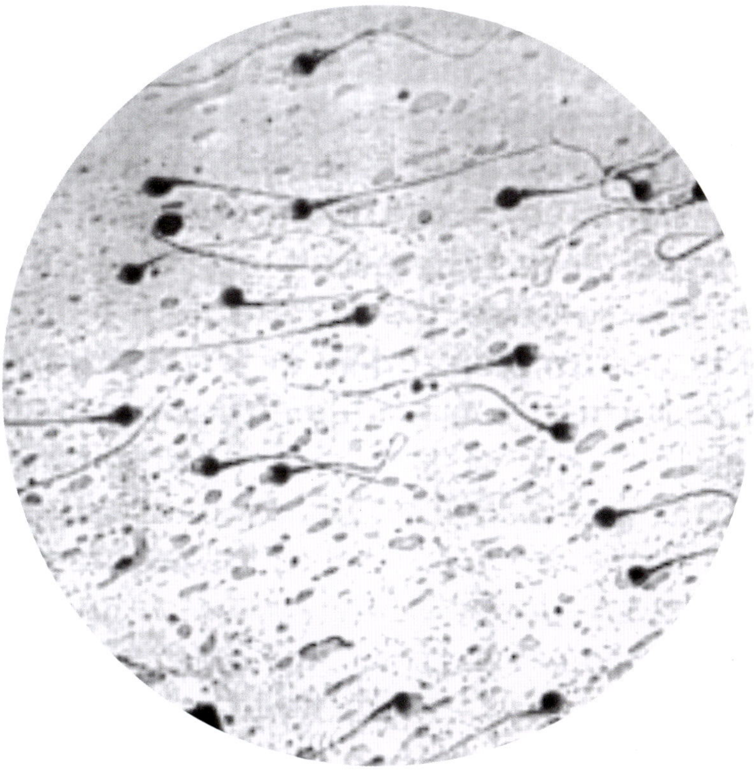

OBEN, VON LINKS NACH RECHTS Die vermutete Samenflüssigkeit und eine Probe mit anti-p30 auf einer Elektrophoreseplatte; Antigen und Antikörper bewegen sich unter elektrischer Spannung aufeinander zu; die Bildung der sichtbaren, geraden Linie zeigt an, daß die Flüssigkeit Samen enthält.

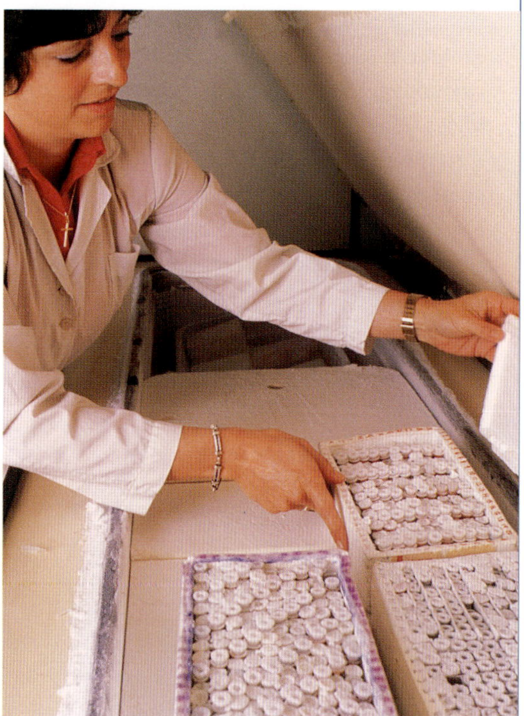

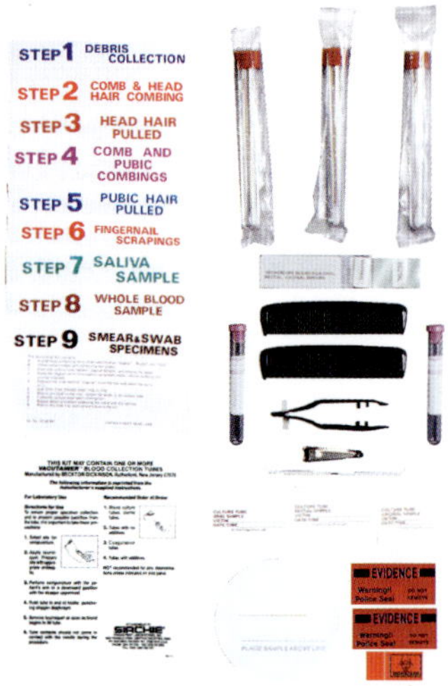

OBEN Analyse-Ausrüstung der englischen Metropolitan Police zur Untersuchung von Vergewaltigungsverbrechen.

LINKS Ein Satz von Blutproben für die DNA-Analyse.

RECHTE SEITE Entnahme blutbefleckten Materials von einem Kleidungsstück für eine DNA-Analyse.

andere. Durch Anlegen einer elektrischen Spannung an die Platte wandern die Antikörper und Antigene aufeinander zu. Bildet sich schließlich eine sichtbare gerade Linie zwischen den Zonen, handelt es sich um Samenflüssigkeit.

In jüngerer Zeit wurden diese komplizierten Tests auf verschiedene Blutgruppen sowie verschiedene Enzyme und Proteine durch ein neues Verfahren ersetzt, mit dem die DNA von Opfern und Tätern untersucht werden kann (siehe Kapitel 14). Der DNA-Test liefert ein exaktes und gänzlich individuelles Ergebnis, das einen Verbrecher auch anhand geringster Spuren von Körperflüssigkeiten überführen kann, und zwar weitgehend unabhängig von anderen Beweisen.

Nikon

Lindy Chamberlain

Michael und Lindy Chamberlain brachen mit ihren beiden Söhnen im Alter von sechs und vier Jahren sowie ihrer neun Wochen alten Tochter Azaria im August 1980 zu einem Campingurlaub in das Landesinnere Australiens auf. Die Familie schlug ihr Zelt an einem Platz in der Nähe des Ayers Rock auf.

Am Abend des 17. August wurde das Baby bequem in Handtücher in einer Babytrage im hinteren Teil des Zelts eingewickelt, wo auch der jüngere Sohn schlief. Lindy Chamberlain kochte für den älteren Jungen ein Abendessen an dem etwa zwanzig Meter entfernten Grillplatz. Die Zelttür war zu dem Zeitpunkt unverschlossen. Michael Chamberlain gab später an, er habe gegen 20 Uhr einen kurzen, scharfen Schrei gehört, und Lindy rannte zurück zum Zelt, um nach dem Baby zu sehen.

Lindy Chamberlain sagte später aus, daß sie zu ihrem Erstaunen einen australischen Wildhund, einen Dingo, sah, der aus dem Zelt kam und in seinen Fängen etwas heftig schüttelte. Der Dingo verschwand in der Dunkelheit, während die entsetzten Eltern feststellten, daß ihr Baby fehlte. Sie schlugen Alarm, worauf die Umgebung abgesucht wurde, ohne jedoch eine Spur des Babys oder des Dingos zu entdecken.

Zur Überraschung vieler Beobachter schien das tief religiöse Paar das Verschwinden seiner Tochter und die Vermutung, sie nicht mehr lebend wiederzusehen, sehr ruhig aufzunehmen. Verdächtigungen wurden erhoben, als ein Tourist acht Tage nach dem Verschwinden des Babys die meisten seiner Kleidungsstücke in einem Gebüsch westlich des Ayers Rock fand. Sie waren ordentlich zusammengelegt, aber die Jacke fehlte. Das Unterhemd war seitenverkehrt, und die Schuhe befanden sich zugeschnürt in den Beinen des Krabbelanzugs. Am Hals des Stramplers und am Unterhemd waren Blutflecken, aber keine Hinweise auf menschliche Überreste in den Kleidern oder am Fundort.

Als die Kleidungsstücke detailliert untersucht wurden, traten andere Merkwürdigkeiten zutage. Es gab keine Spuren von Dingohaaren oder -speichel auf der Wäsche, noch nicht einmal im Bereich der Blutflecken. Experimente, bei denen tote Tiere der Größe eines Babys und in ähnlicher Kleidung in einen Dingokäfig im Zoo von Adelaide geworfen wurden, dienten dazu, die Reaktionen der Hunde zu beobachten. Da sich an Azarias Kleidung keine gezogenen Fäden oder andere Hinweise auf die Beteiligung eines Dingos fanden, schlossen die Ermittler, daß das Kind von Menschen angegriffen worden sein mußte, die anschließend die Kleidungsstücke auszogen und sie mehrere Kilometer vom Campingplatz entfernt zurückließen.

HINTERGRUND Lindy Chamberlain und ihr Ehemann Michael, ein Pastor der Kirche der Siebenten-Tags-Adventisten, 1982 beim Betreten des Gerichtshofs in Alice Springs.

Untersuchungen der Blutflecken an der Wäsche ergaben, daß das Blut von einem Kind stammte, dessen Eltern dieselben Blutgruppen wie die Chamberlains hatten. Die Art der Blutflecken bewiesen, daß das Kind das Unterhemd richtig herum getragen hatte, als die Flecken entstanden, und daß es dann gewendet worden war. Zum Zeitpunkt des Blutens waren die beiden oberen Knöpfe des Stramplers geschlossen und sind später geöffnet worden. Das Muster der Blutflecken legte die Vermutung nahe, daß die Verwundungen durch einen Schnitt an der Kehle und nicht durch den Biß eines Tieres verursacht worden waren. Zudem wies der Strampler zwei blutbefleckte Abdrücke kleiner Erwachsenenhände auf.

OBEN Michael und Lindy Chamberlain mit ihrem Rechtsanwalt.

Die Verdächtigungen begannen sich gegen die Chamberlains selbst zu richten. Blutflecken eines weniger als sechs Monate alten Kindes fanden sich im Inneren des Autos sowie an Klinge, Griff und Scharnier einer Schere, die im Auto lag. Das Paar wurde im September 1982 wegen Mordes an seinem Baby vor Gericht gestellt, und obwohl beide Eheleute auf nicht schuldig plädierten, wurde im Oktober Lindy des Mordes und Michael Chamberlain der Beihilfe für schuldig befunden.

Der Prozeß führte zu fortwährenden kontroversen Diskussionen, und viele der von Staatsanwaltschaft vorgebrachten Beweise gerieten in die Kritik. Die »Handabdrücke« beispielsweise wurden als zufällige Blutflecken bezeichnet. Auch stellte sich die Frage, wann und wo die Chamberlains die Möglichkeit hatten, das Baby umzubringen und sich des Leichnams an dem dichtbesiedelten Campingplatz zu entledigen. Es wurden zwei Berufungsverfahren angestrengt, die jedoch erfolglos verliefen, und Lindy Chamberlain blieb in Haft.

1986 brannte die Diskussion erneut auf, als die fehlende Jacke des Babys zerrissen und blutbefleckt in einer Dingohöhle in der Nähe des Campingplatzes gefunden wurde. In Anbetracht dieser neuen Indizien wurde Lindy Chamberlain freigelassen. Offensichtlich lagen in diesem Fall reichlich Indizien vor, aber zu oft gab es mehr als eine Interpretationsmöglichkeit. Im Juni 1987 wurde das Paar offiziell begnadigt, und im September 1988 wurden ihre Verurteilungen für nichtig erklärt.

RECHTS Lindy Chamberlain bei ihrer Ankunft am Gerichtshof von Darwin 1986.

DNA – der ultimative Beweis?

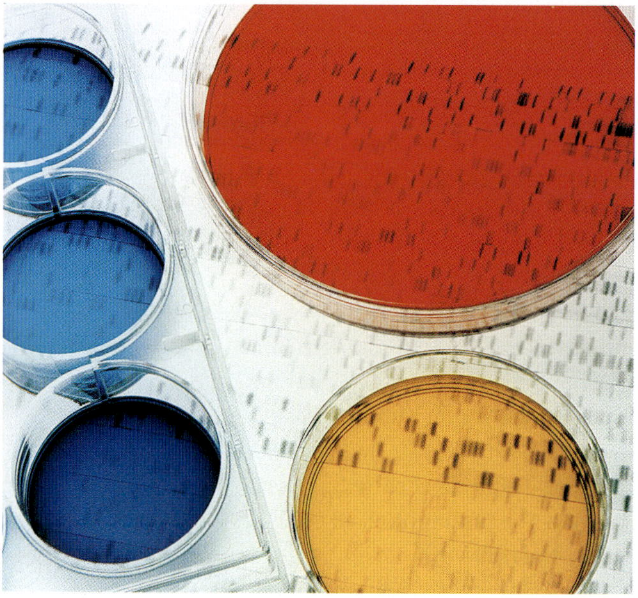

OBEN Laborkulturschalen auf einem Blatt mit einem DNA-Profil.

Seit den Anfängen der forensischen Wissenschaft haben alle, die sich an der Identifzierung von Verbrechern jeder Art beteiligten, nach einem universellen Indiz gesucht, einer Eigenschaft, die für jeden Menschen absolut individuell und nur schwer oder gar nicht zu verbergen ist. Einst schienen Fingerabdrücke die Lösung zu bieten, bis vorsichtige Verbrecher begannen, Handschuhe zu tragen oder Abdrücke von allen Oberflächen, die sie möglicherweise am Tatort berührt hatten, abzuwischen. Nunmehr hat man die Antwort gefunden – und sie liegt in Strukturen verborgen, die für jedes Individuum von grundlegender Bedeutung sind – den Zellen.

Jedes menschliche Wesen besteht aus einer Unmenge verschiedener lebender Zelltypen. Im Kern jeder Zelle befindet sich ein Strang codierter Informationen in Form eines bandartigen Moleküls, der Desoxiribonukleinsäure (DNS, engl. DNA), die die genetischen Blaupausen des Aufbaus jeder einzelnen Person enthält. Da der genetische Bauplan jedes Menschen einzigartig ist, ist diese codierte Information genauso individuell wie ein perfekter Satz Fingerabdrücke, besitzt aber den zusätzlichen Vorteil für forensische Ermittler, daß die Information kaum beseitigt werden kann.

Bei jedem DNA-Molekül handelt es sich eigentlich um ein Polymer, ein langkettiges Molekül aus sich wiederholenden Einheiten, den Nukleotiden. Jedes dieser Nukleotide besteht aus einem Zuckermolekül, das über ein Phosphoratom mit dem Zuckermolekül der nächsten Wiederholungseinheit und über ein Stickstoffatom mit je einem seitlich am Polymer angebrachten Basenmolekül verknüpft ist. Das vollständige DNA-Molekül im Zellkern enthält Millionen dieser Nukleotide als ein Paar langer, parallel angeordneter Ketten oder Stränge, die über die seitlich angebrachten Basen miteinander verknüpft sind und die Form einer Spirale annehmen – der Doppelhelix.

Der Umfang der hier codierten Information ist gewaltig. Jede menschliche Zelle enthält 23 Chromosomen, deren DNA-Ketten aus ca. einhundert Millionen Basenpaaren mit ca. einhunderttausend Genen bestehen. Somit besteht der vollständige menschliche genetische Code aus etwa drei Milliarden Basenpaaren, die alle

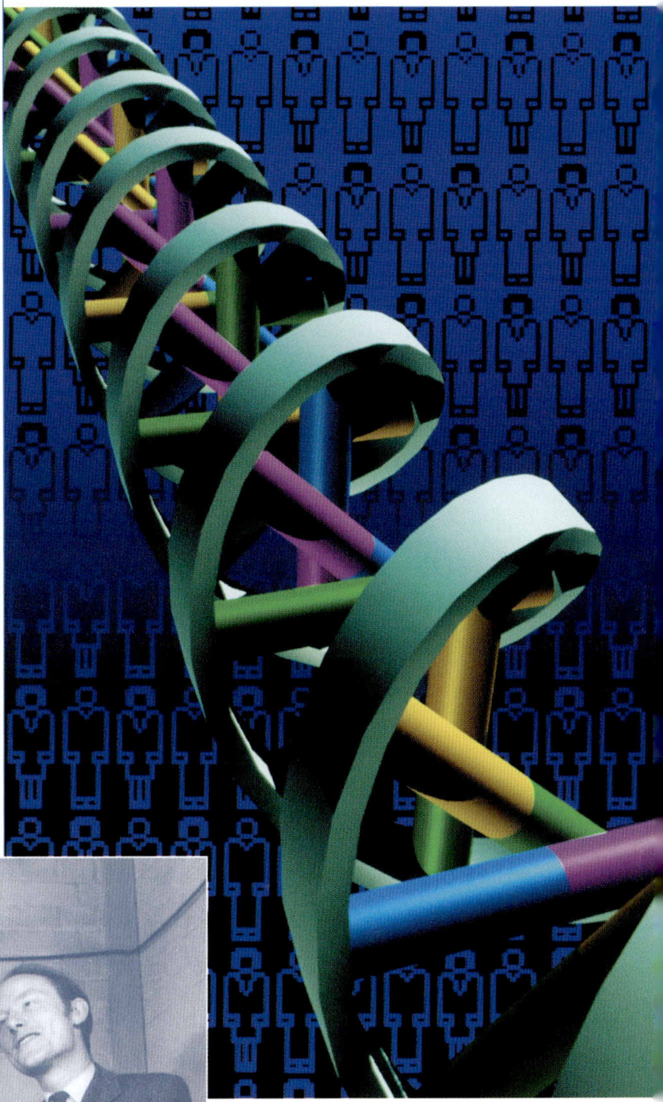

OBEN Von einem Computer erzeugtes Bild der DNA-Doppelhelix.

UNTEN James Watson (links) und Francis Crick, die Entdecker der DNA-Struktur, 1953 mit ihrem Modell eines Ausschnitts der DNA-Helix. Sie teilten sich den Nobelpreis für Medizin mit Maurice Wilkins, der sich auf Röntgenkristallographie spezialisiert hatte.

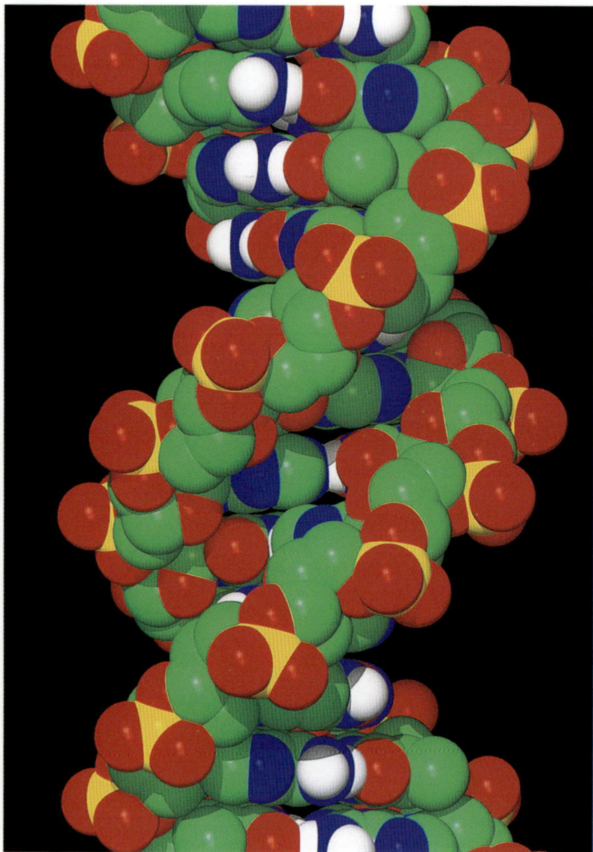

LINKS Computergrafik eines Ausschnitts des DNA-Moleküls. Die Atome werden durch farbige Kugeln dargestellt (Kalottenmodell): Gelb für Phosphor, Rot für Sauerstoff, Grün für Kohlenstoff, Blau für Stickstoff, Weiß für Wasserstoff.

UNTEN Nukleotide verbinden sich zum DNA-Strang, wobei S für Zuckermoleküle (Sugar) steht, die zusammen mit Phosphatgruppen (P) das Rückgrat der Kette bilden und je eine von vier verschiedenen Basen tragen (A für Adenin, G für Guanidin, T für Thymin, C für Cytosin), die die Verknüpfungen zur anderen Hälfte der Doppelhelix herstellen.

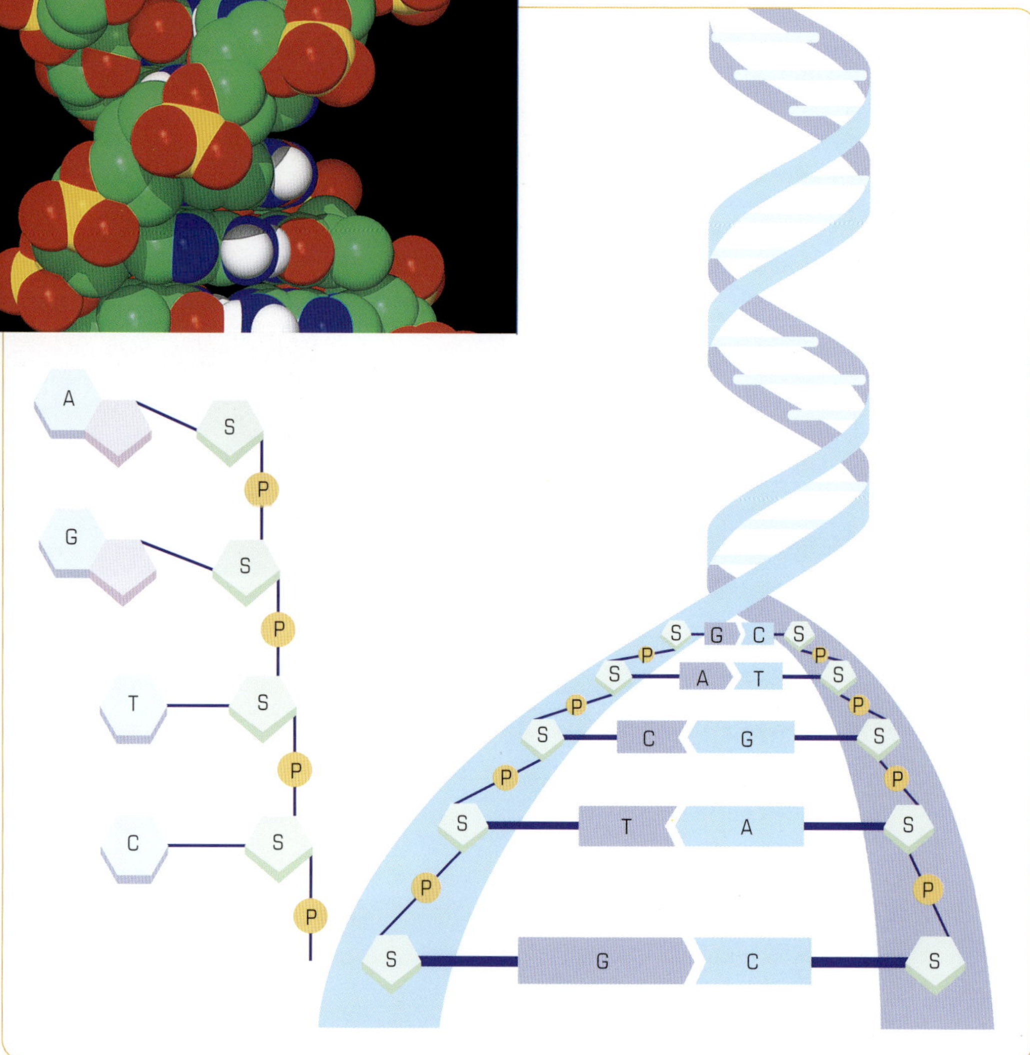

Eigenschaften von Größe und Statur bis hin zur Farbe von Haaren und Augen bestimmen.

Der Code der DNA

Die DNA-Nukleotide sind miteinander verknüpft und bilden die DNA-Kette aus sich abwechselnden Zuckermolekül und Phosphateinheiten. An jedem Zuckermolekül befindet sich eines von vier möglichen Stickstoff enthaltenden Molekülen, den Basen: Adenin (A), Cytosin (C), Guanin (G) und Thymin (T). Die vollständige Kette enthält Millionen dieser Basen und

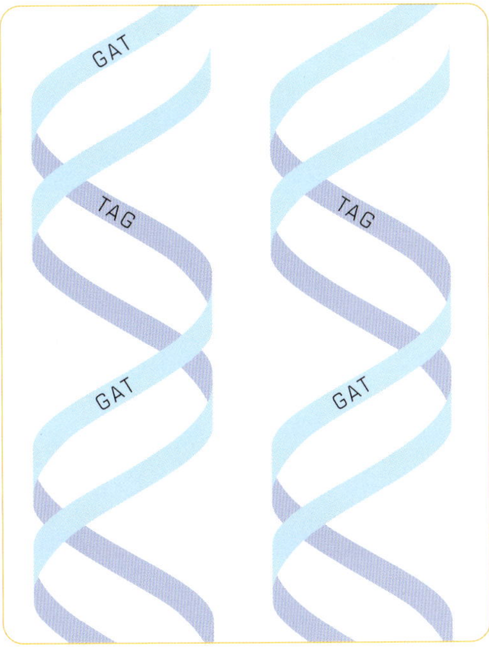

OBEN Verschlungene DNA-Stränge stellen Segmente zweier Chromosomen dar – der linke weist drei Wiederholungseinheiten der Basensequenz T-A-G auf, der rechte nur zwei.

verwendet diese vier Grundbausteine in verschiedenen Kombinationen zur Erzeugung der Baupläne eines lebenden Organismus.

In jeder Zelle wird die Doppelhelix durch die Basen eines DNA-Strangs aufgebaut, die wie die Sprossen einer Leiter mit ihren Komplementen des anderen Strangs in bestimmten Kombinationsmöglichkeiten verknüpft sind. Teilt sich die Zelle, um zwei neue zu bilden, teilt sich

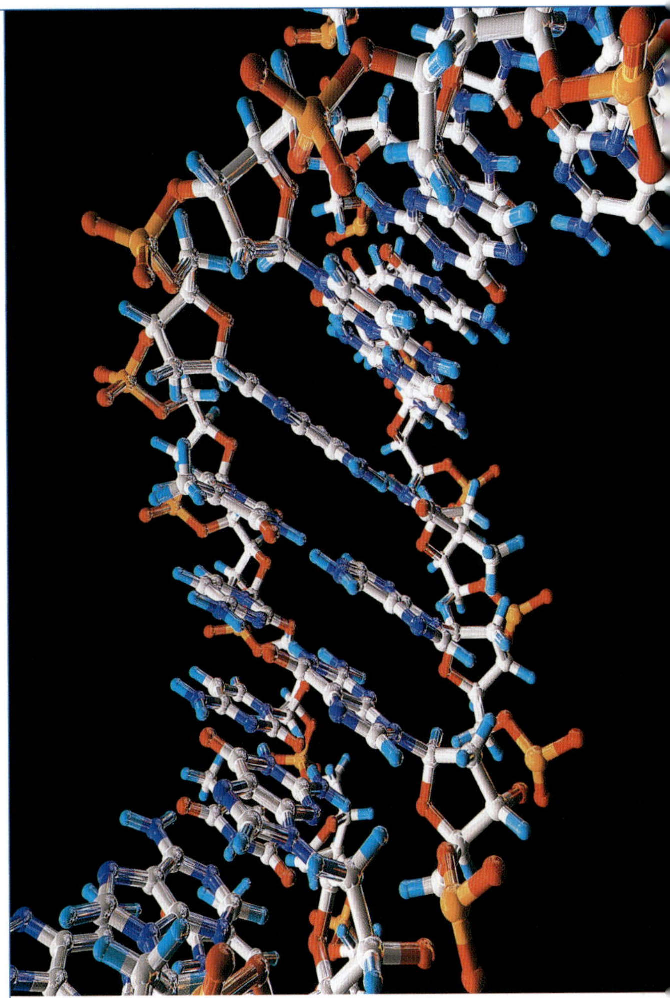

OBEN Computergrafik eines Ausschnitts eines DNA-Strangs in seiner gesamten Komplexität (Stabmodell) – in dieser Abbildung ist Kohlenstoff weiß, Wasserstoff hellblau, Stickstoff dunkelblau, Sauerstoff rot und Phosphor orange.

auch die Doppelhelix in zwei Einzelstränge auf, von denen jeder einen Kern für eine neue Zelle bildet, indem er Nukleotide aus der Zelle an sich bindet und eine mit dem Original identische Doppelhelix aufbaut.

Die in der DNA codierte Sequenz, die die Individualität eines Menschen ausmacht, schien Wissenschaftlern ein unfaßbar komplizierter Datensatz zu sein. Da aber die Menschen viele Eigenschaften miteinander teilen, wurde klar, daß große Regionen des genetischen Codes für alle Menschen gleich sein mußten. Die individuellen DNA-Elemente sind für spezifische

Merkmale wie Erscheinungsbild oder Augen- oder Haarfarbe verantwortlich.

Genetische Marker

Wissenschaftler erkannten, daß man Marker zur Isolierung dieser polymorphen Einheiten der individuellen DNA benötigte, um sie aufzuzeichnen und mit entsprechenden Informationen anderer Individuen zu vergleichen. In den 80er Jahren hatte ein Team von Genforschern des Lister-Instituts der Universität von Leicester in England unter der Leitung von Dr. Alec Jeffreys bestimmte Abschnitte der DNA isoliert. Sie entnahmen einer Probe Zellkerne und schnitten die in ihnen enthaltenen DNA-Ketten mit Hilfe eines sogenannten Restriktionsenzyms an bestimmten Stellen auseinander. Das Enzym war in der Lage, bestimmte Sequenzen im Code zu erkennen und die Kette an spezifischen Punkten zu zerschneiden, wodurch eine Reihe von Fragmenten verschiedener Längen entstand. Diese wurden mit Hilfe der Gel-Elektrophorese voneinander getrennt, bei der an die in einem Gel befindlichen DNA-Fragmente eine hohe elektrische Spannung angelegt wird.

RECHTS Eine Labortechnikerin führt eine Gel-Elektrophorese zur Auftrennung und Identifizierung von DNA-Fragmenten durch.

UNTEN Dr. Alec Jeffreys in seinem Labor.

Unter den Bedingungen der Gel-Elektrophorese bringt man die DNA-Fragmente dazu, mit unterschiedlichen Geschwindigkeiten durch das Gel zu wandern. Die kleineren Stücke wandern schneller als die größeren, wodurch die verschiedenen Fragmente nach Längen sortiert werden. Dann überträgt man sie auf eine spezielle Nylonmembran, so wie einen Tintenstrich auf ein Blatt Löschpapier.

Mit radioaktiven Markermolekülen werden die individuellen Sequenzen nach ihrem Code identifiziert. Dabei handelt es sich um Gensonden, die entsprechend ihrem eigenen Code an sich bestimmte Gensequenzen binden. Um z. B. DNA-Fragmente zu erkennen, die die Sequenz A-G-T (Adenin, Guanin, Thymin) enthalten, wird eine radioaktiver Marker mit der komplementären Sequenz T-C-A (Thymin, Cyctosin, Adenin) verwendet, weil diese beiden Sequenzen automatisch aneinander binden.

Der Aufbau eines »genetischen Fingerabdrucks«

Die die DNA-Fragmente enthaltende Nylonmembran wird auf einen röntgenempfindlichen Film gelegt. Radioaktive Marker wurden an die ihren Codesequenzen komplementären DNA-Fragmente gebunden und wirken nun an den Stellen, an denen sie sich befinden, auf den Film ein. Der entwickelte Film kennzeichnet die Positionen der DNA-Fragmente mit den radioaktiven Markern. Sie erscheinen als Serie von Balken ähnlich den Barcodes im Supermarkt. So wie die Abfolge der schmalen und breiten Striche und der Zwischenräume des

UNTEN Computerdarstellung einer automatisierten Methode zur Entschlüsselung von Basenpaar-Sequenzen in DNA-Fragmenten, die aus den Chromosomen menschlicher Zellen gewonnen wurden – ein »DNA-Fingerabdruck«.

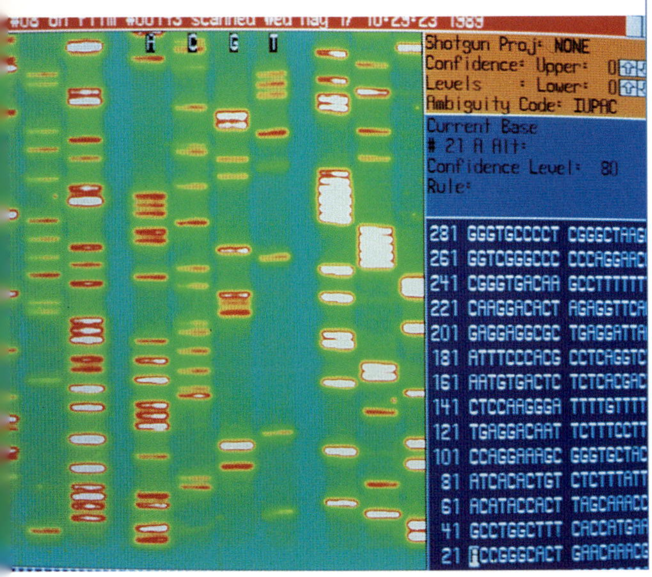

Barcodes ein bestimmtes Produkt identifiziert, ergibt auch die Anordnung der DNA-Fragmente ein individuelles Muster, den »genetischen Fingerabdruck«.

In Zukunft wird diese Methode schneller und leichter anzuwenden sein und immer genauere Informationen liefern. Die bereits existierenden Methoden zum Vergleich der »Barcode«-Spuren auf den Röntgenfilmen werden durch eine neue Technik ersetzt, die 1991 von Dr. Jeffreys entwickelt wurde. Diese Methode sucht nach kurzen Sequenzen, die sich innerhalb eines DNA-Moleküls wiederholen. Die Wiederholungssequenzen tauchen an verschiedenen Stellen der DNA auf und lassen sich auch noch in Leichen nachweisen.

Mit Hilfe der Polymerase-Kettenreaktion, die bereits bei DNA-Substanzmengen von nur einem milliardstel Gramm anwendbar ist, können diese

UNTEN DNA-Fingerabdrücke für einen Vaterschaftsnachweis (oben links). Die DNA der Mutter ist grün, die des Kindes rot und die des potentiellen Vaters blau dargestellt. Die direkten Vergleiche oben rechts und unten links weisen Übereinstimmungen aller Banden der DNA des Kindes entweder mit der Mutter oder dem wahren Vater auf, aber der Vergleich mit dem DNA-Fingerabdruck eines angeblichen Vaters unten rechts zeigt einige Nichtübereinstimmungen, wodurch bewiesen ist, daß er nicht der Vater des Kindes sein kann.

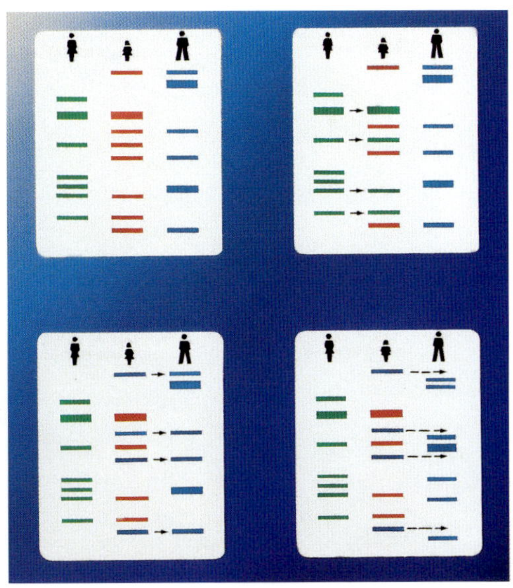

Sequenzen nach ihrer Isolierung vervielfältigt werden. Die Technik beruht auf neuen Erkenntnissen zur natürlichen DNA-Replikation während der Zellteilung und des Wachstums. Mit ihr kann eine bestimmte Menge an DNA innerhalb von einer Stunde auf das Millionenfache gesteigert werden. Das Produkt wird anschließend durch Gel-Elektrophorese aufgearbeitet und liefert die Anzahl der Wiederholungen der Ausgangssequenz in jedem Teil der Probe.

Weil in den menschlichen Genen hunderte verschiedener Typen solcher kurzen Sequenzen enthalten sind, finden sich in einer Serie von Sequenzsuchen auch unter Millionen keine zwei Personen mit identischen Resultaten. Die Information wird mittlerweile in einen Digitalcode von fünfzig bis siebzig Zahlen umgewandelt. Mit dieser exakten Angabe kann man zwischen DNAs verschiedener Quellen in derselben Probe unterscheiden, wie man sie z. B. bei Vergewaltigungen oder nach Kämpfen findet. Diese digitalen Daten können in Computerdatenbanken gespeichert und umgehend in die ganze Welt übermittelt werden, um mit anderen verglichen zu werden.

Vererbungslehre

Weil jedes Neugeborene von seinen Eltern je zur Hälfte die Chromosomen mit ihrer DNA erbt, muß der genetische Fingerabdruck der DNA des Kindes in allen Einzelheiten mit den entsprechenden genetischen Fingerabdrücken seiner Eltern korrelieren. Die DNAs verschiedener Nachfahren desselben Paares stehen zur

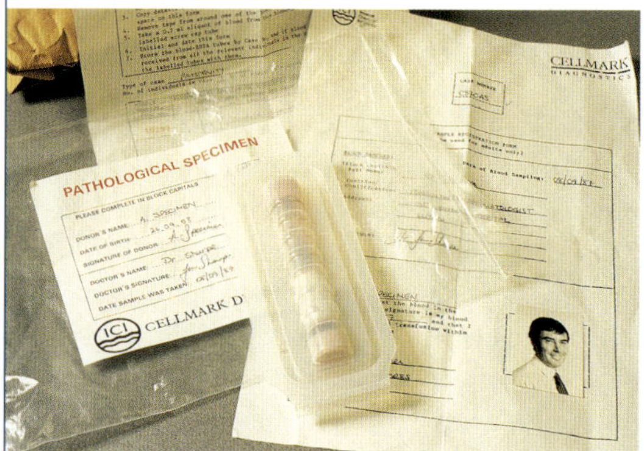

OBEN Eine pathologische Probe, verpackt und fertig für die Analyse.

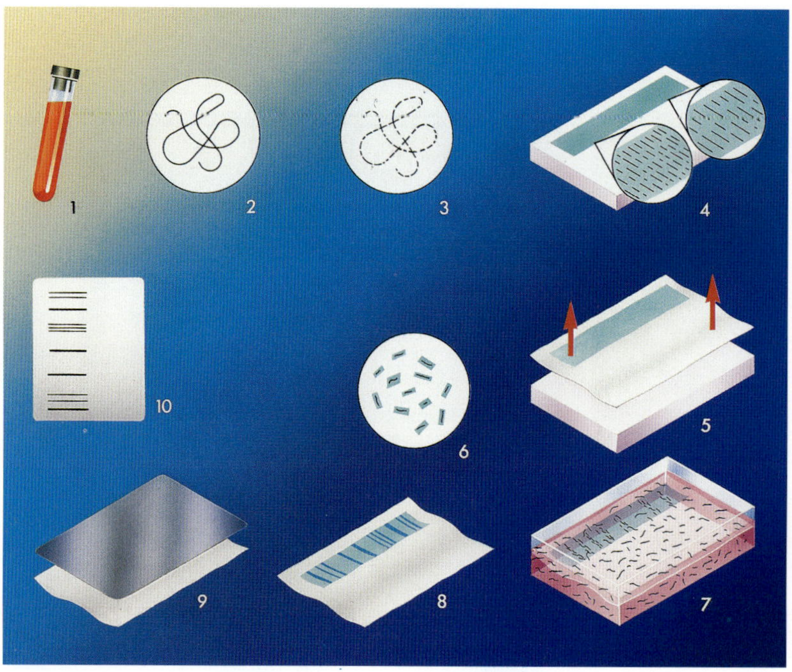

LINKS Der Ablauf der Erstellung eines DNA-Fingerabdrucks: Eine Blutprobe (1) enthält DNA (2), die durch ein spezielles Enzym in Fragmente geschnitten wird (3), die durch Gel-Elektrophorese nach Länge sortiert werden (4). Das DNA-Fragmentmuster wird auf eine Nylonmembran übertragen (5), die eine radioaktive Sonde (6) enthält, welche spezielle DNA-Sequenzen erkennen kann. Die Sonde bindet sich auf der Nylonmembran an die Zielsequenzen (7), anschließend wird überschüssige DNA abgewaschen (8). Ein Röntgenfilm wird der radioaktiv markierten DNA ausgesetzt (9) und entwickelt, wobei sich die charakteristischen Balken als DNA-Fingerabdruck zu erkennen geben (10).

DNA der Eltern in derselben Beziehung. Damit kann man DNA-Proben durch Vergleich mit denen bekannter Verwandter oder Nachfahren identifizieren.

Diese Art von Untersuchungen über Generationen und gar über Jahrhunderte hinweg wird durch die außergewöhnliche Beständigkeit der DNA ermöglicht. Es gelang Forschern, die DNA aus Knochen von Leichnamen zu isolieren, die vor langer Zeit verbrannt worden waren – selbst von tausende Jahre alten mumifizierten Leichnamen ägyptischer Pharaonen.

RECHTS Analyse und Vergleich von DNA-Profilen.

UNTEN Ein Labor, in dem DNA-Tests zur Untersuchung von Familienbeziehungen und zur Weitergabe von Erbkrankheiten durchgeführt werden.

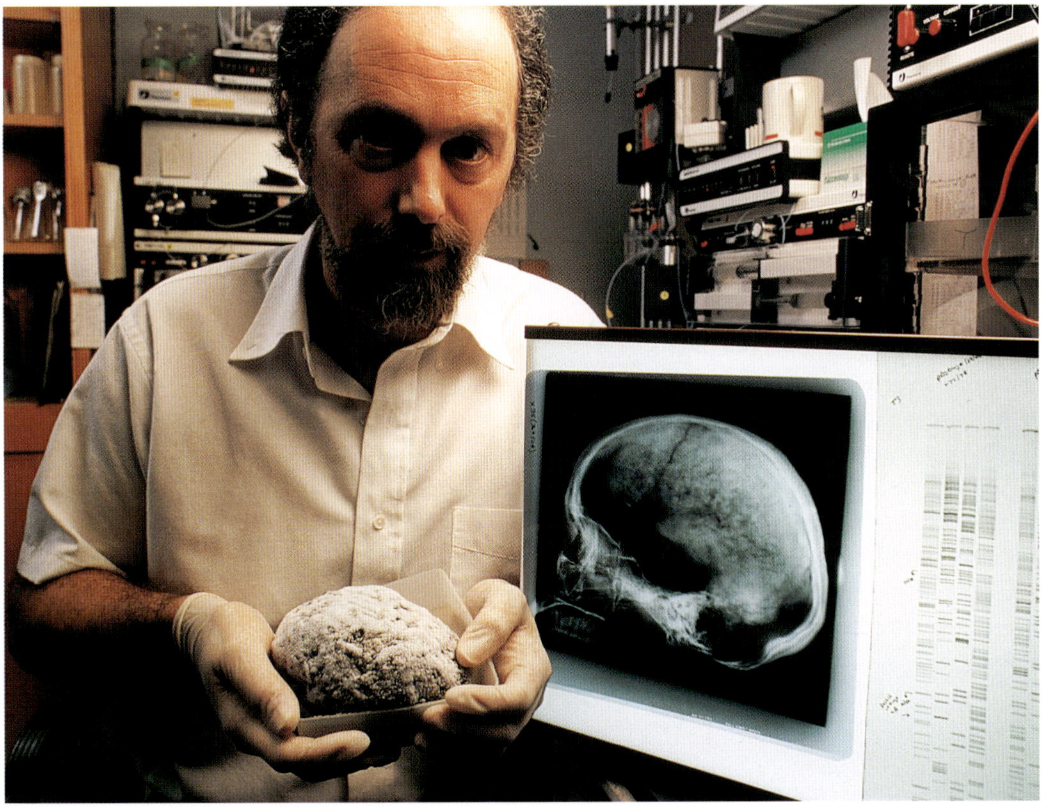

Colin Pitchfork

Die Vergewaltigung und Ermordung der 15jährigen Schülerin Lynda Mann im November 1983 in dem Ort Narborough in Leicestershire entsetzte die ganze Gemeinde. Der einzige vom Mörder zurückgelassene Hinweis war sein Samen, der sich auch ohne DNA-Fingerabdruck als ein Typus erwies, der sich nur bei etwa 10 % der männlichen Bevölkerung findet. Dies ermöglichen die Eingrenzung des Kreises der Verdächtigen, auch wenn es nicht für eine positive Identifizierung des Mörders reichte.

Weil Lynda auf einem abgelegenen Fußweg überfallen und ermordet worden war, nahm die Polizei an, daß ihr Mörder aus der Gegend stammte. Zeugenaufrufe in den Zeitungen erbrachten jedoch keine nützlichen Hinweise, ebensowenig wie die Befragung der Bevölkerung, als die Polizei der Reihe nach alle Häuser aufsuchte.

Am 31. Juli 1986 wurde die 15jährige Dawn Ashworth aus Enderby nach einem Besuch bei Freunden in Narborough auf einem anderen abgelegenen Fußweg vergewaltigt und ermordet. Als man kurz darauf mit Hilfe des Polizeicomputers nach Personen des Ortes suchte, über die Aufzeichnungen zu sexuellen Übergriffen vorlagen, stießen die Beamten auf einen jungen Küchengehilfen der psychiatrischen Klinik Carlton Hayes, die am Ortsrand lag. Er wurde von der Polizei verhört und legte ein vollständiges Geständnis ab, das er allerdings später widerrief. Die Polizei nahm eine Blutprobe und beauftragte Dr. Alec Jeffreys, den Erfinder des genetischen Fingerabdrucks, die Probe mit der an Lynda Manns Leichnam gefundenen zu vergleichen.

Die DNA-Indizien zeigten eindeutig, daß der Küchengehilfe für die beiden Morde nicht verantwortlich war und daß es ein und derselbe Mann gewesen sein mußte, der die beiden Mädchen umgebracht hatte. Die Fahndung der Polizei wurden intensiviert. Mit Hilfe der exakten DNA-Indizien richteten die Beamten ihr Augenmerk wieder auf die erwachsenen Männer in Narborough und den Nachbargemeinden Littlethorpe und Enderby, wobei sie diesmal keine Fragen stellten, sondern Blutproben nahmen.

Über 4500 Männer stellten Blutproben zur Verfügung. Bei einem von ihnen handelte es sich um Colin Pitchfork, einen 27jährigen Bäckereiarbeiter, der bereits zu einem früheren Zeitpunkt der Ermittlung befragt worden war. Am

OBEN Polizisten sammeln Indizien am Tatort der Ermordung von Lynda Mann.

UNTEN Der Abtransport von Lyndas Leiche.

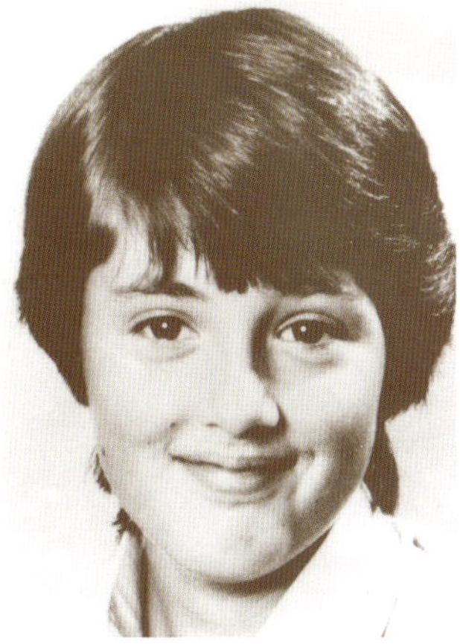

OBEN Dawn Ashworth, das zweite Mordopfer.

OBEN RECHTS Die Kneipe, in der Einheimische darüber diskutierten, daß Colin Pitchfork einem Kollegen Geld gegeben hatte, damit dieser an seiner Statt eine Blutprobe ablieferte.

RECHTS Dr. Alec Jeffreys analysierte die DNA-Proben der Massenuntersuchung.

18. September 1987 machte ein Polizist, dessen Vater der Besitzer einer örtlichen Kneipe war, eine interessante Aussage. In der Kneipe hatten Bäckereimitarbeiter darüber gesprochen, daß Colin Pitchfork seinem Arbeitskollegen Ian Kelly Geld gegeben hatte, damit dieser an seiner Statt eine Blutprobe zur Verfügung stellte. Die Polizei verglich die Unterschrift vom Bluttest mit Pitchforks wahrer Unterschrift, die sich auf den Formularen der ersten Befragung fand, und stellte fest, daß sie nicht übereinstimmten. Pitchfork wurde verhaftet und mußte eine Blutprobe zur Verfügung stellen, die bestätigte, daß er der zweifache Mörder war. Er gestand die Verbrechen und wurde im Januar 1988 zu lebenslanger Haft verurteilt.

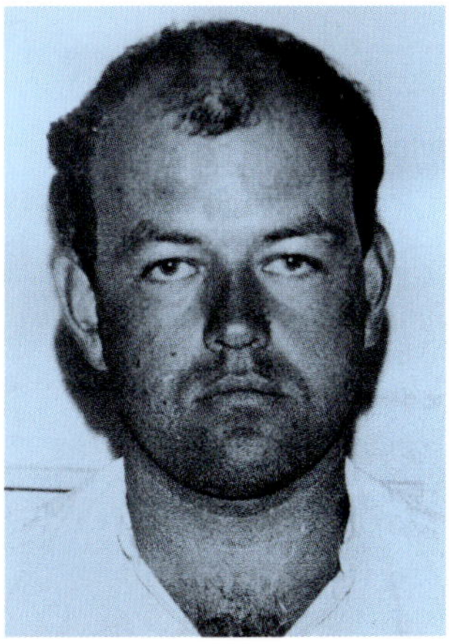

OBEN Colin Pitchfork.

Ian Simms

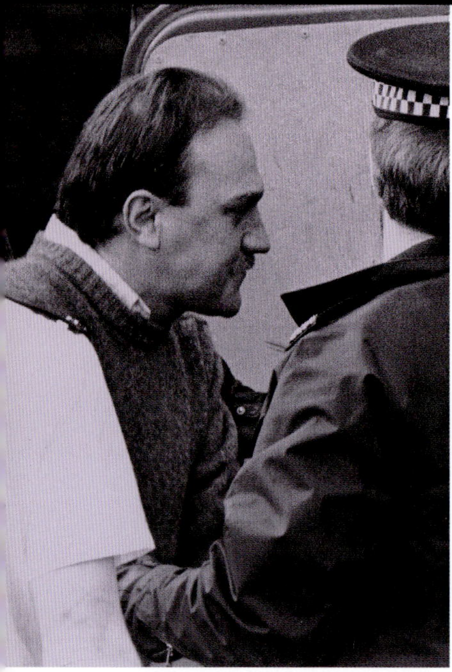

OBEN Ian Simms.

RECHTS Ortsansässige beteiligen sich an der Spurensuche nach Helen McCourts Verschwinden.

UNTEN Die Geschworenen vor der Kneipe »George and Dragon«, wo der Mord stattfand.

Am späten Nachmittag des 9. Februar 1988 stieg die 21-jährige Versicherungsangestellte Helen McCourt aus einem Bus und machte sich auf den weniger als einen Kilometer langen Heimweg nach Billinge in Nordwestengland. Unterwegs wollte sie bei der Kneipe »George and Dragon« haltmachen, um sich mit deren Besitzer Ian Simms zu treffen. Der verheiratete Simms hatte ein Verhältnis mit McCourt. Er hatte versucht, die Affäre zu beenden, aber McCourt wollte ihn trotzdem an diesem Abend besuchen.

Nachdem sie aus dem Bus gestiegen war, verschwand sie spurlos. Sie kam nicht nach Hause und wurde weder tot noch lebendig jemals wieder gesehen.

Zeugen berichteten, sie hätten einen Schrei aus der Kneipe gehört, kurz nachdem McCourt den Bus verlassen hatte. Die Polizei verhörte Ian Simms, der Kratzer im Gesicht hatte, die seinen Angaben zufolge von einem Streit mit seiner Frau stammten. Ferner fand sich Erde an den Ringen und dem Armband, die er trug, wofür er keine Erklärung hatte. Auch zu dem Schrei,

der aus der Kneipe gedrungen sein sollte, konnte er nichts sagen.

Die Polizei beschlagnahmte Simms' Auto und fand bei der Untersuchung einen blutverschmierten Ohrring, der McCourt gehört hatte, sowie lange Haare. Bei der Durchsuchung von Simms' Räumen in der Kneipe fand man den zum Ohrring gehörenden Clip. Außerdem entdeckten die Beamten Blutflecken, die auf einen Kampf hinter der Tür hindeuteten, sich auf der Treppe und im Schlafzimmer fortsetzten und endeten, wo das Opfer auf dem Boden gelegen hatte.

Es gab keine Hinweise auf den Leichnam der Frau, obwohl nacheinander Gegenstände, die ihr gehört hatten, in der Umgebung der Gemeinde auftauchten. Dazu zählten ihr Geldbeutel, der zusammen mit ihrem Mantel und einigen stark blutbefleckten Kleidungsstücken gefunden wurde. Am Mantel befanden sich Haare von Simms' beiden Hunden sowie Teppichfasern aus seiner Wohnung. Die Plastikbeutel, in denen die Kleidungsstücke gefunden worden waren, ähnelten solchen, die in der Kneipe verwendet wurden. Außerdem fand man ein verknotetes Stück Stromkabel mit Haaren, wie sie in Simms' Auto gefunden worden waren. Beide Haarfunde wurden mit Proben von McCourts Haaren aus ihrem Schlafzimmer im Haus ihrer Familie verglichen und paßten zueinander.

Bemerkenswert an diesem Fall ist der besondere Einsatz von DNA-Tests – eine Leiche war nicht vorhanden –, um zu beweisen, daß das Blut in der Wohnung von Helen McCourt stammte. Blutproben ihrer Eltern wurden genommen und die DNA aus den Blutspuren im »George and Dragon« extrahiert. Der Vergleich mit dem Blut der Eltern war zwar nicht dasselbe wie ein Vergleich mit dem Blut des Opfers, aber Dr. Alec Jeffreys vom Lister-Institut der Universität Leicester bestätigte, daß die Wahrscheinlichkeit, daß eine andere Probe eine ähnlich gute Übereinstimmung ergeben würde, bei 1 : 14.500 lag. Obwohl Helen McCourts Leiche nicht gefunden wurde, wurde Simms aufgrund der belastenden DNA-Analysen des Mordes für schuldig befunden und zu lebenslanger Haft verurteilt.

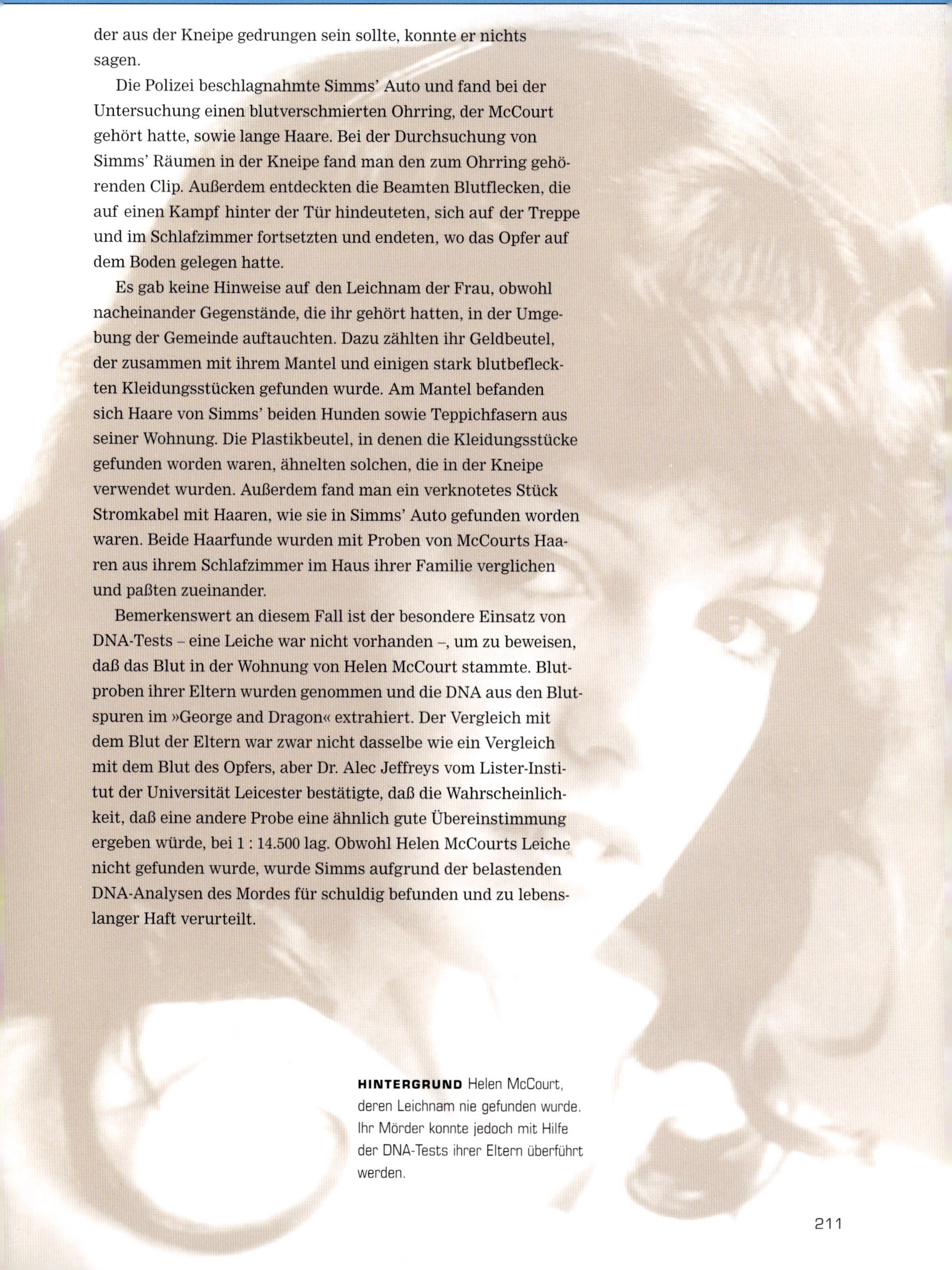

HINTERGRUND Helen McCourt, deren Leichnam nie gefunden wurde. Ihr Mörder konnte jedoch mit Hilfe der DNA-Tests ihrer Eltern überführt werden.

Dr. Josef Mengele

OBEN Dr. Josef Mengele, aufgenommen 1960 in Südamerika.

UNTEN Fahndungsaufruf mit Mengeles Foto und einer Phantomzeichnung, wie er seit der Aufnahme gealtert sein könnte.

Nach dem 2. Weltkrieg war Dr. Josef Mengele, der leitende Arzt des Konzentrationslagers Auschwitz, einer der berüchtigsten Justizflüchtlinge. Er war verantwortlich für den Tod von Hunderttausenden von Lagerinsassen. Viele von ihnen, darunter auch kleine Kinder, waren an den Folgen seiner barbarischen Experimente gestorben.

Alles deutete darauf hin, daß er sich der Festnahme in Deutschland vier Jahre lang entzogen hatte, bevor er nach Argentinien floh, wo sich seine Spur verlor. Mitte der 80er Jahre, als internationale Anstrengungen unternommen wurden, ihn in seinem südamerikanischen Versteck aufzuspüren, erhielt man Berichte darüber, daß Mengele in einem brasilianischen Ort als Wolfgang Gerhard begraben liege. Der Tote in dem Grab war den Unterlagen zufolge 1979 im Alter von 67 Jahren ertrunken.

Das Grab wurde im Juni 1985 geöffnet und der Leichnam entnommen, um ihn mit allen zur Verfügung stehenden Methoden zu identifizieren. Problematisch war, daß sich alle bekannten Angaben zur Person Mengeles in den Personalakten der SS befanden. Diese enthielten nur wenige Details, sondern lediglich allgemeine Angaben wie seine Körpergröße und der Kopfumfang. Bei der Untersuchung der Knochen kamen forensische Anthropologen aufgrund der Form von Augenhöhlen und Nase zu dem Ergebnis, daß es sich um einen Weißen handelte. Anhand des Bekkenknochens schloß man, daß es sich um einen Mann handelte, und Merkmale an seinen Armknochen deuteten darauf hin, daß er Rechtshänder gewesen war. Die Abnutzung der Zähne ließen darauf schließen, daß der Mann zum Zeitpunkt seines Todes zwischen sechzig und siebzig Jahre alt gewesen war.

Zu jener Zeit konnte man zur weiteren Ermittlung der Identität lediglich Röntgenaufnahmen seiner Zähne mit zahnärztlichen Berichten von Mengele aus dem Jahr 1938 vergleichen und Videoüberlagerungen des Schädels mit Fotografien von Mengele durchführen. Aufgrund der Ergebnisse galt es als nahezu sicher, daß es sich in der Tat um den Leichnam des vermißten und langgesuchten Verbrechers handelte, aber ohne einen absoluten Beweis blieben einige Zweifel.

Erst 1992, als man DNA-Proben von der Leiche mit solchen von in Deutschland lebenden Verwandten Mengeles verglich, ergab sich eine Übereinstimmung. Es war der Leichnam Mengeles.

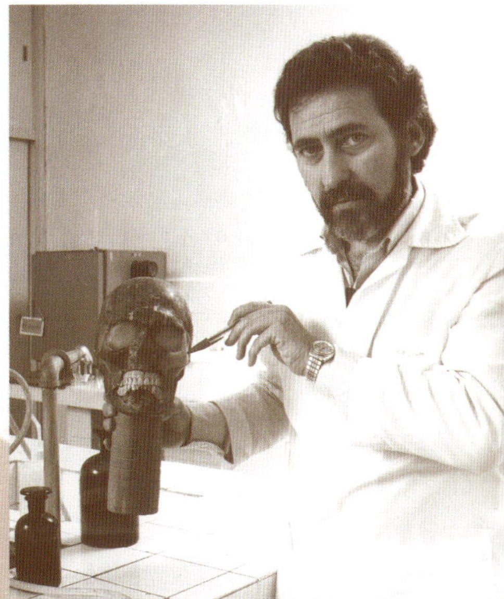

OBEN Dr. Daniel Munoz vom Gerichtsmedizinischen Institut von São Paulo mit einer Rekonstruktion von Mengeles Schädel.

HINTERGRUND Der forensische Dentist Dr. Lowell Levine mit Zahnröntgenaufnahmen als Beweis, daß der im brasilianischen Grab gefundene Leichnam tatsächlich der von Mengele war.

Zar Nikolaus II.

UNTEN Die Suche nach den sterblichen Überresten des Zaren und seiner Familie im sumpfigen Gelände außerhalb von Jekaterinburg 1993.

UNTEN Zar Nikolaus II. und die Zarin Alexandra mit ihren Kindern.

Während des Bürgerkriegs nach der russischen Oktoberrevolution von 1917 wurde die Situation des Zaren und seiner nahen Familienangehörigen immer prekärer. Für die Kommunisten waren sie eine wertvolle »Handelsware«, aber man konnte sie auch als eine potentielle Gefahr ansehen, auf die sich die weißrussischen Gegner der Kommunisten konzentrieren könnten. Im Juli 1918 wurde die Herrscherfamilie im Ipatjev-Haus in Jekaterinburg (seit 1924 Swerdlowsk) in Westsibirien gefangengehalten. Als sich weißrussische Kräfte näherten, wurden ihre Bewacher beauftragt, den Zar, seine Frau, seine Kinder und ihre Begleiter hinzurichten. Ihre Leichen sollte man so beseitigen, daß sie niemals gefunden werden könnten.

Ende der 70er Jahre, als von offizieller sowjetischer Seite nach wie vor keine Bereitschaft zu einer Diskussion des Schicksals von Nikolaus II. und seiner Familie vorhanden war, wurde das Haus, in dem sie hingerichtet worden waren, abgerissen, um der zunehmenden Flut von Schaulustigen entgegenzuwirken. Dennoch wurde weiter nach den sterblichen Überresten der ermordeten Familie gesucht. Gely Rjabow, ein offizieller Vertreter des Innenministeriums, gelang es, den Sohn des Wachmanns Jakow Jurowski ausfindig zu machen, der die Erschießungen im Keller des Ipatjev-Hauses mitangesehen hatte. Jurowskis Sohn

teilte Rjabow mit, daß sein Vater den Ort des Begräbnisses als sumpfiges Gelände am Ortsrand beschrieben hätte.

Rjabow fand schließlich ein Massengrab, das mit einer Lage Baumstämme und darübergeschichteter Erde bedeckt war. In einer nächtlichen Aktion grub Rjabow mit einer Gruppe von Helfern unter den Stämmen und barg einen Haufen alter zerbrechlicher Knochen sowie Reste von Kleidungsstücken, die er versteckte.

Es dauerte bis 1991, als sich die politische Situation hinreichend entspannt hatte, bevor das Team seine Entdeckungen veröffentlichte. Um die Identität der Gebeine zu ermitteln, wurden Fotografien von Zar Nikolaus und der Zarin Alexandra mit Fotografien der beiden größten Schädel übereinandergelegt. Dabei zeigte sich eine vielversprechende Übereinstimmung. Eine abschließende Bestätigung konnte man anhand von DNA-Tests erlangen.

Um die DNA-Proben von den Knochen als die der Zarenfamilie zu identifizieren, benögte man DNA-Proben von einem direkten Abkömmling eines Familienmitglieds. Da die Knochen gealtert waren, war nur wenig DNA verfügbar, so daß die Ermittler auf einen besonderen DNA-Typ vertrauen mußten, der Mitochondrien-DNA, die nur von der Mutter vererbt wird. Dies engte den Kreis möglicher DNA-Spender ein, aber schließlich wurden DNA-Proben von Prinz Philipp, Herzog von Edinburgh und Gatte von Königin Elisabeth II., der ein Nachfahr der Schwester der Zarin ist, zur Verfügung gestellt.

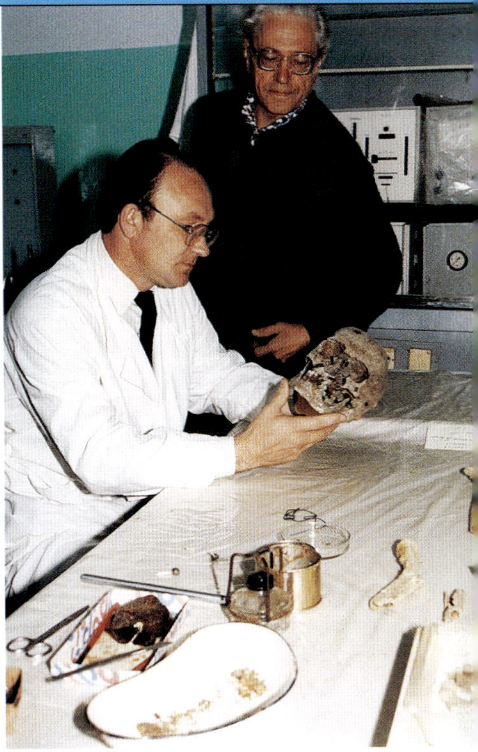

OBEN Wissenschaftler untersuchen die Knochen, bei denen es sich angeblich um die des Zaren und seiner Familie handelte.

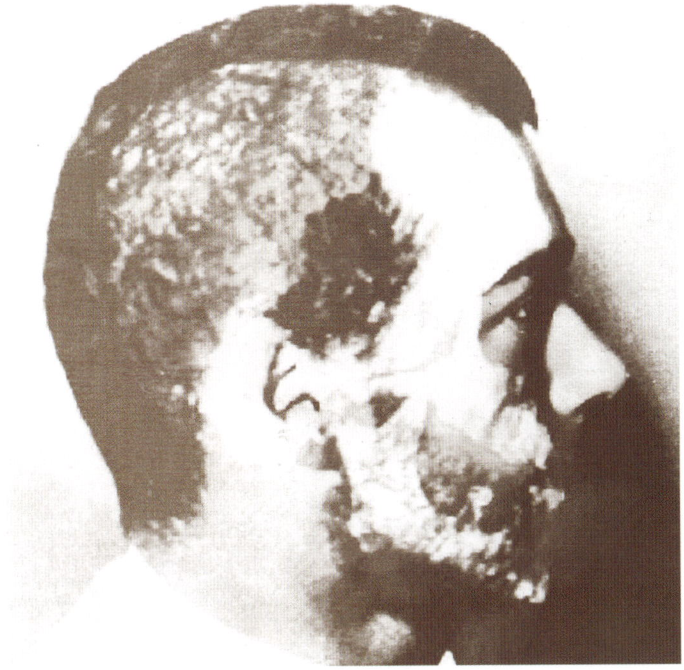

OBEN Die Überlagerung einer Fotografie der Zarin mit einer des zweitgrößten Schädels ergab ein hohes Maß an Übereinstimmung.

LINKS Die Überlagerung einer Fotografie von Nikolaus II. mit einer des größten im Grab gefundenen Schädels ergab eine gleichermaßen große Übereinstimmung.

RECHTS Der Leiter der Untersuchung, Dr. Peter Gill, der die Identität der Knochen als die der Zarenfamilie bestätigte. Er wurde auch beauftragt, DNA von Anna Anderson zu untersuchen, die behauptet hatte, die Großfürstin Anastasia zu sein, deren Leiche nie gefunden worden waren.

UNTEN Ein medizinischer Experte verschließt die Behältnisse mit den Gebeinen des Zaren, der Zarin und ihrer Kinder.

Unter den Skeletten fanden sich das eines Mannes, das einer Frau und drei ihrer Kinder. Als man die DNA-Proben mit denen von Prinz Philipp verglich, wurde klar, daß die Frau mit ihm und damit mit der Schwester der Zarin verwandt war. Dies war eine positive Identifizierung der Gebeine als solche der Herrscherfamilie, obwohl man die Knochen des jungen Thronerben, Zarewitsch Alexei, und der Großfürstin Anastasia nie fand.

Die Tatsache, daß die Knochen von Anastasia nicht im Grab gefunden wurden, nährte die Legende, daß das junge Mädchen nicht wie ihre restliche Familie ermordet worden sei, sondern entkommen konnte. Dies lenkte das Interesse wieder auf Anna Anderson, die 1920 als Flüchtling auftauchte und angab, Anastasia zu sein. Andersons detaillierte Kenntnisse des Lebens am Hof und der Herrscherfamilie hatten einige derjenigen, die die Familie gekannt hatten, von ihrer Behauptung überzeugt.

Anna Anderson starb 1964. Durch einen Zufall war Gewebe von ihrem Körper in dem Krankenhaus, wo sie kurz vor ihrem Tod operiert werden mußte, aufgehoben worden. 1994 wurde die DNA aus ihrem Gewebe mit der der Kinder des Zaren verglichen und zweifelsfrei bewiesen, daß sie nicht mit der Familie verwandt gewesen war. Das Rätsel um Anastasias Schicksal bleibt wie das des Zarewitsch Alexei ungelöst.

Anna Andersons wahre Identität wurde schließlich ermittelt, als Mitglieder der Schankowska-Familie von den DNA-Tests lasen und behaupteten, daß die Frau eine ihrer Verwandten gewesen sei. Sie war eine mittellose Neurotikerin namens Franziska Schankowska, die sich als Mitglied der Herrscherfamilie ausgegeben hatte und sich ihren Lebensunterhalt mittels derer verdiente, die sie hinters Licht führen konnte. DNA-Tests belegten, daß Anna Anderson in der Tat eine nahe Verwandte der Schankowskas gewesen war.

OBEN Prinz Philipp, Herzog von Edinburgh, ist ein direkter Nachfahre der Schwester des Zaren und stellte DNA-Proben zur Verfügung, um die Identifizierung der Zarenfamilie zu ermöglichen.

UNTEN Ehrenwache neben den Särgen des Zaren und seiner Familie, aufgebahrt in der Peter-und-Pauls-Festung in St. Petersburg vor der Bestattungszeremonie.

Die Zukunft der forensischen Wissenschaft

OBEN Eine Lupe über zwei DNA-Sequenzen. Die auch als Autoradiogramme bezeichneten Sequenzen bestehen aus vier Reihen unregelmäßig angeordneter schwarzer Balken.

Die forensische Wissenschaft ist heute leistungsfähiger denn je und liefert Beweise, die in Zukunft noch verläßlicher sein werden, vorausgesetzt, man berücksichtigt berechtigte Bedenken hinsichtlich ihrer Genauigkeit und der bürgerlichen Freiheiten.

Neben DNA- und Fingerabdruck-Untersuchungen gibt es viele andere Techniken, mit denen ein Individuum identifiziert werden kann. Hierzu gehören Balken- oder Kontursonogramme, Netzhautabtastung und der Nachweis von Chemikalien im Schweiß. Theoretisch könnte eine Datenbank über Verbrecher all diese Merkmale enthalten.

Die Verwaltung von komplexen Datenbanken sowie die systematische Suche darin wurden durch die Einführung von Computern stark vereinfacht. Solange man Daten nur in Papierform archivierte, gestaltete sich die Aufgabe, Fingerabdrücke von einem Tatort mit denen der polizeilichen Dateien zu vergleichen, langwierig und arbeitsaufwendig. Nahmen Kriminelle außerdem noch einen Ortswechsel vor, so

LINKS Forensische Wissenschaftler durchsuchen Karteien von Fingerabdrücken in der National Fingerprint Gallery im Hauptquartier des Metropolitan Police Support in London, England, wo über 4,4 Millionen Fingerabdrücke archiviert sind.

UNTEN Ein Experte für Fingerabdrücke arbeitet 1948 mit einer Lupe zur Klassifizierung des Abdrucks und zur Bestimmung der Linienzahl. Das Ergebnis wird auf der Karte vermerkt.

waren ihre Abdrücke nicht notwendigerweise in den polizeilichen Akten ihrer neuen »Wirkungsstätte« enthalten. Wurden die Aufzeichnungen verschiedener Polizeibehörden zusammengefaßt, so waren die daraus resultierenden Datenbanken so unhandlich, daß eine systematische Suche in der gesamten Sammlung kaum möglich war.

In dem Maße, wie die forensische Wissenschaft immer breiter gefächerte und umfangreichere Informationen über Verbrecher zusammenträgt, wird das Sortieren und Verarbeiten der Daten zunehmend zeitaufwendiger. Ohne die enorme Steigerung der Leistungsfähigkeit und Geschwindigkeit von Computern wären viele Entwicklungen nutzlos geblieben.

Verbrechensbekämpfung mit Hilfe von Computern

Die Royal Canadian Mounted Police war die erste Polizei, die zur Speicherung von Fingerabdrücken Computer einsetzte. Die Computererfassung ihrer Fingerabdruckdateien war 1973 abgeschlossen. Schweden folgte 1975, und ein Jahr später waren Deutschlands siebzehn Millionen kriminalpolizeiliche Datensätze in Computerdatenbanken übertragen. Nachdem immer mehr Länder ihre Daten hinzugefügt hatten, wuchsen die Möglichkeiten, Verbrecher anhand ihrer Fingerabdrücke zu identifizieren und aufzuspüren enorm.

Die zur Suche und zum Vergleich von Fingerabdrücken verwendeten Computerprogramme wurden rasch leistungsfähiger und schneller. In den 90er Jahren konnten mehrere zehntausend Fingerabdrücke pro Sekunde geprüft werden. Die Polizei war erstmals in der Lage, »Blindsuchen« anzustellen, indem sie in Datenbanken Übereinstimmungen mit Fingerabdrücken von einem Tatort suchte, ohne einen speziellen Verdächtigen im Auge zu haben. Außerdem konnten durch die Zusammenführung von Datensätzen verschiedener Polizeieinheiten Treffer in zuvor ungelösten Fällen verzeichnet werden.

Doch dies war nur ein Aspekt der Entwicklung forensischer EDV. Ende der 80er Jahre setzten sowohl die britische als auch die amerikanische Polizei leistungsfähige Großrechner ein. Weil diese imstande waren, sehr effizient Muster auszusuchen und zu identifizieren, konnte man sie mit enormen Datenmengen aus einer Fahndung füttern und so statistische Auffälligkeiten ermitteln, die auf einen speziellen Verdächtigen oder eine Gruppen von Verdächtigen hinwiesen, bei denen sich eine Überprüfung lohnen könnte.

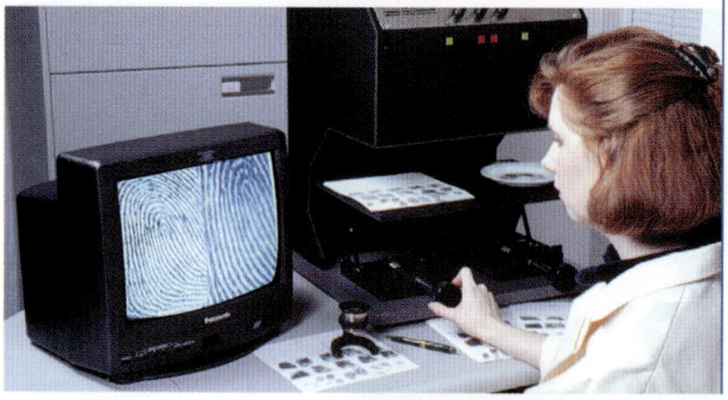

HOLMES und Floyd

In Großbritannien wurde der erste nationale Polizeirechner in den 70er Jahren entwickelt. Nun hatte die Polizei im ganzen Land Zugriff

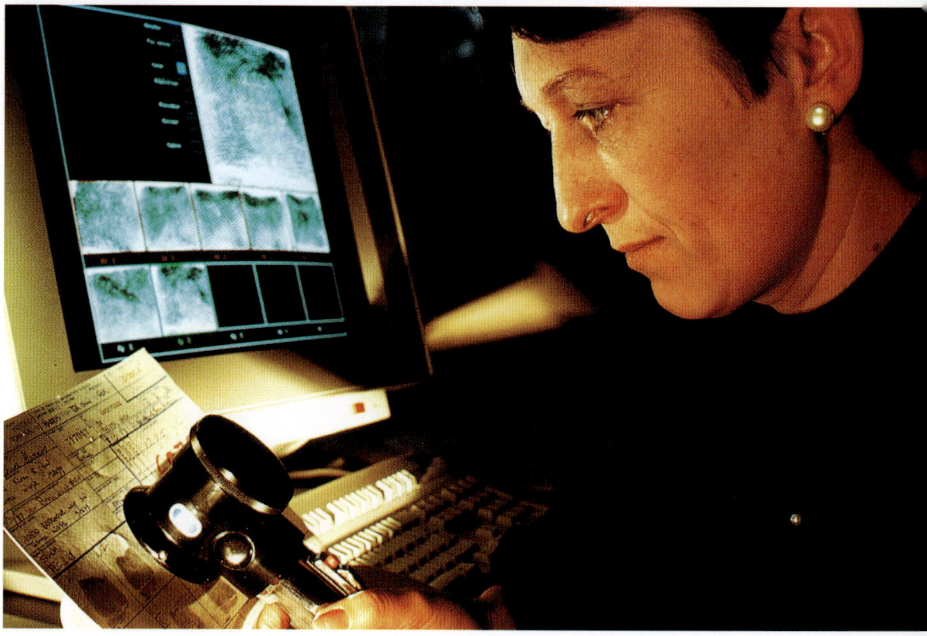

OBEN Ein optisches Gerät zum Vergleich von Fingerabdrücken.

RECHTS Mit einem Handdigitalisierer werden Fingerabdrücke von Papier in eine Computerdatenbank eingelesen, wo sie mit den Abdrücken Verdächtiger verglichen werden können.

auf eine gemeinsame Datenbank mit Aufzeichnungen über Verbrecher. 1987 führte die britische Regierung ein zusätzliches Computersystem ein, das Home Office Large/Major Enquiry System (HOLMES, eine Reminiszenz an den großen Romandetektiv). Ermittler konnten nun, mit Hilfe der Mustererkennungseigenschaften des Computers potentielle Verdächtige identifizieren oder eine Liste von Verdächtigen erstellen, die eine Reihe von Kriterien erfüllten, die auf forensischen Indizien von einem Tatort beruhten.

In den Vereinigten Staaten entwickelte das FBI mit Hilfe des Institute for Defense Analysis ein Computersystem mit künstlicher Intelligenz. Es wurde in Anlehnung an Clark Floyd, den Leiter der Einheit zur Identifizierung von Verbrechern, »Big Floyd« genannt und speicherte über drei Millionen Akten des FBI-Informationssystems zur organisierten Kriminalität.

Mit Hilfe von Big Floyd können die Ermittler im Computer nach potentiellen Verdächtigen suchen oder, wenn bereits ein Verdacht besteht, alle Informationen zu einer bestimmten Person abfragen. Man kann sogar Vorschläge zum weiteren Vorgehen in dem betreffenden Fall abrufen, z. B. die Identifizierung von bekannten Komplizen, die Beschaffung von Informationen aus anderen Quellen oder eine Anfrage für eine Genehmigung zum Abhören, um zusätzliche Informationen zu gewinnen.

Einige der am schwierigsten zu identifizierenden und aufzuspürenden Verbrecher sind Serienmörder, die ihre Opfer scheinbar zufällig treffen und angreifen. Zwei getrennte Programme wurden entwickelt, um den Ermittlern anhand der Datenbestände psychologische Profile von Serienmördern an die Hand zu geben. Das eine läuft bei der Behavioral Science Unit des FBI, die zwischen 1979 und 1983 über zwanzig verurteilte Serienmörder und ihre Familien befragte. Anhand des Materials wurden detaillierte Profile erarbeitet, die zur Identifizierung anderer Serienmörder mit ähnlichen Verhaltensmustern benutzt werden können. Das andere Programm ist das Violent Criminal Apprehension Program (VICAP), das von der Akademie des FBI 1985 ins Leben gerufen wurde. Es erfaßt Details von Gewalttaten und kategorisiert Unterscheidungsmerkmale jedes Verbrechens. Werden Daten eines neuen Falls eingegeben, so sucht das Programm seine Daten durch und überprüft dabei bis zu einhundert verschiedene Merkmale jedes Verbrechens, um die zehn am besten passenden Treffer aus der Datenbank auszugeben. Diese Liste wird von Experten analysiert, um zu ermitteln, ob der neue Fall zu einer Serie derselben Person gehören könnte.

GANZ OBEN Ein Techniker benutzt ein Barcode-Lesegerät, um Details von Fingerabdrücken in eine Computerdatei einzugeben.

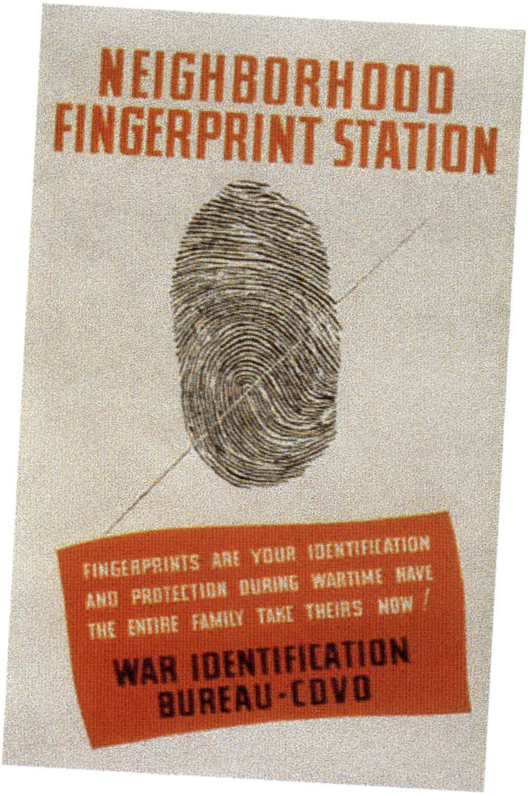

LINKS Ein Plakat aus dem 2. Weltkrieg ruft die Bürger zu einer Massenerfassung von Fingerabdrücken auf.

OBEN UND RECHTS Ein Infrarotsichtgerät wird für die Überprüfung eines Schecks eingesetzt. Die Ziffer »1« wurde in eine »4« umgewandelt.

Sicherheitskontrollen

Der einzige Nachteil all dieser Computerregistrierungen besteht darin, daß man mit ihrer Hilfe nur Verbrecher fassen kann, deren Merkmale bereits aufgezeichnet sind. In einigen früheren Fällen (siehe Seiten 168 und 228) wurden Kriminelle durch Massen-Fingerabdruckerfassungen bzw. -DNA-Tests identifiziert, wobei auch Menschen ohne kriminelle Vergangenheit in das Netz gelangten. Vorschläge, solche Massenerfassungen in Polizeidatenbanken einzuspeisen, rufen unweigerlich Bedenken hinsichtlich der Bürgerrechte hervor. Heutzutage werden registrierte Personenmerkmale in zunehmendem Maße dazu verwendet, Normalbürgern Zugang zu besonderen Arbeitsplätzen, zu Geldautomaten oder zu Sicherheitszonen zu verschaffen.

So können z. B. Fingerabdruckmuster von Computern gelesen werden, um den Zutritt zu Sicherheitszonen oder Forschungseinrichtungen zu kontrollieren. Eine Person berührt einfach ein Sensorfeld, der Abdruck wird automatisch mit gespeicherten Abdrücken des gesamten Personals verglichen und der Zutritt gestattet, wenn eine Übereinstimmung vorhanden ist. Es gibt bereits Versuche mit Geldautomaten, die mit Hilfe von Lasern die Netzhaut ihrer Kunden abtasten, um auf dieselbe Weise Bankkunden, die Geld abheben wollen, zu identifizieren.

Des weiteren wurden Geräte entwickelt, die gefälschte Unterschriften viel genauer erkennen können, als es das bloße Auge vermag. Der Besitzer der echten Unterschrift muß sie auf ein elektronisches Sensorfeld schreiben, das das Muster von Druck und Bewegung abtastet. Auch wenn der Druck und die Stiftbewegungen zwischen aufeinanderfolgenden Unterschriften variieren, bleibt das Gesamtmuster gleich. Selbst wenn einem geübten Fälscher die überzeugende Imitation einer echten Unterschrift gelingt, führt er sie doch mit abweichendem Druck und anderer Bewegung aus, was von dem Gerät erkannt wird.

RECHTS Balken-Sonogramme eines Verdächtigen, der das Wort »You« ausspricht (oben links). Fünf Personen wiederholten das Wort, darunter die Übereinstimmung (unten rechts).

Balken- und Kontursonogramme

Die charakteristischen Merkmale der Stimme sind höchst individuell. Sonogramme werden erstellt, indem man zweieinhalb Sekunden lang die Stimme einer Person auf Band aufnimmt und die Aufzeichnung elektronisch analysiert, um die verschiedenen erzeugten Frequenzen zu ermitteln. Die Daten werden entweder auf einem Computerbildschirm dargestellt oder auf einer rotierenden Trommel mit einem beweglichen Stift aufgezeichnet.

Zu Sicherheits- und Identifizierungszwecken gibt es zwei Typen von Sonogramm-Wiedergaben. Beide zeigen die Zeit auf der horizontalen Achse an, und die verschiedenen Stimmfrequenzen auf der vertikalen. Die am häufigsten verwendete Darstellung ist das Balken-Sonogramm, bei dem die Intensität des Schalls bei verschiedenen Frequenzen durch die Druckdichte wiedergegeben wird. Dieselbe Information kann in einer anderen Darstellungsform als Kontur- oder Höhenliniensonogramm gezeichnet werden. Dabei werden Linien aus Punkten gleicher Intensität erzeugt, wie die Höhenlinien einer Landkarte, um auf einer zweidimensionalen Anzeige drei Dimensionen darzustellen.

In beiden Fällen sind die erzeugten Muster von verschiedenen Personen, die dieselben Worte aussprechen, klar voneinander zu unterscheiden. Verstellt eine Person ihre Stimme, indem sie in besonders hoher oder tiefer Tonlage spricht, wird das Muster zwar vertikal verschoben, weist aber immer noch dieselben charakteristischen Merkmale auf und offenbart die Identität des Sprechers beim Vergleich mit einer normalen Stimmaufzeichnung.

Sonogramme sind in den Vereinigten Staaten in mehreren Fällen verwendet worden, um die Identität von Telefonanrufern zu bestätigen. Sie können z. B. einen Verdächtigen entlarven, der eine Lösegeldforderung gestellt hat. Die Zuverlässigkeit der Identifizierung durch Sonogramme wurde in Tests des US Air Force Systems Command Anfang der 90er Jahre bestätigt. Ein Stimmenerkennungscomputer als Zugangskontrolle zu Sicherheitszonen hatte eine 99prozentige Zuverlässigkeit, selbst wenn er von professionellen Stimmenimitatoren auf die Probe gestellt wurde.

OBEN LINKS Ein Polizeizeichner fertigt zusammen mit einem Augenzeugen die Porträtskizze des Verdächtigen an.

OBEN RECHTS Ein Identikit-Forscher arbeitet mit einem Opfer am Bild eines Täters.

Individuelle Systeme zur Identifizierung

Techniken und Systeme zur Personenidentifizierung beschränken sich nicht auf den Bereich der Verbrechensaufklärung. Eine 1986 von der American Dental Association unterstützte Bewegung wollte die Bürger davon überzeugen, sich für ein nationales Register mit einer Kennzeichnung versehen zu lassen. Freiwillige wurden aufgefordert, sich eine winzige Scheibe an einem Backenzahn befestigen zu lassen. Dieses nahezu unzerstörbare Identitätsschild sollte einen Code aus zwölf Zahlen enthalten, die mit einer Lupe gelesen werden konnten – bislang hat sich aber nur eine Minderheit aller Patienten darauf eingelassen.

In vielen Fällen besitzt die Polizei lediglich Zeugenbeschreibungen, auf denen sich ihre Suche nach dem Verdächtigen stützt. Auch heute noch setzen einige Polizeieinheiten auf die Dienste geübter Porträtzeichner, die anhand von Zeugenbeschreibungen Phantomzeichnungen anfertigen. Bereits 1940 wurde ein standardisierteres System auf Basis von Vorschlägen von Hugh C. McDonald, dem Leiter der Zivileinheit des Los Angeles Police Department, entwickelt.

McDonald hielt die traditionelle Vorgehensweise für unbefriedigend und zeitaufwendig. Um das Verfahren zu beschleunigen, zeichnete er eine Reihe verschiedener Typen von Augen, Nasen, Mündern, Haarlinien, Gesichtsformen und anderen individuellen Merkmalen auf transparente Folien, die vom Zeugen ausgewählt und zu einem Bild des Verdächtigen zusammengesetzt werden konnten. Dies war die Grundlage des ersten Identikit-Systems zur Anfertigung von Phantombildern. Das ursprüngliche System enthielt 32 verschiedene Nasen, 33 Lippen, 102 Augenpaare, 52 Kinne und 25 Kinn- und Schnurrbärte. Durch Verwendung dieser Elemente in Kombination mit verschiedenen Gesichtsformen konnte man 62 Milliarden verschiedene Gesichter zusammenstellen. Da jedes Charakteristikum codiert war, war es möglich, die Information an andere Polizeieinheiten weiterzugeben, die anhand des Codes ein äquivalentes Phantombild anfertigen konnten, ohne je das Original gesehen zu haben.

Anfang der 60er Jahre, als das Identikit-System weltweit zunehmend Verbreitung fand, wurde bereits ein Nachfolgesystem von dem forensischen Experten Jaques Penry ausgearbeitet. 1968 verpflichtete ihn die polizeiliche Forschungs- und Entwicklungsabteilung des

British Home Office, ein auf Fotografien beruhendes Gesichtsidentifizierungssystem herzustellen. Innerhalb eines Jahres erstellte Penry ein System, mit dem man fünf Milliarden verschiedene Gesichter weißer Männer zusammenstellen konnte. Ein weiteres Jahr später lieferte er eine Ergänzung zur Erzeugung einer halben Million afro-asiatischer Gesichter. 1972 entwikkelte er mit Unterstützung der Royal Canadian Mounted Police ein System für die Gesichter von Amerikanern. Wiederum zwei Jahre später kam das erste Photofit-System für Foto-Phantombilder weiblicher Gesichter.

Seitdem haben Computer bei der Erstellung und Identifizierung von Bildern immer schwierigere Aufgaben übernommen. Mit Hilfe einer speziell entwickelten Software können lebendigere farbige, dreidimensionale Photofit-Bilder erzeugt werden. Außerdem ist es möglich, Gesichter auf unscharfen Aufnahmen von Überwachungskameras zu rekonstruieren. Die computergestützte Bildbearbeitung wurde auch in Fällen eingesetzt, wo die einzigen Anhaltspunkte veraltet waren und Bilder von Gesichtern »gealtert« werden mußten, um das gegenwärtige Erscheinungsbild einer Person zu erhalten.

UNTEN Ein zusammengesetztes E-Fit-Bild, das an einem Computer erzeugt wurde, der eine Vielzahl von individuellen Merkmalen aus Fotografien echter Personen kombinieren kann.

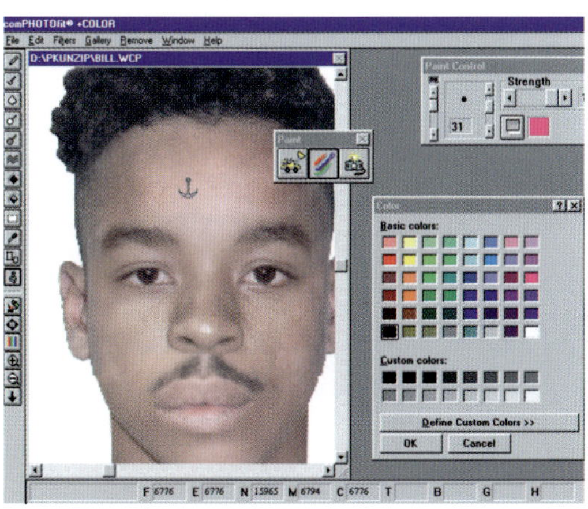

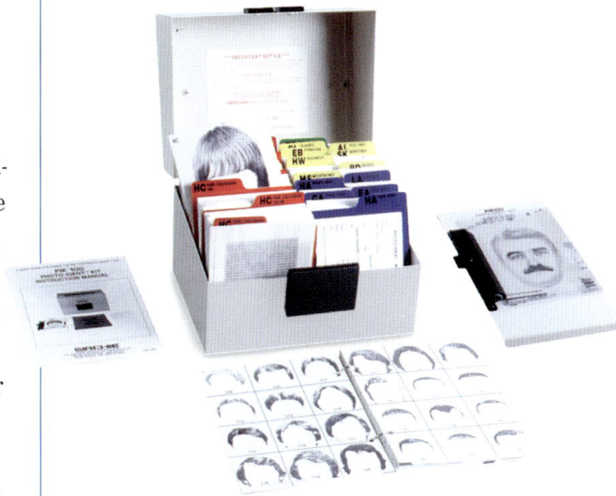

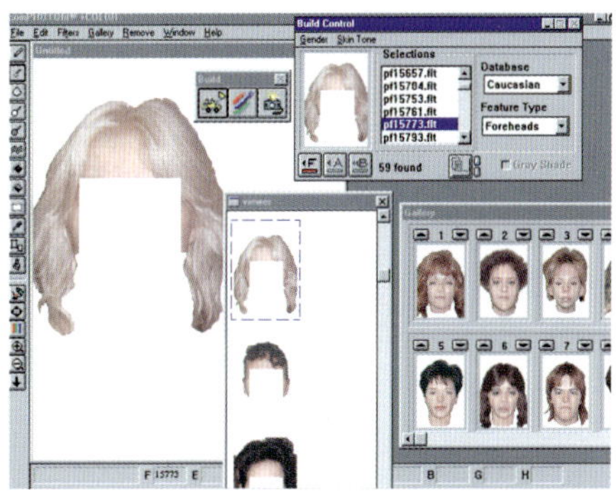

GANZ OBEN Eine tragbare Photofit-Ausrüstung, bei der die verschiedenen Gesichtsmerkmale aus Fotografien ausgewählt werden.

OBEN Ein Drucker liefert Farbbilder eines vom Computer erzeugten Phantombildes.

Ein Programm wurde von Scott Barrows und Lewis Sadler entwickelt, zwei medizinischen Zeichnern der Universität von Illinois in Chicago. Sie verwendeten ihre anatomischen Kenntnisse, wie sich vierzehn Knochen und über einhundert Muskeln im Gesicht einer Person mit der Zeit verändern, um das wahrscheinliche Erscheinungsbild Jahre nach der letzten verfügbaren Fotografie zu erzeugen.

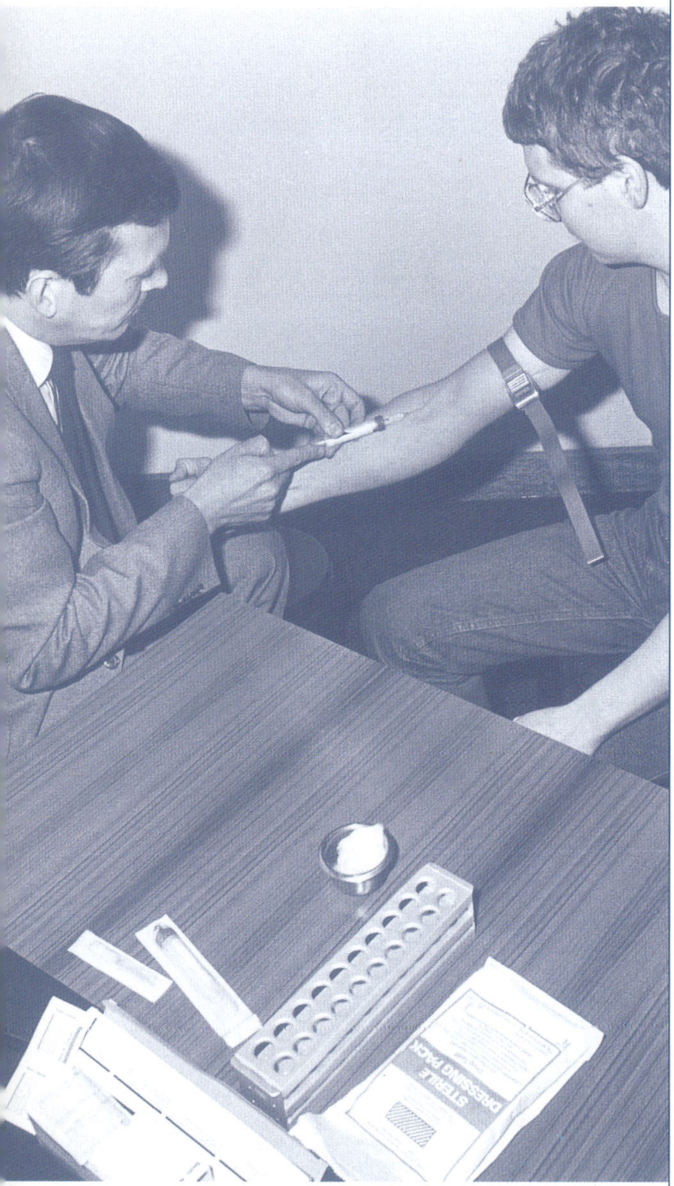

OBEN Ein Freiwilliger läßt sich für Polizeiakten Blut entnehmen.

Forscher an der Louisiana State University haben diese Technik in ihrem Forensic Anthropology Computer Enhanced System (FACES) weiterentwickelt. Ausgehend von der Tatsache, daß Menschen aus derselben Familie auf ähnliche Weise altern, werden bei diesem System Bilder der jeweiligen Person mit Abbildungen ihrer Eltern kombiniert. Mit seiner Hilfe gelangen einige bemerkenswerte Identifizierungen, insbesondere in Fällen von Kindesentführungen, bei denen das Opfer jahrelang vermißt blieb.

Zukünftige Möglichkeiten und Stolpersteine

Chromatographische Techniken sind heutzutage so präzise, daß sie ein Spektrum der chemischen Stoffe im Schweiß eines Menschen erzeugen können, das so unverwechselbar ist wie ein Fingerabdruck. Es könnte sogar sein, daß eines Tages winzige Spuren im Körpergeruch einer Person ausreichen, um eine positive Identifizierung zu ermöglichen.

Bislang jedoch besteht der Nutzen dieser Information lediglich darin, nachzuweisen, daß ein bekannter Verdächtiger an einem bestimmten Ort anwesend war.

Es gibt bereits Vorschläge, von Verbrechern, die verurteilt wurden, weil sie Telefonate krimi-

OBEN Ein Techniker überwacht eine HPLC-Analyse (High Performance Liquid Chromatography).

neller Natur geführt hatten, neben ihren Fingerabdrücken auch ihre Sonogramme aufzuzeichnen. In einigen Bundesstaaten der USA müssen Verbrecher als Teil der erkennungsdienstlichen Behandlung nach einer Verurteilung Proben von ihrem Blut oder Speichel zur Erstellung von DNA-Profilen zur Verfügung stellen. Die Ausdehnung solcher Aufzeichnungen auf eine breitere Öffentlichkeit erscheint im Moment unwahrscheinlich. Grund hierfür sind Bedenken hinsichtlich der bürgerlichen Freiheiten und der möglichen weitreichenden Folgen von Fehlern, die sich bei der Entnahme einer Probe und der Pflege der Aufzeichnungen einschleichen können. Die gesteigerte Präzision der Methoden in den meisten Gebieten der modernen forensischen Wissenschaft hat ihren Preis. Diejenigen, die für die Bereitstellung und die Beurteilung der Indizien verantwortlich sind, müssen sich bewußt sein, daß die falsche Identifizierung geringster Spuren katastrophale Folgen haben kann. Höchste wissenschaftliche Standards sind Pflicht, um den Risiken zufälliger Verunreinigungen von Laborgeräten, Materialien oder Proben vorzubeugen.

Einige Proben müssen unter strikt kontrollierten Bedingungen gelagert werden, weil z.B. Temperaturschwankungen zu irreführenden Testergebnissen führen können. Fortschritte in diesem so anspruchsvollen Spezialgebiet werden wahrscheinlich die Verbesserung der Reproduzierbarkeit sowie erweiterte Möglichkeiten der angewendeten Techniken betreffen.

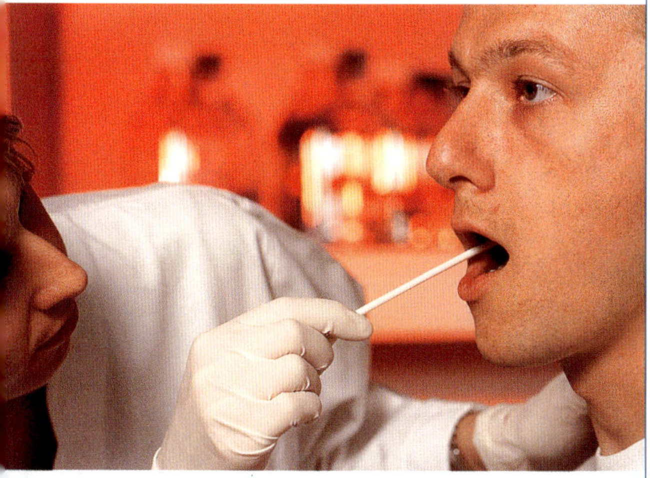

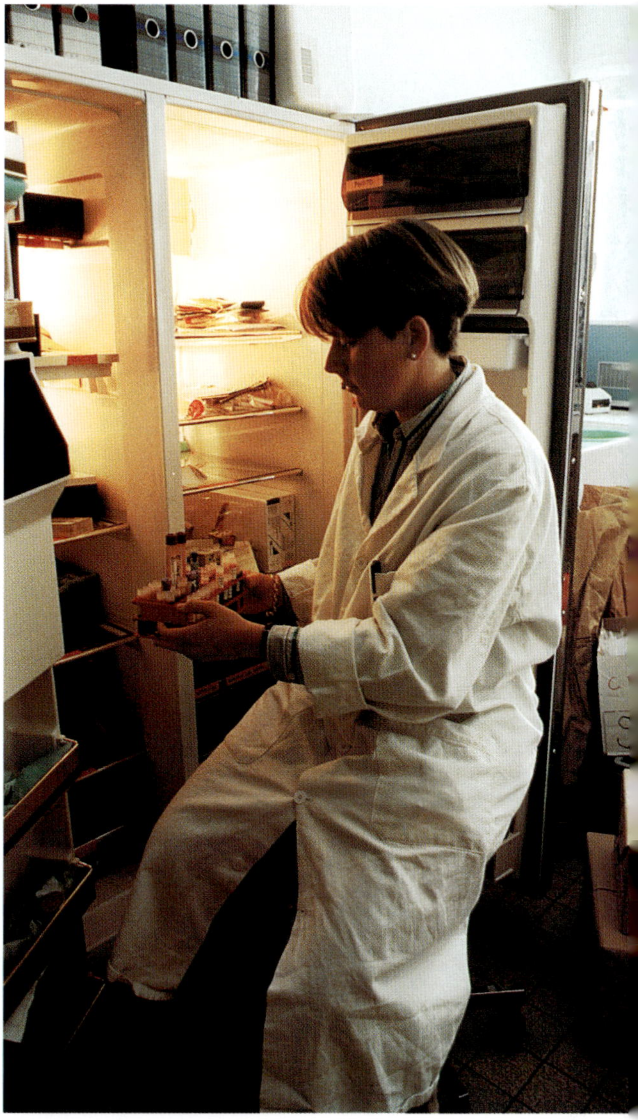

OBEN Entnahme einer Speichelprobe für eine DNA-Analyse.

RECHTS Um die Zersetzung und Verunreinigung forensischer Proben zu vermeiden, werden diese in gesicherten Kühlschränken aufbewahrt.

Fallstudie Nr. 37 | USA | 1985

Richard Ramirez

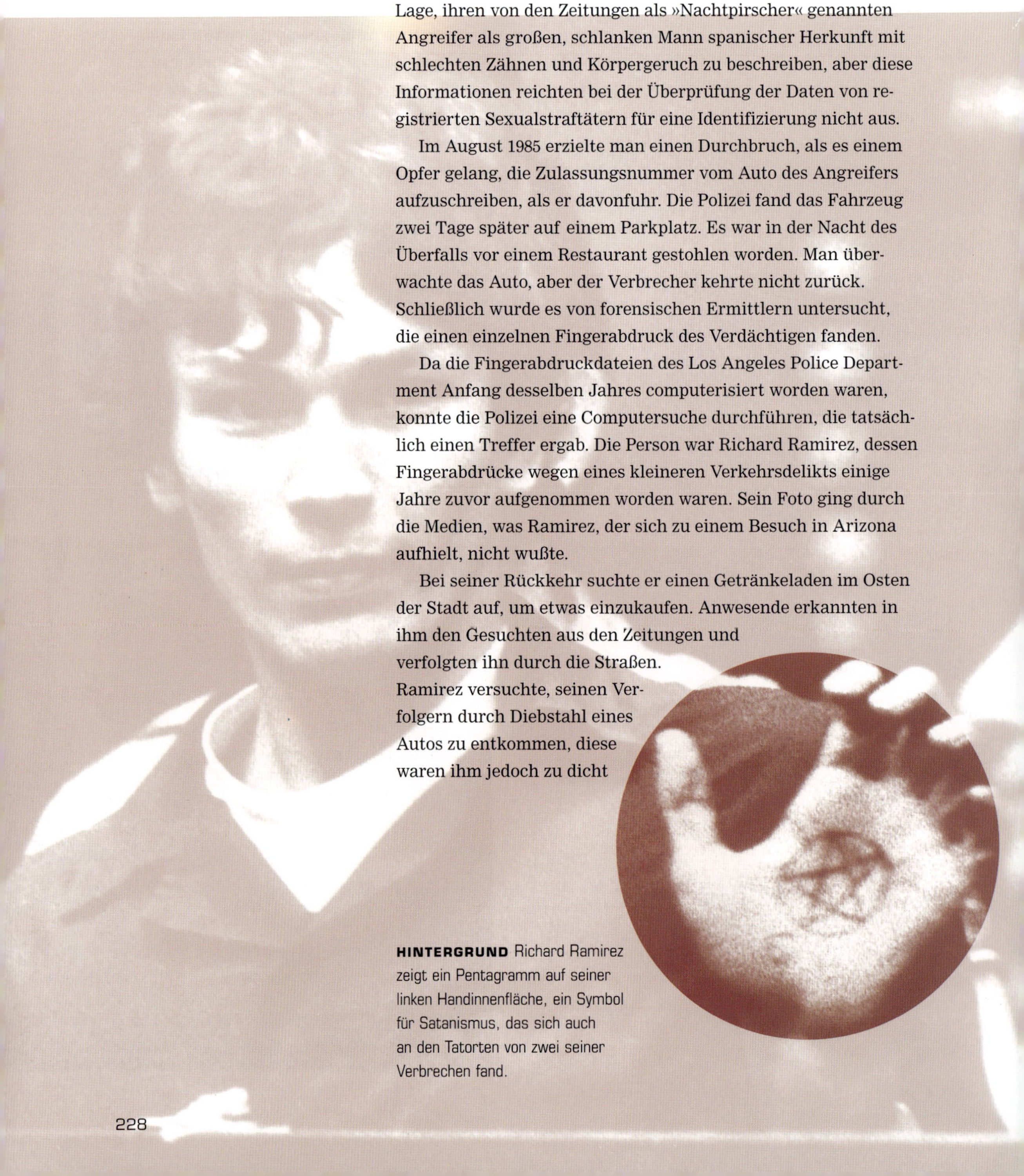

Im Juni 1984 begann in Los Angeles eine Serie von zwölf brutalen Morden. Der Täter griff seine Opfer immer mitten in der Nacht in ihren Häusern an. Männliche Opfer wurden erschossen, weibliche vergewaltigt. Einige der Frauen waren in der Lage, ihren von den Zeitungen als »Nachtpirscher« genannten Angreifer als großen, schlanken Mann spanischer Herkunft mit schlechten Zähnen und Körpergeruch zu beschreiben, aber diese Informationen reichten bei der Überprüfung der Daten von registrierten Sexualstraftätern für eine Identifizierung nicht aus.

Im August 1985 erzielte man einen Durchbruch, als es einem Opfer gelang, die Zulassungsnummer vom Auto des Angreifers aufzuschreiben, als er davonfuhr. Die Polizei fand das Fahrzeug zwei Tage später auf einem Parkplatz. Es war in der Nacht des Überfalls vor einem Restaurant gestohlen worden. Man überwachte das Auto, aber der Verbrecher kehrte nicht zurück. Schließlich wurde es von forensischen Ermittlern untersucht, die einen einzelnen Fingerabdruck des Verdächtigen fanden.

Da die Fingerabdruckdateien des Los Angeles Police Department Anfang desselben Jahres computerisiert worden waren, konnte die Polizei eine Computersuche durchführen, die tatsächlich einen Treffer ergab. Die Person war Richard Ramirez, dessen Fingerabdrücke wegen eines kleineren Verkehrsdelikts einige Jahre zuvor aufgenommen worden waren. Sein Foto ging durch die Medien, was Ramirez, der sich zu einem Besuch in Arizona aufhielt, nicht wußte.

Bei seiner Rückkehr suchte er einen Getränkeladen im Osten der Stadt auf, um etwas einzukaufen. Anwesende erkannten in ihm den Gesuchten aus den Zeitungen und verfolgten ihn durch die Straßen. Ramirez versuchte, seinen Verfolgern durch Diebstahl eines Autos zu entkommen, diese waren ihm jedoch zu dicht

HINTERGRUND Richard Ramirez zeigt ein Pentagramm auf seiner linken Handinnenfläche, ein Symbol für Satanismus, das sich auch an den Tatorten von zwei seiner Verbrechen fand.

auf den Fersen. Schließlich rannte er blindlings in einen wartenden Polizisten und wurde verhaftet.

Ramirez leugnete jede Beteiligung an den Verbrechen und ließ während der drei Jahre bis zum Prozeßbeginn nichts unversucht, sein Aussehen gegenüber den Beschreibungen der Opfer stark zu verändern. Dies machte jedoch kaum einen Unterschied, nachdem die Polizei eine bei den Morden verwendete Schußwaffe im Haus eines Freundes sowie Schmuckstücke der Opfer im Besitz von Ramirez' Schwester gefunden hatte.

Am 7. November 1989 wurde Ramirez zum Tode verurteilt. Ohne seine Fingerabdrücke und sein Geburtsdatum wäre er vielleicht nie identifiziert worden. Die Register enthielten nur Verbrecher, die nach dem 1. Januar 1960 geboren waren, und Ramirez war im Februar desselben Jahres zur Welt gekommen.

OBEN Elyas Abowath war eines der Opfer des »Nachtpirschers«.

UNTEN Ramirez nach seiner Verhaftung am 31. August 1985. Die Polizei nimmt an, daß er 24 brutale Überfälle und 16 Morde begangen hat.

Clifford Irving

Anfang der 70er Jahre hatte sich der milliardenschwere Industrielle Howard Hughes bereits völlig aus der Öffentlichkeit zurückgezogen und lebte einsiedlerisch auf seiner Privatinsel auf den Bahamas. Als der Schriftsteller Clifford Irving 1971 behauptete, Hughes hätte einer autorisierten Biographie zugestimmt, waren die Verleger skeptisch. Erst als von Hughes unterzeichnete Briefe von Osborn, Osborn and Osborn, einer auf die Echtheitsprüfung von Dokumenten spezialisierte Firma, als authentisch bezeichnet wurden, bevollmächtigte McGraw-Hill Irving damit, ein entsprechendes Buch zu schreiben, und zahlte im voraus die enorme Summe von 765.000 US-Dollar an Hughes auf ein Schweizer Bankkonto.

Die Abdruckrechte von Irvings fertigem Manuskript in einzelnen Folgen wurden dem Magazin *Life* verkauft. Dann erhielt die Zeitschrift einen Anruf von der Hughes Tool Company mit der Bitte, ein Telefoninterview zwischen Hughes und einer Gruppe von Radio-, Zeitungs- und Fernsehreportern zu arrangieren. Man richtete in einem Hotel in Los Angeles eine Konferenzschaltung ein, damit Hughes detaillierte Fragen beantworten konnte. Zwanzig Minuten lang wurde er mit Fragen bombardiert, seine Antworten wurden aufgezeichnet. Hughes bestand darauf, Irving niemals getroffen zu haben. Er habe ihm nie die Erlaubnis zum Schreiben seiner Biographie erteilt und nie eine Zahlung erhalten.

Irving behauptete, der Anrufer sei ein Hochstapler, aber nachdem dieser detaillierte persönliche Kenntnisse über Hughes in

UNTEN Howard Hughes, aufgenommen, kurz bevor er sich aus der Öffentlichkeit zurückzog.

UNTEN RECHTS Gefälschte Unterschriften von Howard Hughes wiesen in den beiden oberen Zeilen in verschiedenen Punkten Ähnlichkeiten mit Irvings eigener Handschrift auf, die in den unteren Zeilen zu sehen ist.

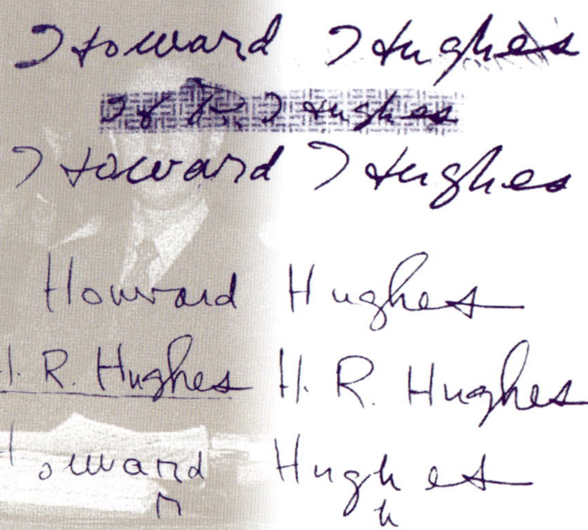

seinen Antworten auf die Fragen der Journalisten erkennen ließ, klang das nicht sehr überzeugend. Das zur Verfügung stehende Beweismaterial wurde erneut untersucht. Briefe, die angeblich von Hughes stammten, und Anmerkungen, die er zu Entwürfen des Buches gemacht haben sollte, gingen zusammen mit Proben Irvings eigener Handschrift an R. A. Cabbane, einen Sachverständigen des U. S. Postal Service. Er enttarnte die Unterschriften auf den Briefen als qualitativ hochwertige Fälschungen. Experten entdeckten auch Ähnlichkeiten in der Formgebung einzelner Buchstaben der gefälschten Unterschriften mit Irvings eigener Schrift.

Die Ermittler überprüften als nächstes, ob der Anrufer wirklich Hughes gewesen war. Man erstellte Sonogramme des Interviews und verglich diese mit der Aufzeichnung einer Rede von Hughes, die er 1947 vor einem Unterkommitee des Senats gehalten hatte. Die Sonogramme wurden von Lawrence G. Kersta untersucht, der während seiner Tätigkeit als Mitarbeiter der Bell Telephone Laboratories in New Jersey 1963 die ersten Sonogramme aufgenommen hatte. Seiner Meinung nach stammten die beiden Sonogramme mit an Sicherheit grenzender Wahrscheinlichkeit von derselben Person. Seine Einschätzung wurde von Dr. Peter Ladefoged, Professor für Phonetik an der University of California in Los Angeles, bestätigt, dessen Beurteilung den Altersunterschied der Person zwischen beiden Aufnahmen berücksichtigte.

Schließlich erhielt man einen Bericht von Vertretern der Schweizer Bank, die darüber besorgt waren, daß ihr Institut unwissentlich eine Rolle in diesem Betrugsfall gespielt hatte. Bei der Bank war ein Konto auf den Namen Helga R. Hughes eröffnet worden, kurz bevor der Scheck von McGraw-Hill, ausgestellt auf H. R. Hughes, eingezahlt worden war. Helga R. Hughes war niemand anders als Irvings Frau.

Das Paar wurde des Betrugs angeklagt. Das Gericht verurteilte Irving am 16. Juni 1972 zu zweieinhalb Jahren Haft. Seine Frau wurde der Beihilfe für schuldig befunden und zu 18 Monaten Haft verurteilt.

UNTEN Clifford Irving und seine Frau Edith.

O. J. Simpson

Am 12. Juni 1994 wurden Nicole Simpson-Brown, frühere Ehefrau des Football-Stars O. J. Simpson, und ihr Freund Ronald Goldman direkt hinter dem Vordereingang von Mrs. Simpsons Anwesen tot aufgefunden. Beide Leichen waren blutüberströmt und wiesen tiefe Messerwunden auf. Simpson wurde aufgefordert, vor der Polizei auszusagen, floh aber zunächst, bevor er umkehrte und sich stellte.

Als Simpson schließlich beider Morde angeklagt wurde, erschien die Last der forensischen Beweise gegen ihn erdrückend zu sein und der Ausgang des Verfahrens bereits von vorneherein festzustehen. Blutstropfen waren am Tatort gefunden worden, die nicht den Blutgruppen beider Opfer entsprachen, aber in mindestens drei Faktoren mit Simpsons Blut übereinstimmten, was auf

RECHTS O. J. Simpson mit seiner Ex-Frau Nicole Simpson-Brown und ihren Kindern Sidney und Justin.

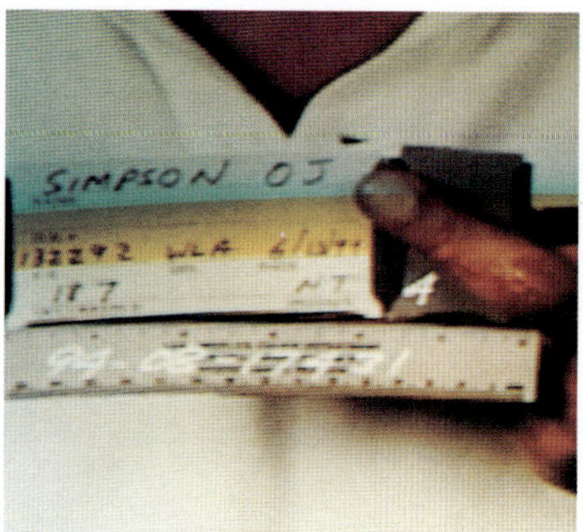

OBEN Der Schnitt an Simpsons linker Hand, den die Polizei am Tag nach den Morden bemerkte.

nur etwa 2% der Bevölkerung zutraf. Als DNA-Profile der Blutstropfen, die am hinteren Tor von Mrs. Simpsons Grundstück gefunden worden waren, erstellt wurden, war die Übereinstimmung mit O. J. Simpsons Blut so groß, daß die Wahrscheinlichkeit, daß es sich um sein Blut handelte, bei 1 : 75 Milliarden lag.

Diese belastenden Tropfen fanden sich neben mehreren blutigen Schuhabdrücken der Größe 12, deren Sohlenform einem seltenen Design von Schuhen der Marke Bruno Magli entsprach. Simpson trug nicht nur Größe 12, sondern man führte später auch Fotos vor, die ihn mit exakt solchen Schuhen zeigten. Bei der Befragung durch die Polizei am Tag nach den Morden bemerkte man auch einen Schnitt in Simpsons linker Hand. In der Nähe der Leichen war ein blutbefleckter linker Handschuh gefunden worden, an dem Faserreste von Goldmans Jeans und Hemd nachgewiesen wurden. Der passende rechte Handschuh mit Spuren von Simpsons Blut befand sich vor seinem eigenen Haus. Spuren vom Blut der Opfer gab es auch in seinem Auto und seinem Haus.

Unglücklicherweise für die Staatsanwaltschaft wurden die forensischen Indizien zum Großteil für nichtig erklärt. Simpsons Verteidiger argumentierten, daß die Haltung der beteiligten Polizisten auf rassistische Vorurteile gegen ihren Klienten schließen ließen. Sie zweifelten auch die Methoden der forensischen Labors an sowie die Professionalität derjenigen, die für das Einsammeln, Aufbewahren und Prüfen der Indizien verantwortlich waren. Des weiteren wurde das Fehlen einer Tatwaffe und der Mangel an Augenzeugen angeführt. Man fand zudem unabhängige Zeugen,

OBEN Gregory Matheson vom Los Angeles Police Department lieferte den Geschworenen eine detaillierte Erläuterung der DNA-Testmethoden, die bislang als fehlerfrei beim Nachweis von Schuld oder Unschuld von O. J. Simpson galten.

UNTEN Gregory Matheson zeigt den Geschworenen im Rahmen seiner Erläuterung von DNA-Testmethoden ein Diagramm von sechs EAP-Phänotypen.

die aussagten, Simpson am Tag der Morde gesehen zu haben. Die Zeitangaben legten nahe, daß er sich nicht lange genug am Tatort aufgehalten haben konnte, um die Morde zu begehen.

Auch Dr. Henry Lee, Direktor des Connecticut Forensic Science Laboratory, erschien vor Gericht und räumte ein, daß es sich bei mehrdeutigen Blutspuren am Tatort um Teilabdrücke von Schuhen mit einer anderen Sohle handeln könnte. Wenn dies stimmte, so könnte ein anderer Mörder am Tatort gewesen sein. Obwohl Experten des FBI bestätigten, daß die Abdrücke, auf die sich Dr. Lee bezog, keinesfalls Schuhabdrücke sein konnten, hatte die Anklage ihre Glaubwürdigkeit verloren, und Simpson wurde freigesprochen.

Später wurde eine zivilrechtliche Klage von den Familien der Opfer eingereicht und der Fall wieder aufgerollt. Dieses Mal befand man Simpson beider Morde für schuldig und verurteilte ihn zur Zahlung enormer Schadenersatzsummen. In diesem zweiten Verfahren schienen sich die ursprünglichen Indizien zu bestätigen. Der erste Prozeß macht jedoch deutlich, daß forensische Beweise nur dann erfolgreich zur Überführung eines Täters eingesetzt werden können, wenn das Sammeln, die Analyse und die Präsentation der Indizien den höchsten professionellen Standards genügen.

HINTERGRUND Foto der Leiche von Nicole Simpson-Brown am Tatort.

UNTEN Der Angeklagte Simpson trägt die Handschuhe, die die Polizei von Los Angeles fand. Die Staatsanwaltschaft versuchte zu beweisen, daß Simpson die Handschuhe paßten.

Die Morde vom New Bedford Highway

Am 3. Juli 1988 wurde außerhalb von Freetown bei New Bedford, Massachusetts, in der Nähe des Highway 140 die teilweise mumifizierte Leiche einer jungen Frau gefunden.

Bei dem Opfer schien es sich um das erste in einer Serie von Morden zu handeln, die als die Morde vom New Bedford Highway bekannt wurden. Am 30. Juli 1988 fand man das Skelett einer anderen jungen Frau in der Nähe des Interstate 195.

Die erste Leiche wurde schließlich anhand von Zahnarztunterlagen als Debra Medeiros identifiziert. In der Zwischenzeit war ein dritter Leichnam aufgetaucht, und beunruhigt darüber, daß sich noch weitere unentdeckte Leichen in der Gegend befinden könnten, führten Polizeieinheiten von Massachusetts und Connecticut eine Suchaktion durch. Am 29. November fand man eine vierte und nur zwei Tage später eine fünfte Leiche, eine sechste wurde am 10. Dezember entdeckt.

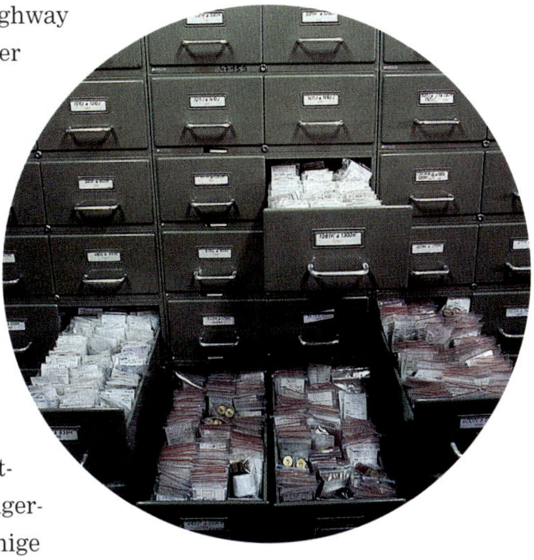

OBEN Eine Fingerabdruckkartei.

Der zweite Leichnam wurde auch mit Hilfe von zahnärztlichen Unterlagen identifiziert, ein teilweise erhaltener Fingerabdruck erlaubte die Identifizierung des vierten Opfers. Einige der Opfer waren durch Prostitution und Drogenmißbrauch bekannt geworden und hatten Verbindungen zur portugiesischen Gemeinde von New Bedford.

Ein weiterer Leichnam wurde am 28. März 1989 gefunden, Leiche Nummer acht fand man am 31. März und Nummer neun wurde am 24. April ausgegraben.

Bei einer Befragung von Prostituierten aus New Bedford gaben einige Frauen an, von einem Mann angegriffen worden zu sein, der im Justizdienst arbeitete. Er hatte versucht, sie zu erdrosseln. Eine Frau sagte aus, daß ein Mann in einem weißen Pick-up-Truck sie an einer Highway-Ausfahrt in der Nähe der Fundorte von drei der Leichen vergewaltigt hatte.

Trotz dieser Hinweise haben die forensischen Indizien von insgesamt neun Leichen keine eindeutige Verbindung zu einem der Verdächtigen herzustellen vermocht, und bislang ist wegen der Morde vom New Bedford Highway noch niemand verhaftet worden. Auch nach zehn Jahren bleibt der Fall ungelöst. Und das ist natürlich nicht der einzige Fall, der noch auf eine Lösung wartet: Mit dem sogenannten Green River-Mörder von King County, Washington, bringt man die Morde an mehr als vierzig Prostituierten in Verbindung, doch bisher ist noch niemand verhaftet und angeklagt worden. Trotz der Leistungsfähigkeit der modernen forensischen Wissenschaft schaffen es einige Serienmörder immer noch, sich der Identifizierung und der Festnahme zu entziehen – genauso wie Jack the Ripper vor über einem Jahrhundert.

Abstreifring: Eine dunkle ringförmige Markierung an einer Eintrittswunde, bestehend aus Blei, Ruß, Öl und Schmutz, die von dem Geschoß beim Eindringen in die Haut abgestreift wurden.
AFIS: Automatisiertes Fingerabdruck-Identifikations-System; Systematik zur Klassifizierung von Fingerabdrücken, mit deren Hilfe Computer schnell und exakt Vergleiche zwischen Fingerabdrücken durchführen können.
Agglutination: Die Verklumpung roter Blutkörperchen als Reaktion auf einen Antikörper.
Antigen: Antigene sind Stoffe wie artfremdes Eiweiß, Pflanzen- oder Tiergifte usw., die nach Berührung mit dem Organismus in Mensch und Tier die Bildung von Antikörpern hervorrufen.
Aufputschmittel (Stimulantien): Drogen und Medikamente, die die Aktivität des zentralen Nervensystems steigern und ein Gefühl von Selbstvertrauen und Energie vermitteln.
Ballistik: Die Untersuchung von Schußwaffen und der mit ihnen abgefeuerten Geschosse.
Benzidin-Farbtest: Ein früher verwendeter Farbtest zum Nachweis von Blut am Tatort.
Bertillonage: Eine Methode zur Klassifizierung von Menschen durch Vermessungen des Körpers, 1883 erfunden von Alphonse Bertillon, Mitarbeiter der französischen Sûreté. Seit Einführung der Fingerabdrücke ungebräuchlich.
Beruhigungsmittel (Sedative): Drogen und Medikamente, die die Aktivität des zentralen Nervensystems herabsetzen, wie Phenobarbital, Pentobarbital und Alkohol.
Betäubungsmittel (Narkotika): Drogen und Medikamente, die eine schmerzstillende Wirkung haben und bei regelmäßiger Anwendung eine physische Abhängigkeit auslösen können.
Big Floyd: Der Supercomputer des FBI, dessen Software die Recherche in Verbrecherdatenbanken sowie Schlußfolgerungen anhand der verfügbaren Informationen gestattet.
Blutgruppe: Ein Unterscheidungsmerkmal des menschlichen Blutes, das in die Klassen »A«, »B«, »AB« und »0« nach an den roten Blutkörperchen befindlichen Antigenen und Antikörpern unterteilt wird.
Bögen: Ein charakteristisches Linienmuster von Fingerabdrücken, das etwa 5% der Bevölkerung besitzen.
Chromosomen: 23 Paare fadenartiger Körperchen, die die Gene tragen und in den Kernen der meisten menschlichen Zellen zu finden sind.
Cortex: Ein menschliches Haar besteht aus drei Schichten, deren mittlere, die *Cortex*, die für die Haarfarbe verantwortlichen Pigmente enthält.
Cuticula: Die äußere Schutzschicht des Haares, bestehend aus überlappenden Schuppen.
Diatomeen: Mikroskopische Organismen, die sich in Flüssen und Seen finden und deren Vorhandensein in einer Wasserleiche Hinweise darauf gibt, ob die Person ertrank oder ob sie bereits tot war, als sie ins Wasser gelangte.
Dichtegradientenrohr: Gerät zur Bestimmung der Verteilung von Partikeln unterschiedlicher Dichte in einer Probe.
DNA (DNS): Desoxiribonukleinsäure. Die Moleküle, die die Erbinformation des Körpers enthalten und ein einzigartiges Merkmal jedes Individuums darstellen.
Double action: Ein Mechanismus bei Feuerwaffen, wobei der Druck auf den Abzug nach dem Schuß die Waffe automatisch nachlädt, so daß sie bei erneutem Druck auf den Abzug wieder abgefeuert werden kann (vgl. mit Single action).
Dünnschichtchromatographie: Technik zur Auftrennung von Substanzgemischen anhand der Geschwindigkeit, mit der sie durch Kapillarkräfte in einer dünnen Kieselgelschicht wandern.
Elektronenmikroskop: Ein Mikroskop, dessen Bild durch die Elektronen entsteht, die von einem Gegenstand emittiert werden, der mit einem gebündelten Elektronenstrahl abgetastet wird.
Faltung: Ein charakteristisches Muster bei Fingerabdrücken, das etwa 65% der Bevölkerung aufweisen.
Flüssigkeitschromatographie: Technik zur Trennung komplexer Substanzgemische, indem diese in einem Lösungsmittel durch ein fein verteiltes Absorptionsmaterial geleitet werden.
Forensischer Anthropologe: Spezialist, der prüft, ob Knochen oder andere sterbliche Überreste menschlichen Ursprungs sind. Anhand dieser Funde kann er Angaben zum Aussehen des Lebenden und zur Todesursache machen.
Forensischer Chemiker: Spezialist für die Analyse von Drogen, Farbstoffen, Farbproben und anderen im Zusammenhang mit einem Verbrechen stehenden Chemikalien.
Forensischer Entomologe: Spezialist für Insekten, die sich auf Leichen finden und Indikatoren für Zeit, Jahreszeit und Wetter bei einem Mord darstellen.
Forensischer Fotograf: Spezialist, der forensische Beweise am Tatort oder im forensischen Labor durch Fotografie festhält.
Forensischer Pathologe: Gerichtsmediziner; Spezialist zur Durchführung von Autopsien z. B. an Mordopfern, der alle dabei beobachteten Besonderheiten aufzeichnet, um Angaben über Todeszeit und -ursache machen zu können.
Forensischer Psychiater/ Psychologe: Experte, der anhand eines Tatorts und des Opfers bzw. der Opfer ein psychologisches Profil des Täters erstellen kann.
Forensischer Schriftexperte: Spezialist für die Untersuchung gefälschter Dokumente und Unterschriften.
Forensischer Serologe: Spezialist für die Untersuchung von Blut und anderen Körperflüssigkeiten z. B. auf DNA zur Identifizierung möglicher Verdächtiger.
Forensischer Zahnmediziner: Spezialist für die Untersuchung von Zähnen eines Mörders oder Opfers für Identifikationszwecke und zum Vergleich mit Bißspuren am Tatort bzw. am Opfer.
Gaschromatographie: Eine Technik, bei der ein komplexes Gemisch aus Substanzen entsprechend ihrer Bewegung als Gas durch einen dünnen Polymerfilm in einer Kapillare aufgetrennt wird.
Gel-Elektrophorese: Methode z. B. zur Untersuchung von menschlichem Blut über die Bewegung von Antikörpern und Antigenen in einem elektrischen Feld auf einer Gel-überzogenen Platte.
Glaskörperflüssigkeit: Flüssigkeit im Inneren des Augapfels, deren Veränderungen nach dem Tod eine exakte Bestimmung der Todeszeit ermöglichen.
Halluzinogene: Drogen wie Marihuana, LSD, PSP und Ecstasy, die zu Schwankungen des Gemüts, der Denkfähigkeit und der Wahrnehmung führen.
HOLMES: Abkürzung für Home Office Large/Major Enquiry System, den englischen Polizeigroßrechner.
Hüftknochen: Die Vermessung des Hüftknochens gibt Anhaltspunkte bezüglich der Größe einer Person.
Identikit: Das erste System zur Rekonstruktion des Gesichts eines Verdächtigen (Phantombild) anhand gezeichneter Gesichtsmerkmale.
Kaliber: Der Innendurchmesser des Laufes einer Feuerwaffe, entsprechend auch der Durchmesser der jeweiligen Geschosse.

Konzentrische Brüche: Bruchspuren in Glas, die durch Geschosse verursacht werden, zwischen den radialen Brüchen (siehe dort) verlaufen und ihren Ursprung auf der Seite, von der der Schuß kam, haben.
Latente Fingerabdrücke: Fingerabdrücke an einem Tatort, die zwar vorhanden, aber nicht sichtbar sind, bis sie mit Hilfe verschiedener Techniken wie z. B. Einwirkung von Joddämpfen sichtbar gemacht werden.
Livor mortis: Verfärbung der Haut im unten liegenden Bereich eines Leichnams aufgrund des Absetzens der roten Blutkörperchen, nachdem das Blut aufgehört hat zu fließen.
Luminol: Eine Substanz, die z. B. auf Möbel gesprüht werden kann und Blutspuren als schwach leuchtende Flecken sichtbar macht.
Massenspektrometrie: Eine Technik zur Identifizierung der Komponenten einer Mischung, indem die Moleküle in einer Hochvakuumkammer z. B. durch Kollision mit einem Elektronenstrahl positiv aufgeladen und entsprechend ihres Masse-Ladungsverhältnisses in einem Magnetfeld aufgetrennt werden.
Mikroskop, zusammengesetztes: Der Grundtyp eines Mikroskops, bestehend aus zwei Linsen (oder Linsensystemen), dem Objektiv und dem Okular, mit deren Hilfe ein stark vergrößertes Abbild eines Gegenstands auf der Netzhaut des Betrachters erzeugt wird.
Mitochondrien-DNA: Ein DNA-Typ, der sich in besonderen Zellstrukturen des Körpers findet und nur mütterlicherseits vererbt wird.
Neutronenaktivierungsanalyse: Technik zur Identifizierung von Substanzen, indem diese in einem Kernreaktor mit Neutronen beschossen und die Energien und Intensitäten der entstehenden Gammastrahlung gemessen werden.
Nukleotide: Die Bausteine der DNA-Helix, bestehend aus einer von vier möglichen Basen (Adenin, Cytosin, Guanin, Thymin), die an einer Zucker-Phosphat-Einheit gebunden sind.
Phenolphthalein: Ein Farbindikator, der z. B. in Kombination mit Wasserstoffperoxid Blut am Tatort nachweisen kann, indem er sich intensiv pink färbt.
Phrenologie: Eine später in Verruf geratene Theorie, die erstmals 1796 vorgeschlagen wurde und derzufolge die Schädelform (insbesondere Beulen und Unregelmäßigkeiten am Schädel) einer Person Aussagen zu ihrer Persönlichkeit erlauben sollte.
Plasma: Die Flüssigkomponente des Blutes, die die verschiedenen Blutzellen transportiert.
Polymer: Ein komplexes langkettiges Molekül, bestehend aus vielen Wiederholungseinheiten (den Monomeren).
Polymerase-Kettenreaktion: Eine Technik zur Vervielfältigung von DNA-Strängen außerhalb eines lebenden Organismus, mit der auch aus kleinsten Proben Millionen von Kopien angefertigt werden können.
Portrait parlé: Ein System zur Standardisierung verbaler Beschreibungen von Gesichtsmerkmalen, das in den 90er Jahren des 19. Jahrhunderts zur Unterstützung bei der Personenidentifizierung eingeführt wurde.
Preciptin-Test: Ein Test auf den menschlichen Ursprung einer Blutprobe durch Zusatz eines menschlichen Antiserums.
Prostata-spezifisches Antigen: Eine Substanz in menschlicher Samenflüssigkeit, die einen Test auf menschlichen Samen ermöglicht.
Protein: Polymer, aufgebaut aus Aminosäuren, den Grundbausteinen lebender Organismen.
Pumplademechanismus: Nachlademechanismus bei Schrotgewehren, die ein Magazin besitzen, indem ein Griffschlitten vor- und zurückgeschoben wird.
Radial: Eine sich zum Daumen hin öffnende Schleife in einem Fingerabdruckmuster.
Radiale Brüche: Von einem Einschußloch nach außen verlaufende Brüche in einer Glasscheibe, die auf der Seite der Scheibe, von der das Geschoß kam, beginnen.
Rhesus-Faktor: Ein zusätzliches Unterscheidungsmerkmal für Blutgruppen von Individuen, die entsprechend dem Vorhandensein oder dem Fehlen eines bestimmten Antikörpers Rhesus-positiv oder Rhesusnegativ sein können.
Riefen: Feine Furchen in den Läufen von Schußwaffen, die durch das Schneidwerkzeug verursacht wurden und ein individuelles Merkmal jeder Waffe darstellen, das an jedem abgefeuerten Geschoß hinterlassen wird.
Rigor mortis: Die Leichenstarre, die nach dem Tod zeitweise anhält und Angaben über die Todeszeit gestattet.
Röntgenstrahlen: Elektromagnetische Strahlen hoher Energie und sehr hoher Frequenz, die die meisten Materialien verschieden weit durchdringen und so deren innere Struktur kenntlich machen.
Saure-Phosphatase-Test: Test, bei dem mit Hilfe zweier Reagenzien das Vorhandensein von Samenflüssigkeit durch purpurne Farbreaktion nachgewiesen wird.
Schambeinfuge: Charakteristische Form eines Teils des Beckens, anhand derer man männliche von weiblichen Skeletten unterscheiden kann.
Sekretor: Ein Individuum, dessen Blutgruppeninformationen in all seinen Körperflüssigkeiten wie Speichel und Schweiß enthalten sind.
Single action: Ein Revolvertyp, der vor jedem Schuß durch Zurückziehen des Schlagbolzens gespannt werden muß (vgl. mit Double action).
Tätowierung: Ein charakteristisches Muster in der Haut, das durch nicht oder nur teilweise verbrannte Pulverrückstände eines Schusses aus kurzer Entfernung hervorgerufen wird.
TESTED: Eine Abkürzung, die bei der Aufklärung von Flugzeugabstürzen verschiedene Teile des Flugzeugs umschreibt (siehe S. 34).
Tibia: Das Schienbein, anhand dessen auf die Körpergröße einer Person geschlossen werden kann.
Toxikologie: Die Lehre der Gifte, ihrer Wirkungen sowie Symptome und ihres Nachweises.
»Trockenes« Ertrinken: Tod verursacht durch einen Reflex des Körpers aufgrund des Schocks beim Sturz in das Wasser, bei dem der Kehlkopf verkrampft und es schließlich zum Herzstillstand kommt.
Ulnar: Ein Schleifenmuster in einem Fingerabdruck, das sich zum kleinen Finger hin öffnet (Gegenteil von Radial).
Vergleichsmikroskop: Zwei zu einer Einheit zusammengesetzte Mikroskope (siehe dort), so daß zwei unter je ein Objektiv gelegte Gegenstände nebeneinander abgebildet und verglichen werden können.
Wirbel: Muster bei Fingerabdrükken, bei denen die Linien mindestens einen Vollkreis beschreiben.
Zahnmedizinische Berichte: Ein standardisiertes System zur Klassifizierung der Zähne eines Individuums anhand ihrer Verteilung, ihrer Fehlstellungen und ihrem Erscheinungsbild sowie eventuellen Lücken oder durchgeführten Reparaturen. Das System eignet sich zur Identifizierung von Leichen, weil Zähne kaum zerstörbar sind.

Danksagung

Es ist immer schwierig, sich während der Entstehung eines so umfangreichen und in vielen Gebieten bis ins Detail gehenden Buches wie *Vierzig Kriminalfälle* der vielen Menschen zu erinnern, die einem mit Rat und Tat zur Seite standen. Ich möchte mit denjenigen beginnen, die entscheidenden Anteil daran hatten, das Buch ausgehend vom ursprünglichen Konzept zu einem fertigen Band zu entwickeln. Ich danke Roddie Craig für die ersten Anregungen, Diana Steedman, die diese Ideen ordnete, Veneta Bullen, die sich der gigantischen Aufgabe stellte, die Bilder für die entsprechenden Themen zu sammeln und zu ordnen, Diana Pengelly, die sich der sorgfältigen Überprüfung des Textes widmete, und zu guter Letzt Toria Leitch, die das gesamte Werk in seine endgültige Form brachte. Ihnen allen gilt mein aufrichtiger Dank ebenso wie den vielen nicht genannten, hilfsbereiten Mitarbeitern der Präsenzbibliothek der Stadt Liverpool, die jede einzelne und schwer zugängliche Information für dieses Buch aufspürten. Es war eine herausfordernde, aber lohnenswerte Aufgabe, dieses Werk zu verfassen.

David Owen – *Januar 2000*

Bibliographie

Bernd Brinkmann, P. Wiegand: *DNA-Technologie in der Medizinischen Kriminalistik.* Lübeck 1997
Wolf-Dietrich Brodag: *Kriminalistik. Grundlagen der Verbrechensbekämpfung.* Stuttgart 1995
Waldemar Burghard, Hans W. Hamacher, Horst Herold u. a. (Hg): *Kriminalistik Lexikon.* Heidelberg 1996
Horst Clages: *Kriminalistik.* Stuttgart 1997
Balduin Forster, Dirk Ropohl: *Medizinische Kriminalistik am Tatort. Ein Leitfaden für Ärzte, Polizeibeamte und Juristen.* Stuttgart 1983
Torsten Fricke: *Unerwartete und unklare Todesfälle. Forensische Differentialdiagnose.* o. O. 1995
Brian H. Kaye: *Mit der Wissenschaft auf Verbrecherjagd.* Weinheim 1997
Kriminalistik und forensische Wissenschaften, Bd. 82. Heidelberg 1994
Edwin Kube, Hans U. Störzer, Klaus J. Timm: *Kriminalistik. Handbuch für Praxis und Wissenschaft.* Stuttgart/München/Berlin/Weimar 1994
Robert Weihmann: *Kriminalistik. Ein Grundriß für Studium und Praxis.* Hilden 1999
David K. Whittaker, D. G. MacDonald, D. G. McDonald: *Atlas der forensischen Zahnmedizin.* Köln 1993

Quellenverzeichnis

Der Herausgeber dankt den im folgenden genannten Einrichtungen für die Genehmigung, ihre Abbildungen wiedergeben zu dürfen. Es wurde alles unternommen, um sicherzustellen, daß die nachfolgende Liste vollständig und richtig ist; für eventuelle Fehler bittet der Herausgeber um Entschuldigung.

Fotomax Index: S. 9 u., S. 10 u., S. 88, S. 97 u. **Black Museum:** S. 10 o. und o. r., S. 16, S. 25, S. 29, S. 32, S. 49 o., S. 66 o., S. 83, S. 97 o., S. 110 u., S. 116 r., S. 119 r., S. 126, S. 127 u., S. 133, S. 161 o., S. 166 u., S. 173 u., S. 175 o., S. 231 **Science Photo Library:** S. 11 o. Philippe Plailly, S. 11 u. Peter Menzel, S. 20 Jean-Loup Charmet, S. 47, S. 62 o. Tony Craddock, S. 62 u. Gary Watson, S. 70 o. John Greim, S. 72, S. 73 o. und u. Dr. Jurgen, S. 74 James King-Holmes, S. 85, S. 97, S. 103 Manfred Kage, S. 111 u. Professor Harold Edgerton, S. 114 Mitte und S. 115 Stephen Dalton, S. 119 l. Michel Viard, S. 146 u. Klaus Guldlbrandsen, S. 147 u. Robert Holgmren, S. 148 o. Volker Sleger, S. 151 r. Tony Craddock, S. 152 u. Geoff Tompkinson, S. 160 Alfred Pasieka, S. 163 Philippe Plailly, S. 177 o. Dr. Jurgen, S. 177 u. Andrew Syred, S. 178 Mitte Andrew Syred, S. 178 u. Dr. Jeremy Burgess, S. 179 u. l. und S. 180 u. l. Astrid und Hans Friedler, S. 180 u. r. Andrew Syred, S. 181 u. Manfred Kage, S. 187 Andrew Syred, S. 190 u. Dr. Jurgen, S. 191 P. Leca, S. 192 o., S. 192 u. Michel Viard, Peter Arnold, S. 193 o. Robert Longehaye, S. 193 u. CC Studio, S. 194 o. David Parker, S. 194 u. Peter Menzel, S. 196 Mitte l. Carlos Goldin, S. 197 Dr. Jurgen, S. 200 Robert Longehaye, S. 201 u. A. Barrington Brown, S. 202 o. Professor Ke Seddon und Dr. T. Evans, S. 203 Alfred Pasieka, S. 204 Philippe Plailly, S. 205 l. und S. 207 u. Peter Menzel, S. 205 r. und S. 206 u. Michael Gilbert, S. 207 o. David Parker, S. 218, S. 219 o. Peter Menzel, S. 221, S. 227 r. Michel Viard und Peter Arnold, S. 226 r. Geoff Tompkinson **Royal Society:** S. 12 **Science and Society Picture Library:** S. 13 l. und r. **Hulton Getty:** S. 14 u. und Mitte, S. 15 u. l., S. 17, S. 21 o. r., S. 22, S. 24 o., S. 65, S. 69 o., S. 76, S. 77 o., S. 147 o., S. 149, S. 152 o., S. 158 o. **Roger Viollet:** S. 15 r., S. 19, S. 21 u. l. und u. r., S. 23 l., S. 98, S. 99 **Frank Spooner:** S. 23 r., S. 44, S. 46, S. 48, S. 49 u., S. 51, S. 53, S. 60 o., S. 61 o., S. 63, S. 64 r., S. 67 Mitte l. und u., S. 68 u., S. 69 u., S. 70 u., S. 71, S. 92 u., S. 106, S. 107 o., S. 108 o. und u., S. 109 u., S. 113 o. r., S. 114 o., S. 117, S. 120 o., S. 122 l. und r., S. 123 Mitte, S. 129 u., S. 135, S. 136 o. l., S. 138, S. 139, S. 140, S. 141 o. und Mitte, S. 142, S. 143 Mitte, S. 144, S. 145 o., S. 146 o., S. 153, S. 158 u., S. 167 u., S. 181 o., S. 188 u., S. 189 u., S. 204 u., S. 213 r., S. 214 o., S. 215 o., S. 216 o., S. 224, S. 227 l., S. 233, S. 235 **Corbis:** S. 24 u., S. 36, S. 37, S. 39 o., S. 43 r., S. 59 o., S. 60 u., S. 81 o., S. 86, S. 87, S. 105 o., S. 112 o. und u. l., S. 120 u., S. 121 l., S. 123 u., S. 125 u., S. 128, S. 129 o., S. 171 o. r., S. 172, S. 173 o., S. 198, S. 201 o., S. 212 o., S. 219 Mitte, S. 220 u., S. 221 o. l., S. 228, S. 229, S. 230 **Rex Features:** S. 26, S. 27 o., S. 28, S. 33, S. 45, S. 66 o., S. 68 o., S. 82, S. 84, S. 89, S. 95 u., S. 104, S. 111 o., S. 112 u. r., S. 113, S. 116 l., S. 118, S. 123 o., S. 127 o. und Mitte, S. 134, S. 136 o. r. und u., S. 137, S. 141 u., S. 155, S. 174, S. 179 o., S. 189 o., S. 206 o. **Popperfoto:** S. 27 u. l., S. 38, S. 39 u., S. 40, S. 41, S. 42, S. 43 l., S. 55 o., S. 56, S. 58, S. 59 u., S. 61 u., S. 77 Mitte und u., S. 109 o., S. 143 Mitte l., S. 145 u., S. 156, S. 157, S. 159, S. 170, S. 171 o. l. und u., S. 188 o., S. 212 u., S. 213 l., S. 214 u., S. 215 u. l. und u. r., S. 216 u. und o. l., S. 217, S. 232 r., S. 234 **Sirchi Fingerprint Laboratory:** S. 27 u. r., S. 31 u., S. 161 Mitte und u., S. 162, S. 164, S. 165, S. 166 o., S. 167 o., S. 190 o., S. 196 Mitte r., S. 220 o., S. 222 o. r., S. 225 **Oxford Scientific Films:** S. 30 **International Civil Aviation Organisation:** S. 35 **Jerry Young:** S. 52 **Will Gregg:** S. 54, S. 55 Mitte und u., S. 57, S. 75 **The Art Archive:** S. 67 o., S. 110 o., S. 121 r. **Topham:** S. 78, S. 79, S. 124 o. und u., S. 125 o., S. 169, S. 182, S. 183, S. 184, S. 185, S. 186, S. 199, S. 210 o., S. 211 **Solo Syndication:** S. 80, S. 81 u. **James Lawrence:** S. 89 u., S. 102, S. 105 u., S. 176 o., S. 196 o., S. 202 u., S. 203 l. **Jonathan Goodman:** S. 90, S. 150 **Robert Harding:** S. 100, S. 107 u. l. und u. r., S. 130 **Dr. Nic Daeid:** S. 131, S. 132, S. 175 r., S. 176 u. l. und u. r. **Foster & Freeman:** S. 154 o. **British Textile:** S. 178 o. **Neville Chadwick:** S. 208, S. 209, S. 226 l. **Mercury Press:** S. 210 Mitte